志怪筆記

中國古典奇幻故事精選

白龍 著

目錄

參、情愛篇：不如相忘於江湖

肆、日常篇：君子之交淡如水

伍、神仙篇：神遊天地外

陸、幽冥篇：黃泉之下

柒、動物篇：萬物有靈

捌、詭術篇：奇詭浪漫的術法

玖、精靈篇：古代「小精靈」目擊事件

拾、煢煢篇：亙古的孤獨

拾壹、不羈篇：敬自由

寫給喜歡志怪故事的讀者

自從《搜妖記：中國古代妖怪事件簿》出版之後，我就開始馬不停蹄地準備「白龍志怪」第二彈，也就是本書——《志怪筆記：中國古典奇幻故事精選》了。

最早開始用自己的方式翻譯和演繹古代志怪故事，是在二〇一九年。因為工作性質，我面對過很多次生老病死，見多了，也難免會想：萬一自己忽然死了，這一輩子可真是白來了，必須做點真正熱愛的事情，才不辜負此生。

那該做什麼呢？很快，我便找到了答案，那就是翻譯和解讀傳統志怪故事。

之前的想法是等自己不為錢財所累時再開始寫，但人生苦短，誰能把握明天一定會到來？想做的事，還是快點做吧。於是就這樣開始了，一開始寫是很難熬的，怎麼個難熬法呢？就好比廚師精心烹製出一桌大餐，卻無人問津。讓我堅持下來的，是一個現在看來有些幼稚的想法：也許很久很久以後，有人偶然「刷」到我的文章，邊看邊樂，看完之後感嘆一句——這真是一個有趣的人啊。

挖掘有趣的故事，寫有趣的文章，做有趣的人——這是我的初心，也是讓我一直寫下去的動力。之後，在網友們的熱情鼓勵下，我越寫越多。再後來，出版社向我拋出了橄欖枝。

感謝編輯們的信任和幫助，我的第一本書就這樣誕生了。

詩文挑著古代文人託物言志的重擔，志怪小說尤甚；而對今人來講，板起來臉說教過於枯燥。我的身分，就是做一名「導遊」，帶著大家返璞歸真，品味故事中的雋永與趣味。

《搜妖記：中國古代妖怪事件簿》挖掘的是典籍中顛覆傳統形象又趣味十足的神鬼妖怪；《志怪筆記：中國古典奇幻故事精選》裡則不僅有神鬼妖怪，還有眾生。

因為古代的志怪宇宙太過宏大，我們這一「瓢」，只取浪漫。

神不總是泥偶一尊，只隔著繚繞的煙霧，遙望世人的心，祂們也可以大方又熱情地回應凡人的喜愛。這是古代志怪典籍裡神對人的浪漫。鬼也不總是可怖得令人生畏，它們也可以在化為黃泉枯骨後，依然愛著這世上的人，這是古代志怪典籍裡鬼對人的浪漫。

而說到妖狐鬼怪，人不要總是這麼自戀，以為天下妖精都「饞」我們的身子，可知它們也喜歡在靜美的月下暢快地舞蹈，這是古代志怪典籍裡妖的風雅。

除了這些離我們很遙遠的神鬼妖怪，還有鍾靈毓秀的萬物。正是因為有它們的陪伴，我們在這顆瑰麗的藍色星球上才不會那麼孤獨。

希望我這位「導遊」不是依葫蘆畫瓢，僅僅將文言文翻譯過來；而是用自己的表達方式，帶著大家在古代志怪宇宙中暢遊。

最後，我要感謝大家，感謝你們熱情的支持。

我能回饋給你們的，是盡我所能，將那些湮沒於古籍中的故事打扮得漂漂亮亮的，讓它們用更親切的面貌重新與大家見面。

另外，為方便大家閱讀，依然與前本書一樣，我將書中所有佚名的角色統一取名為「張子虛」或「李烏有」，取意「子虛烏有」。

白龍

二〇二一年六月一日

壹、風雅篇

當妖怪風雅起來

當妖從深山老林中走入人間，
它們要學會人類的直立行走、
複雜多變的語言和人類的詭計多端。
除此之外，也不可避免地沾上一點專屬於人類的雅氣。
人類風雅起來會歌風頌月，那麼當妖怪風雅起來，
會是什麼模樣呢？

百妖夜集

江西奉新縣的外史宋鳴璜，字蓀侶。他曾在廬山絕頂的寺廟裡留宿，時間是壬子年七月十五日晚上。山頂的夜色極好，宋鳴璜喜歡這景色，乾脆覺也不睡了，出了門，在林間徐徐走著。當時正是半夜時分，月亮已經升到了天幕正中。

涼如水的夜風將林木的清香徐徐送來，天地間除了蟲鳴鳥叫，彷彿只剩他一個人，正暢快地享受著令暑熱消退的山間涼風，宋鳴璜忽然感覺有哪裡不對勁。

此時，風忽然變強勁了，一陣接一陣地颳過樹梢，從大風停留之處，也就是高聳入雲的樹頂，傳來一縷絲竹之音。宋鳴璜停下腳步，側耳傾聽。

那絲竹之音裡夾雜著歌聲、說話聲、輕而甜膩的笑罵聲。

有人！

在好奇心的驅使之下，宋鳴璜撥開擋在面前一枝沉甸甸的羅漢松，眼前豁然開朗。柔如溪水的月光靜靜地流淌在整個森林中，借著月光，他能清楚地看到幾步之外有一塊平坦的草地。

草地上影影綽綽，晃動著許多人影。這些人以草為席，以樹為屏風，似乎在演一齣戲。隨著涼風送入耳中的絲竹之音，則是從高高的羅漢松頂傳出的。閉目聆聽片刻，宋鳴璜幾乎要讚嘆出聲。

他從來沒有聽過這首曲子，太優美了，簡簡單單幾個琴音，就幾乎穿透了他的靈魂。他不由得熱淚盈眶，人間的人哪能彈奏出這樣的樂曲呢？

宋鳴璜極力向不遠處的人群望去，十五的月亮將地面照得亮如白晝，他看清了，那些人都穿著戲服，正走著臺步，似乎是伶人。

宋鳴璜本就是一個會為了賞夜色而秉燭夜遊的風雅之人，因此，他鬆開樹枝，打算加入他們。但剛要邁步，他陡然想到：深更半夜，又是在人跡罕見的絕頂之上，怎麼會有戲班子唱戲呢？他們莫不是妖怪吧？

一思及此，宋鳴璜不敢再輕舉妄動。他悄悄藏在面前這株巨大的羅漢松下，心想：姑且看看他們到底要做什麼吧。這群伶人載歌載舞，在荒寂的深山頂上足足演了十幾台戲，也咿咿呀呀地唱了十幾首曲子。

宋鳴璜向來對戲曲頗有研究，但今晚所見的戲，他之前從來沒看過，而聽到的曲子，也都是前所未聞的。對這群人的身分，他越發好奇了。

不久，這台戲不僅只有戲臺上的人唱，不知是誰起了頭，樹頂上、樹底下的人接二連三地唱了起來，歌聲嘹亮，震天撼地。他們這樣唱道：

吸日精，蝕月華，諸君妄意凌煙霞。
煙霞墮地失顏色，但見玉水生桃花。
桃花一萬片，飛入陳王家。
仙人化作塵與沙，秋風吹雨打閒衙。
南樓美人嗟復嗟！
湖中不見東來楂，空山夜半啼棲鴉。

躲在羅漢松後的宋鳴璜暗暗將這歌詞記下。因為歌聲太過美妙，宋鳴璜沉浸其中，甚至不自覺地跟著輕聲唱了起來。

「呔！」一束金光忽地從空中直射而下，宋鳴璜被嚇了一跳。

他定睛一看，金光之中落下來一位模樣極其怪異的頭陀[1]。隨著頭陀落地，震錫一聲，罵道：「哪裡來的妖魔鬼怪，竟敢在此喧鬧？」剛剛還載歌載舞的眾人忽然驚慌失措起來，就地一滾，有的化為老虎，有的化為野狼，有的化為野豬，有的化為熊……一下全都倉皇地奔入了灌木叢中。樹上的人則化為了各色鳥兒，紛紛飛入了密林深處。轉瞬之間，原本歌舞昇平的森林歸於死寂。

原來，剛剛演戲的人乃是野獸所化，而負責伴奏的都是鳥兒。

宋鳴璜後來在京城住了三個月就去世了，在去世前的幾天，他曾多次心懷憧憬地講起這個故事。

森林中這些成了精的鳥獸，在無人的山頂輕歌曼舞，也不曾害過什麼人，也沒做過什麼惡事，只不過是自娛自樂，竟被突然出現的頭陀一棍子打散，真是掃興啊！

不過，讓我們想像一下吧，當晚該是怎樣的一種景致？淌過青石板的山泉彷彿引自月宮，它溝通了天與地，在如水的月光下，誰都不知道密林深處藏著一群風雅的妖。

樂曲由擅長音律的羽族來奏，曼妙的聲音從樹梢處伴著月光傾瀉而下，向來粗俗的老虎或野狼，甚至膀大腰圓的熊，都不由自主地化為了舉止端莊的人。它們有的道行高深，完全化為了人形；有的只能將身子化為人身，仍頂著個狐狸腦袋，或者兔子耳朵。

但不管身為哪種動物、修煉到什麼程度，只要是妖，今晚，大家都可以穿上漂亮的戲服，身段窈窕地共唱雅致迷人的曲子。在這樣的夜，我想，就連靜默千年的森林都忍不住一起唱和。

不信你聽，那流水的潺潺聲就是它的和音。

1 頭陀：行腳乞食的僧人。（全書註解未特別標明編按者，為作者原注。）

原文

奉新宋蓀佀外史，嘗以壬子七月之望，宿廬山絕頂僧寺中。夜將半矣，明月滿天。徐聞風颯颯有聲，落於高樹之杪，中有歌者、語者、笑且罵者。訝而窺之，見數武以外，地勢平坦，眾影紛然，略如人間演劇狀。藉草為茵席，因樹為屏幛。金鼓絲竹之聲，作於樹上，節奏殊妙。衣服冠帶鬚鬘械仗之屬，亦率類梨園。念空山靜夜，焉得有優伶若此？心知其怪，姑伺之。裝演十餘齣，莫知其色目；嘔啞歌唱，亦不知其何曲也。已而數人相和，歌聲甚朗。歌曰：「吸日精，蝕月華，諸君妄意凌煙霞。煙霞墮地失顏色，但見玉水生桃花。桃花一萬片，飛入陳王家。仙人化作塵與沙，秋風吹雨打閒衙。南樓美人嗟復嗟！湖中不見東來槎，空山夜半啼棲鴉。」隨其聲而記之。俄有金光從空下，乃一頭陀，狀甚怪，大聲叱曰：「何物邪魅，敢爾喧擾，法當死！」卓錫一聲，則眾形盡變，其演技者皆獸也，而其司器者鳥也；轉瞬之間，欻然俱滅。

蓀佀以癸丑三月卒於京師，卒之前數日，縷述於余。不知其果然否也。

——清 樂鈞《耳食錄．卷五．廬山怪》

月下賞笛的虎頭人

唐朝天寶末年，安祿山作亂，潼關失守，整個京城的居民作鳥獸散。

在逃難的人群中，有位專門為戲園吹笛的笛師，他隨著難民一路流竄，最逃進了終南山谷中。

山谷裡有座廟，廟中一片斷壁殘垣，雖然環境艱苦，至少兵亂還沒波及這裡。笛師用山中的泉水洗盡一身疲累後，暫時在廟裡安頓了下來。

當晚，正值清宵朗月，山風簌簌吹來，輕拂過人的臉龐，面對如此溫柔的夜，笛師卻陷入了哀思中。

在這場戰亂裡，笛師幾乎失去了一切，他眼睜睜地看著昔日的好友死去，就連自己的敵人也一個個死在了自己面前。望著空中冷冷一輪明月，笛師深深地嘆了口氣，這口氣既是為死去的人而嘆，也是為自己未卜的前途而嘆。

笛師取下別在腰間的笛子，撫摸著笛子，喃喃道：「還好，還好你沒有離我而去。」他將笛子放於唇邊，輕輕吹響，清澈的笛音瞬間似流光般傾瀉而出，縈繞整座山谷。笛師微微低垂著雙眸，隨心所欲地吹著，這是一首客人最常點的曲子。

吹笛子本來只是笛師謀生的伎倆，此時卻成了活下去的精神支柱。這支笛子是他一位摯友送的，在這次戰亂中，這位摯友也死去了。

「無法為你安葬守墓，就讓我用這笛音送你一程吧。」笛師縱情吹著，眼淚不自覺地流了下來。突然一聲「喀嚓——」是細小樹枝被踩斷的聲音。

樂師的耳朵最是靈敏，笛師下意識地望過去，淚眼朦朧中，他看到從殘破的廟門外走進來一個虎頭人身的怪物。

怪物雖有一個毛茸茸的老虎腦袋，卻是人的打扮——它穿了一襲乾淨整潔的白袷[2]單衣。

笛師被嚇到了，他不自覺地停止了吹奏，走下臺階驚愕地盯著怪物看。那虎頭人望向他的眼中閃著

---

2 編按：唐人的閒居便服，白衣圓領，稱白袷（ㄐㄧㄚˊ）衣，是一種平民服裝。

驚喜的神色，讚嘆道：「美啊！多麼美妙的笛聲！請問您可以再為我吹奏一曲嗎？」這是一個優雅的、彬彬有禮的妖怪。笛師雖然害怕，但還是應邀重新舉起笛子吹奏了起來。

一曲吹罷，虎頭人嘖嘖稱讚：「世上竟有如此美妙的聲音啊！太好聽了！請再為我吹一首吧。」見有人欣賞自己的笛音，笛師漸漸地放鬆了下來，開始為怪物吹奏第二首曲子。虎頭人盤膝而坐，仰頭望向天幕中那輪明月，虎臉上竟然浮現出了人類才有的痴迷和欣賞之色。

一曲吹罷，虎頭人沒有說話，只是轉頭望著笛師，笛師明白它的意思，於是開始吹奏第三首曲子；最後虎頭人支起下巴，緩緩地伏在了地上，它愜意地長舒一口氣，再次喃喃讚嘆：「真是美妙的笛音啊！」等第三首吹完，笛師沒有停頓，繼續吹奏，就這樣累計了五、六首後，悠揚的笛音中已然夾雜了呼呼的鼾聲。

鼾聲是虎頭人發出的，在美妙的笛音中，它睡著了。此時不走，更待何時？笛師敏捷地三、兩步走到旁邊的一棵大樹下，抽身而上，幾下就爬到了一根巨大的樹杈上。當時正是盛夏時分，大樹枝葉茂密，笛師把自己掩藏了起來。

虎頭人舒服地打了個小盹。等它愜意地伸懶腰時，舉到半空中的手忽然停頓了——它發現那位技藝高超的笛師不見了。它飛速起身，就著月光四處找了一遍，卻怎麼都找不到人。

「可恨啊！我為什麼不早早把他給吞進肚子裡？可恨啊！我竟然再次被這種東西給迷惑住了。」虎頭人恨恨地說罷，仰頭長嘯一聲。幾乎是一眨眼的工夫，提心吊膽的笛師就發現寺外陸續跑來了十幾頭老虎。

這些老虎體格龐大，在虎頭人面前卻乖得宛如小貓咪，俯首貼耳，像是在拜謁虎頭人。虎頭人一臉嚴肅地下了命令：「剛剛有個吹笛子的小子，竟然趁我睡著偷偷溜了。你們趕緊兵分四路去找，務必把他給我找出來。」領命後，老虎們低眉順眼地四散而去。

一直等到五更天，藏在樹上的笛師都快睡著了，老虎們才回來。這些老虎竟然都會說人話，它們七嘴八舌地開始講述今晚的收穫：「我們足足跑了四、五里地，但奇怪啊，無論如何也找不到人。」「是啊，大王，這人就像是雲朵藏進了藍天，又像是閃電一擊而逝，憑空消失不見了。」「確實奇怪，到處都找不到他。」

虎頭人聽罷，正垂頭思索，恰逢此時月輪斜照，它無意間往樹邊一望，瞧見了笛師映在地上的影子。它回頭朝老虎們歪頭一笑：「你們說他如雲朵藏進藍天，又如閃電一擊而逝。我看哪，他還藏在這裡呢。」說罷，虎頭人率領著這群老虎，圍著大樹又嚎又抓。但很可惜，老虎不會爬樹，抑或是因為體形過大，細小的樹枝承受不住其沉重的身軀，它們圍著樹又撲又叫了很久，笛師始終安然無恙地坐在樹杈上。

虎頭人見狀，氣得大喝一聲：「讓我來！」然而它在群虎的圍觀下蹦跳了很久，依然蹦不到樹上去。自覺在手下面前丟了面子，虎頭人越加暴怒，但此時群鳥齊鳴，天際已經現出了一點魚肚白。白天不是魑魅魍魎的天下，它只得悻悻地帶著虎群四散而去。等天光大亮、寺廟前經過的人多起來後，笛師才敢從樹上爬下來。

驚心動魄的一晚過去，笛師彷彿做了一場怪夢，他小心地收起笛子，跟著流民走向了未知的遠方。

明明是山野中茹毛飲血的粗俗妖怪，卻偏偏迷上了高雅的人類藝術。藝術是那麼容易追求的嗎？可不就把自己的「吃人大業」給耽誤了？這虎頭人也稱得上是個浪漫又優雅的妖了。

原文

唐天寶末，祿山作亂，潼關失守，京師之人於是鳥散。梨園弟子有笛師者，亦竄於終南山谷。中有蘭若，因而寓居。清宵朗月，哀亂多思，乃援笛而吹，嘹唳之聲，散漫山谷。俄而有物虎頭人形，著白袷單衣，自外而入。笛師驚懼，下階愕眙。虎頭人曰：「美哉，笛乎！可復吹之。」如是累奏五六曲。曲終，久之忽寐，乃咍嘻大鼾。師懼覺，乃抽身走出，得上高樹。枝葉陰密，能蔽人形。其物覺後，不見笛師，因大懊嘆云：「不早食之，被其逸也。」乃立而長嘯。須臾，有虎十餘頭悉至，狀如朝謁。虎頭云：「適有吹笛小兒，乘我之寐，因而奔竄，可分路四遠取之。」言訖，各散去。五更後復來，皆人語云：「各行四五里，求之不獲。」會月落斜照，忽見人影在高樹上。虎顧視笑曰：「謂汝云行電滅。而乃在茲。」遂率諸虎，使皆取攫，既不可及，虎頭復自跳，身亦不至，遂各散去。少間天曙，行人稍集，笛師乃得隨還。（出《廣異記》）

——宋 李昉《太平廣記．卷四百二十八．笛師》

消失的玩具

清朝有個叫施建昌的賣藥商人，家住河南湯陰縣。因為工作需要，他經常外出販賣藥物。

順治八年（1651）秋，賣完藥之後，施建昌從湖南急匆匆地往家趕。他走得急，天黑時，發現自己迷了路，還好當晚秋月怡人，施建昌尚且能在荒蕪的小徑上跌跌撞撞地繼續趕路。

他正悶頭走著，忽然有東西攔住了去路，那是一根沉甸甸的樹枝。施建昌順手拂過去，撲通一聲悶響，有個圓滾滾的東西掉到了地上，隨後，那東西滾了幾圈，最終落在了施建昌的腳邊。月亮透過稀疏的枝葉灑落一地銀輝，施建昌低頭看去，驚喜地發現，那竟是個碩大的桃子，再抬頭望望，他發現周圍樹影幢幢，自己正站在一座花園旁邊。

花園裡種著桃樹，秋風拂過，桃子的清香陣陣襲來，饑腸轆轆的施建昌不由得嚥了一口唾沫。他顧不得許多，圍著花園轉了片刻，終於在圍牆上找到一處豁口，只輕鬆一躍，他便翻牆進去了。

宛如進入蟠桃園的猴子，施建昌爬上一棵大桃樹，坐在樹杈上飽飽地吃了一頓。吃飽後，疲累的男人乾脆睡在了桃香四溢的樹上。

一覺醒來，皓月當空。

迷迷糊糊的施建昌打量了一下這座花園，只見園內各種果樹錯落有致，只是缺少打理，荒蕪得很。不遠處還有一座花亭，但看起來也荒廢了許久。亭柱上爬滿了枝蔓，冷月下，帶著幾分說不出的淒涼孤寂，他忽然被凍得打了個寒噤。

斜月冷照，白露侵衣，施建昌睡在樹上，一身粗糙的棉布衣裳吸飽了露水，秋風一吹，他便凍得牙齒直打顫，於是準備從樹上下來，去花亭避一避風露時，死寂的園內忽然響起吱呀一聲脆響，一陣說笑聲隨即傳來。

順著聲音望過去，施建昌發現東閣門開了。自己畢竟是個偷進花園的賊，不方便露面，想到這點，他乾脆屏氣凝神地躲好，透過有些枯黃的桃葉暗中觀察情況。

說笑聲逼近，等看清來人的樣貌，施建昌徹底噤若寒蟬了。進來的是三個高不過一尺的小人，這些小人個子小也就罷了，長得也怪異：一個穿紅衣的長著老虎頭，一個穿黃衣的長著馬頭，還有一個穿綠衣的長著羊頭。
三個怪物帶著酒菜，在花亭前的大石頭上擺好之後，席地而坐，開始對飲。其中，虎頭人坐在中間，羊頭人和馬頭人坐在兩邊。不久，東閣門再次吱呀一聲打開，這次，從外面又進來了四個人。這四人也各有特點：一個長著鹿頭，一個長著牛頭，一個長著狗頭，一個長著獨角的鬼頭。
這些妖怪雖長得怪模怪樣，但都很愛美，每一個都穿著色彩繽紛的絲綢衣服，身高要比前三個妖怪更矮一些。它們進門之後，也來到大石頭邊席地而坐，坐定後，眾妖舉起酒杯對月讚嘆道：「月色真美啊！」
「是啊，今晚的月光真亮。」
「好久不見這麼美的月夜了。」
不等眾妖感慨完，虎頭人忽然抽了抽鼻子，納悶地說：「奇怪，好重的生人味。」坐在樹上的施建昌聽到虎頭人的話，嚇得幾乎要當場昏厥過去。
「確實。」羊頭人也抽動鼻翼。
「是有生人味。」馬頭人也表示肯定。
虎頭人提議道：「來，大家找找看。倘若真是個人，那我們今晚的下酒菜可有著落了。」
眾妖聽罷，面面相覷一番，忽然咧開嘴巴，爆發出一陣令人牙酸的怪笑。
「許久沒見過生人了。」
「少廢話，快找！」
大家抽動著鼻翼四散開來，在荒廢的花園裡四下嗅著。施建昌躲在樹上，死死屏住呼吸。
身材矮小的眾妖一無所獲，失望地回到石頭邊。羊頭人抱怨道：「大哥就是多疑，生人在哪裡呢？」

「就是、就是。害我白流一地口水。」鹿頭人抬起手來擦了擦嘴。

大家再次笑作一團，繼續飲酒賞月。

不知道喝了多久，就在施建昌堅持不住猛吸一口氣時，虎頭人猛地放下酒杯，道：「不對，我始終覺得有生人氣。」它起身抽動著鼻翼再次找了起來，其他妖怪見它說得認真，也跟著滿園子繼續找，但這次依然一無所獲。

馬頭人勸道：「月色如此美，兄弟們痛快喝酒吧，不要再庸人自擾了。」

大家齊聲道：「是啊，喝酒！」於是大夥坐下來，繼續喝酒聊天。

只喝酒也挺無聊的，眾妖怪開始划拳。一時之間，觥籌交錯，喝到興起時更是邊喝邊跳，就在一片歡騰時，虎頭人再次大喝一聲：「不對，你們聞，現在生人味是不是更濃了？我們應該再仔細搜搜看。」

虎頭人用力嗅著，順著生人氣味一路來到了桃樹下。

月亮此時已經西斜，施建昌的影子被月光斜斜地照到了地上。

虎頭人望見地上的人影，抬頭一看，大笑一聲：「原來你在這裡啊！」一群妖怪團團圍在樹下，共同讚嘆老大的英明神武。

施建昌冷汗出了一背，他低頭看著樹下，只見虎頭人、羊頭人、馬頭人、鹿頭人、牛頭人、狗頭人、鬼頭人都抬著頭，咧著嘴，望著他怪笑。

「你快下來！」

「不然，小心我們讓你吃不完兜著走！」

施建昌雖然嚇得渾身顫抖，但還是死死抱著樹，一動不動。妖怪們見他不聽話，紛紛圍住桃樹，又踢又搖，只可惜小妖們人小力微，桃樹紋絲不動。

眾妖怪圍著桃樹折騰了大半宿，此時雄雞唱曉，天就要亮了。小妖們遺憾地對視一眼，對樹上的人威脅道：「待明晚再來收拾你。」放完狠話，便逐漸消失在了東閣門之後。

等到太陽完全出來了，已經渾身僵硬的施建昌才敢爬下樹來。「昨晚那些到底是什麼怪東西呢？」他一路打聽著，找到園子的主人後，訴說了昨晚自己遇到的怪事。

園子的主人姓陳，明朝末年曾是內閣中書，晚年才隱居在這裡。他聽說自己的花園裡竟然有這種怪事，並不相信，不過還是回復施建昌：「你稍等，我去問問。」然後扭頭進內院問夫人去了。

夫人聽說之後，倒是沒像他那樣急著否認，而是回想了片刻，道：「確實可能有這種東西。我也聽丫鬟婆子們說起過，經常聽到東閣門有怪聲。咱們在這猜也沒用，不如去看看吧。」於是大家一起到了東閣門，果然發現了異常——

東閣門地上有細小的、不易察覺的腳印。門旁有一間小屋，裡面堆放著柴禾和破舊的雜物，已經蒙了厚厚的灰。大家進屋查看，發現滿屋子灰塵中，靜靜地躺著一個乾乾淨淨的櫃子，彷彿有東西經常在此出沒。

夫人命僕人打開櫃子，發現裡面存放著一些小泥人。

小泥人們長著虎頭、馬頭、羊頭、鬼首……另外，櫃子裡還有些泥巴做的杯子和盤子。夫人一看，當場控制不住地大哭起來：「這都是我那死去的小兒子的玩具啊。他死後，我怕觸景傷情，就命人把它們丟到了這裡，如今已經有二十多年了，沒想到它們竟然在無人的角落裡悄悄地成了妖怪。」

夫人最後看了一眼泥人，無力地背過身去：「唉……既然已經成了怪，就都弄碎吧。」在僕人將這些泥人搗碎時，還能聽到它們發出的哀號聲，泥土做的身體裡甚至湧出了鮮血。

妖怪竟然也懂得賞月品酒，而這些風雅的妖竟是一個早夭孩童的玩具，真是令人唏噓啊。

那些陪同我們長大的玩具，後來都去到哪裡了呢？若說是被丟到了垃圾場，似乎有點殘酷，也對不住它們為我們帶來的快樂時光，但現實確實如此。

那就讓我們借著這個故事暢想一番吧，它們各有歸處，如同那些快樂時光一般，並未逝去，而是去往了我們所不知道的花前和月下。

原文

有賣藥者施建昌，河南湯陰縣人。順治八年秋，歸自湖湘，日暮失道，經花圃之側，桃實方熟，纂纂出牆。施正饑，求牆缺處，逾而入，升樹飽啖，即憩息樹上，倦而假寐。及覺，則明月既出，亭館凄然。風露滿衣，畏寒欲下。忽東閣門啟，語笑有聲，蔽樹葉窺之。見三小人高尺餘，一虎首者紅衣、一馬首者黃衣、一羊首者綠衣，共攜酒肴，設亭前石上，席地對飲。虎首者中坐，羊馬左右焉。俄而角門再啟，復有四人出，一鹿首、一牛首、一狗首、一鬼首獨角。皆衣繒彩，其長不及前三人，亦就石上坐，相語曰：「月佳哉！」施駭甚，伏樹屏息。虎首者忽曰：「何故有生人氣？」皆曰：「良然。」嘩然而起，遍索圃中不得。羊首者謂曰：「大兄故善疑，生人安在？」眾皆笑，遂列坐飲酒。

良久，虎首者又曰：「我終覺有生人氣。」群起復大索不得。馬首者曰：「夜良如此，姑飲酒，無自擾也！」眾是之。乃相與拇戰，飛觥轟飲。已而虎首者呼曰：「此時生人氣甚濃。須再細搜之。」時斜月穿樹，人影墮地。虎首者見之，笑曰：「我豈妄言哉？固在此矣！」眾共嘆其卓識，遂趨至樹下，仰而呼曰：「汝速下，否則禍汝！」施抱樹恐栗，不復能言。眾見其不答，則環樹詈辱，搖撼攀躍，而人小樹高，終不能及。無何雞亂鳴，群小人乃斂跡去，角門亦闔。

施倏日出始下樹，欲窮其異，訪主人而告之故。主人姓陳氏，明季嘗官內翰，隱居於此。聞施言，未之信也。入告夫人，夫人曰：「其有焉，婢媼輩亦言東角門夜嘗有聲，盍察之。」同至角門內，諦視地上，有蹄跡焉，而甚小。其旁曲室，積薪草及敗櫝其中，塵埃蔽之，獨一櫝浮滑若常有物出入者。遂發其櫝，中貯數土偶，為虎頭馬頭諸形，杯盤之屬亦在焉。夫人泫然曰：「此亡兒戲具，吾不忍見，姑棄於此。今二十餘年，不虞其為怪也。」令碎之，有聲有血。

——清 樂鈞《耳食錄．卷四．施建昌》

貳、友誼篇

我有一個妖怪朋友

從廟堂之上到江湖之間，
從典籍記載到口口相傳的民俗傳說，
人與妖對立的慘烈故事不勝枚舉。
然而在這壁壘分明的界限之外，
人與妖之間也存在著暖乎乎的友誼。

東倉使者

金溪蘇坊有個姓周的討飯婆，已經五十多歲了。

周老太的丈夫死得早，也沒留下個一兒半女，她平常除了討飯，都是一個人孤零零地待在一間四處漏風的破屋子裡。

又到了北風呼嘯的時節，老太太已經在冷冰冰的炕上躺了好幾天了。她病得厲害，又餓了好多天，根本沒力氣爬起來。「我要死了嗎？」周老太不指望有什麼人能救自己，生活上的磨難，幾乎已讓她不抱任何幻想。

就在這時，周老太的耳邊忽然傳來說話聲，那聲音又尖又細：「別怕，聽我說，妳的床頭有兩百文銅錢，可以拿去買米做飯吃，不用再挨家挨戶乞討了。」按照那聲音所說，周老太順手一摸，果然在床頭找到了錢。周老太大驚失色，對著空中問道：「請問神仙尊號？」

那尖細的聲音回答：「我是東倉使者。」東倉使者出現得突然，聲音也古怪，但語氣裡透露出的關切，讓周老太久違地感受到了人情味，她僅有的一點恐懼完全消散了。

有了錢，便有了希望。

周老太忽然有了爬起身的力氣，她出門買米麵，滿足地吃了頓熱騰騰的飯菜，身體也好多了。

從這天開始，總會有東西自動出現在庭院裡，有時是錢，有時是米，有時是其他食物。每次出現的東西都不多，只夠周老太用一、兩天，但只要用光了，那些錢糧便會再次出現。

周老太總算過上了不缺吃喝的日子。不僅僅是錢糧，那東倉使者偶爾還會為周老太送來幾件衣服，都是些布衣素服。

周老太很感激東倉使者，時間長了，她很想見見這位幫助自己的恩人。有天，周老太終於鼓起勇氣祈求道：「我這個孤老婆子蒙受您的恩澤太久了，希望有幸能見一見您的尊容，這樣，我才好祭拜您啊。」

東倉使者忸怩了一會兒，才不好意思地說：「可是我沒有形體啊。」周老太露出了失望的神情。大概是不忍她失望，東倉使者急忙改口：「好吧，既然妳想看，我就化形到夢裡相見吧。」當晚，周老太果然夢到了一位白髮蒼蒼的老翁，她這輩子都沒這麼開心過。

一段時間後，周老太經常聽到鄰居驚訝地高呼：「莫名其妙，家裡怎麼丟了東西？」據說丟東西的事時有所聞，東邊鄰居丟了，西邊鄰居丟。再打聽打聽，不都是那東倉使者送給自己的東西嗎？周老太這才知道，東倉使者是靠偷東西來養活自己的。思來想去，為了活下去，周老太只能選擇視而不見。

除了偷東西養活老婆婆，東倉使者還特別喜歡跟周老太聊天，聊的都是周圍鄰居的八卦，比如誰家過幾天會有喜事，誰家過幾天會有災禍。

東倉使者講完了八卦，過了嘴癮，還不忘囑咐周老太：「這是只有妳我知道的秘密，可不能洩露出去。」周老太暗中留心，東倉使者所說的，日後果然都一一應驗了。

周老太一直沒有出門要飯，日子反而一天天好了起來，時間久了，周圍的鄰居不免覺得奇怪。有好事的人跑到周老太家偷看，忽然驚叫道：「欸？這件衣服好眼熟啊，好像在哪裡見過？我的天哪！這不是我家之前丟的那件嗎？」這人一嚷嚷，周圍鄰居都跑來看，很快，他們便在周老太家找到了自家的失物。

大家都很氣憤：「我說妳怎麼不討飯了，原來是做了小偷的勾當。」眾人推推搡搡，正準備把周老太扭送到衙門去，虛空中忽然傳來了怪腔怪調的聲音：「她有什麼罪呢？冤有頭，債有主。這一切都是我幹的，你們不要為難她。何況經典有云：『損有餘而補不足』。我正是拿你們家裡多餘的東西來貼補這個窮老婆子，這又有什麼壞處？你們要是還不放開她，小心我要你們好看！」話音剛落，空中就飛來了無數磚頭瓦片。

鄰居們被飛來的磚頭瓦片砸得鬆了手，嘴裡高呼著：「妖怪啊！」

「鬼！」

「快跑啊！」

眾人顧不得找周老太賠償，紛紛嚇得奪門而出。

這事之後，整個村的人都知道周老太家出了妖怪，有不少好事者紛紛前來看熱鬧。

東倉使者是頭順毛驢，如果看熱鬧的人跟它好好說話，它也會好好地回答他們；但如果來人出言不遜，就只有挨石頭砸的份。

不過，這些外人，東倉使者其實統統都不放在眼裡，它只聽周老太的話。只要周老太說不許打人，它就會馬上乖乖地停下動作。

一天，有個書生喝醉了酒，借著醉意來周老太家鬧事。

他大罵道：「是什麼妖怪在這裡作祟不止？你敢出來和我打一架嗎？」

書生罵完，等著挨石頭砸，但周老太的院子裡一片寂靜，東倉使者並沒有和他計較。這下可好，書生越發來勁，變著花樣罵了東倉使者一頓後，安然無恙地離去了。

周老太好奇地問東倉使者：「你為什麼單單怕他呢？」

東倉使者說：「他讀聖賢書啊，還是個在校學生，按理我應該避開他。更何況，他還喝醉了酒，我堂堂仙使跟個醉鬼計較什麼？」

這番話傳出去後，書生越發自負，簡直不知道天高地厚了，又過了幾天，書生再次跑到周老太家罵人。這次東倉使者可不客氣了，瓦片與石頭齊飛，書生被打得抱頭鼠竄。

周老太忙問東倉使者：「怎麼回事啊？這次你怎麼又打他了？」

東倉使者氣呼呼地說：「他一開始做得就很過分，無緣無故罵人。上次我寬宏大量，原諒了他。沒想到他不但不思己過，還膽敢跑到我這裡逞英雄，這就是一而再、再而三地失禮了。對這等無禮之人，打他有什麼好奇怪的？」

周老太和這位脾氣有點暴躁的東倉使者日子過得正舒坦，村民們卻看不下去了。

村裡有權勢的人們開始板著臉進進出出，時不時就要開一次大會，眾人商量著如何除妖。最終，他們決定去張真人那裡請神符。眾人商定好了人選，結果那背負著全村希望的人還沒出村，就被一股無形之力攔住了；即使再換人，也同樣被攔住了，彷彿鬼打牆，誰都去不成。

一天，周老太忽然聽到東倉使者低聲哭訴：「大禍臨頭！龍虎山要遣神將來捉我了。」周老太非常替它擔心，急切地問：「你為什麼不趕快逃？」「晚了，他們已經布下了天羅地網，我又能逃去哪裡呢？」說罷，東倉使者再次低聲啜泣起來。

一個任人欺負的孤老婆子又有什麼法子呢？周老太也只能跟著哭。第二天，果然有鄰居拿著符咒來到周老太家裡。

原來，正是這人暗中托親戚求來了符咒，所以東倉使者無從阻止。鄰居不顧周老太阻攔，進門後，舉著符咒徑直去了臥室，「啪」的一下，把符咒貼在了牆上。

周老太勃然大怒，正準備去撕，只聽喀嚓一聲巨響，等硝煙散去，一隻巨大的老鼠死在了床頭。除了妖怪的本體，大家還看到了它的棲身之所——老鼠洞。那老鼠洞就在死去老鼠的旁邊，大如窗戶，平常它就坐在那裡，奇怪的是誰都沒有看見過。

從此之後，失去老鼠幫助的周老太又回到四處乞討的日子。

本篇故事之所以打動人心，是因為它展現了在冷漠的世道中，妖界的邊緣精怪——鼠精，與人間的邊緣人物——討飯婆，相互取暖的情節。

故事中的鼠精面對孤苦無依的老人家，沒有像其他人一樣置之不理，而是懷著同情心，選擇用自己的能力去庇護她。

毫無疑問，本篇故事是個悲劇。村民損失了米和錢，鼠精丟了法身慧命，周老太重新行乞……經過這件事，當地人大概都恨死了間接偷他們家東西的小偷——周老太，在她行乞時，也不會再好心給她吃的了。周老太的結局顯而易見——過不了多久，她會饑寒而死。可惜了老鼠精的一番善意，可惜了老鼠精多年的修為。

如果它能換一種和當地村民共贏的方式來幫助周老太的話，結局也許會不同吧！

原文

金溪蘇坊有周姓丐媼，年五十餘。夫死無子，獨處破屋。忽有人於耳畔謂之曰：「爾甚可憫，余當助爾。」回視不見其形。頗驚怪。復聞耳畔語曰：「爾勿畏。爾床頭有錢二百，可取以市米為炊，無事傍人門戶也。」如言，果得錢。媼驚問何神，曰：「吾東倉使者也。」媼察其意，非欲禍己者，竟不復畏怖。自是或錢、或米、或食物，日致於庭，亦無多，僅足供一二日之費；費盡則復致之，亦不缺乏。間又或為致衣服數事，率皆布素而無華鮮。媼賴之以免饑寒，心甚德之，祝曰：「吾受神之澤厚矣！願見神而拜祀焉！」神曰：「吾無形也。雖然，當夢中化形示爾。」果夢中見之，皤然一翁也。久之，頗聞東鄰人言，室中無故亡其物，其西鄰之人亦云，媼乃知神之竊鄰以貺己也。鄉鄰有吉凶美惡事，輒預以告媼，囑以勿泄。自後驗之，無不中。如是者數年。

初鄰人訝媼之不復丐也，即其家伺之，則所亡之物在焉，乃怒媼，將執以為盜。忽聞空中人語曰：「彼何罪？我實為之。損有餘，補不足，復何害？若猶不捨，將不利於爾！」言甫畢，而瓦礫擲其前矣。鄰人懼而棄，一里傳以為怪。往觀者甚眾，與之婉語，殊娓娓可聽。語不遜者，輒被擊。惟媼言是聽，媼言勿擊則止。一日，有諸生乘醉造媼所，大詈曰：「是何妖妄作祟不已，敢出與吾敵乎？」詈之再三，竟無恙而去。媼詰神曰：「何獨畏彼？」曰：「彼讀聖賢書，列身庠序，義當避之。且又醉，吾不與較。」生聞，益自負。數日，又往詈之，則空中飛片瓦擲其首，負痛而歸。媼又以詰神。曰：「無故詈人，一之為甚，吾且柔之，則曲在彼矣。又不戢而思逞，是重無禮也。無禮而擊之，又何怪焉？」鄉人頗患之，謀請符於張真人，輒為阻於途，不得往。一日，媼聞神泣曰：「龍虎山遣將至，吾禍速矣！」媼曰：「曷不逃？」曰：「四布羅網矣，將安之？」言罷復泣，媼亦泣。越翌日，果有鄰人持符詣媼家，蓋托其戚屬已潛求於上清，故神莫知而未之阻也。徑入臥內，懸之壁。媼怒，欲裂之。忽霹靂一聲，一巨鼠死於床頭，穴大如窗，向常行坐其處，勿見也。自是媼丐如故矣。

——清 樂鈞《耳食錄·卷三·東倉使者》

以石為友

建寧有個叫呂著的人，他年輕時曾在武夷山北麓的古寺中讀書，寺廟裡清淨，也沒有其他人居住。

這天呂著正坐在窗前看書，原本天氣晴好，彷彿只是一瞬間，天就黑透了。呂著正納悶，一縷徹骨的寒風平地而起，樹葉和窗紙都被吹走，風更大時，就連屋檐上的瓦片都被掀落了。最終，它們齊齊被吹往了一個方向——屋前的石頭上。

陣陣旋風捲過，呂著揉著眼睛驚恐地看到，地上憑空出現了十幾個漢子。這些漢子都是地上的石頭變化而成的，窗紙和樹葉被他們化為了衣服，瓦片則成了戴在頭上的帽子或頭巾。

石頭變成衣冠楚楚的人後，哈哈笑著，互相拱手示意，紛紛來到佛殿前。不一會兒，清雅的談話聲傳到了呂著耳中，躲在房內的呂著聽得清清楚楚，那些人在談論佛法。

他嚇得不得了，趕緊屏住呼吸，悄悄將窗戶關好，跳到床上，瑟瑟發抖地祈禱佛祖保佑自己，不知不覺間，呂著睡了過去。

第二天早上，他懷著驚懼起了床，鼓起勇氣開門一看，外面的石頭都好端端地立在地上呢。

呂著長舒一口氣，不由得嘲笑自己，肯定是讀書累了，才出現了幻覺；但吃了午飯，等他再次端坐在書桌前時，晴朗的天再次變得陰沉了。

寒風吹過，地上的石頭再次搖身一變，他們穿著窗紙和樹葉做的衣服，頭上戴著瓦片做的帽子，再次聚眾聊起天來。接下來的幾天，每天午後都有石人幻化成人，談經論道。

呂著小心翼翼地試探幾次後，知道這些石頭精無意害人，於是漸漸地對他們的存在習以為常。

這天，呂著終於鼓起勇氣，打算出門和他們聊聊天。

雖然這些漢子的原形是石頭，但是他們的心腸可不是石頭做的，對主動示好的呂蓍非常熱情，紛紛介紹自己姓甚名誰。奇怪的是，他們的姓大都是複姓，也大多是漢魏時期的人，其中有兩個鬚髮蒼蒼的老人還自稱是秦時的人。

由千年前的妖鬼組建的茶話會，呂蓍興奮地參與了好幾場。他發現，眾人聊天的內容大都是他們那個時代的事情，而且跟漢魏史書中記載的內容很不一樣。歷史大概真的是任人編造的吧。

呂蓍聽得津津有味，畢竟即使是一千年前的八卦新聞，也比「之乎者也」有趣多了。

從此以後，呂蓍的生活不再枯燥乏味。

每天吃完午飯，他午覺也不睡了，直接在群石間等著古人前來與自己說古。

在豎著耳朵聽故事的間隙，呂蓍也會發問。比如：「為什麼你們要借石頭才能幻化成人形呢？」大家聽了這個問題，臉色一黯，有圓滑點的老人家出來打個哈哈，氣氛便重新變得熱烈，但始終沒人回答他這個問題。

再比如，呂蓍會問他們：「你們為什麼總是在廟裡相聚，不跟我出門去遊山玩水呢？」大家似乎想到了什麼痛苦的往事一般，紛紛沉默了，依然沒人肯回答他。不過，雖然有些問題不便回答，但這些文雅的古人會用其他方式表達歉意。

其中一位似是領頭的人說：「呂先生是個文人雅士，今晚月明星稀，我們比個武，增長先生的見識。」

當晚，大家果然帶著各種武器前來赴會了。

眾人的武器不一，有還存於世的戈戟，但更多的是一些呂蓍叫不出名字的古兵器。

等大家興奮地齊聚在院子裡，月下靜謐的山寺頓時成了熱鬧的練武場，大家手拿武器，或單人演武，或雙人對打，形影飄逸，如仙如鶴。武器和武術倒是次要的，令人激動的是，當晚表演的人全是已經死去千年的古人，看著上古的武術表演，呂著大開眼界，連連道謝。

就這樣，這種快樂的日子不知道過了多久，在又一次的聚會上，這些古人忽然露出了依依不捨的神情。領頭人接著道：「我們和先生相交這麼久，實在是不忍心與你分別；但我們將要去海外投胎，完成前生沒有完成的事情，該和您告別了。」呂著也露出了依依不捨的神情，但是萬般相聚，終須一別，大家最終灑淚互道珍重。

從此之後，午後的寺廟恢復了往日的靜寂。

呂著時常盯著烈日下的石頭發呆，他知道，自己這輩子再也不會遇到這群文武雙全的古人朋友了。為了紀念這群朋友，他把自己從他們口中聽到的故事收錄成書，並為這本書取名為《石言》，本來打算付梓流傳於世，但因為家裡實在太窮了，直到他死，都沒能完成這個願望，至今這本書還放在他的兒子呂大延那裡。

真可惜啊，如果這本書能流傳於世，想必能給這寂寥的夜憑添莫大的樂趣吧！

原文

呂著，建寧人，讀書武夷山北麓古寺中。方晝陰晦，見階砌上石盡人立。寒風一過，窗紙樹葉飛脫著石，粘掛不下，檐瓦亦飛著石上。石皆旋轉化為人，窗紙樹葉化為衣服，瓦化冠幘，頎然丈夫十餘人，坐踞佛殿間，清淡雅論，娓娓可聽。呂怖駭，掩窗而睡。

明日起視，毫無蹤跡。午後，石又立如昨。數日以後，竟成泛常，了不為害，呂遂出與接談。問其姓氏，多複姓，自言皆漢、魏人，有二老者則秦時人也。所談事，與漢、魏史書所載頗有異同。呂甚以為樂，午食後，靜待其來。詢以托物幻形之故，不答；問何以不常住寺中，亦不答；但答語曰：「呂君雅士，今夕月明，我共來角武，以廣君所未見。」是夜，各攜刀劍來，有古兵器，不似戈戟，而不能強加名者。就月起舞，或隻或雙，飄瞥神妙，呂再拜而謝。

又一日，告呂曰：「我輩與君周旋日久，情不忍別，今夕我輩皆托生海外，完前生未了之事，當與君別矣。」呂送出戶，從此闃然，呂淒然如喪良友。取所談古事，筆之於書，號曰《石言》，欲梓以傳世，貧不能辦，至今猶藏其子大延處。

——清 袁枚《子不語．卷十二．石言》

掃帚精

張老爺子半夜三更趕路回家，走到半途，漆黑一片的山野中忽然出現了一點熒熒燭火。燭火飄飄蕩蕩到近前，張老爺子才發現，竟然是個童子挑著一盞燈。

童子見到他後，嘴角翹起，停下腳步，行了個禮，說：「我是特地來接您回家的。」張老爺子納悶地想：這是哪家的孩子？我不認識啊。再說了，我一個鄉下的糟老頭子，哪裡請得起童僕？

張老爺子雖然心裡懷疑，但他正身處月黑風高的荒郊野嶺，只能選擇靜觀其變。他緊緊扶住童子的手臂往前走去，兩人一路無話，就在二人快要走到有人煙的地方時，黑夜中的一點燭光倏忽熄滅，童子也隨之消失不見了。張老爺子低頭再看，發現手裡緊緊握持的不過是一柄破掃帚。

也許這柄破掃帚是張老爺子家的舊物吧！它擔心張老爺子在山路上遇到危險，所以一路護送；也可能這柄成精的破掃帚，知道當晚張老爺子會發生意外，所以特地化作童子幫張老爺子擋災，等完成任務，心願已了的小妖怪便回歸本體了。

故事雖短小，卻充滿了中式志怪小說的朦朧美。

原文

有張老夜於鄉村歸，忽有童子挑燈前來，言曰：「特相接長者。」張疑之，以手緊持其臂而行。將至有人煙處，燈忽滅，童子不見。視手中所緊持者，一敗帚耳。

——明 鄭仲夔《耳新・卷七・說鬼》

鮫奴

茜涇有個姓景的書生，他在閩地住了三年後，準備坐船回老家。

經過一片沙灘時，他忽然看到沙灘上躺著一個人，那人體態僵硬，不知是死是活。

景生正打算救人，卻赫然發現，這人通體黝黑，鬚髮捲曲，一雙如湖水般碧綠的眼睛正盯著他看。這也不像是正常人啊。景生大聲問：「你還活著嗎？你是人是鬼？」

那人還活著，起身回答道：「在下是個鮫人，曾為水晶宮的瓊華三姑子織紫綃嫁衣，因為不小心弄斷了九龍雙脊梭，所以被流放到了這處偏遠的沙灘上。現在，我漂泊無依，倘若能蒙先生收留，在下必定銜環結草相報。」

景生家貧，正苦於請不起奴僕，日常生活中又需要人手，他聽了鮫人的話，心想即使是帶回去當個僕人使喚也好，管它是不是異類，先救下再說。他向鮫人招招手，鮫人露齒一笑，上了船。

一路上，景生漸漸地把鮫人的情況摸清了：它沉默寡言，沒什麼愛好，也沒有謀生的技能，比景生這個書生還要無用。

回家之後，每次吃完飯，鮫人會先去池塘裡泡個澡，泡完澡就找個安靜昏暗的角落，規規矩矩地一蹲，不說也不笑，誰也不知道它在想什麼。

「這僕人當得……」景生覺得鮫人沒什麼用處，但見它遠離了大海，一個人孤伶伶的樣子，所以始終不忍心趕它走。

浴佛日這天，景生前去曇花寺遊玩，在寺裡，他邂逅了一個女孩。

當時，女孩隨著一個老太太，在佛像前虔誠祈禱。女孩一雙纖纖玉手猶如亭亭白蓮，細瘦的腰在跪下去的一刻如搖曳的柳枝，連影子都美得宛若輕雲吐月，景生一見傾心。

拜完了佛，女孩便隨著老太太走了。跟著一起走的，還有景生的魂，他跟隨女孩，不知不覺間進了一條窄巷。見女孩和老太太進了院子，景生痴痴地盯著門看了片刻，不一會兒，附近有鄰居出門，他趕緊上前打聽女孩的身分。

原來女孩是吳地人，姓陶，小名叫萬珠，年幼喪父，因為一直被鄰里欺負，實在是住不下去了，三年前才和母親搬到這裡。聽了女孩的身世，景生大喜，認為她們孤兒寡母，家裡窮苦，自己的條件雖然也不怎麼好，但只要花點錢，上門求親應該是沒問題的。

想到就做，景生馬上登門求聘。沒想到老太太聽了，驚愕片刻，冷笑一聲，竟拒絕了他。

景生以為是自己的誠意不夠，趕緊允諾會準備豐厚的聘禮，老太太依然不答應。景生萬萬沒想到自己會被拒絕，氣得口不擇言：「難道阿母想居奇不售，讓您的女兒當一輩子老丫頭？」老太太沒生氣，只是呵呵一笑：「就是拿藍田璧玉來，我都嫌聘禮少！更何況我女兒名為萬珠，一定得用萬顆明珠來求娶，才夠資格。否則，即使你想盡千方百計，也是徒勞無功。」

景生戀戀不捨地望了望內院，沒想到追求這位身世可憐的姑娘也困難重重，自己還不夠資格。他無計可施，只得失望地回了家。

回去之後，景生嘆道：「萬顆明珠，縱使我傾家蕩產，也沒辦法找到啊！」他終日躺著，白天長吁短嘆，夜晚則在夢中思念女孩。這種狀態一直持續了十幾天，最後終於病了。

請來大夫看病，一番望聞問切之後，大夫搖頭道：「其他的病尚且能以藥石醫治，但相思病卻無藥可醫啊！」景生就這麼一天天消瘦下去，眼看沒幾天就要死了。

沉浸於自我世界中的鮫人終於發現了主人的異常，它進門問主人到底是因何而病的。

景生痛苦地說：「我要為情而死了，只可憐你從天涯海角跟我回來，與我做伴，至今已有半年時間，倘若我忽然死了，你不就漂泊無依了嗎？」向來沉悶的鮫人其實也懂得人的感情，他聽完這番話，望著憔悴的景生，頹然趴倒在地，撫著床大哭起來。淚水一滴滴滾落在地，叮叮噹噹，發出了金玉之音。

景生覺得奇怪，勉強打起精神探過頭去，只見地上晶光閃閃，他好奇地撿起來一看，竟然是珍珠！

景生耷拉的嘴角往上一翹，猛地坐起身：「我好了！」鮫人止住哭聲，驚訝地問：「主人，您沒事吧？」

景生捏著珍珠，轉頭緊緊握住鮫人的手，激動地說：「我之所以久病不癒，正是因為少了你這一場急淚啊！」鮫人一臉茫然，景生便將事情的前因後果詳細說了一遍。

鮫人聽完，立馬轉悲為喜，趕緊俯身將珍珠一一撿起；但數完之後，發現數量遠遠不夠。鮫人轉頭嘆了口氣，道：「主人您生了一副寒酸討飯相，乍一得到寶物就高興成這個樣子，剛剛為什麼不緩一緩，讓我盡情為您哭一場呢？」

景生也懊惱得直捶胸，沉默片刻，他試探地問：「能再試試看嗎？」

鮫人搖了搖頭：「不行啊，我們鮫人一族不論是笑還是哭，都是發自內心的，容不得半點虛假。不像世間的人，動不動就以假面目對人。」見景生失望，鮫人趕緊安慰：「沒關係，明天我帶著酒，登上高樓望海，一定能為主人籌足一萬顆珍珠。」

景生欣然答應。

第二天一早，景生備好美酒，帶著鮫人登上高樓。

極目遠眺，一排排海浪隨狂風化為濃霧，濃霧逐波，水墨般氤氳，遙遠的海岸漸漸隱沒於其中。

就在這片煙波浩渺中，鮫人取來酒杯，一杯接一杯地喝了起來。酒意很快上湧，他踉踉蹌蹌，如魚龍戲舞，身體輕柔地舞動了起來。

鮫人的眼波隨身體流轉，將茫茫天地盡收眼底。家鄉近在咫尺，自己卻無法回去，此刻，鮫人的前途宛如這渺茫的大海，茫然不可測。它長嘆一聲：「滿目蒼涼，我的家在哪裡呢？」嘆罷，鮫人奮力地一揮袖子，在吹過高樓呼嘯的海風中，袖子飽灌海風，發出陣陣沉悶的裂帛聲。一時之間，想要歸家的愁緒如浪潮般襲來，鮫人的眼淚像斷了線的珍珠般，一顆接著一顆簌簌落下。

景生大喜，趕緊蹲下身子將珍珠撿進玉盤中。

眼看玉盤中的珍珠成堆，足有一萬顆，景生趕緊叫停：「可以了，不要再哭了。」

然而那鮫人的憂思從內心深處迸發，悲傷的情緒難以克制，一時之間無法停止哭泣，最後它大聲號哭一聲，眼淚才止住了。

景生興高采烈地捧著珍珠正要和鮫人一起回家，這時鮫人卻忽然指著東邊大笑起來：「看哪！赤城霞升起來了，跨過黿鼉架成的橋梁，就是隱現的十二座蜃樓。瓊華三姑子今晚就要下嫁給珊瑚島的釣鼇仙史。這也表示我的流放之災也結束了。在下告辭了！」說罷，不等景生反應，鮫人縱身一躍，黝黑的身體瞬間隱沒在茫茫大海中。

景生望向東面，一片煙波浩渺，什麼也看不到；但他知道，這嚮往自由、思念家鄉的鮫人一去不復返了。在原地呆呆地站了片刻後，他抱著珍珠悵然而歸。

第二天，景生來到了女孩家。

他背著布袋，昂然而入。在老太太拿起掃帚準備趕人的架勢下，他把袋子往桌上一放，打開袋口，請老太太來看。

老太太收起掃帚，看罷，拊掌一笑：「先生真是一個痴情人，我當初不過是用這個來試探一下您的真心罷了，怎麼可能真的賣掉自己的親閨女，厚著老臉求活路呢？」老太太婉拒景生帶來的珍珠，並把女孩嫁給了他。

後來，小倆口生了一個兒子，並取名為「夢鮫」，用來紀念促成這場姻緣的鮫人。

這世間還有比「鮫人泣淚成珠」更浪漫更悲傷的故事嗎？

古人對這個故事也自有一番評價：鮫人被逼到窮途末路的一場大哭，竟幫貧寒的士人做了媒，真是神奇的法術啊！不過，更神奇的是女孩的母親。

一開始，老太太面對覬覦女兒的陌生男子，獅子大開口般索要萬顆珍珠作為聘禮；等真的收到了，她卻推辭不要，這樣一番操作之下，女兒的地位瞬間被提升到完全不同的層次，真是充滿智慧的母親！否則，即使是收下巨富之家的一斛珍珠，雖然看似提高了女兒的身價，但本質上跟賣菜的有什麼不同呢？

原文

茜涇景生，客閩三載，後航海而歸。見沙岸上一人僵臥，碧眼蜷鬚，黑身似鬼，呼而問之。對曰：「僕鮫人也，為水晶宮瓊華三姑子織紫綃嫁衣，誤斷其九龍雙脊梭，是以見放。今漂泊無依，倘蒙收錄，恩銜沒齒。」生正苦無僕，挈之歸里。其人無所好，亦無所能。飯後赴池塘一浴，即蹲伏暗陬，不言不笑。生以其窮海孤身，亦不忍時加驅遣。

浴佛日，生隨喜曇花講寺。見老婦引韶齡女子，拜禱慈雲座下。白蓮合掌，細柳低腰，弄影流光，皎若輕雲吐月。拜罷，隨老婦竟去。跡之，入於隘巷。訪諸鄰右，知女吳人，姓陶氏，小字萬珠，幼失父，為里黨所欺，三年前，隨母僦居於此。生以孀貧可啖，登門求聘，許以多金，卒不允。生曰：「阿母居奇不售，將使令千金以丫角老耶？」老婦笑曰：「藍田雙璧，索聘何嫌？且女名萬珠，必得萬顆明珠，方能應命，否則，千絲結網，亦笑越客徒勞耳！」

生失望而回，私念明珠萬顆，縱傾家破產，亦勢難猝辦，日則書空，夜則感夢，忽忽經旬，伏床不起。延醫診視，皆曰：「雜症可醫，相思疾未可藥也。」瘦骨支床，懨懨待斃。鮫人入而問疾。生曰：「琅玡王伯輿，終當為情死。但汝海角相依，迄今半載，設一旦予先朝露，汝安適歸？」鮫人聞其言，撫床大哭，淚流滿地。俯視之，晶光跳擲，粒粒盤中如意珠也。生蹶然而起，曰：「癒矣！」鮫人訝其故。生曰：「予所以病且殆者，為少汝一副急淚耳！」遂備陳顛末。鮫人喜，拾而數之，未滿其額。轉嘆曰：「主人亦寒乞相，得寶驟作喜色，何不少緩須臾，為君盡情一哭也。」生曰：「再試可乎？」鮫人曰：「我輩笑啼，由中而發，不似世途上機械者流，動以假面向人。無已，明日攜樽酒，登望海樓，為主人籌之。」

生如其言，侵晨挈鮫人登樓望海，見煙波汨沒，浮天無岸。鮫人引杯取醉，作旋波宮魚龍曼衍之舞。南眺朱崖，北顧天墟，之罘、碣石，盡在滄波明滅中。喟然曰：「滿目蒼涼，故家何在？」奮袖激昂，慨然作思歸之想，撫膺一慟，淚珠迸落。生取玉盤盛之，曰：「可矣。」鮫人憂從中來，不可斷絕。放聲一號，淚盡乃止。生大喜，邀之同歸。鮫人忽東指笑曰：「赤城霞起矣。蜃樓十二座，近跨鼉梁，瓊華三姑子今夕下嫁珊瑚島釣鼇仙史。僕災限已滿，請從此逝！」聳身一躍，赴海而沒。生悵然獨返。

越日，出明珠，登堂納聘。老婦笑曰：「君真痴於情者。我不過以此相試，豈真賣閨中女，覥顏求活計哉？」卻其珠，以女歸生。後誕一子，名夢鮫，志不忘作合之緣也。

鐸曰：「借窮途之哭，為寒士之媒，鮫人之術奇矣，吾更奇乎阿母之始索其聘，繼卻其珠，使絕代嬌姿，閨房吐氣。否則，量石家一斛珠，雖高抬聲價，亦何異賣菜而求益者乎？」

——清 沈起鳳《諧鐸．卷七．鮫奴》

助人為樂的田螺

潁川有個叫鄧元佐的人，年輕時曾到吳地遊學。

《論語》有言：「父母在，不遠遊，遊必有方。」雖然鄧元佐從小到大接受的都是這樣的教育，但此時的他還是一個無比叛逆的少年，最愛做的事就是遠離家鄉，遊山玩水。凡是名山勝水，不管路途多麼遙遠，山勢多麼險峻，他都會想方設法前去遊玩，即使冒著生命危險也不在乎。

這天，鄧元佐去拜訪自己的老友。

跟朋友痛快地大吃大喝一頓後，醉醺醺的鄧元佐不顧朋友的勸阻，執意往回走，就在快抵達姑蘇時，還沒醒酒的鄧元佐不小心走錯路，走到了一條曲折蜿蜒的小道上。等他意識到自己迷了路時，太陽已經西斜，背陰的地方吹起了冷颼颼的山風，酒醒了大半的他不由得拉緊衣服。

「索性往前走吧，說不定能走回對的路上，反正荒野中的夜路又不是沒走過。」在外遊玩慣了的鄧元佐不以為意。

沒想到，他這一走就是十幾里。

一路上，荒草蔓延，野獸嘶吼，杳無人煙。不知不覺，夕陽已經收盡最後一絲餘暉，沮喪的鄧元佐伸長脖子往前看，前方忽然多出一點比夕陽的餘暉還要亮的光點。

「這是燈火吧？有人家！」想到這裡，興奮的鄧元佐急匆匆地尋了過去，走近之後才發現，燈光的來處是一棟狹窄的小房子。

咚咚咚！他敲響了門。

前來應門是一位年約二十的女子。

鄧元佐愣了一下，他萬萬沒想到荒郊野嶺裡竟然有這麼年輕的一個女子獨自生活著。開門前，他還以為裡面住的是山裡的老獵人。

鄧元佐很快回過神來，禮貌地拱手道：「在下今晚拜訪友人歸來，因為醉酒，不小心走岔了道。現在夜色已深，倘若再走，我擔心會被猛獸所噬。求娘子容在下住一晚，您放心，天一亮，我馬上就走。您的大恩大德，在下永世不忘。」

女孩露出了為難的神色：「我爹爹他們都不在家啊，不方便招待外人，這可怎麼辦？何況我家很窮，沒有好的褥席作為鋪墊讓你過夜。」

鄧元佐哀求道：「求求妳了，就一晚。在下不是壞人，實在是這荒郊野嶺太危險了。」女孩咬著嘴唇沉思片刻，彷彿下定決心般說道：「那好吧。倘若先生您不嫌棄，就進來吧。」鄧元佐欣喜地點點頭，跟著女孩進了門。

女孩很勤快，立刻為他堆了一個土床，還在上面細細地鋪了一層軟草。草鋪好之後，鄧元佐道了謝，坐了下來。等安頓好客人的住處，女孩又準備了一桌食物。

雖然鄧元佐在趕路之前吃得很豐盛，但經過一下午的奔波，他早就餓得前胸貼後背了，正打算大塊朵頤一番，沒想到食物一端上來，饑腸轆轆的鄧元佐還是不由得皺起了眉頭。

這盤子裡的東西黑漆漆、黏糊糊的，看不出是什麼，總之，不像是能入口的東西。

看著女孩殷切的目光，鄧元佐試探著舀了一勺。嘗到食物的味道後，他的眉頭頓時舒展了，因為這模樣怪異的食物竟然異常美味。又餓又累的鄧元佐大吃了一頓，吃飽喝足後，累極了的鄧元佐很快進入夢鄉。

不知不覺天亮了，鄧元佐被凍醒，他打著冷戰，迷迷糊糊地抬頭一看，瞬間清醒了過來，自己怎麼會躺在田野裡？他環顧四周，發現自己身邊還有個約一升大的大田螺。

「這……莫非遇到田螺妖了？」

想到這個可能，再想想昨晚昏黃燈光下那一盤盤烏漆墨黑、黏糊糊的東西，鄧元佐不由得大吐特吐，他發現自己吐出來的都是青泥。

鄧元佐確定昨晚招待自己的小娘子，真的是田螺妖！他迷惘地站在原地，盯著旁邊巨大的田螺驚嘆了很久。最終，他輕輕拍了拍田螺的殼，算是道了別。

大概是親身經歷過樣的奇事，心中有所感悟吧，回了老家的鄧元佐從此開始潛心學習道術，再也沒有出門遊歷了。

在荒寂的深山中，一個妖怪為陌生的人類提供了周到的幫助；而人在得知了妖怪的身分後，也沒有起加害之心。而在同時期的志怪故事中，人妖素來不兩立，很多故事的結尾不是人類對妖怪「趕盡殺絕」，就是妖怪把人折磨至死。妖害人，人殺妖，大多數情況下，雙方都失去了理智。

相形之下，這篇簡單的故事中所蘊含的人妖互助的質樸情感，分外地令人動容。

原文

鄧元佐者，潁川人也，遊學於吳。好尋山水，凡有勝境，無不歷覽。因謁長城宰，延挹托舊，暢飲而別。將抵姑蘇，誤入一徑，甚險阻紆曲，凡十數里，莫逢人舍，但見蓬蒿而已。時日色已暝，元佐引領前望，忽見燈火，意有人家，乃尋而投之。

既至，見一蝸舍，惟一女子，可年二十許。元佐乃投之，曰：「余今晚至長城訪友，乘醉而歸，誤入此道。今已侵夜，更向前道，慮為惡獸所損，幸娘子見容一宵，豈敢忘德？」女曰：「大人不在，當奈何？況又家貧，無好茵席祗侍，君子不棄，即聞命矣。」元佐餒，因舍焉。女乃嚴一土塌，上布軟草，坐定，女子設食。元佐餒而食之，極美。女子乃就元佐而寢。

元佐至明，忽覺其身臥在田中，旁有一螺，大如升子。元佐思夜來所餐之物，意甚不安，乃嘔吐，視之，盡青泥也。元佐嘆咤良久，不損其螺。元佐自此棲心於道門，永絕遊歷耳。（出《集異記》）

——宋 李昉《太平廣記．卷四百七十一．鄧元佐》

狐財神

四川有個叫張子虛的商人，在漢口做生意。

張子虛雖然是個生意人，但生性淳樸，不善於經營算計，所以經常被一起做買賣的同伴們欺騙；但他也不是個傻子，別人占他便宜，他心裡很清楚，只是不願計較。

這天，張子虛正一個人待在店裡，忽然有位美人翩然而來，那美人看也不看他，徑直上了樓。他懷疑這是哪個夥計私交的風塵女子，正準備叫住她問話，美人卻似乎早已知道他心中所想，站在樓上朗聲道：「先生您不要多心，我是一隻狐狸，想租一間房子，所以來到這裡。如果您以後能每天給我送一碗白米飯，我一定會報答您的。」

張子虛是個老實人，聽了果然不再懷疑，也不害怕，而是真的按照囑託，盛了一碗米飯送上樓。

上樓之後，他留意觀察，樓上寂然一片，巴掌大的地方，確實沒有任何人的身影，他更加確信這是隻狐狸。把飯放好，張子虛便下樓了。

傍晚時分，張子虛心裡記掛著這事，於是來到樓上查看，順便收碗。上樓後，他被幽幽的白光閃了一下眼。望過去後，他發現原本盛滿了米飯的碗裡，此時正堆著滿滿一碗碎銀兩。張子虛大喜過望，這純粹是意外之財。

第二天，張子虛信守承諾，為狐狸送去了第二碗米飯。等晚上去收碗時，他再次收到了滿滿一碗碎銀兩，從此之後，張子虛過上了一碗米飯換一碗銀子的好日子。

同在一個屋檐下，張子虛送飯的異常舉動很快被精明的同伴們發現了，他們問：「你送飯給誰呢？」張子虛老老實實地回答：「有位狐仙住在我們樓上，我是送飯給她。」

「那你每晚拿下來的是銀子？」

張子虛再次老實點頭：「嗯，狐仙每次吃完飯都會在空碗裡放些銀兩。」同伴們一聽，馬上動了歪念頭。

當天傍晚，同伴們搶在張子虛之前去樓上收碗，卻見碗裡白花花一片，還是早上的白米飯，根本就沒有任何被吃過的痕跡，更別提什麼銀子了。

「張子虛，你騙人！」

其中一個人氣得把米飯往地上一倒，捏著碗下樓找張子虛理論。

「不會吧？」張子虛聽了同伴的咆哮，疑惑地爬上樓。奇怪的事情發生了，剛剛一地的白米飯，此時此刻全變成了白花花的銀子。跟在後面的同伴們當場瞪大了雙眼，他們信了。

其中某個人的心眼特別多，故作氣憤地說：「誰知道這銀子是哪來的？按理說，銀子在樓上出現，那就是公物，我們大家應該平分才對。」

還不等張子虛回話，樓上的空房間裡忽然傳來了女人的聲音：「我給張子虛銀子，是為了獎賞他的心地純樸。你們這幾個小賊，經常為了中飽私囊欺騙他，不受罰已是萬幸，竟然還想得到獎賞？誰敢再動他的銀子，就好好嘗嘗我的石頭吧！」

話音未落，空中忽然飛來一塊巨石，只聽轟隆一聲巨響，地面瞬間開裂。看著被砸裂的地板，同伴們又是慚愧又是恐懼，再也不敢提分錢一事。但大家看著張子虛每天送出去大米飯，收回來白花花的銀子，不禁妒火中燒。

時間一長，再也忍耐不住的眾人竟起了殺心，預謀毒殺張子虛，一起分了他的銀子。

說完就立即動手了，有人買酒，有人買菜，有人準備毒藥，有人邀請張子虛赴宴。張子虛老實巴交地坐在心懷鬼胎的眾人之間，正要喝下那杯毒酒。

「跪！」樓上忽然傳來一聲嬌喝，不等張子虛反應，本來圍坐一團的眾人紛紛跪在了他的面前。

那清脆又威嚴的女聲再次喝道：「拜！」眾人死死跪在地上，不自覺地對著張子虛哐哐磕起頭來。

張子虛被眾人這番舉動驚呆了，心想：今天可真是見了奇景了，以往都是他們欺負我，從沒見他們對我行過這等大禮啊。

他趕緊放下酒杯，起身去扶眾人：「你們這是幹什麼？」

可是眾人的膝蓋彷彿被什麼粘住了，任他怎麼用力也拉不起來。樓上再次傳來聲音：「好好說說你們的罪過。」眾人這才痛哭流涕，嗚嗚哭道：「我等偶然萌生了惡念，表面慶祝你發財，實際上卻想害死你，好霸佔你的錢財，今晚的毒酒就是為你準備的。」

那聲音再次呵斥：「有毒酒，為什麼不自己喝？」

這話一出，眾人不受控制地站起身，來到桌邊，彷彿牽線木偶般取來毒酒，邊搖頭，邊哭著往嘴裡灌去。張子虛已經明白了事情的來龍去脈，他飛撲過去，急忙將眾人手中的酒杯打翻。

隨著酒杯落地，地上頓時火花四濺。

那聲音哈哈大笑起來：「先生，您真是一位令人尊敬的長者。姑且為了您留下這幾人的狗命；但死罪可免，活罪難逃，就命他們長跪三日以謝罪。不過，您也沒必要再和這群狗賊一起住下去了，先生還是快點離開這裡回家去吧，我也該走了。」

話音剛落，樓梯上緩緩走出來一位美人，正是最初見過的那位美人。她行走之間，顧盼生輝，緩步地邁出大門，等張子虛反應過來想追出去道謝時，美人已經消失不見了。

而眾人果然長跪了整整三天才得以起身。

那狐狸在樓上共住了三年，這三年，張子虛從狐狸那裡得了無數銀子。他聽從狐狸的建議，帶著銀子衣錦還鄉，還在家鄉為這位恩狐建了一座狐仙祠。

對此，非非子評論說：「痛快啊！真是一隻豪爽的俠狐！神狐！這商人何德何能得到這位狐狸的青睞啊？只不過是他為人忠厚的回報吧。」

「《易經》有言：『中孚，豚魚吉，利涉大川，利貞』。意思是說，如果一個人能做到誠心實意，不做半分虛假，那麼他將無往不勝，就連天地都可以得到感應，更何況是靈異的狐仙呢？」

這是一篇古人崇尚樸拙、鄙視機心的典型故事。

在古人心目中，返璞歸真、擁有赤子之心的人，雖然暫時可能會受到別人的輕視和欺辱，但是最終會得到豐厚的回報。

原文

蜀有商人某甲，居貨漢口。性誠樸而不善持籌，每為同夥者欺蔽，商知之，亦不較。

一日，獨立店門，有美人翩然而入，直上其樓。商疑為娼女，而同夥者之私之也，將召而詰之。美人從樓上語曰：「君勿疑，吾乃狐也，欲僦此樓，故來耳。幸日以白飯一器餉我，當有以報。」商諾之，不復言。即以飯往，寂無所見，信其果狐也，設飯而下。抵暮往取器，則磊磊者在碗中。視之，白金也。商驚喜。次日復設飯，復得金如前。日以為常。

同夥詢知其事，因先往取器，冀得金，至則碗中飯如故。乃笑謂商誑己，傾其飯而下。及商往，則金也。同夥恚曰：「金自樓出，公物也，當均分之。」商未應，而樓上語曰：「吾以金予某，賞其樸也。若輩盜賊其行，每私其囊橐以欺某，不罰幸矣，復望得賞耶？敢言析金者，嘗吾石！」語畢，有石擲地上，地為之裂。夥慚且懼，乃不敢言。

後夥眾謀欲殺商而分取其金，置毒酒中，邀商飲，商未識也。忽樓上叱夥曰：「跪！」夥不覺皆跪。又叱曰：「拜！」夥皆向商亟拜。商詫甚，急扶之起，則皆膝屈不可伸。樓上又叱曰：「好自陳其罪！」夥皆涕泣向商曰：「偶萌惡念，利君財，實欲圖君，設毒酒待君矣。」又聞樓上叱曰：「有毒酒，何不自飲？」於是數人趨起取酒，將分飲之，商亟奪覆地，火光星爆。樓上大笑曰：「公誠長者，姑為公貸此數人死，令長跪三日謝罪。然此輩不可與居，公宜亟去，吾亦從此逝矣。」於是見美人緣梯而下，含倩流睞，徐徐出戶而去。商追謝之，不復見矣。夥果跪三日而後能起。

狐居凡三年，商得金無算，遂返成都為富人，立狐仙祠焉。

非非子曰：「快哉狐也，俠哉狐也，神哉狐也！商何以得此於狐哉？忠厚之報也。嗚呼！中孚可及豚魚，

「沉狐之靈者乎？」

——清 樂鈞《耳食錄・卷一・蜀商》

東風惡

唐朝天寶年間，有位叫崔玄微的隱士，他大部分時間都住在洛陽東邊的一座宅子裡。因為沉迷於道術，三十年來，他一直堅持服用蒼朮和茯苓等道家養生藥品。長生不老，是那個時代很多隱士的夢想。

這一年，存的藥吃得差不多了，於是崔玄微帶上僕人一起進嵩山採靈芝，一走就是一年。等他們回來時，宅子裡已經長滿了齊腰的野草。

當時正是暖春時節，微風拂過，野草颯颯有聲，月亮高高掛在天上，將荒寂的院落照得清楚又明亮。僕人都在忙著收拾，崔玄微回了自己的院子。

他單獨住一個院子，平常如果沒事，是不會有外人進來的。大概是過於疲累，崔玄微躺在床上反而睡不著，於是乾脆披衣起床，沐浴著清淺的月色，在院落中漫無目的地散著步。

三更後，一個清脆的聲音忽然叫住了崔玄微，聲音的主人是個著一身青衣的女孩。

「唉呀，您在這院子裡呢。我今日要和幾個女伴去東門表姨那裡，想暫時在您這裡歇歇腳，可以嗎？」

崔玄微以為她們是過路的女客人，沒有多想，微微點了點頭。

女孩見他答應，高興地一拍掌，向身後道：「姐妹們，妳們都過來吧，先生同意了。」不一會兒，十幾個女孩陸陸續續走了進來。

一位著綠裙的女孩上前行禮，道：「我姓楊。」自我介紹完，她開始介紹身邊的姐妹。一身白衣的女孩姓李，一身粉衣的女孩姓陶，一身紅衣的女孩姓石，名阿措。

這些女孩還各自帶了多名侍女，一一相見後，大家沐浴在暖春的月光中，開始閒談。

崔玄微詢問她們此行的目的，女孩們嘰嘰喳喳地回答道：「我們要去封十八姨那裡，她幾次說要來看我們，卻一直沒來，所以我們姐妹們趁著今晚月色好，一起去探望她。」

大家正擠在一起七嘴八舌的說著，還沒坐定，門外忽然有人傳報：「封家姨來了。」女孩們顧不得坐，趕緊起身去迎接。

也許是借用主人家的宅子有些不好意思，楊氏對來人誇讚道：「這處宅子的主人人最好，去過那麼多地方，只有待這兒最讓人自在，不會心生厭惡，其他地方都比不上。」

看到院子裡一片熱鬧，崔玄微作為主人，也趕緊過來招呼。

只見被女孩們眾星拱月般圍在中間的是一位嫻靜雅致的女人，女人開口了。在聽到女人的聲音時，崔玄微的耳朵微微動了動。他從沒聽過這麼清越的聲音，就像林下清風簌簌吹過耳畔，又如最上等的古琴拂動於清泉之上。

真是個妙人。

崔玄微趕緊作揖，請大家入座。眾位美女圍坐成一團，眨眼間，這座冷清荒寂的宅子就熱鬧起來了，滿座芬芳陣陣襲來，崔玄微有些陶醉。坐定後，女孩們命侍女擺好酒席，唱歌助興。

這群女孩不僅美得各有千秋，就連歌聲也各有特色，所唱的歌曲也都是崔玄微平生沒有聽過的，但當晚女孩們所唱的歌曲太多，他最終只記住了兩首。其中一首是位身穿紅裙的美人向白衣美人敬酒時唱的，歌詞是：

皎潔玉顏勝白雪，況乃青年對芳月。沉吟不敢怨春風，自嘆容華暗消歇。

另一首是白衣美人敬酒時唱的，歌詞是：

絳衣披拂露盈盈，淡染胭脂一朵輕。自恨紅顏留不住，莫怨春風道薄情。

等到封十八姨舉起酒杯時，她表現得卻有些輕佻，還故意打翻酒杯，弄髒了阿措的衣服。阿措臉色一變：「哼，大家都巴結妳，我偏不！」撂下狠話後，阿措霍地站起身，怒目圓睜地看著封十八姨。

十八姨沒動怒，只緩緩起身，定定地看了一會兒怒氣沖沖的阿措，吐出了六個字：「小女孩耍酒瘋。」說完便作勢要離開，大家噤若寒蟬，趕緊起身，賠著笑一同把人送到了門外。

十八姨往南方緩緩行去，直到看不到她的背影了，大家才三三兩兩地消失在了西邊的花園中。也不知道崔玄微是不是天生神經大條，對這群深夜時分莫名出現的女人，他也不覺得有什麼異常。

第二晚，女孩們再次嘰嘰喳喳地來了，大家這次商量著要去十八姨那裡玩。

阿措氣呼呼地說：「何必去那封老太太家受她羞辱，有事我們求崔處士就行，姐妹們，妳們覺得怎麼樣？」大家聽罷，露出了恍然大悟的表情：「對啊！我們怎麼沒有想到？」

阿措自告奮勇，找到正在房內喝茶的崔玄微，請求道：「我們姐妹都住在西苑中，每年都會遭受惡風摧殘，所以住得不是很安心。為此，我們只得時常求十八姨庇佑我們。可惜昨晚我忤逆了她，她肯定不會再幫我們了。崔處士，您如果願意庇佑我們眾姐妹，我們一定會報答您的。」

崔玄微很樂意幫助這群活潑伶俐的女孩，於是立馬答應：「在下能幫上什麼忙？請儘管說。」

阿措長舒一口氣，告訴崔玄微：「只求處士在每年的第一天幫我們做一面朱幡，在上面畫上日月五星的圖案，立在西苑的東面，這樣就能免除我們的災難了。」崔玄微點點頭答應了。

阿措又說：「因為今年的第一天已經過去了，所以想求您在本月二十一日天亮時，一發現有風出現，就馬上立起這面幡來。或許，這場劫難能避免。」崔玄微鄭重地應下了。

在門外偷聽的眾人齊聲道謝：「您的大恩大德，我們不會忘記的。」眾人道謝之後，才陸陸續續離開了。

月光下，崔玄微看著眾人如雲朵浮在空中一般輕盈地越過花園的牆頭，進入花園後便都杳無蹤跡了。此時，他依然沒有察覺到異常。

崔玄微是個守信用的人。

第二天，他就開始製作這面朱幡。等到了日子，天濛濛亮，他便扛著朱幡來到了西苑。

崔玄微全程嚴陣以待，乍一感覺有微風吹過，馬上將朱幡插在了東邊。當天，東風呼嘯，從洛陽南部一路折樹飛沙而來。風吹到西苑時，一直守著沒離開的崔玄微發現，院內雖然飛沙走石，但西苑內花團錦簇的繁花紋絲不動。直到這時，遲鈍的崔玄微才明白了那些女孩的姓氏和衣著顏色所代表的含義。

原來這些女孩都是花精靈啊。

那穿紅衣的阿措，是石榴精；那封十八姨，是摧殘她們的風神。

幾天後的一個夜晚，女孩們再次嘰嘰喳喳地上門了。

大家安然渡過這場東風劫，紛紛給崔玄微帶來了禮物——好幾斗的桃花和李花。

「吃下吧，吃了這些能延年益壽，我們姐妹還希望恩公您能長長久久地守護我們呢。」

「對啊，對啊，有了您的庇佑，我們才能長生。」

就這樣，一直到元和初年，那崔玄微還健在。不過，他明明已經八、九十歲了，看上去卻還是三十來歲的模樣。

風從哪裡來，沒人知道，但是掌管風的人被封了名字。

有人叫他風伯，有人叫他飛廉，有人叫他箕星，有人叫他巽二，也有人叫她風姨，種種名號，不一而足。在這裡，我們不探討風神的演變之路，只談故事。

故事中，庭院中的花兒統統成了漂亮可人的女孩，而惱人敗興的風也有了實體，成了一個風姿綽約的美人。美人有名字，叫「封十八姨」。為看不到、摸不著的風起一個風雅的名字，可真是浪漫。

故事中的封十八姨長相端莊，聲音如林下清風，只不過，性格也如風，喜怒無常，很喜歡折騰討好她的小妖精，是個不太好伺候的神。

而這些古靈精怪的女孩，要想好好活著，就得不停地討好狂亂的風。不過，再百般討好，也總有伺候不周的時候，在我們為她們得罪了風神而著急時，崔玄微出現了。

還好她們遇到的是一位持身端正的正人君子，面對懇求，君子沒有挾恩圖報，而是認真且無私地幫助了她們，至於長生不老，那只是獎勵。

這是一個圓滿的故事。

原文

天寶中，處士崔玄微洛東有宅，耽道，餌朮及茯苓三十載。因藥盡，領童僕輩入嵩山采芝，一年方回。宅中無人，蒿萊滿院。

時春季夜間，風清月朗，不睡，獨處一院，家人無故輒不到。三更後，有一青衣云：「君在院中也，今欲與一兩女伴過至上東門表姨處，暫借此歇，可乎？」玄微許之。須臾，乃有十餘人，青衣引入。有綠裳者前曰：「某姓楊氏。」指一人曰：「李氏。」又一人曰：「陶氏。」又指一緋衣小女曰：「姓石，名阿措。」各有侍女輩。玄微相見畢，乃坐於月下，問行出之由。對曰：「欲到封十八姨。數日云欲來相看不得，今夕眾往看之。」坐未定，門外報封家姨來也，坐皆驚喜出迎。楊氏云：「主人甚賢，只此從容不惡，諸處亦未勝於此也。」玄微又出見封氏，言詞泠泠，有林下風氣。

遂揖入坐，色皆殊絕，滿座芬芳，馥馥襲人。命酒，各歌以送之，玄微志其一二焉。有紅裳人與白衣送酒，歌曰：「皎潔玉顏勝白雪，況乃青年對芳月。沉吟不敢怨春風，自嘆容華暗消歇。」又白衣人送酒，歌曰：「絳衣披拂露盈盈，淡染胭脂一朵輕。自恨紅顏留不住，莫怨春風道薄情。」至十八姨持盞，性頗輕佻，翻酒汙阿措衣，阿措作色曰：「諸人即奉求，余不奉畏也。」拂衣而起。十八姨曰：「小女弄酒。」皆起至門外別。十八姨南去，諸人西入苑中而別。玄微亦不至異。

明夜又來，欲往十八姨處。阿措怒曰：「何用更去封嫗舍，有事只求處士，不知可乎？」諸女皆曰：「可。」阿措來言曰：「諸女伴皆住苑中，每歲多被惡風所撓，居止不安，常求十八姨相庇。昨阿措不能依回，應難取力。處士倘不阻見庇，亦有微報耳。」玄微曰：「某有何力得及諸女？」阿措曰：「但求處士每歲歲日與作一朱幡，上圖日月五星之文，於苑東立之，則免難矣。今歲已過，但請至此月二十一日平旦，微有東風，即立之，庶可免也。」玄微許之，乃齊聲謝曰：「不敢忘德。」各拜而去。玄微於月中隨而送之，逾苑牆乃入苑中，各失所在。乃依其言，至此日立幡。是日東風振地，自洛南折樹飛沙，而苑中繁花不動。玄微乃悟諸女曰姓楊、姓李及顏色衣服之異，皆眾花之精也。緋衣名阿措，即安石榴也。封十八姨乃風神也。後數夜，楊氏輩復至愧謝，各裹桃李花數斗，勸崔生服之，可延年卻老。願長如此住護衛某等，亦可至長生。至元和初，玄微猶在，可稱年三十許人。

——唐 段成式《酉陽雜俎．續集卷三》

華山客

唐朝時期，有位叫黨超元的隱士，他是同州郃陽縣人士。元和二年（807），因為厭惡人間的官場應酬，黨超元獨自隱居在了華山羅敷河南岸。

第二年臘月十六的晚上，天空剛剛下完一場大雪，碧空如洗，放眼望去，萬里冰封。直到二更時分，貪戀美景的黨超元還坐在庭院的寒風中賞著風月無邊的華山奇景，就在這時，簡陋的木門忽然被人敲響。有人來了。

深山老林，又是半夜時分，是什麼人來拜訪呢？黨超元命童子前去查看。很久之後，童子才失了魂般地回來覆命：「來人是個女子，十七、八歲，容色絕代，所過之處，異香滿路。」雖然心有懷疑，但黨超元還是點頭表示可以讓她進來。

不等童子走出院子，庭院的小路上已經傳來了叮咚的環佩碰撞聲，與此同時，黨超元聞到了一陣沁人心脾的香味，那香味是他從來沒有聞過的，他說不上來是什麼香，只感覺不似凡品。

忽然聞到異香，黨超元愣了一瞬。等他反應過來，一位嘴角含笑的美人已經推開小門，咯吱咯吱地踏著積雪，身姿昂然地走了進來。黨超元伸出手做了一個請的姿勢，女孩毫不扭捏，衣袖一揮，人已經穩穩地坐在了他對面的石凳上。

女孩落座後，那股若有若無的香氣也隨即環繞著黨超元，他的臉逐漸熱了起來。月色如山間清泉，一股腦地傾瀉在女孩的臉上。黨超元只是坐在她的對面，就被震撼到幾乎說不出話來，他走過的半生裡，還從沒見過這等人物。

女孩開了口，雖聲音溫柔，語調卻不卑不亢。

不過談了一小會兒，黨超元就徹底被女孩清雅的談吐、暢達的言辭給折服了，風韻如此高雅，女孩是凡間人嗎？

兩人打機鋒般地聊了很久，女孩才嘴角含笑地問道：「先生能看出妾身是什麼人嗎？」黨超元羞赧地搖搖頭，任誰在這樣高雅的美人面前，都會自慚形穢：「夫人即使不是神仙，也一定不是尋常人物。」

女孩爽朗一笑，搖搖頭：「不對、不對。」髮髻上的步搖[3]隨著女孩的晃動，發出一陣空靈清脆的叮咚聲。

叮咚聲停了下來，女孩再問：「先生知道妾身今天來是為了什麼事情嗎？」

置身於寒風中的黨超元此刻覺得自己渾身都熱透了：「依在下愚見，莫……莫不是自薦枕席？」

---

3 編按：古代婦女插在髮髻上的一種頭飾，其上附有可以搖動的珠花裝飾，婦女在走路時，這些小配件也會跟著搖動，因名步搖。

女孩再次爽朗一笑，她沒有因黨超元的輕薄而生氣，反而坦蕩地說：「更是大錯特錯。」女孩斂了笑容，側臉望向白雪皚皚的遠方，忽然沉默了。

烏雲恰在此時遮月，黨超元疑惑地轉頭望去，他眼中，是一抹只有淡淡輪廓的美麗剪影。

女孩幽幽地嘆了口氣，下定決心般說道：「妾身不是神仙，只是南山的一隻妖狐，學道多年才有了成仙的根基。現在，妾身仙業修滿，心願也全都實現了，但還需要遵從慣例——死上一次。只求先生您能救救妾身，讓妾身活下去。」女孩轉過臉來，正對著黨超元。

烏雲飛速地散去了，黨超元被她灼灼的眼神逼視，一時間，甚至分不清到底是月光更亮，還是女孩的眼睛更加明亮。倉皇之間，他飛速地垂下了眼皮。這位別人口中清高雅正的隱士高人，在這樣的女孩面前，竟然緊張到說不出話來。

女孩正色道：「至於先生所講的男歡女愛，妾身已經有好多年沒有放在心上了，求您不要在這方面懷疑我。如果能得到您些微的同情，妾身願意將命託付到您的手中。」黨超元看了女孩一眼，再次飛速地垂下眼皮，拚命點頭。

女孩見他答應，眉頭總算微微舒展：「後天，妾身就要死在五坊箭下。明天晚上那些獵人會經過這裡，您能備好酒食接待他們嗎？」黨超元點頭應允，只盼著女孩的眉頭再舒展一分。

「那就太好了，辛苦先生與他們應酬。」

女孩綻出一抹輕鬆的笑容，繼續囑咐：「在酒席上，他們肯定會問您：承蒙這樣的盛情款待，您想要什麼報酬呢？到時候，先生您就說：『我有個親戚病了，大夫開的藥需要一隻狐狸當藥引子。如果你們能獵到一隻狐狸，請將它帶給我，我一定會重重答謝你們。』先生就這樣懇請他們，他們一定會答應的。」

「請先生放心，送給獵人的贈禮，無須您破費，我現在就給您留下來。」說罷，女孩將幾束絹帛交給黨超元，再次殷殷囑咐：「得到妾身的屍身後，求您連夜送回我的舊穴。道成之後，定有重謝。」

囑咐完了，見黨超元鄭重地點頭答應，女孩忽然流下了眼淚，她哭著深深地施了一禮，才告辭離去。

第二天，黨超元起了個大早。他是個清貧的隱士，為了幫助狐女，不得不接受她的饋贈。他賣了一束絹帛，買來大盆的肉、大缸的酒。當晚，果然有十個從五坊來的獵人騎著馬前來借宿。

向來不喜歡應酬的黨超元這次竭盡全力周旋，讓這群獵人有賓至如歸之感。

這十個人吃飽喝足後，覺得非常過意不去，本來他們只是借宿一晚，沒想到主人家還招待了這麼一頓豐盛的酒席。帶頭的人不好意思地問：「我們這些粗鄙的獵人，常常被士大夫們看不起，現在卻受到您這番款待，讓我們怎麼報答您才好啊？」一切的辛苦，為的就是這句話。

黨超元馬上面露愁容：「實不相瞞，我有個親戚病得很嚴重，大夫說必須用一隻狐狸當藥引才行。可惜在下是個窮書生，沒有諸位好漢上天入地的本領，說實話，今晚能夠見到諸位，我心裡很歡喜，你們幾位就是救命的活菩薩啊！」

說到這裡，黨超元眼神熱切起來：「如果能得到諸位的幫助，小弟情願奉送五束絹帛作為幾位兄長的酒錢。」領頭的人擺擺手，語氣輕鬆地說：「我當是什麼事，小事一樁，何須破費？包在兄弟幾個身上！」眾人酣睡一晚後，第二天一大早，騎馬絕塵而去。

他們才剛往南走了百餘步，一隻狐狸不知道從哪裡鑽出來，繞著墳墓開始轉圈，大家把它團團圍住，一箭過去，狐狸倒地而死。其中一個小弟喜孜孜地說：「巧了、巧了！昨晚那黨兄非常想要一隻狐狸。這下可好，能報答他那一桌酒席的恩惠了。」他拎上死狐狸，大家掉頭回了黨超元家。

黨超元不顧這群漢子的推辭，硬塞給了他們五束絹帛。等這群漢子帶上狗，騎上馬，不好意思地離去後，黨超元趕緊將狐狸抱進了家門。他見狐狸身上此時鮮血淋漓，毛髮上沾滿了細土和草屑，再想到前晚那個姑射神人[4]般的美人，不由得心生不忍。

他打來清澈的泉水，親手洗乾淨狐狸的皮毛，小心地放在了自己的床上，又不忍它形骸暴露，仔細為它蓋好厚厚的被子。一直等到夜深人靜時，黨超元依照約定，抱著狐狸，悄悄將把它送回了之前所說的巢穴中。安放好狐狸後，細心的黨超元還擔心其他野獸嗅到狐屍的味道，特意費力地挖開附近凍住的土，將洞仔仔細細地蓋好，才一步三回頭地離去。

七天之後，又是半夜時分，黨超元正坐在院落裡對著那名女子坐過的位置出神。

咚咚咚。他再次聽到了輕輕的叩門聲。

不等童子反應，黨超元幾個跨步，將大門一把拉開，門外果然站著那個讓他朝思暮想的美人。

他沉默地做了一個請的姿勢，默默地在前面引路。再次被異香包圍，黨超元的耳朵又悄悄地紅了。兩人依舊坐在第一次見面時坐的位置上。這一次，月還未升起，夜空中綴著點點繁星，不過，只這點星光也足夠讓黨超元看清對面的女孩眼角含的淚了。

「我道業雖成，但按例要被獵人殺死，萬一被人吃掉，我就再也沒有復活的可能了。是您設法保全了我的屍體，還幫我順利復活，才使我今生終於得成大道，您的大恩大德，我無以為報。」

「現在，我已經脫離凡塵，升仙在即。從此之後，仙路遙遙，再難會面，現在就要向你告別了。恩人，這裡有五十斤藥金，勉強作為謝禮，請您一定收下。還有，恩人，請您一定記住，這金子每兩能值四十緡錢，除了胡人，誰也不要賣。」說罷，黨超元面前忽然出現了一堆金子。

「明天太陽將出未出時，如果先生您看到有青雲出於那座荒塚之上，就是妾身得道去了。」

沉吟片刻，女子又語重心長地囑咐：「活在物慾橫流的塵世中，猶如置身在失火的宅子裡，憂愁煩

4 編按：傳說住在姑射山上的仙人，後指美女。

惱熾盛，沒有片刻的安樂啊！如果先生能靜下心來，讓自己的世俗雜念稍事歇息，那麼也能在一念之間達到清涼的境地。我們彼此共勉吧。」殷切叮囑完，女子才轉身而去。

第二天，還不等天亮，一宿沒睡的黨超元就起床去狐狸的墓穴看，果然有青雲冉冉升起。很久之後，那青雲才消失在清晨的陽光中。

後來有人鑑定這批金子，認為是稀有的珍奇。於是他當天就帶去市集上賣，但對方只願意給普通金子的價錢，沒有女子說的價格那麼高，於是黨超元把金子帶回家，深深地藏了起來。

幾年後，忽然有個胡人打聽到他家，問他：「我知道先生家裡藏有異金，能不能讓我看看？」黨超元這才再次把金子取出。胡人看罷，驚訝地說：「這是九天掖金啊，你是怎麼得來的？」

黨超元沒有回答金子的來歷，最後如女子所料，胡人以每兩金子四十緡錢的價格收購了所有的金子，從此之後，再也沒有人知道這些金子的下落。

這篇故事從頭到尾都讓人捏著一把汗。

只要某個環節出個意外，比如狐女所托非人或是獵人不守承諾，修煉多年的狐女便免不了成為人的盤中餐。

幸好，狐女找的人是正人君子黨超元；幸好，獵人們沒有忘記這一飯之恩；幸好，黨超元在求愛不成後沒有惱羞成怒、暗中報復，更沒有因為狐女異類的身分而輕視她，反而在狐女以性命相託時，收起全部的心思，盡心盡力將狐女的生死大事辦好。故事結局堪稱圓滿的收場。

愛這位一心向道的狐仙，愛這位不負異類相托的黨超元，愛這群爽朗守信的漢子。

異類又如何？身分高貴的讀書人又怎樣？大字不識的莽漢又何妨？在命運面前，大家都是如螻蟻般掙扎的芸芸眾生，唯有彼此扶持，方能解脫。

原文

黨超元者，同州部陽縣人。元和二年隱居華山羅敷水南。明年冬十二月十六日，夜近二更，天晴月朗，風景甚好，忽聞扣門之聲。令童候之，云：「一女子，年可十七八，容色絕代，異香滿路。」超元邀之而入，與坐，言詞清辨，風韻甚高，固非人世之材。良久，曰：「君識妾何人也？」超元曰：「夫人非神仙，即必非尋常人也。」女曰：「非也。」又曰：「君知妾此來何欲？」超元曰：「不以陋愚，特垂枕席之歡耳？」女笑曰：「殊不然也。妾非神仙，乃南塚之妖狐也。學道多年，遂成仙業。今者業滿願足，須從凡例，祈君活之耳。枕席之娛，笑言之會，不置心中有年矣，乞不以此懷疑，若徇微情，願以命託。」超元唯唯。又曰：「妾命後日當死於五坊箭下。來晚獵徒有過者，宜備酒食以待之。彼必問其所須，即曰：『親愛有疾，要一獵狐，能遂私誠，必有殊贈。』以此懇請，其人必從。贈禮所須，今便留獻。」因出束素與黨，曰：「得妾之屍，請夜送舊穴。道成之後，奉報不輕。」乃拜泣而去。

至明，乃鬻束素以市酒肉，為待賓之具。其夕，果有五坊獵騎十人來求宿，遂厚遇之。十人相謂曰：「我獵徒也，宜為衣冠所惡。今黨郎傾蓋如此，何以報之？」因問所須，超元曰：「親戚有疾，醫藉獵狐，其疾見困，非此不癒。」乃祈於諸人，「幸得而見惠，願奉五素為酒樓費。」十人許諾而去。

南行百餘步，有狐突走繞大塚者，作圍圍之，一箭而斃。其徒喜曰：「昨夜黨人固求，今日果獲。」乃持來與超元，奉之五素。既去，超元洗其血，臥於寢床，覆以衣衾。至夜分人寂，潛送穴中，以土封之。

後七日夜半，復有扣門者，超元出視，乃前女子也，又延入。泣謝曰：「道業雖成，準例當死，為人所食，無計復生。今蒙深恩，特全斃質，修理得活，以證此身。磨頂至踵，無以奉報。人塵已去，雲駕有期，仙路遙遙，難期會面。請從此辭。藥金五十斤，收充贈謝。此金每兩值四十緡，非胡客勿示。」乃出其金，再拜而去，且曰：「金烏未分，有青雲出於塚上者，妾去之候也。火宅之中，愁焰方熾，能思靜理，少慰俗心，亦可一念之間，暫臻涼地。勉之！勉之！」言訖而去。明晨專視，果有青雲出於塚上，良久方散。

人驗其金，真奇寶也。即日攜入市，市人只酬常價。後數年，忽有胡客來詣，曰：「知君有異金，願一觀之。」超元出示。胡笑曰：「此乃九天掖金，君何以致之？」於是每兩酬四十緡，收之而去。後不知其所在耳。

——唐 牛僧孺《玄怪錄・卷四・華山客》

參、情愛篇

不如相忘於江湖

當妖怪有了靈識，如果不隱進深山潛心修煉，
就不可避免地要與人處於同一片屋檐下，
那就是入世，
入世也就意味著進入人的江湖。
而人的江湖中最讓人流連忘返，
執著不下的，就是愛了。

水獺的愛

沈家的女兒得了怪病，忽然開始發狂，最先發現異常的是沈母。

女孩那天照常去河邊浣紗，一直到了傍晚，才失魂落魄地回了家。早上拿去浣的紗也不知道隨著河水漂去了哪裡。女孩臉蛋發紅，問她話，她只傻乎乎地笑；再問，女孩已經表情呆滯地回屋了。

當晚女孩的房內傳來嬉笑聲。沈母起床查看，發現了異常——皎潔的月光下，他們家的院子裡有一道清晰的水印，水印一路從門口穿過院子，最終停在了女孩的閨房門口。

是自己看錯了嗎？沈母揉揉眼睛，再次看過去，卻發現地上乾乾淨淨，沒有任何水痕。

她隔著窗戶問：「這麼晚了還不睡覺，妳在幹什麼呢？」一片漆黑的房內忽然傳來「嘻」的一聲怪笑。沈母聽了，頭皮有些發麻，心裡很害怕，趕緊回房，推了推沈父。沈父睡得很沉，胡亂嘟囔了一句「大驚小怪」，就再也不理會驚慌失措的沈母了。

沈母重新躺下後，總覺得心神不寧，於是她點了支蠟燭，再次來到女兒的房前，大著膽子推開了房門。裡面沒有半點人氣，床上冷冰冰的，被子甚至都沒有鋪開，人似乎已經出門很久了。大半夜的，一個妙齡少女能去哪裡呢？

沈母害怕極了，她回到房間，將沈父拉起來，兩人找遍了整個家，都沒有發現女兒的影子。

推開院門後，他們發現門口有濕漉漉的水痕，兩人舉著火把，順著水痕，一路來到了村邊的河岸。

當晚皓月當空，月光如水般潑灑在河面之上，借著月光，老兩口清清楚楚地看到，清凌凌的水上有一個笑嘻嘻的女孩正在行走，那是他們的女兒。

兩人大聲呼喚女兒的名字，但是女孩充耳不聞。

令人驚恐的是，身處水中央的女孩如同走在平地上一般，似乎在與什麼人共舞。一直跳到第一聲雞鳴響起，女孩才從水上慢慢地走回地面，她彷彿沒有看到焦急的父母，手舞足蹈地回了家，進屋就呼呼大睡起來。從此之後，女孩每晚都會出門去水裡玩耍，白天也沒有清醒的時候。

有一次，她甚至又哭又笑地從燃燒著的火堆上走過，驚恐的沈母抓住女兒看，卻發現她竟毫髮無損。這樣下去該怎麼辦呢？而最令沈氏夫婦擔心的是，女兒的肚子竟然一天比一天大了起來，像是懷孕了一般。

兩人到處打聽有沒有會降妖的人，最終請來了女巫薛二娘，這位薛二娘自稱奉金天大王法令，能夠驅邪縛魅，相當靈驗，附近州縣的人都很信服她。

收到邀請，薛二娘很快就帶著法器前來。

她在房內設好法壇，將沉睡中的女孩安置於法壇內，旁邊另外挖了一個坑，裡面劈里啪啦地燒著火，上面放著一口大鐵鍋，等一切準備妥當，女巫盛裝奏樂，跳舞請神。沒多久，神附在了女巫身上，旁邊圍觀的人瞬間嘩啦啦跪了一圈。

女巫將一杯酒灑到地上，道：「速速將那妖魅召來。」說完，女巫泰然自若地走入正熊熊燃燒的火坑中坐下了。許久後，女巫才抖抖完好無損的衣服，站起身，將燒得發紅的鐵鍋扣在頭上跳起舞來，邊舞邊吟唱著古老晦澀的神曲，唱完之後，女巫離開火坑，坐在了一張胡床上。

此時的女巫氣勢大盛，她中氣十足地對女孩下令：「把自己綁起來！」女孩本來在法壇內沉睡著，此時卻忽然背過手去，好像被什麼東西綁住了一般，一動不動了。女巫再次喝令：「陳述一下來歷。」女孩一開始只是哀切地哭著，並不答話，見妖怪不配合，女巫勃然大怒，一把操起掛在腰間的刀子，在眾人的驚呼聲中，一刀向女孩刺去。

奇怪的是，雖然刀子劃過時傳出了破裂聲，好像刺中了什麼，但女孩的身體卻毫髮無傷，接著哭道：「我服了！」，於是那妖怪借著女孩之口說出了自己的來歷。

「我是淮水中的一隻水獺，因為沈姑娘經常去水邊浣紗，時間久了，我漸漸地愛上了這個美麗可愛的姑娘。我當然知道人妖有別，也曾努力控制自己不去想她，每天躲得遠遠的，但每次一聽到沈姑娘輕盈的腳步聲和曼妙的歌聲，我就忍不住從最深的河裡游上岸，悄悄躲在旁邊看。」

「我看著她勤勞地浣紗，看著她愉快地哼曲，看著那水面上映襯出來婀娜多姿的身影。每多看一眼，我便更愛她一分，不知道從何時開始，我徹底淪陷了，這愛一天比一天濃烈。如果陰天下雨了，見不到沈姑娘，我就難過得像是要死了一樣；但等天一放晴，沈姑娘一出現，我馬上就會好起來。我本來想就這樣守著她一輩子，直到那天，我聽旁邊浣紗的老太太打趣，要給她找個好夫君，我這才意識到：等這美麗的姑娘嫁了人，我就連偷偷守在她身邊的機會都沒有了。接下來的事，大家都知道了。」

「我日思夜想著她，但愛她越狂，我越不敢以真面貌見她，於是幻化為美少年，這才終於與我的心上人在一起了。但這感情終究是一場騙局，我美麗聰慧的女孩最終還是察覺到了異常。有一次，她為了讓自己清醒過來，竟然往火裡跳。我明知這樣下去會釀成大錯，卻始終捨不得放手，我心裡總想著：就讓我和她多待一天吧。今天這樣想，明天也這樣想，一天又一天過去，我就這麼沉浸在這偷來的幸福時光裡。」

「也許是天意讓我遇到了聖師吧，我不得不做出選擇了。聖師，我是個自私的妖，一切都是我的錯，是我蠱惑了這位美麗的姑娘，我死不足惜，只是在下還有一個奢求，希望各位能饒在下一條小命。」

說到這裡，附在女孩身上的水獺眼中的悲傷淡去，彷彿心底燃起了希望，然後說出了一個驚世駭俗的秘密：「因為沈姑娘的肚子裡早已懷了我的骨肉，這是人與妖結合所生的孩子，註定是不容於世的。

我為孩子即將面臨的命運痛心，為了孩子，我必須活著。」

不顧發出驚呼聲的眾人，水獺借女孩之口繼續說道：「另外，我還有兩個請求，第一個請求，希望你們不要因為我是異類而殺掉我和沈姑娘的孩子；第二個請求，求你們把孩子還給我，我負責將孩子養大。作為交換條件，我會就此絕跡於人間。」

說罷，女孩口中發出了撕心裂肺的淒厲的哭聲，圍觀的眾人紛紛搖頭嘆息。一個是深陷於愛欲中的妖，一個是被妖蠱惑的人，事到如今，他們已經說不上來到底是誰更痛苦了。「女孩」哭罷，起身拿起旁邊的毛筆隨手寫下了一首詩：

潮來逐潮上，潮落在空灘。
有來終有去，情易復情難。
腸斷腹中子，明月秋江寒。

女孩從來不識字，更別提作詩了，但她方才寫出的詞句文筆婉約、清麗雅致。

寫完詩之後，被水獺附身的女孩來到鏡子前，似乎是想把鏡中人的模樣永遠銘記於心，深情地撫摸著鏡中人的輪廓，「女孩」再也忍不住，大哭了一場之後便昏睡了過去。

到了第二天早上，女孩才徹底清醒了過來，看來那水獺妖履行了承諾，徹底離開她了。

女孩也在清醒後道出事情的原委：某天她去浣紗時，河邊有一個美少年走來和她搭話，自此之後，她便和少年逐漸交好，當大家問她記不記得之前發生的事，比如踏水、踩火等等，女孩卻茫然地搖搖頭，完全沒有印象。

一個月後，女孩生下了三隻水獺，她的家人還是想殺掉它們，旁邊有個人勸道：「那妖魅尚且守信，我們作為人難道要毀約嗎？還是放了它們吧。」於是這人將三隻小水獺送到了湖邊。

送過去時，水中早有一隻巨大的水獺在等著了，大水獺一看到小水獺，便歡欣跳躍著迎了上來，從人的手中接過孩子後，就抱著小水獺緩緩沉進水裡去了。

從此之後，再也沒有人見過它們。

這是一齣妖怪愛上人類的愛情悲劇，好在故事裡的女巫雖然棒打鴛鴦，卻沒有趕盡殺絕。而當地人也沒有與妖物勢不兩立，而是抱著同情心去看待它。

在這個故事裡，很可貴的一點是一個「信」字。

水獺妖答應眾人會離開女孩，便果真永遠地離開了她；而人，雖然一開始想殺掉小水獺，但最終還是放下了仇恨，遵守承諾，將小水獺交還給了水獺妖。人和妖都避免了悲劇收場，可算是人妖戀中彼此相忘於江湖的典範。

原文

唐楚州白田有巫曰薛二娘者，自言事金天大王，能驅除邪厲，邑人崇之。村民有沈某者，其女患魅發狂，或毀壞形體，蹈火赴水，而腹漸大，若人之妊者。父母患之，迎薛巫以辨之。

既至，設壇於室，臥患者壇內，旁置大火坑，燒鐵釜赫然。巫遂盛服奏樂，鼓舞請神。須臾，神下，觀者再拜。巫奠酒祝曰：「速召魅來。」言畢，巫入火坑中坐，顏色自若。良久，振衣而起，以所燒釜，覆頭鼓舞，曲終，遂去之，據胡床。叱患人令自縛，患者反手如縛。敕令自陳，初泣而不言，巫大怒，操刀斬之，剨然刃過而體如故。患者乃曰：「伏矣！」自陳云：「淮中老獺，因女浣紗，悅之。不意遭逢聖師，乞自此屏跡。但痛腹中子未育，若生而不殺，以還某，是望外也。」言畢嗚咽，人皆憫之。遂秉筆作別詩曰：「潮來逐潮上，潮落在空灘。有來終有去，情易復情難。腸斷腹中子，明月秋江寒。」其患者素不識書，至是落筆，詞翰俱麗。須臾，患者昏睡，翌日乃釋然。方說，初浣紗時，有美少年相誘，因而來往，亦不自知也。後旬月，產獺子三頭，欲殺之。或曰：「彼魅也而信，我人也而妄，不如釋之。」其人送於湖中，有巨獺迎躍，負而沒之。（出《通幽記》）

——宋 李昉《太平廣記·卷四百七十·薛二娘》

皮相之愛

那是一雙了無生氣的、死人的眼。

張子虛剛剛從地裡幹完農活回來，轉個彎，就對上了這麼一雙已經渙散了的渾濁的眼珠子。是死人！

他被狠狠地嚇了一跳，當時正是傍晚，借著夕陽微弱的光，張子虛認出這是住在隔壁的李烏有。

張子虛死死地把著鋤頭，大叫了一聲：「死人了！」

村民們陸陸續續趕來，沒多久，噩耗便傳到了李烏有家。李烏有只剩一個瞎眼的老娘，老娘在大家的攙扶下，失聲哭倒在兒子早已冷透的屍體旁，周圍傳來竊竊私語聲：

「據說烏有是被狐狸精迷住了。」

「是啊，這狐狸精太狠，直接把人給吸乾了。」

「唉，還不知趙大娘以後該怎麼辦呢。」

張子虛在旁邊聽著，久久無法回過神來，他回憶著那張表情似是愉悅、似是痛苦的臉，心想：他是被狐狸精迷住了才這樣的嗎？如果是我，就算它像天仙娘娘那麼美，我照樣一鋤頭下去……

第二天傍晚，張子虛再次種地回來，經過昨天發現李烏有的屍體的路口時，他又有了新的發現——一個窈窕的背影。

張子虛有些緊張地嚥了一口唾沫。咕嘟……

大概是聲音太大，那人回過頭來，在漫天飛舞的紙錢中，美人對著張子虛露齒一笑。美人如斯，一抹血滴似的紅從張子虛的耳尖一直蔓延到了脖子根。

「奴家打小父母雙亡，被寄養在舅舅家。舅母從小就虐待奴家，奴家受不住，所以逃了出來，不知道公子……」藏在話裡的未盡之意，如鉤子般刺激著張子虛的神經。

「我……」對女孩起了憐惜之意的張子虛結結巴巴地說：「姑娘身世真是可憐，妳跟我回去吧，我跟娘說一聲，妳先跟她睡一間屋。」

「何必勞煩老人家？」女人柔弱無骨地靠了上來，「還是說，公子你嫌棄奴家？」

「不是，不是……」張子虛手都開始發起抖來。「就這樣悄悄地，把我帶回你的屋……」

這幾天，向來灰頭土臉的張子虛忽然紅光滿面起來。旁人見了開玩笑道：「子虛，你遇上什麼大喜事了？」張子虛聽了，只是撓撓頭傻樂，向來直腸子的他也有了自己的小秘密。

美人乖得很，每天都靜靜地待在張子虛那間簡陋到有些破爛的房間裡，大門不出，二門不邁，像個真正的大家閨秀。

張子虛一個窮種地的，真是擔心會委屈了她。女人卻不覺得悶，也不覺得苦，還安慰他：「我喜歡安靜呢。」女人吃東西也簡單，每天只吃一點點，真是好養活。

張子虛覺得自己撿到了寶，一直尋思著，得找個機會跟娘說明情況，風風光光地將女人娶進門。

一天，張子虛正在鋤地，鄰居王老二悄悄湊上來，問張子虛：「聽說了嗎？」

「什麼？」

「趙大娘家門前時不時會被扔下一隻被吸了血的雞。」趙大娘就是李烏有那個瞎了眼的娘。

王老二將聲音壓得更低了：「大家都說是害死烏有的那隻狐狸精幹的。」

「啥？」張子虛愣了。

「呸！」王老二咬牙切齒起來，「害死人了還在這假惺惺地做好事，你知道那狐狸精是怎麼害人的嗎？」張子虛搖了搖頭。

「先變成女人勾引人，混進人的家裡，然後再慢慢地一點一點將人的精血吸乾……」王老二做出一個猛虎掏心的手勢，張子虛被嚇了一跳，他的腦海中不自覺地浮現出初見美人的場景。

她是妖嗎？

日子一天天過去，張子虛一次次提出要跟娘說娶美人，美人卻總是不答應。

一開始是不答應，到後來就開始佯裝生氣，但只要張子虛稍微哄一哄，美人就馬上又開心起來。即使痴傻如張子虛，也明白了是怎麼回事，但是他在心裡暗暗決定：「即使妳是妖，就是立馬讓我死去，我也甘願。」

一切都很美滿，張子虛體會到了二十多年來沒有體會過的濃情蜜意，只除了一點，他病了，病情一天比一天嚴重。張母聽著兒子的房內傳來的歡聲笑語——她這樣趴在門後聽已經有段日子了，她很確定，兒子藏了個妖精在裡面。

李烏有慘死的那天，她也去看了，每次一聽到兒子的房內傳來壓低了嗓音的歡愉聲，那張眼神空洞、乾癟的臉就會浮現在她的眼前。她就這麼一個兒子，無論如何都不能讓兒子走了李烏有的老路。

最近這些天，她一直在打聽哪裡有厲害的術士，終於被她打聽到了，只是請術士需要不少錢。張子虛家靠種田為生，她實在拿不出這筆錢來請人驅邪。為錢的問題，老太太始終猶豫不決，直到張子虛這天再也起不了床。

張母終於下定了決心，將家裡下蛋的雞、雞蛋、幾件棉衣都賣了，捧著一堆銅板，頂著一張在苦日子裡浸透了的臉，去見了術士。

術士看罷，嘆口氣，皺著眉頭將這事接了下來。

在似夢非夢間，張子虛依然在和美人做著那檔子事。不過此時，原本歡愉的事對張子虛來講已經成了負擔。他想休息，但不知為什麼，今天的美人格外有興致。

張子虛正要求饒，只聽一聲尖銳得不似人聲的嚎叫從自己身上傳來，他勉強睜開眼，發現美人已經消失不見了。知道出了事，張子虛抖著手披好衣服，扶著牆，頭暈眼花地走出門。院子裡，張母正喜孜孜地看著術士手中的瓷瓶——狐狸剛剛被收進去了。

「去熬些熱油，一會兒炸了就沒事了。」術士捏著不停抖動的瓷瓶對張母說。

「好、好。」張母連聲答應，趕緊去廚房燒火熱油。

「你抓的是我的愛人啊！」見此情景，張子虛踉蹌著撲倒在術士腳下，不停地磕頭道：「求求你放了她吧，求求你。」

術士後退一步，面露悲憫之色。他低下頭和顏悅色地解釋：「你知不知道，我再晚來一天，你就被這狐狸吸乾了？你是被妖魅迷了心智。」

「我不怕！」

本來還奄奄一息的張子虛忽然抬頭，憤恨地瞪著術士，但緊接著，他眼中的仇恨散去，只剩下無盡的悲哀，垂下了頭。

「即使……即使真的被她害死，我也無怨無悔，誰讓我愛她呢？只求先生您發發慈悲，放了她吧。」

「你真的不後悔？」術士不是鐵石心腸，不然也不會只拿了張母給的一點點報酬，就翻山越嶺趕來除妖了。

張子虛看著不斷晃動的瓷瓶，堅定地搖了搖頭，他用力挺起身子，端端正正地朝術士磕了一個響頭。

「痴心啊……」術士嘆了口氣。

在張母抱著柴哀號著跑過來的時候，術士已經將瓶口上的符咒揭開了，只見一陣白煙飄過，狐狸化為流星往天際飛去。臨走前，術士把之前收的錢還給了張母，拍拍老人的肩膀，長嘆一聲便離開了。

雖然在張母的精心調養下，張子虛的身體漸漸好了起來，但他卻害了相思病，好不容易有了起色的身子再次垮了下去。

想她啊！張子虛想狐狸想得抓心撓肝般難受，相思成疾的張子虛無力地躺在床上，比之前更像一具行屍走肉。守在一旁的張母只能邊自責邊哀苦地嘆氣；藥已經抓遍，大夫也請遍，每一個都是搖搖頭，說：「已經沒救了，準備後事吧。」

當晚，張子虛迷迷糊糊間又看到了自己的愛人。

「妳來了。」他強打起精神，卻已經沒力氣起身，「妳還好嗎？那天，術士沒傷到妳吧？妳……」面對張子虛一連串的問題，女人卻只是站在床前冷冷地看著他。子虛卻不在意，只要女人肯回來。

「妳……妳是來接我去那個世界的嗎？」張子虛以為女人是來要自己的命的。女人沉默半晌，忽然展顏一笑，俯下身子摸著張子虛的臉搖了搖頭，似乎透過這張痴迷的臉看著許多人。

「你口口聲聲說愛我，不過是喜歡我這張美人臉罷了，卻不知道，這只不過是我做出來的幻象。如果你見了我的原形，恐怕逃都來不及呢。」說罷，女人眼中決絕之色一閃，就地撲倒。

張子虛再看，當場嚇得面無人色。

只見面前站著的哪裡是美人，分明是一隻遍體黑毛、有著修長尾巴的大狐狸！

狐狸咻咻地喘著氣，眼睛射出駭人的亮光。它徑直走出門，飛身一躍，跳到了屋頂上，對著一輪圓月長嗥數聲後，頭也不回地消失在了夜色中。

從此之後，張子虛的相思病就徹底好了。

後來，有知道內情的人打趣地問張子虛：「那害人的狐狸怎麼單單對你這麼有情有義？」彼時，他已經是兩個孩子的爹，看著忙裡忙外的敦實媳婦，張子虛偶爾也會想起那段夢一般的甜蜜日子，他笑了笑，道：「誰知道呢？」

故事裡的張子虛被美貌的狐女迷得神魂顛倒，甚至不惜為她去死，等見識了狐狸的真面目，所有愛意卻頓時化為烏有。

狐狸還是那隻狐狸。那人愛上的，到底是什麼呢？

原文

從兄坦居言：昔聞劉馨亭談二事。其一，有農家子為狐媚，延術士劾治。狐就擒，將烹諸油釜。農家子叩額乞免，乃縱去。後思之成疾，醫不能療。狐一日復來相見，悲喜交集。狐意殊落落，謂農家子曰：「君苦相憶，止為悅我色耳，不知是我幻相也。見我本形，則駭避不遑矣。」欻然撲地，蒼毛修尾，鼻息咻咻，目睒睒如炬，跳擲上屋，長嗥數聲而去。農家子自是病痊。此狐可謂能報德。

——清 紀昀《閱微草堂筆記．卷七》

無相之相

寧波有個姓吳的書生，什麼都好，只有一點令人不齒——他喜歡逛青樓。後來，不知怎麼的，他跟一個狐女勾搭上了，經常和她在夜裡幽會，但吳生不知足，有了狐女後，依然時不時往妓院裡跑。

一天，狐女終於忍不住了，問吳生：「你知道我的身分吧？」吳生點點頭：「狐狸精嘛！」

「對！」狐女沒有計較他略帶輕視的稱呼，點點頭，繼續說：「那你總該知道我們一族的本領吧？」

「什麼？」

「我懂幻化之術，也就是說，凡是你喜歡的人，我只要見一面就能變成她的樣子。」

見吳生還是不懂自己的意思，狐女耐心地解釋道：「你想像一下，你既不花錢，也不費力，就能跟那些絕世美人長得一樣的我共度春宵，完全不會有慕求不得的煩惱。有我在身邊，你難道還要捨近求遠出去花千金買笑？」

摟著狐女吃葡萄的吳生一聽，來了興致，調笑道：「來，變一個。」狐女馬上起身，原地一轉，吳生眼前果然出現了他朝思暮想的美人。「哎呀！」吳生起身摟著狐女的肩膀，嘖嘖稱奇地打量了一圈，果然跟自己朝思暮想的美人一模一樣，就連聲音也沒有不同！從此之後，吳生便不再踏入煙花之地。

這樣和狐女廝混了一段時間後，吳生又不滿足了。

他對狐女說：「眠花宿柳，確實令人愜意舒暢，可惜這一切都是妳幻化出來的，不能細想，一想就感覺怪怪的。」狐女微微一笑，變回了她原本的俏麗模樣，解釋道：「你說得不對哦，欲望聲色之樂，本來就如同電光石火般短暫。難道僅僅是我變化成別人的樣子才是幻化嗎？你喜歡的那些人就不是幻化而來的嗎？」

狐女接著說，「豈止她們是幻化而來的，就連我本來的面貌也是幻化而來的，說起來，千百年來的名妓豔女其實也都是幻化而來的。不止如此，你看這白楊綠草、黃土青山，哪一處不是人世間歌舞縱情的舞台呢？」

「歡愛之情就如過眼雲煙，轉瞬即逝。雙方在一起的時間，有的不過短短幾個時辰，有的才幾天，有的是幾個月，好一點的也不過數年。但雙方不管多麼恩愛，相愛得如何刻骨銘心，終究會有訣別的那天。等到訣別那一刻來臨時，不管是相守幾十年緣盡而散的，還是片刻的露水情緣，不一樣都像懸崖撒手，轉瞬成空？你想一想，你之前的左擁右抱，難道不像做了一場春夢嗎？」

「即使雙方夙緣深厚，能終身廝守，但隨著時光飛逝，紅顏不再，原本豐潤的額頭逐漸爬滿皺紋，瀑布似的黑髮漸漸變得灰白，即使是同一個人，隨著時光流逝，模樣也會大變。那麼，她當時的絕世容顏，是不是也可以說是幻化而來的呢？既然大家都是幻化而來的，為什麼獨獨說我變的人是幻化而來的呢？」吳生聽罷，悵然許久。

數年後，兩人緣盡，狐女告辭離去，吳生竟然再也沒去過煙花柳巷了。

原文

寧波吳生，好作北里遊。後暱一狐女，時相幽會，然仍出入青樓間。一日，狐女請曰：「吾能幻化，凡君所眷，吾一見即可肖其貌。君一存想，應念而至，不逾於黃金買笑乎？」試之，果頃刻換形，與真無二。遂不復外出。

嘗語狐女曰：「眠花藉柳，實愜人心。惜是幻化，意中終隔一膜耳。」狐女曰：「不然。聲色之娛，本電光石火。豈特吾肖某某為幻化，即彼某某亦幻化也。豈特某某為幻化，即妾亦幻化也。即千百年來，名姬女，皆幻化也。白楊綠草，黃土青山，何一非古來歌舞之場？握雨攜雲，與埋香葬玉、別鶴離鸞，一曲伸臂頃耳。中間兩美相合，或以時刻計，或以日計，或以月計，或以年計，終有訣別之期。及其訣別，則數十年而散，與片刻相遇而散者，同一懸崖撒手，轉瞬成空。倚翠偎紅，不皆恍如春夢乎？即夙契原深，終身聚首，而朱顏不駐，白髮已侵，一人之身，非復舊態。則當時黛眉粉頰，亦謂之幻化可矣，何獨以妾肖某某為幻化也？」吳洒然有悟。

後數年，狐女辭去。吳竟絕跡於狎遊。

——清 紀昀《閱微草堂筆記・卷一》

妙畫代良醫

潘琬，字璧人，是紆溪人士。

人如其名，潘琬生得玉樹臨風，是當地難得一見的美男子，他娶了一個姓尹的女子為妻，尹氏長相美豔，嫉妒心很強。

潘琬知道妻子的脾氣，所以和所有女子都保持距離，為了打消她的疑慮，甚至寸步不離家門。

在濂溪坊裡，潘琬還另有一棟別墅，別墅庭前種著幾棵海棠樹。每當海棠花含苞待放時，潘琬都會提前揣度插在兩邊髮髻中的花的樣式；等海棠盛開，他便親手修剪花枝，插在妻子的髮髻間。

潘琬確實是一個懂得哄妻子開心的男人，他提前修剪好的花枝，就那麼長短適中，不多不少，插在尹氏的髮髻上，恰恰襯托出尹氏絕美的姿色。

對丈夫的曲意奉承，尹氏自然是心花怒放，曾拿著花枝，對丈夫笑道：「這是解語花呢，經您親手折下，更顯得越發嫵媚迷人。」說罷，兩人甜蜜地笑作一團。為此，尹氏還特意封海棠花為「花卿」，為潘琬起了個「掌花御史」的暱稱，他們的確是一對恩愛夫妻。

但幸福的日子並不長久，潘琬忽然得急病死了，深愛丈夫的尹氏非常痛苦，幾乎天天以淚洗面。

一天，尹氏有事經過別墅，恰逢海棠盛開的時節，尹氏憑欄眺望，春風攜著花香拂過尹氏的臉龐，她不由得回想起和丈夫在海棠樹下嬉戲的每一個細節。

此情此景，令尹氏不由得悲從中來，心頭大慟，她頓覺昏昏沉沉，回家沒多久就病倒了。

尹氏有個弟弟名叫慧生，擅長畫畫，他聽說姐姐觸景傷情病倒的消息後，思索片刻道：「這是心病，該以心藥來醫，讓我來試試看。」慧生閉門謝客，專心在家畫海棠。

畫作的中心人物是個披頭散髮的男人，看這人的樣貌，分明就是潘琬。

畫中，潘琬身邊還圍繞著五、六個妖豔迷人的美女。美女姿態不一，有的拈花，有的嗅花，有的手拿花朵一臉嬌憨地讓潘琬為她戴上，還有一個正柔弱無骨地坐在潘琬的膝頭，嬌笑著把花瓣扔到他的臉上，畫中情境生動非常。

畫完之後，慧生來到姐姐床頭，詢問姐姐的近況。尹氏不發一言，只是流淚不止，似乎沒有半點活下去的欲望，慧生看著姐姐為了已過世的丈夫尋死覓活的樣子，心中十分無奈，語氣沉痛地說：「以前姐夫在世時，曾讓我幫他畫一幅行樂圖。因為怕姐姐看了生氣，所以畫卷一直放在我這裡。現在，既然姐夫已經長眠地下，如果他生前有做得不對的地方，姐姐大概也不會跟他計較了，所以我特意將畫拿來，送給姐姐，這也算是完璧歸趙吧。」說罷，弟弟表情沉重地將畫攤開放在了尹氏面前。

尹氏一臉病容，瞇著眼睛看了許久，忽然之間，臉變得通紅，大罵道：「這個薄倖郎，看他這副下流的樣子，莫非真做過這事？」慧生趕緊解釋：「姐姐，妳這樣想就錯了。男人這種動物啊，只要離開妻子三尺遠，就會如猴子跳入雲霄般開始肆意妄為。畢竟，這世上有幾個一心一意和妻子過日子的梁伯鸞[5]？能一生一世只與一人舉案齊眉呢？」

「何況，那都是過去的事了，姐姐您大度一點，算了、算了。」尹氏不知哪來的力氣，猛地坐起身，揮舞著胳膊，勃然大怒地罵道：「要真這樣，我還嫌他死晚了，有什麼好可惜的？」慧生知道，姐姐經自己這麼一激，病肯定能痊癒。他心中竊喜，又刻意勸了幾句，見姐姐的確斬斷情絲，便告辭離去了。果然不到十天，尹氏的病就全好了。

尹氏康復之後，便毅然決然地把畫投進火中，不止如此，還吩咐僕人：「快拿著斧頭去別墅的前院，

5 即梁鴻。東漢人，品德高尚，謝絕多位女子後，與一醜女結為夫妻，後隱居並與其相伴一生。舉案齊眉的典故講的便是這對夫妻。

把所有的海棠樹都砍了，一棵也不許留。」可憐那幾株開得正盛的海棠樹，幾斧頭下去，成了這段愛情的陪葬品。

慧生不愧是慧生，慧自心中生。他正是看到了姐姐的心結，才用這個絕妙方法激勵姐姐活下去，不禁讓人想起一句老話：「一見鍾情，不過是見色起意。」但不管是不是見色起意，情根總歸是隨之深種了。

而不管是人還是妖，情根深種後，要想安安穩穩地活下去，最好的選擇只能是相忘於江湖。

原文

鮃溪潘琬，字璧人，美儀容，有玉樹臨風之目。妻尹氏，豔而妒。

潘謹守繩墨，跬步不離繡闥。潘有別墅，在濂溪坊裡。庭前海棠數株，每當含苞未吐之時，隱度其兩鬢插戴處，往向枝頭芟剪，及花放，折歸助妝，長短疏密適合。尹嘗執花睇潘而笑曰：「此解語花也，勞卿手折，益嫵媚矣！」由是，封海棠曰「花卿」，而戲呼潘曰「掌花御史」。後潘以病瘠死，尹哭之哀。一日，過別墅，適海棠盛開。尹憑欄凝睇，觸緒縈懷，忽忽若迷，歸而病殆。

尹有族弟名慧生，善繪事，聞之，曰：「此心疾也，吾當以心藥治之。」遂寫海棠數十本，貌潘生科頭坐其下。旁繪妖姬五六人：有拈花者，有嗅花者，有執花在手乞潘生代為插鬢者，有狎坐膝頭戲以花瓣擲生面者。畫畢，竟詣床頭，詢姊近狀。尹流涕不言。

慧生曰：「昔姊丈在時，曾浼弟畫行樂圖一卷，恐姊見嗔，久留弟處。今已埋骨泉下，諒姊見原，持歸趙璧。」因出圖授尹。尹諦視久之，面忽發赬，曰：「薄倖郎有是事耶？」慧生曰：「姊誤矣！男兒離繡幃三尺，便當跳入雲霄。是非梁伯鸞，誰能謹守眉案？況已往不咎，聽之可也。」尹憤然作色曰：「若是，則死猶晚耳！吾何惜焉？」慧生佯勸而退。由是心疾漸解，不旬日，霍然竟癒。取其圖投之於火，並督家人各持斧鍤前往別墅，盡伐去海棠之樹。

鐸曰：「此袁倩醫鄱陽王妃故智也。哀思乍平，妒心又起，海棠之伐，與阮宣婦砍桃何異？劉孝標之三同，王文穆之四畏，吾知泉下人猶為膽落。」

——清 沈起鳳《諧鐸・卷二・妙畫代良醫》

虎夫君

「蒼天有眼，甲大壕[6]死了！」

鄰居王大娘踮起小腳，飛奔到霍家報喜，霍大娘和女兒霍小娸聽到這個消息，頓時喜極而泣。

一年前，霍家還是幸福的一家三口，日子雖然過得清貧，但丈夫顧家，妻子善解人意，女兒聰明伶俐，一家人過得知足又幸福。

直到橫行霸道的甲大壕蠻橫地劃分了兩家田地的地界，老霍去找甲大壕理論，悲劇便發生了。

甲大壕勾結官府，胡亂找了個罪名，將老霍投進了大牢。沒過幾天，不等霍大娘籌到錢贖人，被折

6 這是作者為原文中的無名惡霸虛擬的名字。

磨得不成人樣的老霍就不明不白地死在了獄中。霍大娘和霍小娗除了抱頭痛哭，什麼也做不了。而甲大壕得意揚揚地將地界再次往霍家那邊移動了一大段距離。她們兩個弱女子又有什麼辦法呢？真是不甘心啊，仇人明明就在眼前，她們卻拿他沒有任何辦法。

霍大娘恨得咬牙切齒：「可惜我們家沒男人，不然妳爹的仇就有人報了。」說罷，她轉頭望向女兒，眼淚簌簌落下：「可惜妳爹清清白白一輩子，到死了，竟然背上了一個莫須有的罪名。真是千古奇冤！」霍小娗也跟著哭：「孩兒不孝，還沒有長大成人，不能像東漢時的趙娥一樣手刃仇人，為父報仇。如果有人能幫女兒殺掉殺父仇人，孩兒願意以身相許，為妻為妾，甚至為奴為婢，也在所不惜。」這話一出，兩人抱頭大哭了一陣。

哭罷，霍大娘看著女兒雖稍顯稚嫩卻難掩姿色的一張臉，眼神從猶疑變為堅定。霍大娘握住女兒的肩膀，定定地看著她的眼睛：「女兒，妳果真這麼想？」霍小娗那張稚氣未脫的臉上露出了決絕之色，她回給娘親一個堅定的眼神，同時點了點頭。

霍大娘一把將女兒抱進懷裡，嘴裡不住地呢喃：「好、好。好孩子。」從這天開始，霍大娘不再待在家裡天天以淚洗面，她跑到西山山腳，開始虔誠地祈禱：「求神靈派人殺掉那為富不仁的甲大壕，事成之後，我的女兒願意以身相許，絕不食言。」就這樣，霍大娘風雨無阻，足足祈禱了一年。

這天早上，她正要動身繼續去山腳下祈禱。砰的一聲，門被大力推開，鄰居王大娘抖著嗓子說出「甲大壕死了」這個天大的好消息。

事情發生在昨晚。

甲大壕進城為縣令祝壽，回來時天色已晚，眾人都喝得醉醺醺的。一行人經過西山時，路邊突然跳出一隻猛虎。老虎目標明確，直直衝入轎子，一口咬住了甲大壕的喉嚨處，直到確認甲大壕死透了，老虎才緩緩踱步離去。

「老天有眼啊！」三人又哭又笑了一陣，王大娘安慰了幾句，便將空間留給娘倆，自己抹著眼淚回家去了。

母女兩人正抱著慶祝，吱呀一聲，院門忽然被推開，一個巨大的身影悄無聲息地踱進了前廳，母女二人轉頭看去，驚恐之色瞬間爬上了兩人的眉梢。來的竟是一隻猛虎！

老虎拖著尾巴緩緩走近，母女兩人正準備逃跑，卻見老虎一屁股蹲在原地，好奇地四處打量，等打量完了，竟開始舔著爪子洗起臉來。看樣子，老虎並沒有惡意。

霍大娘一瞬間明白了什麼，趕緊將木門關上，悄悄問老虎：「昨晚殺了甲大壕的莫非是你？」老虎似乎能聽懂人話。

此時，它臉也洗夠了，大概是覺得自己夠美了，這才端正了身體，將胸脯鼓得高高的，鄭重其事地點了點頭。

點頭後，老虎扭過身子，直愣愣地盯著站在一旁的霍小媖看。此時，霍小媖也正在打量老虎，只不過她眼中只有好奇，沒有害怕。霍大娘已經看出了它的來意，但是她並不打算履行約定，畢竟，這是一隻畜生。

她勉強鎮定心神，上前和老虎談判：「蒙君俠義，為我們報仇雪恨，我們孤兒寡母的，也沒什麼能報答您的。放心吧，從今往後，我們一定會為您供奉香花祭品，以答謝您的大德。只是不知道虎君光臨寒舍，是有什麼指示嗎？」

老虎的胸脯挺不下去了，它似乎明白了對面的人想爽約。它戀戀不捨地望了一眼霍小媖，微微垂下腦袋，轉而憤怒地瞪向霍大娘；霍大娘豁出去了，她開門見山地說：「難道您認為我食言了？並非如此。只是你我畢竟不是同類，我有意將年幼的女兒送到您身邊，侍奉您穿衣打扮，但我們的吃穿住行沒有一樣是相同的，一人一獸怎麼可能結為伉儷？」說到這裡，霍大娘嘆了口氣，語重心長地繼續道：「何況老身我已經半截身子埋進黃土裡了，家裡沒個男丁，正打算以後仰仗女婿活命哪。」

接著霍大娘把老虎從鬍鬚打量到尾巴尖，直把一隻猛虎看得羞愧得垂下腦袋，才緩緩開口：「你畢竟只是一隻老虎，養得活我們母女二人嗎？虎君啊虎君，你既然能如此仗義地為死去的人報仇，難道就不能為活人考慮考慮嗎？這都是我這個老婆子的肺腑之言，求您好事做到底，成全我們孤兒寡母吧。」

聽了老太太這一番近乎耍賴的話，老虎知道自己今天是娶不了媳婦了。不能言語的它甩著尾巴焦躁又沮喪地原地團團轉了片刻，再次扭頭望向霍小媖。霍小媖也正焦急地回望著它。

老虎無奈地嘆了口氣，垂頭喪氣地準備離開。但老虎到底還是捨不得霍小媖，走到院子裡時，它幾乎一步三回頭地往前緩緩挪著。霍小媖再也忍不住了，她上前一步攔住了老虎的去路，慷慨陳詞：「虎君請留步！我有話要說，希望您停下來聽一聽。我之前說以身相許，確實是真心這樣想的，我不敢昧著良心食言。」

「不過，看眼前這種情況，我們要想和人一樣同床共枕是不可能了，畢竟人獸殊途。這情況，虎君您也知道的吧？」垂頭喪氣的老虎眼睛亮了起來。

霍大娘心疼地望向女兒。她們的恩人竟然是一隻老虎，這是她向山神祈禱時萬萬沒有想到的，只要對方是一個正常的男人，女兒發的誓言都可以兌現。但，老虎……唉，她苦命的女兒。

霍大娘還想再說什麼，但看到霍小媖望過來的溫柔又堅定的眼神時，她的嘴角終究還是抿緊了。

霍小媖溫柔地望著老虎，柔聲說道：「如果虎君沒有忘記之前的約定，那我會為您打掃出一間乾淨的房子，這輩子都與您長相廝守。雖然我們不可能有夫妻之實，但我願意與您做一對名義上的夫妻。」

老虎眼睛亮得驚人，它露出了難以置信的表情，輕輕點了點頭，然後圍著霍小媖一口氣轉了很多圈才停下來。

從此之後，一人一虎竟然真的生活在一起了。

兩者雖然不是同類，但都在小心翼翼地經營著這段詭異的關係。比如：看老虎天天趴在冷冰冰、髒兮兮的地上，為了讓老虎趴臥著舒服，霍小娭特別做了一張寬大而柔軟的地毯，就鋪在她的繡榻旁。老虎雖然不會說話，但看得出來，收到禮物後，它心裡是極歡喜的，每次進了門，老虎都會先把自己收拾乾淨才開心地趴上去。

再比如：老虎也不是天天閒著，它負責打獵，等它拖著戰利品回家，霍小娭會挽起袖子來，把獵物收拾得乾乾淨淨，煮好，給母親送去一碗，自己留下一碗和老虎一起吃。而老虎吃飽喝足，就算是忙完了，它也不嚮往叢林，而是甘願趴在房間裡陪著女孩。

每天早上，女孩起床梳妝打扮，老虎都會躲在梳粧檯旁，故作無意地斜著眼睛偷看；晚上等女孩上床睡覺了，老虎就靜悄悄地趴在床下。你以為它會陪著女孩入睡嗎？

不會的，大部分的夜晚，老虎會整宿整宿地不睡覺，它不是不睏，而是擔心自己的鼾聲太大，會攪了女孩的清夢。這隻老虎雖是畜牲，卻有著一顆人的心，一心一意地愛戀著這個人類女孩。

人吃五穀雜糧，沒有不生病的。

女孩有時也會身體不舒服，吃什麼都沒有胃口，每當這時，老虎就會心急如焚地撒開寬厚的爪子跑回山林，捉來最鮮嫩的小鹿給女孩吃。

女孩真的生病時，老虎會變得格外焦躁，但它是隻老虎，沒別的本事，不懂得賺錢，也不懂得請大夫看病，只能在霍大娘忙裡忙外時，陪在女孩旁邊，不吃不喝，一圈一圈地繞著女孩轉，直到女孩病癒，它才會停下來。

「你好了？」雖然老虎的嘴巴不會說話，但它的眼睛能傳達情意。霍小娭看著老虎那如水晶般剔透的雙眸，裡面只映著她一個人的身影；她讀懂了老虎的擔憂，向它點點頭，意思是好了。老虎看懂了，仰天長嘯一聲，開心地在院子亂跑亂跳。

這種事情在兩人相處的日子裡發生得太多了，女孩已經習以為常。

悠悠歲月等閒過，幾年過去，霍大娘越發地老邁了。

霍家本來就貧困，自從老霍走了，母女兩人勉強靠種地過日子。年歲好的時候，兩人尚能吃飽肚子；年歲不好的時候，兩人就只能挨餓。

老太太看著女兒天天看寶貝似的守著這個虎女婿，越看越氣不打一處來：「當年，妳要是聽我的，拒絕了這門親事，另外選個好人家嫁了，我們也不至於到這個地步。現在呢？我這個老婆子年紀大了，都沒人為我養老。」老太太越說越氣，罵完了女兒又罵老虎。

老虎是能聽得懂人話、看得懂人的臉色的，它低眉順眼地受著老太太的冷嘲熱諷。

一天晚上，在老太太再次破口大罵了一天後，老虎竟然不辭而別。霍大娘長舒一口氣，就連臉上的褶子都平展了幾分。她匆忙地出門，打算找人給尚是完璧之身的女兒介紹一個好夫婿。

回來後，她眉飛色舞地跟霍小娭講哪家男人有錢，哪家男人能幹，霍小娭卻皺著眉頭打斷了她的話：「母親，我小時候常聽父親說『背德不祥，負恩非福』，何況，我的心已經繫在我的夫君身上，又怎麼能再做這種放浪形骸的打算呢？」

此後，不管有多少媒人來，不管媒人說得再天花亂墜，女孩始終不為所動，只待在她和老虎的房間裡，靜靜地等著她的虎夫君歸來。但老虎似乎打定了主意放女孩自由，再也沒有出現過。

幾年後，女孩抑鬱成疾，死去了，屍體就停在前廳裡。

霍大娘幾乎哭瞎了眼，傷心地坐在棺材前。

嗷——

一聲震撼人心的虎嘯忽然在院子裡響起，大家驚恐地發現，一隻斑斕猛虎出現在女孩的棺材前。老虎仰起下巴，正在痛苦地哀嚎，眼淚順著它土黃色的毛髮，成串地滾落。老虎竟然也會流淚！雖然它不會說話，但在場的人都聽出了它的心碎，女孩最終被葬在祖墳旁。

此時的老虎再也不回森林裡了，它開始日日守在女孩的墳前，每天都要來回不停地巡視好多遍。等到春節和中秋等節令，老虎還會從森林中採來可口的野果，一枚一枚叼到女孩墳前，來祭奠它心愛的人，這樣的日子，老虎整整過了三年。

霍大娘徹底地老了，她已經沒了生存能力，多虧這位她看不上的虎女婿，每天捕一些山獐和野兔供養她，她才能勉強繼續活著。

原作者評價這隻老虎說：「痴情的人，必定沒有傲骨。身為一隻老虎，卻如此痴情，這是失去了老虎的本性。不過，一言不合便掉頭離去，難道不正說明這隻老虎還是野性難馴嗎？如此痴情又能有如此傲骨，這才稱得上真有傲骨；有如此傲骨又能如此痴情，這才稱得上真痴情。」

在人類眼中，大概只有人類才懂浪漫吧？那些花前月下的相偎、漫天綻放的煙花、燦如紅海的秋葉……無論是充滿詩情畫意的景致，還是含蓄婉轉的心思，皆是浪漫的定情信物。

但讀罷此篇，你會發現，所有的這些竟然都敵不過一隻老虎的浪漫——為了不打擾女孩的清夢，老虎可以整宿整宿不睡覺，光是這份心意，便無人能敵。

只可惜造化弄人，人獸殊途，老虎的一腔痴情終究成憾。

原文

秦川女子霍小娸，有殊色。父與豪右某爭田界，以他事誣諸官，竟斃於獄。母痛哭曰：「家無男子，誰為父復仇者？恐白骨冤埋，終作千秋黑獄矣！」女含涕而進曰：「兒不肖，髫齡稚齒，不能作趙家娥。有得仇人而殺之者，兒願執箕帚事之。」母鑑其誠，日以其言禱諸西山之麓。

一日，聞某入城祝縣令壽，路出西山，虎突起於前，齧喉而斃。母女方額手慶，忽一虎曳尾而來，徑登堂上。母女變色卻走。虎徘徊瞻眺，殊無惡意。母闔扉而語曰：「今日殺某於道者，非汝也耶？」虎頷之。母曰：「蒙君俠義，雪我前仇。煢煢母女，定當香花頂禮，用酬大德。未識降臨玉趾，意欲何為？」虎怒目而視，似憎其爽約者。母曰：「汝以我食言耶？息壤在彼，本宜敬將幼女侍奉裳衣，但起居寢食，彼此道殊，安得竟成伉儷？況我年近桑榆，家無蘭玉，方將倚婿為活。汝為地下人報怨，獨不為未亡人施德乎？謹陳衷曲，乞賜矜全。」

虎聞其語，神凋氣喪，垂頭欲出，而一步九顧，依依不捨。女慷慨而前曰：「君且住。妾有一言，幸垂明聽。妾前以身相許，豈敢昧心。想衾裯之共，君亦知其不可。如不忘舊約，當掃除一室，與君終身相守，存夫婦之名可也。」虎首肯再三，欣然嘉納。

女乃導虎入帷，營菟裘於繡榻之旁；食則同牢，居則同室。女晨起理妝，虎必潛身奩次，側目偷窺。夜俟女卸裝登床就寢，始伏於床下，竟夕不寐。恐以鼾聲擾其清夢也。有時甘旨不給，則銜鹿脯以進，或抱小恙，焦思躁急，盤旋室內者無停趾。病癒，始歡躍如初。女習以為常。

而母氏因年邁無依，時咎女之失計，而遇虎禮貌亦衰。虎一夕竟去。母欲為擇婿。女曰：「背德不祥，負恩非福，況女子以心許人，豈必作形骸之論哉？」執不允。後女以鬱疾死，停柩堂上。虎忽嗥哭而來，淚下如雨，進殮者皆見之。繼埋玉於祖塋之側，虎一日巡視者三。春秋令節，輒銜山果以奠。越三載如一日。母貧乏，不能自活，虎猶日取山獐野兔，存恤其家云。

鐸曰：「有情痴者，必無傲骨。虎而痴，是失其虎性矣。然一言不合，掉頭竟去，不依然虎性之難馴乎？痴而能傲，是為真傲；傲而能痴，是為真痴。」

——清 沈起鳳《諧鐸．卷一．虎痴》

一隻狐狸的浪漫

上文中的人和妖怪大多因為放棄執念，兩兩相忘於江湖，才得以善終；但如果妖怪執著於和人的愛情，偏要勉強呢？

唐朝有個吏部侍郎叫李元恭，他的小外孫女姓崔，年方十五，長得清麗迷人，馬上就要到出嫁的年紀了，卻忽然被狐狸魅惑住了，家人遍求術士，用盡各種符咒法術，卻不見起色。那狐狸和崔氏一起生活了很久之後，才幻化成一個綠衫少年，出現在大家面前。

人總是這樣，對打不倒的事物，只能學會接受。

因為無論如何也除不掉狐狸精，李家暫時與狐狸達成了和解。李元恭的兒子博學多識，與綠衣少年閒聊時曾問他：「胡郎也學習嗎？」狐狸開始高談闊論，天上地下，四海八荒，無所不知。

李元恭的兒子聽罷，悵然許久，感慨道：「閣下真的是一隻博學的狐狸啊。」後來，一群與李元恭兒子相熟的公子哥聽說了這事後，專程登門拜訪，請狐狸精為他們答疑解惑。

胡郎來者不拒，跟每一個人都相處得很融洽。他高雅的談吐、詼諧的見解時常把大家逗得哈哈大笑。不過，對於人類來說，狐狸到底屬於異類，這群公子哥言談間、眼神裡偶爾會流露出輕慢之色，但狐狸心胸寬廣，並不介意。

「我真羨慕你啊。」與我們想像的旖旎場景不同，胡郎和崔氏在一起時最常做的事便是談天說地，聊天的間隙，胡郎會望著崔氏柔美的側臉，忽然說上這麼一句感慨，這時崔氏通常在縫補衣裳。

某天，崔氏又聽到胡郎說這句話，便無奈一笑。她當然知道狐狸在羨慕什麼，胡郎最羨慕的，是她所擁有的人身。「妳知道我們以動物之身修煉成人有多麼困難嗎？」眼看胡郎又要講述自己那段艱難的修仙路，耳朵都要長繭的崔氏趕緊打斷胡郎：「一百年學鳥語，一百年學獸語，一百年學人語，兩百年化人形，等你修煉成現在這副模樣，時間已經過去五百年啦。老妖怪。」

胡郎要說的話被崔氏搶著說了，他無奈地笑了笑，說道：「我們獸類要努力這麼久才能化為一具最普通的人身，可見人身是多麼難得，妳要好好珍惜啊。」

崔氏咬斷線，讓胡郎站起身，拿衣服在他身上比劃著，略顯敷衍地點點頭：「珍惜著呢。」

「不對、不對。」胡郎把衣服從崔氏手中抽出，一把放在桌子上，「你們人類的書裡說『吾生也有涯』，又說『逝者如斯夫』，人這一生短暫得宛如電光石火般，得做點事情才能不辜負此生啊。」

「我紡紗織布、縫補衣裳也是做事啊，再說了，所有的女孩不都是這樣做嗎？」崔氏滿臉不解地說道。胡郎嘆了口氣，露出了心疼的表情，繼續勸說：「所有的女孩都這樣做，便是對的嗎？」

「人生在天地間，不應該只關心眼前的事。妳難道不渴望知識嗎？你們人類的知識可是凝聚了數千年的智慧，可以幫妳探索這個世界，不只是漫無目的的活著。」崔氏眼中閃過一絲渴望，但緊接著，她望了望房內的紡紗機與手頭的針線，眼中的光又黯淡了下去。

胡郎攬住她的肩膀，用鼓勵的語氣說道：「事情就這樣定了，我來幫助妳學習，因為只有不斷地學習才能賦予有限的人生以無限的意義。」崔氏以為他只是說笑，但少年說到做到，很快就帶了一位老人前來。老人博學，教授的是經史子集。

接受了老人三年的悉心教導後，粗通文墨的崔氏通曉了諸子百家思想的要旨。

少年試問崔氏許多問題，覺得她已經學成，於是又帶來一人，教授崔氏書法；一年後，崔氏以擅長書法而聞名。

等崔氏成為博學的女子後，一天，少年仔細審視著崔氏，他覺得改造計畫還沒有完成。「日常光讀書寫字也未免太過枯燥了，學點樂器怎麼樣？箜篌、琵琶等樂器太普通，不如學古琴吧。」於是他再次帶來一人。

這人自稱姓胡，擅長彈古琴，是隋朝時期陽翟縣的博士[7]。

胡博士自稱曾多次和嵇中散往來，嵇中散也就是三國時期著名的思想家、文學家、音樂家——嵇康。嵇康還把《廣陵散》也教給了他，不過讓他發誓，不能把《廣陵散》傳給他人。

雖然沒能教崔氏《廣陵散》，但他懂得彈奏名曲《烏夜啼》，每次彈奏，都讓人聽得如痴如醉。其間，胡博士教了崔氏無數名曲，聰穎的女孩幾乎每首曲子的玄妙之處都能領會掌握。

李元恭眼睜睜地看著外孫女和少年感情越來越深，越發有了認真過日子的架勢，不由得暗暗著急。

7「博士」最早是一種官職名稱。在秦漢時期，「博士」指的是執掌經學傳授的學官，後來專精某種技藝或者從事某種職業的人也被稱為「博士」。

一天，他叫來少年，問道：「你們現在是無媒苟合，這樣下去也不是個辦法，胡郎為什麼不把小女娶回家呢？」聽到這話，少年大喜過望，當即跪下磕頭，道：「不瞞您說，我早就想這樣做了，只是因為考慮到人妖殊途，擔心您不答應，不敢提罷了。現在李侍郎既然有意，那我馬上娶她過門。」當天，少年拜遍李家人，歡天喜地地準備迎娶新娘子。

李元恭觀察了少年許久後，慎重地開口道：「你說你要娶我的外孫女，那麼你的宅邸在哪裡呢？總不能讓小女嫁過去沒地方住吧？」少年聽了這話，再也不復往日高談闊論的瀟灑模樣。他憨厚地搓搓手，不好意思地一笑：「我有家的。」

見李元恭一臉不相信，少年連忙比劃了一下，補充道：「我家門前有兩根大竹子。」聽到這話後，李元恭捻鬚一笑，他終於知道狐狸的老巢在哪兒了。

等少年喜孜孜地回家準備聘禮時，李元恭帶著僕人來到後院，這裡正有一座竹園，只尋找了一會兒，果然在兩株異常粗壯的竹子間發現了一個窟窿，這就是狐狸的老巢了。

他立馬吩咐奴僕將水流引來，灌進孔洞中。一開始，從洞裡逃出幾十隻水淋淋的獾貉和狐狸，最後才從洞裡竄出一隻老狐狸，這隻渾身濕透的狐狸身上還穿著一身綠衫呢。

看到它狼狽地逃出來，圍觀的李家人大喜，戲謔地說：「胡郎出來了！」眾人哈哈大笑罷，不顧狐狸恐懼憤恨的眼神，一下就用石頭把這隻落湯雞狐狸砸死了。

從此之後，李家的狐狸精便絕跡了。

在歷史上，人與妖違反倫常執意結合的愛情故事數不勝數，其中最有名的當屬白素貞與許仙，但白素貞最後被許仕林救出了雷峰塔，胡郎則沒有這麼幸運。

故事中的胡郎嚮往成為一個人，而人應該怎樣，他心中自有一把尺。他並不覺得女子無才便是德，更不希望自己心愛的女子被困在小小一方庭院裡，懵懵懂懂地渡過一生，他希望帶著女孩探索更廣闊的宇宙。

愛上一個女孩，引導她成長為一個德才兼備的人，這是屬於胡郎的浪漫。

原文

唐吏部侍郎李元恭，其外孫女崔氏，容色殊麗，年十五六，忽得魅疾。久之，狐遂見形為少年，自稱胡郎，累求術士不能去。元恭子博學多智，常問：「胡郎亦學否？」狐乃談論，無所不至。多質疑於狐，頗狎樂。久之，謂崔氏曰：「人生不可不學。」乃引一老人授崔經史。前後三載，頗通諸家大義。又引一人，教之書。涉一載，又以工書著稱。又云：「婦人何不會音聲？箜篌琵琶，此故凡樂，不如學琴。」復引一人至，云善彈琴，言姓胡，是隋時陽翟縣博士。悉教諸曲，備盡其妙，及他名曲，不可勝紀。自云：「亦善《廣陵散》，比屢見嵇中散，不使授人。其於《烏夜啼》尤善，傳其妙。李後問：「胡郎何以不迎婦歸家？」狐甚喜，便拜謝云：「亦久懷之。所不敢者，以人微故爾。」是日，遍拜家人，歡躍備至。李問：「胡郎欲迎女子，宅在何所？」狐云：「某舍門前有二大竹。」時李氏家有竹園。李因尋行所，見二大竹間有一小孔，竟是狐窟。引水灌之。初得猯狢及他狐數十枚，最後有一老狐，衣綠衫，從孔中出。是其素所著衫也。家人喜云：「胡郎出矣。」殺之，其怪遂絕。（出《廣異記》）

——宋 李昉《太平廣記．卷四百四十九．李元恭》

長鬚國

唐大足初年，有位書生跟著新羅使者出海遊歷。

行到半途，海上忽然颳來颶風，書生被吹到了一處奇怪的地方。那個地方的人雖然也說唐語，但不論男女，臉上統統長有長鬚，大概是因為這種奇特的長相特徵，他們的國號為「長鬚國」。

長鬚國人口眾多，物產富饒，語言和中原王朝相通，只是住宅、穿著與中原的略有區別，此地名叫扶桑洲，該國的官品分為正長、戢波、目役、島邏等號。

從茫茫大海來到繁華的城市，本來就喜歡四處遊歷的書生簡直如魚得水，一口氣去了很多地方。雖然書生的長相與當地人不同，也沒什麼錢，但無論走到哪裡，都受到了百姓的熱情招待。

這天，休息了一晚的書生正準備出門逛逛，忽然聽到門外車馬喧嘩，書生出門一看，只見門口停了幾十輛馬車。

見他出門，使者趕緊上前邀請：「我們大王要召見你。」自己一介布衣，竟受到了異國國王的召見，書生受寵若驚地坐上了馬車；一行人一直走了兩天，才來到一座莊嚴的城樓前。

城樓巍峨宏偉，門前站滿了身穿盔甲的士兵，使者將書生請下車，帶他來到一處高大寬敞的宮殿中。

書生進門就跪下了，高坐在金鑾殿裡的大王連忙欠身還禮，並賜了座。兩人相談甚歡，這位大王對來自異國的書生出乎意料地欣賞，不僅封他為司風長，還讓他做了駙馬。

書生從孤島求生的流浪漢，搖身一變成了異國的駙馬，真可謂是春風得意，美中不足的是，這位公主美則美矣，可惜臉上也長了幾十根長長的鬍鬚。

即使擁有數不清的金銀珠寶，以及夢寐以求的權勢，可是每次看到老婆，書生還是很不開心。

長鬚國的國王最喜歡賞月，每逢月圓之夜，他都會舉行宴會。這天，又是一次家庭晚宴，大王的嬪妃們也紛紛出席。書生端坐在一旁，每見一個嬪妃，心就往下沉一分。不為別的，只因為號稱網羅天下美女的後宮中，竟然也都是些長了長鬍鬚的女人。

酒醉後，對長鬚國的女人絕望的書生寫了首詩一吐苦水：

花無蕊不妍，女無鬚亦醜。
丈人試遣總無，未必不如總有。

聽到這首詩，大王便知曉了書生的心意，不過他心胸寬廣，沒有生氣，反而哈哈一笑：「都這麼久了，駙馬難道還糾結於小女腮上的鬍鬚嗎？」書生長嘆一口氣，無奈地一笑過後，倒是釋然了。

書生在長鬚國過了十幾年榮華富貴的日子，跟公主誕下了一兒兩女。

這天，書生上朝時發現滿朝文武包括大王都是滿臉憂愁，彷彿大禍將至，詢問之後，大王抓著他的袖子哭著說：「我們長鬚國有難了！而且是禍在旦夕，只有你才能救我們於水火。」書生大驚失色，沒有推辭：「假如能免去禍患，即使拋頭顱灑熱血，我也在所不辭。」

大王見他表了態，馬上派兩個使者給書生，對他說：「煩請駙馬前去拜訪海龍王。別的話不用多說，只說東海第三汊第七島長鬚國有難，請求救援就可以了。」書生神情凝重地點了點頭。

在他走之前，大王含著眼淚殷殷囑託：「記住，我們國家疆土微小，你一定要再三向海龍王說明我們的詳細地址，記住了嗎？」書生應了，大王這才哭著和他告別。

書生帶著兩位使者上了船，也不知使者用了什麼法術，他幾乎瞬間就登上了一處陌生的海岸。

這個地方比長鬚國還要奇怪、還要富有，岸上的沙子都是七寶鋪成，人也都戴冠披袍，高大強壯。

書生上前，求問龍王的宮殿所在。經過熱心人的指點，書生終於來到了金碧輝煌的龍宮。世間竟然真的有龍宮，富貴了十幾年的書生也不由得看呆了，這不正是我大唐佛寺中描畫的天宮嗎？宮殿中散發的璀璨金光，令人無法直視。

面對一個凡人的拜見，龍王沒有擺架子，而是立馬從龍座上起身迎接書生，一人一龍並肩步入殿堂。龍王詢問書生的來意，書生便將長鬚國王的囑咐說了一遍，龍王馬上派人速速查明。

過了很久，一個人從外面走進來說：「境內並沒有這個國家。」書生一聽，心揪成了一團，他想到了自己滿臉鬍鬚的妻子和三個兒女，於是苦苦哀求：「請龍王派人再次詳細地查一遍吧，長鬚國就在東海第三汊第七島；我是這個國家的駙馬，絕無半句謊言。」龍王呵斥使者：「再查，再報！」

這次僅一頓飯的工夫，使者再次回來了：「查到了，有這個地方！這個長鬚國的島民是您的食材，本月合該被大王您食用，前天已經被捉來了。」龍王聽罷，心裡明鏡似的，他爽朗一笑，對迷惘的書生解釋道：「你呀，這是被大蝦給迷惑住了。我雖然是龍王，但是該吃什麼，不該吃什麼，都是秉承天命，不能胡吃、亂吃或者不吃。」聽到這話，書生哪裡還不明白？心中剎時升起驚恐和遲疑。

但想到妻兒，又覺得即使它們是妖怪又如何呢？它們與人無害、熱情善良，是自己在異國他鄉裡的親人，而這些親人馬上就要被當作口糧吃掉了。想到這裡，他幾乎要暈厥過去。

龍王察言觀色，於是說：「這樣吧，看在你的面子上，這個月我節食，少吃一點吧。」為了讓他徹底死心，龍王擺擺手，命手下帶書生去看一看他的妻兒的真面目。

書生被領去了龍宮的後廚，裡面擺滿幾十個鐵鍋，鍋裡胡亂攀爬的全都是大蝦。書生探身望去，其中有五、六隻大如手臂的紅色大龍蝦，一看到書生出現，馬上在群蝦中跳躍翻滾，似乎在向他求救，領他來看的人指著其中一隻道：「這就是蝦王。」

想到往日裡大王對自己的好，想到離別時大王的殷殷囑咐，想到大家對自己的期盼，書生不由得悲從中來。他再也忍不住，跪地哀求龍王：「龍王，能不能將這一鍋蝦全部放掉？」龍王看他依舊執迷不悟，不由得嘆了口氣，命手下把裝著蝦王的那鍋大蝦全都放了。

書生痴痴地望著飛躍進海中的大蝦，其中有他雖滿臉鬍鬚卻溫柔大方的妻子，有他可愛無邪的兒女。他知道，此生與「他們」絕無再見的可能了。

龍王感慨地拍拍他的肩膀，扭頭吩咐兩個使者將書生送回中原王朝。只一晚，書生的腳就踏在了登州的土地上。他收起悲痛的心情，打起精神，正準備感謝兩位使者，卻被眼前所見嚇了一跳。只見兩位使者陡然化為兩條巨龍，長嘯一聲，便蜿蜒地游進了深海之中。

本故事與同時代的《南柯太守傳》有異曲同工之妙。

在《南柯太守傳》中，主角淳於棼夢入蟻穴，娶公主做駙馬，後遇兩國交戰，戰敗，妻子病死，淳於棼最終失寵返鄉，幾乎經歷了人一生中的興衰榮辱。直到驚醒，他才發現一切不過是大夢一場。

而本故事中的書生，是真真切切進入了長鬚國，倘若不是長鬚國遭遇大禍，他這場「夢」，大概一輩子也醒不過來吧。

原文

大足[8]初，有士人隨新羅使，風吹至一處，人皆長鬚，語與唐言通，號長鬚國。人物茂盛，棟宇衣冠，稍異中國。地曰扶桑洲，其署官品，有正長、戢波、目役，島邏等號。士人歷謁數處，其國皆敬之。忽一日，有車馬數十，言大王召客。行兩日方至三大城，甲士守門焉。使者導士人入伏謁，殿宇高敞，儀衛如王者。見士人拜伏，小起，乃拜士人為司風長，兼駙馬。其主甚美，有鬚數十根。士人威勢烜赫，富有珠玉，然每歸見其妻則不悅。其王多月滿夜則大會，後遇會，士人見姬嬪悉有鬚，因賦詩曰：「花無蕊不妍，女無鬚亦醜。丈人試遣總無，未必不如總有。」王大笑曰：「駙馬竟未能忘情於小女頤頷間乎？」經十餘年，士人有一兒二女。忽一日，其君臣憂慼，士人怪問之，王泣曰：「吾國有難，禍在旦夕，非駙馬不能救。」士人驚曰：「苟難可弭，性命不敢辭也。」王乃令具舟，令兩使隨士人，謂曰：「煩駙馬一謁海龍王，但言東海第三汊第十島長鬚國有難求救。我國絕微，須再三言之。」因涕泣執手而別。士人登舟，瞬息至岸。岸沙悉七寶，人皆衣冠長大。士人乃前，求謁龍王。龍宮狀如佛寺所圖天宮，光明迭激，目不能視。龍王降階迎士人，齊級升殿。訪其來意，士人具說，龍王即令速勘。良久，一人自外白曰：「境內並無此國。」其人復哀祈，言長鬚國在東海第三汊第七島。龍王復叱使者細尋勘，速報。經食頃，使者返，曰：「此島蝦合供大王此月食料，前日已追到。」龍王笑曰：「客固為蝦所魅耳。吾雖為王，所食皆稟天符，不得妄食。今為客減食。」乃令引客視之，見鐵鑊數十如屋，滿中是蝦。有五六頭色赤，大如臂，見客跳躍，似求救狀。引者曰：「此蝦王也。」士人不覺悲泣，龍王命放蝦王一鍋，令二使送客歸中國。一夕，至登州。回顧二使，乃巨龍也。

——唐 段成式《酉陽雜俎．卷十四》

8 足：原為「定」，據〔明〕陳耀文《天中記》第五十七卷所載，改為「足」，大足是武則天時期的年號。

肆、日常篇

君子之交淡如水

妖以非人的身分誕生後，
每天吸收日月精華，不知不覺有了神通，
與人同處一屋檐下，發覺自己能聽懂人話，
也不可避免的和人類有了交會。

住在天花板上的八卦貓

晉朝時，博陵人劉伯祖在河東郡做過太守，據說當時他家的天花板上住了一位神仙。這位神仙不太安分，是個話癆，沒事就與劉伯祖天南地北的話家常。

除了愛聊天，這位神仙自然也有些奇特的本領——每次京城送詔書，它都能向劉伯祖預告內容。神跡顯現得多了，加上朝夕相處，劉伯祖也希望投桃報李。這天，劉伯祖問它：「你愛吃什麼啊？我幫你去買。」神仙也有問必答：「我想吃羊肝。」劉伯祖馬上命人買來新鮮的羊肝，擺在砧板上。他本來打算讓廚子把羊肝切碎後，擺盤裝好，再放幾朵美麗的蘿蔔花，隆重裝飾後再拿去供神，但隨著刀鋒落下，一片片的羊肝宛如雪花入沸水，倏然消失不見。

等廚子切完兩隻羊的羊肝後，廳堂前忽然出現了一隻毛髮蓬鬆的大狸貓，那狸貓若隱若現地浮在几案前，滿臉陶醉。

「哪裡來的野貓？」切肝的廚子當場就要舉著刀砍下去，劉伯祖一看，知道這就是神的真面目，趕緊制止，狸貓隨即一躍而起，跳到了天花板上。

不久，天花板上傳來哈哈大笑聲：「剛剛的羊肝太過美味，我沉醉其中，一時之間得意忘形，讓您看到了我的真身，實在是慚愧啊。」

後來，劉伯祖要出任司隸校尉前，那神，不，那貓妖再次預言：「某月某日，詔書就該來了。」到了那一天，一切果然如狸貓所說。

等劉伯祖正式入住司隸府後，狸貓很自覺地跟著搬進了新家，依然住在天花板上。

悠悠歲月等閒過，狸貓每天都是一副悠閒的樣子，依然閒來無事就找劉伯祖聊天，但現在身分不同了，它現在是司隸府天花板上的一隻狸貓。

如今狸貓不再談論家長里短，開始議論國家大事，尤其是一些宮禁之內的祕辛，事無鉅細。比如皇帝喜歡稱哪個妃子為寶寶、討厭哪個官員的狐臭……它都一清二楚；但這些事豈是劉伯祖一個腳跟還沒站穩的小司隸校尉能聽的？劉伯祖越聽越驚恐。

這天，劉伯祖終於忍不住了，在狸貓再次大聊特聊時，趕緊勸道：「我現在的職責是檢舉奸惡，這工作不容易，全是得罪人的事，不是你死就是我活，不能讓別人抓住我丁點把柄。如果皇帝身邊的親信聽說我家裡住了一位神仙，肯定會用這個藉口把我入罪的。」

精明如貓妖，怎會不明白劉伯祖的意思？它只得長長地嘆了口氣，說道：「先生的顧慮沒錯，你我緣盡，我也應該離開了。」從此之後，天花板上一片寂然。

在古代的志怪故事中，一直不乏貓能說人話的鄉野傳聞，家裡的貓咪愛聊八卦，想來也是不意外的。

原文

博陵劉伯祖，為河東太守，所止承塵上有神，能語，常呼伯祖與語，及京師詔書誥下消息，輒預告伯祖。伯祖問其所食啖。欲得羊肝。乃買羊肝於前，切之臠，隨刀不見。盡兩羊肝。忽有一老狸，眇眇在案前，持刀者欲舉刀斫之，伯祖呵止，自著承塵上。須臾，大笑曰：「向者啖羊肝，醉，忽失形與府君相見。大慚愧。」後伯祖當為司隸，神復先語伯祖曰：「某月某日，詔書當到。」至期，如言。及入司隸府，神隨逐在承塵上，輒言省內事。伯祖大恐怖。謂神曰：「今職在刺舉，若左右貴人聞神在此，因以相害。」神答曰：「誠如府君所慮。當相捨去。」遂即無聲。

——晉 干寶《搜神記．卷十八》

壁虎精

清朝時，有座名海惠寺的寺廟，廟裡的藏經閣裡住了一隻大壁虎，壁虎長約一丈，也就是三公尺多，確實稱得上是一個龐然巨物。

夏天僧人們納涼時，經常能看到藏經閣的屋檐下有閃閃發光的兩盞燈，新來的小沙彌不懂，就指著燈問老和尚：「那裡怎麼掛了兩盞燈啊？」老和尚趕緊捂住小沙彌的嘴：「噓！小聲點，那是壁虎精的眼睛！」因為上面住了不得了的東西，所以平時藏經閣都被牢牢鎖住，鮮少有人進去。

除了有大壁虎，藏經閣的屋檐下還養了一群鴿子，壁虎天天宅在藏經閣裡，很少外出，它肚子餓了就吃送上門的鴿子，漸漸地，屋檐下的鴿子就所剩無幾了。

身為住持的老僧不樂見佛門清淨地天天發生這種殺戮之事，他也打算做點什麼來阻止壁虎精，於是僧人們跟躲在藏經閣上偷聽的壁虎商量：「這樣吧，每個月的初一和十五，我們給您上供幾十枚雞蛋，就放在藏經閣附近？您以後就吃這個，饒了這群小鴿子吧。」

這隻壁虎似乎真的有靈性，自僧人這麼說後，每次把雞蛋放在那裡，它都會悄悄地吃掉，鴿子從此得以保全。

就這樣，經過好一段時日，那隻壁虎忽然轉了性，不再吃僧人送來的雞蛋了。

某月初一，僧人照例將雞蛋放在固定的地點，結果等他十五那天再放時，之前的雞蛋還在，一動都沒動。

「難道壁虎走了？」想到這個可能，僧人就不再為它準備雞蛋了。

一天晚上，住持夢見了一位容貌嬌豔的絕色美人。

美人著一身褐色的衣裙，上來就對住持行了一禮，說道：「妾身寄居在藏經閣上已經很久了，很感激您之前賜給妾身食物。」

「不過，妾身已經有很長一段時間不吃葷腥了，如果您能再次施捨恩惠，就請您賜給妾身一點麵食吃吧，不必再準備雞蛋了。」

「請您放心，過段時間，妾身就會離開了。還有，這座寺廟，二十年後會有一場浩劫，法師您不久也將仙逝了。」女子話音剛落，住持便醒了過來。他覺得這個夢有點奇怪，但抱著寧可信其有的態度，還是為夢中的女子蒸了數枚餅子，就放在原先放雞蛋的地方。

沒多久，餅子果然不見了，可見夢中人的話都是真的。第二年，確實如女子所說，僧人圓寂，壁虎也徹底消失了。

壁虎的消失，安靜到幾乎沒有驚動任何人。它沒有發出霹靂聲，也沒有現出龐大的身體壓塌房屋、嚇壞行人；彷彿只一夜，那座藏經閣便破敗了，僧人們明白常住其中的壁虎已經走了。

寺廟中的僧眾登上藏經閣，看到香案上多了一個東西，那東西長約幾尺，形狀宛如穿山甲的殼，大家都懷疑這是那隻壁虎蛻下來的皮。

後來，可能是由於戰爭或饑荒，寺廟荒廢了，當地人將寺廟改立為稽古書院。壬辰年四月，寺廟被毀，藏經閣也蕩然無存了。

這篇故事雖然沒有什麼驚心動魄的故事情節，細品下來，卻是人與妖和諧共存的典範。人與妖同處在一個屋檐下，人不大驚小怪，妖也不害人，大家和諧相處。輕描淡寫中，中國古代志怪的餘韻無窮。

原文

邑海惠寺藏經閣上有大守宮，長幾盈丈。夏夜見閣檐際有雙燈，其目光也。閣終歲扃閉，檐下蓄群鴿，恒被守宮食啖，幾無遺類。僧懼而禱之，每朔望供雞子數十枚，輒被食去，而自此群鴿遂安。蓋此物似有靈也。後置雞蛋不食，疑其去也，遂不為備。一夕，僧夢一褐衣女子，顏色嬌麗，謂僧曰：「妾寄居閣上久矣，向蒙賜食，心誠感之。近日不茹葷已年餘矣，如再見惠，賜以麵食，不必雞蛋也。遲遲吾即去。此寺二十年後當有變革，公亦不久即歸道山。」僧醒而異之，為備蒸餅數枚，果食去。明年，老僧圓寂，物亦不見。僧徒登閣，見香案上一物長數尺，狀如山甲，疑守宮脫化之皮也。後寺廢，鄉人立為稽古書院。壬辰四月，寺被災，閣遂蕩然。

——清 李慶辰《醉茶志怪．卷四．海惠寺》

亭亭

畫師張無念，住在京城的櫻桃斜街。

為了採光好，他別出心裁，在書齋的窗戶上貼了一張巨大又透亮的畫紙當作窗紙，窗戶中間沒有半根窗格，這樣陽光就能無遮擋地照進來了。

時間長了，張無念發現了件怪事。

什麼怪事呢？每逢天朗氣清的月夜，那窗紙的中心都會映上一個女人的影子。張無念打開房門往外看，只見門外樹影婆娑，月光下並沒有人，但等回到書齋裡，看那窗紙上的影子卻依然如故。張無念是一個灑脫不羈的雅人，對於這怪異的人影，他倒是不害怕，又見影子並沒有作祟，便隨它去了。

又是一個月色如水的夜，張無念正在書桌旁閒坐，影子靜悄悄地在窗紙上再次出現了。他托著腮，仔細觀察了一會兒這窈窕的人影，身為畫師的他，發覺這影子的體態生動，很適合入畫，於是很自然地拿起畫筆，在窗紙上沿著人影四周大略勾勒了一圈；但自此之後，那人影就再也沒出現了。

不過卻發生了另一件怪事。某天晚上，一個陌生的女孩悄悄出現在牆頭，只露出半張臉，往書齋的方向頻頻張望，次數多了，張無念忽然靈光一閃：難道這鬼怪是希望我為她畫張像，所以先讓我看到外形，現在又讓我看到長相嗎？

「妳是誰家的姑娘啊？」又是一個月色溶溶的夜晚，當女孩再次悄然出現時，張無念朗聲問道。女孩只是悄悄地趴在牆頭上，微笑著，並沒有回答他。

「妳是希望我為妳畫幅畫像嗎？」女孩依然笑著趴在牆頭上看他。

「妳不說，我就當作妳答應了。」女孩並不像尋常女孩那樣害羞，她沒有閃躲，直到這位畫師把自己的長相記住了，才緩緩地融入了夜色中。

回到書齋，張無念憑藉著記憶，就著之前所勾勒的人影輪廓，再添上女孩的眉目、嘴巴以及衣服的紋飾，最終，繪成了一幅仕女圖。畫作完成的夜晚，窗外忽然傳來輕柔的女人聲音：「我的名字叫亭亭。」等張無念再問時，窗外已經寂然無聲了，於是他把女孩的名字題在畫作旁邊。後來，這幅畫被一位知府買走了。

有人說，這女孩一定是狐狸而不是鬼，這種說法可能更接近事實。但也有人說，根本不可能有這種事，一定是張無念為了賣畫編出的噱頭，這也有可能。不過鬼道中的美女鬼、才子鬼，常常想要留名於後世，希望被世間的人們記住，從古至今這都是人的習性啊！所以亭亭讓人幫她作畫，也不是多奇怪的事了。

文中有灑脫不羈的畫師、貌美可人的女妖，還有最容易勾動乾柴烈火的月夜，卻沒有傳統鬼怪故事中的香豔橋段；相反地，兩人之間心有靈犀的默契，不需要太多言語，畫與被畫之間，更襯托出月夜下若有似無的情意。

原文

畫士張無念，寓京師櫻桃斜街，書齋以巨幅闊紙為窗幀，不著一欞，取其明也。每月明之夕，必有一女子全影在幀心，啟戶視之，無所睹，而影則如故。以不為禍祟，亦姑聽之。一夕諦視，覺體態生動，宛然入畫，戲以筆四圍鉤之，自是不復見。而牆頭時有一女子露面下窺，忽悟此鬼欲寫照，前使我見其形，今使我見其貌也，與語不應，注視之亦不羞避，良久乃隱。因補寫眉目衣紋，作一仕女圖。夜聞窗外語曰：「我名亭亭。」再問之，已寂，乃並題於幀上。後為一知府買去，或曰是李中山，或曰狐也，非鬼也，於事理為近。或曰，本無是事，無念神其說耳。是亦不可知。然香魂才鬼，恒欲留名於後世。由今溯古，結習相同，固亦理所宜有也。

——清 紀昀《閱微草堂筆記・卷十二》

做人還是要務實一點

清朝時，東昌有位名張子虛的書生，晚上獨自行走在杳無人煙的荒郊野外，他剛辦完事，趕著回家。忽然眼前一亮——叢叢荒草中竟然出現一幢雄偉的宅第。

打量片刻，張子虛納悶地想：「這裡是甘氏的墓地，怎麼可能會有人住的宅子？難道，這……這是狐狸精幻化出來的？」自從《聊齋志異》橫空出世，不知道有多少書生深陷其中，對鬼妻狐女充滿了幻想。熟讀《聊齋志異》的張子虛自然也不例外。此時，他浮想聯翩，想到了青鳳、水仙等美麗狐仙的故事。試問，每當夜深人靜、秉燭夜讀時，哪個書生不希望身旁有一位大美人為自己紅袖添香呢？

「我也想擁有一段甜甜的狐仙之戀啊！」抱著這樣的想法，張子虛踟躕起來。他從豪宅的東面走到西面，再從北面走到南面，希望能從裡面走出一個環佩叮咚的狐仙美人，笑著對他說：「恩人，我等了您一千年啦，您終於來了。」

張子虛正想入非非時，不遠處忽然傳來車馬喧囂聲，他下意識地抬頭看去，只見山路的盡頭緩緩駛來了一輛裝飾豪華的車。豪車一直駛到張子虛的面前，錦繡車簾被人挑起，一位中年美婦人探出頭來，道：「我看這位郎君挺不錯，就請他進來吧。」從簾子縫中往裡一窺，張子虛發現，中年美婦旁，正坐著一位妙麗如仙的少女。

嘿！桃花運真的來了！張子虛大喜過望，眼巴巴地跟著豪車進了宅子。

他剛剛進門，就有兩位貌美的婢女一左一右，恭敬地迎著張子虛往前走。生平第一次受到這樣的禮遇，張子虛的嘴角差點翹到天上去。他想，既然是狐狸，那就沒必要詢問他們的姓氏宗族，省得對方尷尬。於是，他一臉了然地隨著熱情的婢女進了客廳，奇怪的是在客廳枯坐很久，也不見有主人出面招待。

不過其他的待客禮儀倒是很周全，婢女們端到張子虛面前的美酒佳餚都相當豐盛。

想到美人即將入懷，亢奮的張子虛哪裡吃得下東西？他激動得不停地搓手，在座位上扭來扭去，礙於禮儀，才控制住自己沒站起身催促主人快安排他們入洞房。

就在張子虛等得快要睡著時，門外忽然傳來鑼鼓喧囂聲。迎親的隊伍終於來啦！張子虛被聲音驚醒，一下子站起了身，他連忙檢查了一下自己的衣冠——嗯，整潔大氣，帥極了。

再抬頭，門外進來了個老頭。老人家作揖道：「新姑爺入贅，已經到門口啦，先生您乃文士，一定很熟悉結婚儀式，就委屈您作為儐相，幫著接引賓客。那樣，我們全家肯定都面上有光。」一聽這話，張子虛心涼了半截。

「怎麼？新郎難道不是我嗎？」

「除了我，還有誰配得上剛剛那位妙齡少女？」

「除了我，還有誰配入贅狐家？」

看老頭這篤定的神情，張子虛知道是自己想多了，他僵硬著唇角，勉強一笑。是了，原本就沒人說要找他來成婚，現在的他，又有何話可說呢？一切不過是自己自作多情罷了，白做了一回多情種。

張子虛本想憤而離去，但是吃人的嘴短，剛剛好歹吃了兩口菜，拂袖離去未免太過失禮，他只得渾身不自在地當了人家的儐相，眼睜睜地看著那位俏麗的小美人歸屬別人。越看越氣，張子虛都沒跟主人家告辭，就又氣又羞地悄悄走了。

當時，張子虛的家人因為他一夜未歸，正急著四處尋他，忽見荒草中冒出一個人，家人連忙呼叫著跑過來。面對家人的詢問，張子虛怒氣沖沖地將昨晚的事說了一遍。家人一聽，都哈哈大笑起來：「人家狐狸哪裡戲弄你了？分明是你自己戲弄自己吧。」

當浪漫過了頭時，就讓狐狸把你拉回現實吧，做人還是要務實一點。

原文

董秋原言，東昌一書生，夜行郊外，忽見甲第甚壯宏，私念：「此某氏墓，安有是宅，殆狐魅所化歟？」稔聞《聊齋志異》青鳳、水仙諸事，冀有所遇，躑躅不行。俄有車馬從西來，服飾甚華，一中年婦揭幃指生曰：「此郎即大佳，可延入。」生視車後一幼女妙麗如神仙，大喜過望。既入門，即有二婢出邀。生既審為狐，不問氏族，隨之入，亦不見主人出，但供張甚盛，飲饌豐美而已。生候合巹，心搖搖如懸旌。至夕，簫鼓喧闐，一老翁搴簾揖曰：「新婿入贅已到門，先生文士，定習婚儀，敢屈為儐相，三黨有光。」生大失望。然原未議婚，無可復語，又飫其酒食，難以遽辭，草草為成禮，不別而歸。家人以先生一晝夜，方四出見訪，生憤憤道所遇，聞者莫不拊掌曰：「非狐戲君，乃君自戲也。」

——清 紀昀《閱微草堂筆記．卷十三》

上進的老鼠精

唐朝天寶年間，有三個彍騎[9]出門辦事，他們走到邯鄲境內時，天已經黑透了。好在附近就有個村落，彍騎們打算今晚就在這個村子裡歇腳，三人進村後，直奔一戶正亮著燈的人家而去，敲門之後，開門的是一位老太太，聽說了三人的來意，老太太直擺手，神情驚恐地說：「哎，可不敢、可不敢。你們還是趕緊走吧，到前面去，不要住在這裡。」三人連日趕路，早就累了，如果這戶人家不能借宿，不知道又要奔波多久才能遇到下一個村子？

三人中的頭領懇求道：「我們三個的確是官府的人，不是壞人。老人家您行行好，就讓我們住一晚吧。我們連日趕路，實在是太累了！」老太太滿臉無奈：「不是我不讓你們住，實話告訴你們吧，我們這有個叫魘鬼的妖怪，每當有人來投宿，那人都會被它狠狠折騰一番。它每次都會讓客人魘住，輕則鬧個『鬼壓床』，重則讓人昏睡好幾天。」

聽說老太太竟然是這個原因才不讓他們留宿的，三個血氣方剛的漢子都哈哈大笑起來。「妖怪是吧？碰到我們哥仨算它倒楣，我們讓它有來無回！」眼見他們確實像那戲臺上的鍾馗一樣——不怕鬼，老太太只得讓他們住了下來。

到了二更天，三人留宿的房內響起了此起彼伏的鼾聲。兩個性格大咧咧的漢子早就睡熟了，剩頭領還在半睡半醒間；但趕路實在太累了，就在頭領堅持不住快睡過去時，房門忽然發出了輕微的吱呀聲，什麼東西進來了。

9 彍騎：指唐代宿衛軍兵士。

頭領的床對著房門，當晚無風有月，在明晃晃的月光下，頭領悚然發現，從門外緩緩走進來一個怪物；這怪物長得像隻碩大的老鼠，通體漆黑，遍體生毛。最詭異的是，它竟做人的打扮，穿了一身綠衣衫，爪子裡抱著一根長五、六寸的笏板。

看模樣，像個當官的。

「這到底是個什麼玩意兒？鼠界宰相？」膽大的頭領打算靜觀其變。

只見這怪物大搖大擺進門後，先竊喜地站在原地打量了幾圈，緊接著，它弓起身子，舉著笏板，鬼鬼祟祟地來到了熟睡的二人面前。月光下，怪物的嘴角勾起了一抹惡作劇的笑。

頭領眼睜睜地看著它飛速舉起笏板，猛地敲了一下熟睡同伴的腦袋。同伴沒有驚醒，而是立刻停止了鼾聲，一動不動了，這是被魘住了。怪物如法炮製，讓第二個熟睡的同伴也魘住了。

等怪物大大咧咧地來到頭領身前，正準備將手中的笏板再次敲下時，頭領猛地伸手，一把捉住了怪物的腳。在碰到怪物的腳的一瞬，頭領忍不住打了一個寒噤：「這怪物莫不是冰做的？」

怪物被捉，卻不怕，似乎有恃無恐，它不言不語地站在原地，毛茸茸的臉上甚至露出了不屑的笑。

「快醒醒！醒來！」頭領扭頭向兩個同伴大喊大叫。

大概是怪物還來不及大肆施展法力，在頭領的大呼小叫下，另外兩人相繼醒過來了。

怕鬆了手怪物會跑，三人齊上陣，其中兩人分別捉住了怪物的左右腳，另一人捏住了怪物的脖子。三人嚴陣以待，一直等到天色大亮。

村民們聽說老太太這兒留宿了客人，有起得早的，紛紛前來看熱鬧。沒想到他們一推門，正好對上怪物那張恐怖的鼠臉。一連三個村民被嚇跑之後，終於有大膽的村民成群結隊地來問了：「你是什麼東西？」那怪物滿臉倔強，死活不吭聲。

頭領見它還這麼強硬，怒了：「不說話是吧？好，我這就燒一鍋熱油，把你放到油鍋裡炸了。」說罷扭頭吩咐村民準備油鍋。

怪物眼看要大難臨頭了，馬上認輸：「各位好漢饒命！我會說話。」

「其實，在下是隻活了千年的老鼠，是個老鼠精。」

「我去魘人，也是沒辦法的事，因為我們一族傳下來一個秘法，只要能魘足三千人，就能從鼠身轉變成大狸貓。由鼠變為貓，實現物種跨越，這可是我們所有老鼠的終極夢想啊。」

「真的，騙你我這輩子永遠變不成貓！」

老鼠那張毛茸茸的黑臉上露出了可憐巴巴的神色：「在下只是一隻追夢的可憐小老鼠，雖然魘人，但從來沒真正傷害過任何人，這點你可以向村民們求證。」村民們聽罷，大概也被這隻精進不懈的老鼠精打動了，紛紛隨聲附和：「對，它確實沒害死過人。」

老鼠精懇切地說：「倘若眾位父老鄉親行行好，放了在下，在下一定立刻搬去千里之外，再也不在此處作祟。」村民們討論了一番後，紛紛表示：「放了它吧，它已經修行千年了，不容易。再說了，它這麼做也是為了當貓啊，有理想又上進，我們應該給它一個機會。」

頭領聽了大家的話，便順從民意，把這隻老鼠精給放了。

從此之後，邯鄲境內再也沒有出現過旅客莫名其妙魘住的事情。

老鼠修煉的終極目標竟然不是成神成仙，而是變成貓，古人的想像力真是令人佩服，也足以見得「眠錦繡、食膏粱」的貓，在人和妖的心目中是活得多麼舒服又令人羡慕的物種了。

原文

天寶初，邯鄲縣境恒有魘鬼，所至村落，十餘日方去，俗以為常。彍騎三人夜投村宿，媪云：「不惜留住，但恐魘鬼，客至，必當相苦，宜自防之。雖不能傷人，然亦小至迷悶。」騎初不畏鬼，遂留止宿。二更後，其二人前榻寐熟，一人少頃而忽覺，見一物從外入，狀如鼠，黑而毛。床前著綠衫，持笏長五六寸，向睡熟者曲躬而去，其人遂魘。魘至二人，次至覺者。覺者竟往把腳，鬼不動，然而體冷如冰。三人易持之。至曙，村人悉共詰問。鬼初不言，騎怒云：「汝竟不言，我以油鑊煎汝。」遂令村人具油鑊，乃言：「己是千年老鼠，若魘三千人，當轉為狸。然所魘亦未嘗損人，若能見釋，當去此千里外。」騎乃釋之，其怪遂絕。御史大夫嘗為邯鄲尉崔懿，親見其事，懿再從弟恒說之。（出《廣異記》）

——宋 李昉《太平廣記・卷四百四十・天寶彍騎》

伍、神仙篇

神遊天地外

神仙本是從凡人修煉而來，
凡人有的小脾氣他們也一個也沒少。
有的會為了自己的祭祀跟凡人據理力爭；
有的會因為凡人對他的三心二意而傷心鬧脾氣；
有的則活脫脫是最稱職的偶像；
有的還因為與凡人志趣相投而與之惺惺相惜。
有這樣富有人情味的神仙在，
神界似乎也變得不那麼清冷無聊了。

神由人興

京城有個叫張子虛的士家子弟，擅長雕鏤。

一天，他出門辦事，走到半路時，視線忽然被路邊的一棵槐樹吸引住了；這棵槐樹不知樹齡多少年了，龐大的樹冠遮天蔽日，伸展出去的枝椏足足遮擋了好幾畝山地，樹根旁還有四個陶罐般大小的樹瘤。好東西啊！看到樹瘤的一瞬，沉迷於雕刻的張子虛腦海中已經有了作品的雛形。可是怎麼弄回去呢？這次出門，他只帶了一名僕人，人力不足，也沒帶斧頭、刀鋸一類的工具；看樣子只能放棄了，但這樹瘤的可塑性實在是太強了，張子虛甚至連它的身價都估算出來，「得想個辦法，改天回來砍了它」張子虛心裡盤算著。

他擔心在自己離開後，樹瘤會被別人先採去，思來想去，便從自己的衣篋裡取出幾張紙來，原地裁成紙錢的樣子，仔細地繫在了四個樹瘤上。他這樣做是想讓別人覺得，這是一棵神樹，對於那些想動手鋸樹的人，有一定的嚇阻效果，「我竟能想出這麼一個鬼主意，真是個天才！」自鳴得意了一番，張子虛放心地回家去了。

幾個月後，張子虛帶著人和工具，浩浩蕩蕩地來砍樹了。

工人們正準備動手，其中一個工人忽然大叫一聲，不敢砍了：「喂，你只說要我們來砍樹，可沒說砍的是神樹啊！」大家放下工具，聚攏到槐樹邊一看，紛紛罷工。

張子虛一開始還不以為意，只以為是自己之前弄的紙錢問題，但走上前後，發現槐樹旁貼了一張畫，上面畫的就是這一棵巨大的槐樹，而且除了自己先前掛上的紙錢外，槐樹上還另掛了許多規格不一的紙錢，甚至設有供人燒香祭祀的祭壇。

這顯然是寺廟的雛形啊！這樣一來，誰敢去動神樹呢？張子虛楞了一下子，緊接著哈哈大笑起來：「村民可真是愚蠢，怎麼這樣就信了？糊塗啊！」他隨即解釋了事情的來龍去脈，不顧眾人半信半疑的目光，揮手吩咐：「砍！我出雙倍工錢。」

重賞之下，必有勇夫。

大家往手裡吐了口唾沫，握緊了斧頭正要砍下去，槐樹旁忽然出現了一位穿著紫衣的神，那神莊嚴肅穆地叱責道：「不要砍這棵樹！」張子虛並不害怕，上前和祂交涉：「我之前從這裡經過，發現了這個樹瘤，那時候我就想砍了，但因為沒有隨身攜帶斧頭和鋸子，又擔心樹瘤被別人砍了去，所以才用紙錢先占了下來。也就是說，本來就沒有什麼樹神，祢又何必阻止我們呢？」

那神正色道：「在先生繫上紙錢之前，這棵樹確實沒有神守護；但在你繫上紙錢之後，當地百姓都說這是神樹，能降福消災，時常一起過來恭敬地祭祀。百姓們民心所向，樹自然就有神了，所以冥司特意派我來這裡享用祭祀。」

「現在，我就在這裡，你怎麼能睜著眼睛說假話，非要說沒有樹神呢？如果你不聽勸，非要砍樹，那災禍立降，你離死期也不遠了。」

張子虛是個藝術家，追求完美，性格執拗，怎會輕易受人威脅？再說這麼好的樹疙瘩，做好了一定能大賺一筆。最重要的是，自己為了這些樹瘤興師動眾，路費誰出？人工費誰出？在巨大的利益面前，鬼神又算得了什麼呢？張子虛隨即扭頭，命令眾人不要理會，繼續砍樹。

紫衣神疑惑地問：「我不明白，你為什麼非得要這沒用的樹疙瘩呢？」

張子虛說：「在你眼中它只是個無用的樹疙瘩，但在我眼中，它是世間最完美的藝術品。我要把它雕刻成一件驚豔世人的完美木雕。」紫衣神沉思片刻，道：「請問，你所說的藝術品是不是最終還是要被賣掉？」張子虛點了點頭。不賣掉，難道他守在家裡喝西北風嗎？

神的表情頓時放鬆了：「那就好辦了，我能用一個合適的價格提前買下來嗎？」

張子虛連想都沒想，一口答應了下來。神問：「那我出多少錢你才肯賣給我？」「再怎麼低也得一百貫吧。」神的面色徹底平靜下來：「我現在就給你一百匹絹。你帶著人往前走，離這五里遠的地方有一座塌了的荒墳，絹布就在裡面。你如果找不到，就再回來問我。」

張子虛辛辛苦苦做這一切本就是為了賺錢，他當即帶人找到那座墳墓。果然，裡面藏了絹布，不多不少，正好一百匹。

《左傳》中有「妖由人興」的說法，從這個故事來看，民間很多神大概也是由人而生的吧！

原文

京洛間，有士人子弟，忘其姓名。素善雕鏤。因行他邑山路，見一大槐樹蔭蔽數畝，其根旁瘤癭如數斗甕者四焉，思欲取之。人力且少，又無斧鋸之屬，約回日採取之。恐為人先採，乃於衣篋中取紙數張，割為錢，繫之於樹瘤上。意者欲為神樹，不敢採伐也。既捨去，數月而還。大率人夫並刀斧，欲伐之，至此樹側，乃見畫圖影，旁掛紙錢實繁，復有以香醮奠之處。士人笑曰：「村人無知，信此可惑也。」乃命斧伐之次，忽見紫衣神在旁，容色屹然，叱僕曰：「無伐此木。」士人進曰：「吾昔行次，見槐瘤，欲取之。以無斧鋸，恐人採之，故權以紙錢占護耳。本無神也，君何止遏？」神曰：「始者君權以紙錢繫樹之後，咸曰神樹，能致禍福，相與祈祀。冥司遂以某職受享酹。今有神也，何言無之？若必欲伐之，禍其至矣。」士人不聽。神曰：「君取此何用？」客曰：「要雕刻為器耳。」神曰：「若爾，可以善價贖之乎？」客曰：「可。」神曰：「所須幾何？」士人曰：「可遺百千。」神曰：「今奉百絹。於前五里有壞墳，絹在其中。如不得者，即復此相見。」士人遂至壞墳中，果得絹，一無欠焉。（出《原化記》）

——宋 李昉《太平廣記‧卷四百一十六‧京洛士人》

不准對保護神三心二意

裴度，唐朝重臣，歷任唐憲宗、唐穆宗、唐敬宗、唐文宗四朝宰相，是唐朝傑出的政治家和文學家，據說他曾發生過這麼一樁趣事。

裴度曾在年少時找人算卦，那人掐指一算，說他命屬北斗廉貞星君，應當心存敬意，到了初一、十五或星君誕辰等大日子，一定要備好酒果祭祀。裴度也真的信了，從此每到祭祀的節日，他都會畢恭畢敬地準備好祭品祭拜自己的本命神。

多年後，裴度官至宰相，公務實在是繁忙，於是把祭祀這種看不出什麼效果的事給忘了。第一次忘記祭祀後，裴度猛然想起，還會緊張地立馬備好酒果賠罪，但遺忘的次數多了，也就淡然了，漸漸地不當一回事了。

裴度虔誠祭祀了這麼多年，到底有沒有用，他心裡其實一點底都沒有。畢竟誰見過神仙呢？不過，不管是以前的虔誠祭拜，還是現在的不以為意，裴度始終沒有告訴過任何人。

一天，京城來了個道士拜見裴度。

兩人聊天時，道士捻鬚一笑，神祕兮兮地說道：「您當年那麼虔誠地供奉北斗廉貞星君，為什麼又半途而廢呢？您知道嗎？正因為您虔誠地敬奉，廉貞將軍才一直保佑著您。」聽完這話，裴度只是微微一笑，不置可否，這事就這樣過去了。

後來，裴度成為太原節度使時，家裡有人生病，他請女巫來家裡看病，那女巫抱著胡琴又唱又跳，手舞足蹈了許久之後，忽然跳起來說：「有請裴相公。廉貞將軍傳話說你太過無情，竟然就那樣隨便把人家給忘記了。將軍很生氣，相公您還是識相點，快去給廉貞將軍請罪吧。」裴度聽了大驚失色，直到這次，他才認真看待這件事。

女巫繼續道：「你要選一個良辰吉日，齋戒沐浴後，在院子裡焚香祭祀，廉貞將軍會現身與你一見。」裴度遵照所言，選了一個好日子，那天裴度沐浴更衣後，隆重地穿好官服，站在臺階下，面向東面祭酒叩拜。

當他抬起頭時，忽然感覺眼前金光閃閃，不遠處出現了一個三丈多高的男人；那人穿著一身金光燦燦的鎧甲，手執長戈，面朝北站著。神仙竟然真的來見自己了！想到之前自己的怠慢，裴度嚇得出了一身冷汗，伏在地上一動也不敢動；那廉貞將軍一聲不吭，不過片刻工夫就消失不見了。

等那股威嚴之氣消失後，裴度慌忙起身問左右的僕人：「你們剛剛看到神仙了嗎？竟然有三丈多高，金光閃閃，我的眼睛都快被閃瞎了！」僕人們面面相覷，七嘴八舌地說什麼也沒看到，但自此之後，裴度每逢節日，必定祭祀廉貞將軍，再也不敢懈怠了。

廉貞星君的心聲是什麼呢？大概是好不容易有了信眾，日子久了對方卻無情地把他給忘了，所以決定現身嚇嚇他吧。

原文

裴度少時，有術士云：「命屬北斗廉貞星神，宜每存敬，祭以果酒。」度從之，奉事甚謹。及為相，機務繁冗，乃致遺忘。心恒不足，然未嘗言之於人，諸子亦不知。京師有道者來謁，留之與語。曰：「公昔年尊奉天神，何故中道而止？崇護不已，亦有感於相公。」度笑而已。後為太原節度，家人病，迎女巫視之。彈胡琴，顛倒良久，蹶然而起曰：「請裴相公。廉貞將軍遣傳語：『大無情，都不相知耶？』將軍甚怒，相公何不謝之？」度甚驚。巫曰：「當擇良日潔齋，於淨院焚香，具酒果，廉貞將軍亦欲見形於相公。」其日，度沐浴，具公服，立於階下，東向奠酒再拜。見一人金甲持戈，長三丈餘，北向而立。裴公汗洽，俯伏不敢動，少頃，即不見。問左右，皆云無之。度尊奉不敢怠忽也。

——宋 李昉《太平廣記・卷三百七・裴度》

仙界最親民的偶像

清朝時，吳門有個畫工，生平最喜歡畫的就是呂洞賓。

作為一個專門畫人像的畫工，他不太喜歡那些莊嚴肅穆的神，只喜歡瀟灑飄逸的呂洞賓。畫工幾乎把這輩子全部的想像力都放在了描繪呂洞賓上。

作畫的間隙，畫工偶爾也會異想天開：這輩子要是能見上呂祖一面就好了，哪怕遠遠地看上一眼也行。

「唉，老天爺，祢就滿足我這個心願吧。」畫工這樣祈禱著，他幾乎每時每刻都在想著呂洞賓，虔誠而專一。

一天，畫工出門辦事，走路時，他也不忘思考自己那幅尚未完成的呂祖像。走到郊外時，他的思緒被一陣喧嘩聲所驚擾，是一群乞丐在聚眾飲酒，畫工下意識地抬頭一看，頓時愣住了。

其中一個乞丐敞著懷，露著胳膊，正在哈哈大笑。但即使灰頭土臉，在一眾乞丐中，他依然是那麼器宇軒昂。

這……這不就是呂祖嗎？畫工停住腳步，細細審視那個乞丐，的確，這正是他的偶像——呂洞賓。他顧不得許多，急忙上前一把抓住了乞丐的胳膊：「你是呂祖！」其他乞丐聽罷，先是一愣，繼而哄堂大笑。畫工不理會別人的嘲笑，固執地認定那個乞丐就是呂祖，當即就跪在他腳下不走了。

乞丐爽朗一笑，說道：「我要真是呂洞賓，你想怎麼樣？」

畫工不住地叩頭，嘴裡直說：「求仙人指點。」乞丐沉吟片刻，道：「你能認出我來，也算是跟我有緣分。不過這裡不是說話的地方，晚上，我會來見你的。」畫工驚喜地抬頭，乞丐的身影已經消失了，想想自己真的見到呂洞賓了，畫工幾乎是手舞足蹈地回了家。

當晚，呂洞賓果然來到了畫工的夢中。

夢中的呂洞賓赫然就是畫工想像中的模樣，只見他身著一襲衣袖寬廣的長袍，背後背著一柄流光溢彩的寶劍，一頭飄逸的長髮隨意地在腦後披散著，顧盼之間，神采飛揚。

「這真的是我描畫了大半輩子的呂洞賓啊。」畫工激動地想。

接著，呂洞賓說話了，聲音莊嚴悅耳：「看在你一心一憶念著我的分上，我特地來見一見你。不過，你這人骨氣貪吝，成不了仙。這樣，我讓你見個人吧。」說罷，呂洞賓對著空中一揮手，馬上有一位打扮華麗的美人緩緩從空中降了下來。畫工發現，這女人打扮得很像貴嬪，她一降落，整間屋子彷彿都亮起來了，真正是蓬蓽生輝。

等他驚嘆完，呂洞賓再次說道：「這位是董娘娘，你一定要牢牢地記住她的樣子啊。」畫工目不轉睛地看了很久後，呂洞賓向他確認：「記住了嗎？」畫工自信地點點頭：「已經記住啦。」呂洞賓再次囑咐：「可千萬別忘了啊！」

不久，美人冉冉升空而去，呂洞賓也走了。畫工從睡夢中驚醒後，心中覺得怪異，覺也不睡了，趕緊將夢裡見到的美人畫了下來。之後，畫工就不時把這幅畫拿出來看，卻始終不明白這個夢有什麼意義。

幾年後，畫工偶然間去都城遊玩。

當時，朝中的董貴妃死了，皇帝非常想念她，於是廣招畫工為董貴妃畫像。一時間，全國頂級的畫師齊聚在皇宮內，由皇帝口述董貴妃的樣貌，他們來描摹。但皇帝始終對畫工們畫出的畫像不滿意：「不對、不對，不是這個樣子！重畫！」但沒人能畫出皇帝心目中的董娘娘。

這事沒多久就傳了出去。

畫工聽到消息，忽然想起幾年前做過的夢，他急忙把當時畫的那幅畫擦拭乾淨，呈送上去。

當畫像呈到皇帝的手上時，宮中頓時一片譁然，因為這畫中的女人簡直跟逝去的董貴妃一模一樣！於是皇帝龍顏大悅，想賜給畫工中書的官職，但是畫工推辭不受，皇帝便賜了他萬兩黃金。一時之間，畫工名聲大噪，貴族們爭相請他來家裡，請他為家中故去的先人畫像。

據說畫工每次都只需憑空想像一陣，就能畫出唯妙唯肖的人像來，不到十幾天，畫工就又賺了幾萬兩銀子。

有人能一心一意地想著自己，誰不喜歡呢？看來，這一點，就連灑脫逍遙的呂洞賓都不能免俗。而對畫工而言，或許這就是所謂的「精誠所至，金石為開」了吧？

原文

吳門一畫工，喜繪呂祖，每想像神會，希幸一遇，虔結在念，靡刻不存。一日，有群丐飲郊郭間，內一人敝衣露肘，而神采軒豁。心疑呂祖，諦視，愈覺其確，遂捉其臂曰：「君呂祖也。」丐者大笑。某堅執為是，伏拜不起。丐者曰：「我即呂祖，汝將奈何？」某叩頭，求指教。丐者曰：「汝能相識，可謂有緣。然此處非語所，夜間當相見也。」轉盼遂杳，駭嘆而歸。

至夜，果夢呂祖來，曰：「念子志慮專凝，特來一見。但汝骨氣貪吝，不能為仙。我使見一人可也。」即向空一招，遂有一麗人躡空而下，服飾如貴嬪，容光袍儀，煥映一室。呂祖曰：「此乃董娘娘，子謹志之。」既而又問：「記得否？」答曰：「已記之。」又曰：「勿忘卻。」俄而麗者去，呂祖亦去。醒而異之，即夢中所見，肖像而藏之。

後數年，偶遊都。會董妃卒，上念其賢，將為肖像。諸工群集，口授心擬，終不能似。某忽憶念夢中麗者，得無是耶？以圖呈進。宮中傳覽，俱謂神肖。上大悅，授官中書，辭不受；賜萬金。名大噪。貴戚家爭齎重幣，求為先人傳影。凡懸空摹寫，無不曲肖。浹辰之間，累數萬金。萊蕪朱拱奎曾見其人。

——清 蒲松齡《聊齋志異．卷六．吳門畫工》

齊天大聖

清朝時，兗州有個叫許盛的人，他跟著哥哥許成在福建做生意，由於貨物一直沒有買全，兄弟倆困在福建，沒辦法回家，愁得整天長吁短嘆。

跟他們一起來做生意的人出了個主意：「當地的大聖廟十分靈驗，不如你們去拜一拜？」許盛不知道這位大聖是何許人也，但如今困在此地也無法可想，心想不如就去看看吧，何況萬一神仙顯靈了呢？

等到了大聖廟，許盛一看樓閣層層疊疊，氣勢恢宏，心想：一定是神仙威靈顯赫，大家才肯出錢為之建廟吧？不由得起了敬畏心。但等進了廟門，一看到裡面那尊俯瞰人群的神像，許盛剛剛升起的敬畏心又頓時化為烏有。

這尊神像猴頭人身，手拿金箍棒，腰圍虎皮裙，這……這不就是齊天大聖孫悟空嗎？

許盛站在原地看了一圈，發現禮拜的香客個個虔誠恭敬，沒有一個敢怠慢的，他向來剛直，昂首挺胸地站在原地，心中暗暗嘲笑：「這群迷信的傻子，一個虛構出來的猴子有什麼好拜的？愚昧！」在其餘香客忙著焚香磕頭時，許盛悄悄溜走了。

許成向來知道弟弟的牛脾氣，他回到旅館後，還沒坐定，就開始數落弟弟：「你對待神靈怎麼如此怠慢？」許盛嗤笑一聲，道：「兄長，這孫悟空算什麼神？他不過是丘處機虛構出來的人物罷了。這裡的人怎麼回事，怎麼迷信成這個樣子？倘若這孫悟空真的有神力，我這麼不敬，祂肯定會降雷劈我的。放心吧，我一人做事一人當。」

聽到許盛直呼大聖的名號，從旁邊經過的旅館主人大驚失色，趕緊擺手：「您快閉嘴吧！小心被大聖聽到，惹來禍事。」許盛聞言，不但不收斂，反而越發來勁，他開始大聲嚷嚷：「迷信！迷信！你們統統是迷信！這孫悟空不過是……」路過的人紛紛捂住耳朵，面色驚恐地跑開了。

當天夜裡，許盛果然病了，頭疼得在床上直打滾。

住在旅館的人當然都知道他白天的「壯舉」，聽到他哀聲喊痛，紛紛來勸他：「小子，你認個錯，趕緊去大聖廟燒個香、道個歉，也許就好了。」許盛脾氣也倔，抱頭疼得滿床打滾也不去。沒多久，他那莫名其妙的頭痛終於好了，但大腿又鑽心般地疼了起來，只過了一夜，大腿上就生了個大瘡，連帶著腳都腫了一圈。許盛疼得吃不下飯、睡不著覺，每天只能躺在床上呻吟。

許成見許盛這麼倔，沒辦法，只得替他去大聖廟道歉，但是沒用。有人勸許成：「你代弟弟道歉是沒用的，神降下的譴責需要當事人自己悔過祈禱才能化解。」然而許盛偏偏不信，寧肯在床上疼死也不向孫悟空低頭；就這樣過了一個多月，許盛腿上的瘡才漸漸地好了，但前面的瘡剛好，緊接著又生了一個毒瘡，而且這次的毒瘡比之前的那個還要疼好幾倍。

許成為他請來大夫，大夫也無計可施，只得用火烤過的刀子把已經腐爛了的肉剜去，淋漓的鮮血流了整整一碗。許盛不僅倔，還是個硬骨頭，因為擔心別人再拿神明降罪這套說辭來勸自己，他打碎牙齒往肚子裡吞，即便被刀子割肉，也硬是一聲不吭。

就這樣死去活來疼了一個多月，許盛的病痛終於漸漸平復了，但災難還沒結束，他的哥哥又忽然病倒了。許盛開始恨鐵不成鋼地說風涼話：「你不是虔誠嗎？還不是病成這副樣子？這不就足以證明我的病不是怠慢孫悟空引起的？」許成見他還是這麼不知好歹，氣得要命，邊咳嗽邊拍著床板大吼：「看到哥哥這樣，你這當弟弟的為什麼不替我去廟裡祈禱？」

許盛梗著脖子道：「兄弟如手足。我前陣子腿爛了也沒去祈禱，現在又怎麼能因為手足病了就改變初衷？」話雖這麼說，但他卻也忙前忙後，為哥哥尋醫問藥，只是對大聖廟依然嗤之以鼻；怎料，一劑熬好的藥剛剛餵哥哥服下，許成就暴斃了。

這……這真是大大出乎許盛的意料了，他大為悲慟，買來棺材，將哥哥入殮後，喪服都來不及脫，便直奔大聖廟。

進了神殿，許盛指著廟堂上手持金箍棒的大聖斥責道：「我哥哥病了，大家非說這是祢因我而遷怒於他。我們人神殊途，這件事，即使我委屈，也沒辦法自證清白。祢要真有神通，就趕緊讓我哥哥活過來，我保證立馬跪地磕頭當祢的弟子，再不敢有半句忤逆之言；不然的話，小心我拿祢在車遲國對付三清的辦法來對付祢，我會推翻祢的神像，以掃除我九泉之下的兄長的疑惑。」他在廟裡大吵大鬧，很快就被眾人連拖帶勸地送回了家。

當晚，傷心的許盛睡下後，夢中忽然出現了一個人對他招手，把他帶去了大聖廟。

許盛抬頭看神像，發現神像跟白天見到的有些不同，滿臉怒氣。他正準備問領路人，扭頭看去，卻發現周圍只有他一個人。

「許盛！」神像忽然說話了，呵斥道：「俺老孫坐鎮此處多年，一向愛護百姓，從沒幹過壞事，怎麼到你嘴裡就成了上不得檯面的假神？你還嘲笑我，實在是無禮。俺老孫可不受你的氣，所以才用菩薩刀扎穿了你的大腿作為懲罰，沒想到你不知悔改，但念在你為人剛正不阿，姑且寬恕你。」

「告訴你吧，你哥哥的死，不是因為我，是因為你請了個庸醫，你哥哥才會橫死，怎麼怪我呢？」

「罷了、罷了，要是俺老孫不施展法力把你哥哥救活，恐怕你們這等狂徒更有話說了。」

說罷，大聖吩咐身後隨侍的青衣使者去找閻王要個說法，青衣使者為難地道：「人死三天後，鬼的名籍就報送到天庭去了，恐怕不好辦啊。」大聖咂舌，不知道從哪裡取出一塊方板，提起筆來寫了些東西後，就命青衣使者拿著去了。

過了很久後，青衣使者才回來，他的身後還跟著一個許盛無比眼熟的人——許成。

兩人並排跪在大殿上，此時大聖早已經等得不耐煩了：「怎麼現在才來？」青衣使者連忙解釋：「閻王不敢做主，我只好又拿著大聖的旨意請示了諸位星君，所以才來遲了。」許盛激動得不得了，連忙上前不停拜謝大聖的神恩。

大聖煩躁地擺擺手：「去吧、去吧，趕緊和你哥哥回去。只要從此以後你一心向善，俺老孫自然會罩著你的。」兩兄弟又哭又笑地抱在一起，就互相攙扶著回家了。

沒多久，許盛忽然醒了過來，覺得這個夢不尋常，於是急忙起身去兄長的棺材旁查看，他驚喜地發現，哥哥竟然真的活過來了，此時正躺在棺材裡面呻吟呢。許盛又驚又喜地把哥哥扶出來，這下他徹底相信了大聖的威神顯赫。

只不過兩兄弟經歷這麼一番折騰，所剩無幾的錢也花掉了大半，許成又剛剛活過來，身體還沒完全恢復，兩人既沒有錢賺，也不能動身回家，只能相對嘆氣。

一天，許盛去郊外散心，迎面走來一個身穿褐色衣服的男人。男人打量了一會兒愁眉苦臉的許盛，主動問：「小兄弟是遇到什麼煩心事嗎？」許盛正愁沒人訴苦，於是把自己來福建後的種種遭遇統統說了一遍。男人耐心聽完，不以為意地說：「好辦、好辦。我知道有個好地方，你跟我去一趟，一定能掃去你的煩悶。」

「什麼地方？」

「不遠、不遠，跟著我走就行了。」

本來不該如此輕信人的，許盛卻莫名其妙地跟了上去，兩人結伴而行。離城半里地後，男人搖搖頭道：「這樣走太累了，我會一點術法，能幫我們頃刻之間到達那裡。」

「什麼術法啊？」許盛非常好奇。

「來，抱住我的腰。」男人張開手臂。

「哦哦。」

許盛伸出雙手抱住男人的腰後，男人微微點頭，許盛馬上哇哇大叫起來，因為他的腳下竟然升騰起了雲彩！緊接著，兩人竟然飄起來了！身在半空中，許盛嚇得摟緊了男人的腰，死死地閉上了雙眼，不敢往下看，不久，頭頂傳來男人溫和的聲音：「到了。」

許盛緩緩睜開眼睛，只見眼前是光芒萬丈、仙氣縹緲的琉璃世界，一看就不是凡間。他驚訝地問男人：「這是哪裡啊？」

「天宮。」

男人一派輕鬆的模樣，示意許盛鬆開手後，信步前行，許盛訝異地跟了上去，越往前走越高，兩人簡直就是在走天梯，這時，遠處來了一個老頭。

男人大喜：「真是想什麼來什麼，恰好遇到這老頭，也是你的福氣。」

說完，男人和老翁相互作揖，老翁邀請兩人到自己的地方喝杯茶。三人落座後，許盛有點尷尬——沒想到這老翁好生小氣，竟然只斟了兩杯茶，沒有許盛的份。

男人呷了口茶，指指旁邊的許盛道：「這是我的弟子，千里迢迢來做買賣的，現在特別來仙府拜訪祢，能不能饋贈他一點東西？」老翁似乎拿眼前的男人沒有半點辦法，無奈地哈哈一笑，命童子取出一盤白石。這些白石形狀很像雀卵，晶瑩透亮，宛如冰塊。

「去，自己拿吧。」

男人品著茶，仰起下巴，示意許盛去拿石頭。

許盛雖然不知道這些是什麼東西，但看它們圓潤可愛，心想拿回去做酒籌[10]倒也不錯，於是他伸手取了六枚。男人看見他的動作，皺了皺眉頭：「真是小氣！讓你拿你就拿，別不好意思。」於是霍然起身，替許盛再挑了六枚白石，囑咐他連同之前的六枚一併包好，放進錢袋裡。

看許盛妥善地裝好了白石，男人才懶洋洋地向老翁拱手，道：「好了，這樣足夠了！」不久，兩人出了仙府，依然騰雲駕霧，眨眼間就回到了地面上。

「祢……祢是神仙吧？」許盛趕緊求問男人，最近一連串的奇遇把許盛弄得一頭霧水，不禁開口問了一句，男人沒回答，只是笑著說：「剛剛我們踩的就是筋斗雲。」許盛恍然大悟：「大聖，是您嗎？」男人不回答，只再次微微一笑。

「求大聖庇佑！」

「你知道剛剛見的是什麼神仙嗎？」許盛搖搖頭。

「剛剛那位老者就是你們所說的財星，祂已經賜給你十二分利了，你還有什麼可求的？」許盛趕緊低頭再拜，等抬頭再看，原地已經空無一人。

許盛喜孜孜地回了家，告訴哥哥自己遇到孫大聖的好消息，兩人解開錢包一看，裡面的石子已經融入錢袋，消失不見了。後來兩人很快就買夠了貨物，運回家後賺了好幾倍的錢。

從此之後，許盛每次到福建必定會去大聖廟上香祝禱，這大聖是真的喜歡許盛，別人禱告還不怎麼靈驗，唯獨他，每次都是有求必應。

廉貞星君是天界本就存在的神，呂洞賓則是從人修煉而成的仙，在面對凡人的熱愛時，他們尚且不

10編按：又名酒算、酒枚，古代中國筵席上飲酒，用籌子記數，稱之酒籌。

能免俗，那麼這位隨《西遊記》誕生的鬥戰勝佛——孫悟空呢？

孫悟空從石頭中蹦出，一路打怪升級，護送唐僧，求取了真經。他大鬧天宮，有筋斗雲，有金箍棒，還擁有七十二變、火眼金睛以及不死之身。但是，他之所以受到後世人的喜愛，除卻這些超人的本領外，最重要的一點是孫悟空那不畏強權的錚錚傲骨。

誰不喜歡這麼強大又浪漫的神呢？但喜愛他的凡人這麼多，大聖又該如何選擇呢？也許，正因為許盛為人剛正不阿，不畏神權，所以有著同樣性格的孫大聖才會獨獨對許盛青睞有加吧。

原文

許盛，兗人。從兄成賈於閩，貨未居積。客言大聖靈著，將禱諸祠。盛未知大聖何神，與兄俱往。至則殿閣連蔓，窮極弘麗。入殿瞻仰，神猴首人身，蓋齊天大聖孫悟空云。諸客肅然起敬，無敢有惰容。盛素剛直，竊笑世俗之陋。眾焚薁叩祝，盛潛去之。

既歸，兄責其慢。盛曰：「孫悟空乃丘翁之寓言，何遂誠信如此？如其有神，刀槊雷霆，余自受之！」逆旅主人聞呼大聖名，皆搖手失色，若恐大聖聞。盛見其狀，益嘩辨之；聽者皆掩耳而走。至夜，盛果病，頭痛大作。或勸詣祠謝，盛不聽。未幾，頭小癒，股又痛，竟夜生巨疽，連足盡腫，寢食俱廢。兄代禱，迄無驗。或言：神譴須自祝。盛卒不信。月餘，瘡漸斂，而又一疽生，其痛倍苦。醫來，以刀割腐肉，血溢盈碗；恐人神其詞，故忍而不呻。又月餘，始就平復。而兄又大病。盛曰：「何如矣！敬神者亦復如是，足證余之疾，非由悟空也。」兄聞其言，益恚，謂神遷怒，責弟不為代禱。盛曰：「兄弟猶手足。前日肢體糜爛而不之禱；今豈以手足之病，而易吾守乎？」但為延醫銼藥，而不從其禱。藥下，兄暴斃。

盛慘痛結於心腹，買棺殮兄已，投祠指神而數之曰：「兄病，謂汝遷怒，使我不能自白。倘爾有神，當令死者復生。余即北面稱弟子，不敢有異詞；不然，當以汝處三清之法，還處汝身，亦以破吾兄地下之惑。」

至夜，夢一人招之去，入大聖祠，仰見大聖有怒色，責之曰：「因汝無狀，以菩薩刀穿汝脛股；猶不自悔，嘖有煩言。本宜送拔舌獄，念汝一生剛鯁，姑置宥赦。汝兄病，乃汝以庸醫夭其壽數，與人何尤？今不少施法力，益令狂妄者引為口實。」乃命青衣使請命於閻羅。青衣白：「三日後，鬼籍已報天庭，恐難為力。」神取方版，命筆，不知何詞，使青衣執之而去。良久乃返。成與俱來，並跪堂上。神問：「何遲？」青衣白：「閻魔不敢擅專，又持大聖旨上諮斗宿，是以來遲。」

盛趨上拜謝神恩。神曰：「可速與兄俱去。若能向善，當為汝福。」兄弟悲喜，相將俱歸。醒而異之。急起，啟材視之，兄果已蘇，扶出，極感大聖力。盛由此誠服，信奉更倍於流俗。而兄弟資本，病中已耗其半；兄又未健，相對長愁。

一日，偶遊郊郭，忽一褐衣人相之曰：「子何憂也？」盛方苦無所訴，因而備述其遭。褐衣人曰：「有一佳境，暫往瞻矚，亦足破悶。」問：「何所？」但云：「不遠。」從之。出郭半里許，褐衣人曰：「予有小術，頃刻可到。」因命以兩手抱腰，略一點頭，遂覺雲生足下，騰踔而上，不知幾百由旬。盛大懼，閉目不敢少啟。頃之，曰：「至矣。」忽見琉璃世界，光明異色，訝問：「何處？」曰：「天宮也。」信步而行，上上益高。遙見一叟，喜曰：「適遇此老，子之福也！」舉手相揖。叟邀過詣其所，烹茗獻客；止兩盞，殊不及盛。褐衣人曰：「此吾弟子，千里行賈，敬造仙署，求少贈饋。」叟命僮出白石一柈，狀類雀卵，瑩澈如冰，使盛自取之。盛念攜歸可作酒枚，遂取其六。褐衣人以為過廉，代取六枚，付盛並裹之，囑納腰橐。拱手曰：「足矣。」辭叟出，仍令附體而下，俄頃及地。盛稽首請示仙號。笑曰：「適即所謂筋斗雲也。」盛恍然，悟為大聖，又求佑護。曰：「適所會財星，賜利十二分，何須他求？」盛又拜之，起視已渺。

既歸，喜而告兄。解取共視，則融入腰橐矣。後輦貨而歸，其利倍蓰。自此屢至閩，必禱大聖。他人之禱，時不甚驗；盛所求無不應者。

——清 蒲松齡《聊齋志異・卷十一・齊天大聖》

狐祖師

清朝時，鹽城村有個姓戴的人，他的女兒某天忽然被妖怪附體了，他不知道請了多少術士，施了多少符咒，但始終沒能將妖怪驅趕出去。女兒到了該嫁人的年紀，卻天天在家裡，不是哭就是笑，瘋瘋癲癲的，這可愁壞了老戴。

鹽城村村北有座聖帝祠，大家都說很靈驗，老戴什麼辦法都用盡了，實在是無計可施了，便孤身一人前去聖帝像前祈求。說也奇怪，老戴回到家後，怪物就銷聲匿跡了，女兒也恢復了正常，一家人不禁喜極而泣。

不久後的一天晚上，老戴忽然做了個怪夢。

夢裡，有個穿金甲的神人告訴他：「我是聖帝麾下的鄒將軍，前些天在你家作祟的乃是狐狸精，我已經暗中將它斬殺了。那狐狸精死了，它的朋友們自然不會善罷甘休，它們相約明天來找我報仇；我之所以托夢給你，就是想請你們明天來聖帝祠幫我擊鼓助威。」

醒後，老戴對這個夢深信不疑。天剛亮，他就起床去通知鄰居們了，鄰居們都是些熱心腸的人，雖然覺得不可思議，但都願意幫助老戴。眾人帶上辦紅白喜事時用的鼓、鐃鈸和鉦，浩浩蕩蕩地前往聖帝祠助威，還沒走到目的地，半空中的刀劍馬蹄聲就傳了過來。果然是真的！

村民們連忙擺好架勢，敲鼓的敲鼓，打鐃鈸的打鐃鈸，擊鉦的擊鉦，手裡沒有樂器的，就扯開嗓子大喊：

「鄒將軍無敵！」

「鄒將軍必勝！」

「狐狸精快滾！」

一時間，氣氛熱鬧無比。嘿！眾人的助威果真有用！空中的廝殺聲陡然加劇，不一會兒，一團團黑氣從半空中直直墜到了聖帝祠的院子裡。老戴湊近一看，那墜下來的黑氣分明是狐狸腦袋，就這麼一會兒工夫，村前村後落下了無數的狐狸腦袋，顯然，鄒將軍大獲全勝。眾人覺得自己助戰有功，為這次神妖大戰出足了力氣，都很高興。

相安無事數天後，這晚，老戴又做夢了。

夢裡，鄒將軍皺著眉頭出現，說道：「哎呀，不妙不妙。」老戴連忙問怎麼了。鄒將軍嘆了口氣說：「上次我殺的狐狸太多，得罪了狐祖師，它一狀告到了大帝那裡。三天後，大帝就會來聖帝祠調查這件事。」老戴關切地問：「我們能幫上什麼忙嗎？」鄒將軍點點頭，說：「能。我需要你帶領父老鄉親去為我求情。」

第二天，老戴把這件事和鄉親們一說，鄉親們憤怒了：「什麼狐祖師，放縱它的子孫魅人，是它有錯在先，還有臉去告狀。放心，我們一定力挺鄒將軍！」

三天後，一大早，熱心的村民們匆匆用罷早餐，就浩浩蕩蕩地趕去了聖帝祠，到了廊下後，眾人紛紛跪倒，一直等到半夜，空中忽然傳來縹緲的仙樂。沒有睡著的人趕緊戳戳旁邊打瞌睡的人：

「喂喂，醒醒。來了、來了！」

「什……什麼來了？」

打瞌睡的人擦擦口涎，抽抽鼻子，順著這人手指的方向往天上看去，當晚無風無月，深藍的天幕上綴滿了繁星，空中有大片大片的雲朵朝著他們的方向飄了下來，其中有著若隱若現的無數隨從與車輦。

車輦之上，端坐著一個人，這人頭戴冠冕，身著華美的官服，長相俊美，卻有著不怒自威的氣勢。

車輦後還跟著一名清雅出塵的道士，在他身後立著兩個金牌，上面寫著三個大字：「狐祖師。」

原來車輦裡端坐的官員就是所謂的狐祖師了。

眾人正好奇地打量時，聖帝從泥像中起身迎了出來，村民們驚奇地發現，他幾乎與那尊泥塑像一模一樣。面對半空中的狐祖師，聖帝姿態恭敬，表情誠懇，兩人寒暄幾句後，立刻進入正題。

「小狐擾亂凡間俗世，本是死罪，但祢的部下殺了我太多子孫，也太過殘酷了，實在是罪不可赦。」

聖帝瞪了鄒將軍一眼，但他到底理虧，只能點頭稱是。

聽到這一神一妖的對話，村民們從廊下走出來，重新跪倒，替鄒將軍請命。其中有個姓周的秀才忽然站起來指著狐狸大罵：「你這個老狐狸！鬍子都這麼白了，還縱容子孫欺辱人家的妻女。自己犯了錯，反過來還要向聖帝討公道，竟敢稱自己『狐祖師』？我看斬殺你們一萬次都不夠！」

車輦之中的狐祖師不愧是祖師級別的人物，真是好涵養，絲毫不因凡人忤逆自己而動怒，他姿態從容地問道：「我問你，在你們人世間，對犯姦淫之罪的如何懲處？」

周秀才沒好氣地說：「輕則杖責，重則流放。」狐祖師馬上回道：「也就是說，姦淫並不是死罪。我的子孫對你們來說是異類，它們禍害人，罪責應當加倍，最重也不過是充軍發配罷了，何至於被殺？何況鄒將軍殺我一個子孫就算了，一口氣殺了我數十個子孫，這又該怎麼論？」

「這……」周秀才還沒想清楚怎麼回答，就聽到聖帝祠內有人傳話：「大帝有旨：鄒將軍過於嫉惡如仇，殺戮太重，姑且念在祂一心為公，並非洩私欲而殺狐，也算是為民除害，罰鄒將軍俸祿一年，調至海州任職。」

聽到鄒將軍最終平安，村民們高聲歡呼起來，等狐祖師一行乘著雲朵消失在星空中後，他們也都合掌向空中念著佛號後，才各自回家了。

本篇故事的奇妙之處在於，神仙是在人類的幫助下打敗了妖。故事中，妖害人，人找神求助，神幫人殺妖，但當神遇到難以解決的問題時，又反過來找人幫忙。人神妖三族似乎一直處於一種極其微妙的關係中，看似互不相干，卻又緊密相連。務實的古人，遇山開山，逢水搭橋，流傳至今的無數神話故事中，都彰顯了古人與天地抗爭的勇氣與智慧。

對於神鬼之事，他們也有著最務實的理念：不管是神是鬼還是妖怪，只要幫助了人，就會受到愛戴和擁護；但倘若做了傷天害理的事，不管來頭有多大，人們都會想方設法討回公道。匹夫與蜉蝣也有與天一戰的勇氣！這就是做人的底氣。

原文

鹽城村戴家有女為妖所憑，厭以符咒，終莫能止；訴於村北聖帝祠，怪遂絕。已而有金甲神托夢於其家曰：「吾聖帝某部下鄒將軍也。前日汝家妖是狐精，吾已斬之，其黨約明日來報仇，爾等於廟中擊金鼓助我。」翌日，戴家集鄰眾往。聞空中甲馬聲，乃奮擊金鉦鐃鼓，果有黑氣墜於庭，村前後落狐狸頭甚夥。越數日，其家又夢鄒將軍來曰：「我以滅狐太多，獲罪於狐祖師。狐祖師訴於大帝。某日，大帝來廟按其事，諸父老盍為我祈之。」眾如期往，伏於廊下。

至夜半，仙樂嘹嘈，有冕服乘輦者冉冉來，侍衛甚眾；後隨一道人，龐眉皓齒，兩金字牌署曰「狐祖師」。聖帝迎謁甚恭。狐祖師曰：「小狐擾世，罪當死，但部將殲我族類太酷，罪不可逭。」聖帝唯唯。村人自廊下出，跪而請命。有周秀才者罵曰：「老狐狸！鬚白如此，縱子孫淫人婦女，反來向聖帝說情，何物『狐祖師』，罪當萬斬！」祖師笑不怒，從容問：「人間和姦何罪？」周曰：「杖也。」祖師曰：「可知姦非死罪矣。我子孫以非類姦人，罪當加等，要不過充軍流配耳，何致被斬？況鄒將軍斬我一子，並斬我子孫數十，何耶？」周未及答，聞廟內傳呼云：「大帝有命：鄒將軍嫉惡太嚴，殺戮太重，念其事屬因公，為民除害，可罰俸一年，調管海州地方。」村人歡呼合掌，向空念佛而散。

——清 袁枚《子不語．卷七．狐祖師》

理數之爭

清朝時，常州有個叫鍾悟的舉人，此人一生行善，但到晚年卻膝下無子，一家人且吃不飽穿不暖，很是困頓，因此鍾悟常年鬱鬱寡歡。

病危之際，鍾悟對妻子說：「我死之後，別把我放進棺材裡，我有不平之事，要向閻王傾訴，說不定會有靈應。」說罷，鍾悟氣絕身亡。

他的妻子摸了摸他的胸口，發現還是溫熱的，於是就照他所講，把屍體停放在床上，沒有入殮。沒想到死後三天，鍾悟果然復活了。

這三天時間，鍾悟經歷了奇幻的冥界三日遊。

進入冥界後，鍾悟看著來來往往的人，發現這裡和陽間沒有什麼差別。因為記掛著找閻王討個說法，他一路打聽，最終打聽到有個叫李大王的，專管賞善罰惡的事，於是他想到李大王的衙門申訴。

經人指引，鍾悟來到了一處巍峨的宮殿前，殿中坐著一位尊貴的官爺。門前沒人把守，所以鍾悟直接走了進去，他報了姓名，將平生行善卻沒有得到好報的事一一稟明，並且埋怨神仙不作為。

那位李大王笑道：「你平生行善還是作惡，我倒是清楚；不過，你窮困無子的原因，我不知道，這不屬於我管轄的範圍。」

「那歸什麼神管呢？」

「素大王。」

鍾悟心想：「李」就是「理」，這「素」嘛，自然就是「數」。他是否也該去問問管理命數的神？於是對李大王說：「能不能勞煩您送我到素王處一問？」

李大王皺著眉頭搖搖腦袋：「素王尊貴嚴正，祂那裡不像我這裡無人攔門，這麼好進。不過，我正好有事要和素王商量，你就跟我一塊去吧。」沒多久，鍾悟就聽到有喚轎夫的聲音，李大王的隨從都整齊嚴肅地跟在轎子旁邊，他也隨著李大王前去。

走到半路，鍾悟察覺有些不對勁，回頭一看，發現跟隨李大王的人，有的渾身淌血，口中喃喃說著「受冤未報」；有的咬牙切齒地淒厲嘶吼「逆黨未除」；有美女拉著一個醜男哭訴「夫婦錯配」，種種慘狀，不一而足。

隊伍最後還有一個人，這人穿龍袍、佩玉帶，看起來是皇帝之尊，他容貌俊偉，但是衣冠都濕透了。他哭著道：「我是周昭王，我家祖宗，自後稷、公劉算起，代代積德累仁；我祖上有文王、武王、成王、康王，個個都是聖賢君王，為什麼一傳到我這裡，命運就不公到了如此地步？」

「我堂堂一國之君，在南巡時，竟無緣無故被楚人淹死了。幸虧勇士辛游靡臂長多力，將我的屍首拽起，好讓我回歸故里，葬在了成周，否則我就要葬身魚腹之中了。後來雖然齊桓公小白追查了此事，但他也不過是隨便應付，草草了事。」

「如此奇冤，兩千年來，竟然沒有半點報應。希望神能幫忙做主查一查。」李大王只是點頭答應，其他的鬼聽到之後，也都滿臉憤慨。

直到這時，鍾悟才醒悟過來，這世間尚且有那麼多樁千古奇冤，自己不過是生活困頓、膝下無子罷了，相比之下，根本不算什麼。想到這裡，他心裡那股忿恨也已平復大半了。

走了一會兒，前方傳來開道的聲音：「素王到——」李大王迎上去，兩輛轎子並排走著，兩位神仙各自端坐在自己的轎子裡交談。

開始時，兩位神仙還細聲細語；沒多久，竟開始氣呼呼地爭論，鍾悟跟在後面，周圍聲音嘈雜，也聽不清兩位神仙在辯論什麼。後來，兩位神仙將轎夫喝止，乾脆下了轎，捲起袖子，當著眾鬼的面，當街打起架來。漸漸地，李大王招架不住了。眼看素大王越戰越猛，眾鬼立刻上前從旁幫助李大王，鍾悟也跟著奮力上前。

儘管有眾鬼幫忙，李大王最終還是被素大王打敗了。

李大王怒吼道：「祢跟我去上奏玉帝，聽候處置！」說罷，李大王騰雲而起，素大王緊隨其後，兩位鼻青臉腫的神仙眨眼間消失得無影無蹤。群鬼正面面相覷，不一會兒，兩位神仙都下來了，隨著他們下來的還有兩位仙女。仙女穿宮裝，披霞帔，腳踏雲朵而來。

她們手中各自拿著金樽玉杯，傳詔道：「玉帝掌管三十六天大小事宜，無暇聽你們這些小案子，現在贈二位神君天酒一樽，共十杯酒，誰喝得多，誰講話。」

李大王一聽這話，喜孜孜地說：「我的酒量向來很好。」祂斜睨素大王一眼，放了句狠話：「祢給我等著！」說罷，捧起杯子就喝。沒想到這李大王對自己的酒量沒什麼數，祂剛喝到第三杯就捧著肚子難受得想吐。沉默不語的素大王此時才接過酒杯，一連喝了七杯，神色自若，沒有絲毫醉意。

仙女看了比酒量的結果，面無表情地說：「祢們別走，等我回去覆命再來。」不一會兒，仙女再次踏著雲朵下來，這次頒了詔書，只見仙女朗聲念出了玉帝旨意：「自古以來，理不勝數。不看別的，光看這酒量，你們就應該明白了。」

「要知道，這世上一切神鬼聖賢、英雄才子、時花美女、珠玉錦繡、名書法畫，都各自有自己的命數。有的生逢其時，活著的時候就能大放異彩；有的生不逢時，不但處處碰壁，還要遭凶受劫。這事，素王管七分，李王只管三分。」

「素王自恃酒量大，所以經常喝醉，醉了就容易顛倒亂行。我管理三十六天的日蝕或星隕，尚且被素王把持專權，連我都做不了主，何況是李王呢？」

「但是，畢竟李王也能喝三杯，所以這世上的人心天理、善惡是非，終究有三分公道。這三分公道，直到萬古千秋，天荒地老，綿綿不絕。」沒想到詔書裡還提到了鍾悟，仙女接著說：「那鍾悟的陽壽未盡，剛剛發生的這些事需要他回去傳揚於世，不然以後告狀的人會越來越多。所以我特別開恩，為鍾悟增壽十二年，放他還陽，此後永不為例。」之後鍾悟便醒了。

此後，鍾悟又活了十二年才死去。

鍾悟經常對人說：「那李王容貌清雅，就像世人塑的文昌神像；素王面貌醜陋，滿臉橫肉，連眼耳口鼻都不太分明，其身後的隨從，也差不多是同一個樣子，那跟隨素王的千百人中，雖也有長得俊秀可愛的，只是在他們那一群人中不太受尊重。」鍾悟本名叫護，經過這件事後才改名為悟。

傳說中的陰間竟然如此混亂！

主管數、理的兩位神仙遇事不決時，竟當場撕破臉，當著眾鬼的面大打出手，眼看打架也不能解決問題，他們就搬來玉皇大帝評理，而天地間最高統治者評理的方式是什麼呢？誰的酒量大聽誰的！

如此滑稽，如此荒誕，但其中緣由借玉皇大帝之口說出，卻又如此真實。李大人，就是「理」，事理、道理，也就是天地公道；素大人，就是「數」，命數、運氣，也是我們凡人摸不著、握不住的無常。天下事，無論天界還是地上，理占三分，數占七分，這規則就連玉皇大帝都得遵守。

當命數不濟、運氣不佳時，你就算有理、有天大的本事也寸步難行，不然能怎麼辦呢？多少才子佳人、英雄豪傑，不就虧在了一個時運不濟上？

雖然這只是一則古代寓言故事，但是我們或許可以借由古人的譬喻，從惱人的現狀中暫時抽身，平復一下自己心中的憤懣與不平，畢竟公道自在人心，成敗皆有定數，不妨靜待花開吧。

原文

孝廉鍾悟，常州人，一生行善，晚年無子，且衣食不周，意鬱鬱不樂。病臨危，謂其妻曰：「我死慎毋置我棺中。我有不平事，將訴冥王。或有靈應，亦未可知。」隨即氣絕，而中心尚溫。妻如其言，橫屍以待。

死三日後，果蘇，曰：「我死後到陰間，所見人民來往，與陽世一般。聞有李大王者，司賞善罰惡之事。我求人指引到他衙門，思量具訴。果到一處，宮殿巍峨，中坐尊官。我進見，自陳姓名，將生平修善不報之事一一訴知，且責神無靈。神笑曰：『汝行善行惡，我所知也；汝窮困無子，非我所知，亦非我所司。』問：『何神所司？』曰：『素大王。』我心知『李』者『理』也，『素』者『數』也，因求神送至素王處一問。神曰：『素王尊嚴，非如我處無人攔門者。我正有事要與素王商辦，汝可隨行。』少頃，聞呼騶聲，所從吏役，皆整齊嚴肅。

「行至半途，見相隨有瀝血者曰『受冤未報』，有嚼齒者曰『逆黨未除』，有美婦人而拉醜男者曰『夫婦錯配』。最後有一人袞冕玉帶，狀若帝王，貌偉然而衣履盡濕，曰：『我，周昭王也。我家祖宗自後稷、公劉積德累仁，我祖父文、武、成、康聖賢相繼，何以一傳至我，而依例南征，無故為楚人溺死？幸有勇士辛游靡，長臂多力，曳我屍起，歸葬成周，否則徒為江魚所吞矣。後雖有齊侯小白藉端一問，亦不過虛應故事，草草完結。如此奇冤，二千年來，絕無報應，望神替一查。』李王唯唯。餘鬼聞之，紛紛然俱有怒色。鍾方悟世事不平者，尚有許大冤抑，如我貧困，固是小事，氣為之平。

「行少頃，聞途中喝道而至曰：『素王來。』李王迎上，各在輿中交談。始而絮語，繼而忿爭，嘵嘵不可辨。再後兩神下車，揮拳相毆。李漸不勝，群鬼從而助之，我亦奮身相救，終不能勝。李神怒云：『汝等從我上奏玉皇，聽候處分。』隨即騰雲而起，二神俱不見。

「少頃俱下。雲中有霞帔而宮裝者，二仙女相隨來，手持金樽玉杯，傳詔曰：『玉帝管三十六天事，無暇聽些些小訟。今贈二神天酒一樽，共十杯。有能多飲者，便直其事。』李神大喜，自稱：『我量素佳。』踴躍持飲，至三杯便捧腹欲吐。素神飲畢七杯，尚無醉色。仙女曰：『汝等勿行，且俟我覆命後再行。』

須臾又下，頒玉帶詔曰：『理不勝數，自古皆然。觀此酒量，汝等便該明曉。要知世上凡一切神鬼聖賢、英雄才子、時花美女、珠玉錦繡、名書法畫，或得寵逢時，或遭凶受劫，素王掌管七分，李王掌管三分。素王因量大，故往往飲醉，顛倒亂行。我三十六天日蝕星隕，尚被素王把持擅權，我不能作主，而況李王乎！然畢竟李王能飲三杯，則人心天理，美惡是非，終有三分公道，直到萬古千秋，綿綿不斷。鍾某陽數未絕，而此中消息非到世間曉諭一番，則以後告狀者愈多，故且開恩增壽一紀，放他還陽，此後永不為例。』

鍾聽畢還魂。又十二年乃死。常語人云：「李王貌清雅，如世所塑文昌神；素王貌陋，團團渾渾，望去耳、目、口、鼻不甚分明。從者諸人，大概相似，千百人中，亦頗有美秀可愛者，其黨亦不甚推尊也。」鍾本名護，自此乃改名悟。

——清 袁枚《子不語・卷三・兩神相毆》

露水情緣神

貴州有個叫賈正經的生意人，他的妻子姓陶，是當時十里八村難得一見的大美人。

有一年清明上墳時，兩人走到半路，忽然被一陣旋風擋住了去路，小夫妻以為是過路的鬼神求個香火，就將祭品往路中央一擺，灑著酒祝禱：「倉促間沒什麼好東西獻給您，一壺濁酒，不要嫌棄。」祭拜完畢，兩人繼續趕路，掃完墓就回家了，這事夫妻二人誰也沒放在心上。

第二年春天，賈正經辭別妻子外出做生意。

這天，他加快腳程，還是沒能在天黑之前趕到旅店。荒野深處不時傳來狼嚎，更是颳起了透骨的冷風，賈正經裹緊自己身上的衣服，心裡忐忑不安，山裡野牲多，他擔心自己露宿在荒郊野外會遇到危險。正提心吊膽間，路邊不知什麼時候出現了一個男人。

那個男人穿一身青衣，幾乎與夜色融為一體，他對驚訝的賈正經拱拱手，一副跟賈正經很熟稔的樣子：「來的是賈相公嗎？我奉主人的命令等候您多時了。」

「你家主人是誰啊？」

「到了您自然就知道了。」

那人說罷，手往遠處一指：「有燈光的地方就是我們的村子。」賈正經一看——不知什麼時候，前方忽然亮起了昏黃的燈光。

「今晚有安全的落腳地了。」賈正經心中一陣竊喜，無暇多想，跟上了男人的腳步，兩人大約走了幾里地後，看到了等在門口的主人。

只見那人著一身寬鬆的道袍，頭戴儒巾，氣質出塵，而那人背後燈火輝煌，樓閣高聳。看清男人身後的宅院的全貌後，賈正經不由得張大了嘴巴，這是座豪宅啊！他頗為納悶：我什麼時候認識了這樣的富豪朋友？

他略顯局促地寒暄道：「夜裡趕路，我迷了途，正在發愁，幸好受到您的邀請。您應該不認識我吧？不知是怎麼預知我的到來，還勞駕人來接我？」那主人微微一笑：「去年咱們見過面的，在下一直記著您的盛情款待，這才多久，您就全忘了？」賈正經疑惑得皺起了眉頭。

那主人很會察言觀色，馬上解釋道：「去年清明那天，您和尊夫人一起掃墓祭拜，當時那股擋住你們去路的旋風就是我啦。」賈正經竟然沒害怕，大大咧咧地問：「那您是神嗎？」「不是，我只是一個地仙。」賈正經又問他：「那您掌管什麼呢？」

仙人靦腆一笑：「說來慚愧，我只負責掌管人間的露水姻緣。」竟然還有這種神仙！也不知道是不是因為這位仙人看起來太過隨和，賈正經竟然開起了玩笑：「我這人最是多情，煩勞您查一查，這輩子我能不能有一段露水情緣啊？」仙人一聽，竟然真的取來了情緣簿，他翻閱了一會兒，對賈正經壞笑一聲，道：「您這輩子是沒有這個情緣了。」賈正經一聽，不由得有些失落。

「不過，」仙人的笑意更深了，這讓賈正經重新燃起了期待之情，「尊夫人眼下桃花運可正旺著呢。」一聽這話，賈正經立馬流下了冷汗，他心想：我妻子正年少貌美，如果真有這樣的事，我這輩子都別想抬起頭來了。

他越想越害怕，連忙收起剛剛的輕佻之色，跪求仙人將妻子這段桃花運除掉。

仙人搖搖頭，露出了為難的神情：「抱歉啊，這可是上天註定的劫數，豈是我說改就能改的？」

賈正經不斷哀求，仙人思索良久後再次開口：「善哉！善哉！幸虧您的夫人遇到的是個庸俗之輩，他的貪財之心勝過好色之心，你快點趕回家，或許還能免於閨房之醜，只不過要損失一點銀子。」

一聽事情還能挽回，賈正經趕緊計算了一下行程，自己離家已經四天了，現在回家，自己的生意就得泡湯了；但如果不回家，為了那點蠅頭小利就讓自己的妻子失節，才是得不償失，這筆賬賈正經還是算得清的，於是顧不得吃喝休息，他立馬辭別仙人，連夜趕路。

賈正經離家只剩近四十里的時候，忽然天降暴雨。他實在是不能繼續走了，只能暫時停留，直到第二天中午才心急如焚地趕回了家。

一進門，他就發現自家臥房的牆已經被大雨淋塌了，而隔壁正住了個單身少年。回想起仙人所說的話，賈正經不由得恨恨地長嘆了一口氣，妻子聽到動靜趕過來，見賈正經正望著坍塌的牆壁嘆氣，問他：「為什麼嘆氣呢？」

賈正經認定妻子已經出軌，萬念俱灰，無力地說：「牆壁塌了，兩間房子通了，那邊又住了個美少年，這事還用我說嗎？妳還有臉問我！」妻子無奈一笑：「你說的這事確實有。不過，還好丟了十兩銀子後，事情便解決了。」賈正經一聽，馬上欣喜地問她怎麼回事。

妻子告訴他：「那牆倒了後，鄰家少年見沒了遮擋，竟然過來調戲我，我飛快地逃到了隔壁鄰居家。當時我忘記枕頭裡還藏了十兩銀子，等我回來時，發現銀子已經被他偷走了。他怕你回來討要，現在一定已經把銀子花光了。」

「妳哪裡來的銀子？」賈正經一聽丟了銀子，趕緊撇了正事問銀子的來歷。

「是你走後，某某家還的錢。」跑得了和尚跑不了廟，賈正經趕忙報了官，後來官府捉住少年後，狠狠地罰了他一頓鞭子，只是銀子已經花了大半，難以追討回來了。

就連露水情緣方面也有專門管理的神，神仙真忙啊！

原文

賈正經，黔中人，娶妻陶氏，頗佳。清明上墳，同行至半途，忽有旋風當道，疑是鬼神求食者，乃列祭品瀝酒祝曰：「倉卒無以為獻，一尊濁酒，毋嫌不潔。」祭畢，然後登墓拜掃而歸。

次春，賈別妻遠出。一日將暮，旅舍尚遠，深怯荒野無可棲止。忽有青衣伺於道旁問曰：「來者賈相公耶？奉主命，相候久矣。」問：「為誰？」曰：「到彼自知。」遙指有燈光處是其村落，私心竊喜，遂隨之去。

約行里許，主人已在門迓客，道服儒巾，風雅士也。樓閣雲橫，皆飾金碧。賈敘寒暄問曰：「暮夜迷途，忽蒙寵召，從未識荊，不解何以預知，遠勞尊紀？」答曰：「舊歲路中把晤，叨領盛情，曾幾何時，而遽忘耶？」賈益不解。主人曰：「去年清明日，賢夫婦上墓祭掃，旋風當道者即我也。」賈曰：「然則君為神歟？」曰：「非也，地仙也。」問所職司，曰：「言之慚愧，掌人間露水姻緣事。」賈戲云「僕頗多情，敢煩一查，今生可有遇合否？」仙取簿翻閱，笑曰：「奇哉！君今生無分，目下尊夫人大有良緣。」賈不覺汗下，自思妻方少艾，若或有此，將為終身之恥，乃求為消除。仙曰：「是註定之大數，豈予所得更改？」賈復哀求，仙仰天而思，良久曰：「善哉！善哉！幸而尊夫人所遇庸奴也，貪財之心勝於好色。汝速還家，可免閨房之醜，不過損財耳。」賈屈指計程，業出門四日矣，恐歸無及，又思為蠅頭微利而使妻失節，斷乎不可。乃辭仙而歸，晝夜趕行。

離家僅四十里，忽大雨如注，遂不得前。明午入門，則見臥房牆已淋坍，鄰有單身少年相逼而居，回憶仙言，不覺嘆恨。妻問：「何嘆？」曰：「牆坍壁倒，兩室相通。彼此少年獨宿，其事尚可言？而來問我乎！」妻曰：「君為此耶，事誠有之，幸失十金而免。」賈詢其故，曰：「牆倒後，少年果來相調，予逃往鄰家，不料枕間藏金遂被竊去。今渠怕汝歸，業已遠揚。」問金何來，則某家清償物也。賈鳴官擒少年笞之，而金卒難追。此事程惺峰為予言。

——清 袁枚《續子不語．卷一．露水姻緣之神》

襪公子

從前有個襪匠，因為手藝不錯，生意興隆，所以家境富裕。襪匠到晚年才生了個兒子，夫妻兩人視若珍寶，什麼活兒都不讓他幹，甚至孩子都快二十歲了，也不找先生教他讀書。

襪匠的親戚朋友都來勸：「孩子都已經這麼大了，總得讓他學點東西，將來好謀生啊。」襪匠卻無所謂地一揮手：「他好好活著就行啦，不需要辛苦幹活。」因此襪匠的兒子得了一個外號——「襪公子」。

當地有個叫張鐵口的人，出了名的鐵口直斷。

襪匠請張鐵口給自家孩子推演命數，那張鐵口用五星法推演之後，當場嘖嘖稱讚：「不得了啊，這乃是大富大貴之命。你兒子是個有福之人，他三十歲時，家產可達五百萬錢。」說完這個數字，張鐵口猛吸一口氣，幾乎要昏厥過去了。

緩過神來後，張鐵口連連搖頭：「我在你們縣算了這麼久的命，還沒遇到過比你兒子的命更好的。」

襪匠喜笑顏開，請張鐵口將推演出的命數寫下來，回家後，便讓妻子縫了個錦囊，把這張寫有命數的字條放了進去，然後鄭重其事地把錦囊掛在兒子的胸前，囑咐兒子：「千萬別忘了發財的年份。」之後襪匠滿面春風，步子闊了，胸脯挺了，逢人便誇耀兒子是天生的富貴命，夫妻兩人也越發寵溺兒子了。

襪公子沒人管教，除了玩就是吃和睡，到了結婚的年齡，父母就給他娶了個媳婦。

沒想到襪匠夫婦是短命人，剛給兒子張羅完婚事沒多久，還沒見證兒子暴富就相繼去世了。家裡的頂梁柱沒了，襪公子根本就沒有半點生存本領，從小到大只知道吃吃喝喝，人也不大機靈。

沒多久，襪匠鋪來了一夥有備而來的強盜，他們把店鋪洗劫一空，襪公子變得一貧如洗。

漸漸地，小夫妻只能靠行乞過日子，從富人之子淪落成乞丐，心理落差不可謂不大，而支撐襪公子沿街乞討的那口氣，便是他胸前的錦囊。裡面的字條記載了他三十歲必將獲得五百萬錢的命運。

「莫欺少年窮，等我撐到三十歲，暴富歸來，一定要吐這口氣！」襪公子就這樣不斷鼓勵自己。

襪公子靠討飯終於活到了二十九歲，這一年恰是大饑之年，遍地餓殍。大家連飯都吃不飽，哪有多餘的錢施捨這遊手好閒的叫花子？

眼看再過幾天就到自己要發財的年份了，襪公子卻再也支撐不住，他病了多日，餓了多日，就要死了。不是死在他想像中的豪宅的暖床上，而是死在一座四處漏風的破廟裡。

臨死之時，襪公子憤憤不平地對妻子說道：「我活不成了，這輩子沒學到一點謀生的本事，淪落到這個地步，都要怪張鐵口。妳還年少，不愁沒有衣食無憂的那天。等我死後，妳就去街上哭，如果有誰能出錢買棺材把我葬了，妳就嫁給他吧，肯定會有人幫妳的。」女人餓得都快沒力氣哭了，只不住地點頭答應。

「還有，入殮時，妳一定要將我胸前的這張命單放進去，我要拿著它去冥府告狀，告那張鐵口，好給這些妄談命數的人一個警告。」說罷，襪公子腦袋一歪就嚥氣了，妻子照他的話改嫁他人，並將他埋葬了。

襪公子死後，魂魄隨著冥吏來到陰間，見到了閻羅王。

一見到主事的人，襪公子當場開始哭訴自己被騙後一生被毀的遭遇。閻羅王聽了也有點吃驚：「還有這種事？」他馬上召鬼卒把張鐵口勾來對質。

張鐵口活得好好的，莫名其妙地下了地府，聽了控訴內容，他更覺得莫名其妙了，對於自己吃飯的本事，張鐵口還是很有自信的，他梗著脖子辯解：

「不會出錯的，小人推算命數從來沒出過半分差錯。如果真的不準，只能說明這人的父母給的八字不對，絕對不是小人的錯。」閻羅王見張鐵口言之鑿鑿，便命令判官去查降生簿。判官翻閱完降生簿，皺著眉頭稟告道：「這襪公子的命單內容確實與簿子上記載的一模一樣。」閻羅王也納悶了，撓了撓腦袋道：「奇怪了，那命中註定屬於他的財富去哪兒了？」

判官從厚厚一堆簿子中抽出應富簿，查閱之後回稟道：「這人應該以貿易發家，那潑天的富貴在他降生的那一天就已經交給招財、利市兩位神仙了。」看來確實不關張鐵口的事，放張鐵口回去後，閻羅王又派鬼卒把襪公子押去招財、利市二位神仙那裡討說法。

兩位神仙聽了事情的來龍去脈，招財神說：「確實有這麼一回事。你本來應該在二十歲後漸漸地成家立業，可是我們兩個在這三百六十行買賣裡，翻來覆去找了一遍又一遍，就是沒發現你立了什麼業，完全查無此人。」

「沒辦法，我們懷疑你可能是走了讀書考取功名這條路。這條路我們可做不了主，擔心誤事，就將這筆銀子轉交給了文昌帝君。」鬼卒又不辭辛苦地將襪公子押到文昌帝君處求問，一位朱衣神君點點頭，道：「有的，有這麼一回事。收下這筆錢時，我還特地向神君稟明過，從這筆錢裡拿出幾萬兩銀子來，准他考中科甲，將來好成為一方官員，到時候我再將剩下的這筆錢還給他。」

「但是歷年科考，魁星在南北大大小小各個文場裡翻來覆去地找，都沒找到這個人。我們又想，這人該不會習武，參加武舉去了？唯恐誤事，我們又將這筆錢在某年某月某日送到武帝那裡去了。」鬼卒又將襪公子押到關帝廟裡求問。

周將軍負責接待他們，他想了想道：「確實有這麼回事，但是我奉命巡查各個武場，從沒發現過這個人。我擔心耽誤了他發大財，便又將這筆錢交到轉輪王那裡了。」鬼卒又把禨公子押回冥府，徑直去往第十殿，找到了轉輪王，諮詢禨公子的錢到底去哪兒了。

轉輪王命判官查簿子，判官翻閱簿子後，開口道：「有這麼回事。但因為這人既不學文也不習武，又從不做生意，這筆錢我們實在是送不出去。思來想去，最終決定將這筆錢交給當地的土地神，讓土地神將錢埋在這人的家裡，他輕輕鬆鬆就能把錢挖出來用。如果他現在還沒找到這筆錢，那肯定是土地神的過錯了，不關我們的事，你們去找土地神問責吧。」

這次他們直接將土地神召喚過來了。

土地神聽了事情的原委，誠惶誠恐地說：「小神命苦啊，自從領了這銀子，簡直就是接了個燙手的山芋。知道這人流落到荒廟裡後，我便將銀子埋在廟裡的臺階下，只蓋上淺淺的一層薄土，他只要稍微勞作一下，就能得到這筆鉅款，可惜他從來不動土，也從沒掃過地。」

「我又想，不然趁下雨的時候，托雨神把銀子摻在雨水裡，下到他眼前？又擔心他懶成這樣，可能連避雨都不曉得避，會被從天而降的銀子給砸死。正無計可施時，就被大王召來了。既然現在他都進地府了，那這筆銀子我還是原數奉還吧，小神為此真是費盡心思啊！」

閻羅王聽罷，嘆了口氣，難以置信地說道：「唉，天下竟有如此懶惰的人！即使這麼多神圍著他轉，想將飯餵進他的嘴裡，他不張嘴，誰又有辦法呢？再讓他做人，恐怕會害了他，考慮到他前世的福澤還在，乾脆判他來世做富貴人家的貓吧——睡暖榻、吃美食，不必自食其力，而且每天看到的金銀也有個千八百萬，就當是他自己的吧。」所以說人如果無能，還不如做個動物。

古今還是大不相同的。在古人看來，人是萬物之靈，人死後墮入畜生道是很可怕的事情，但故事要是放到現代來看，似乎就沒那麼可怕了，畢竟當一隻無憂無慮的小貓咪，是多少人夢寐以求的事情啊！

原文

昔有襪匠，業甚興隆，晚年得子，愛如珍寶。年將及冠，猶不使學事業。親友皆勸之。匠曰：「有命存也。」故人皆戲呼之曰襪公子。時有推五星者曰張鐵口，名卓卓。匠使推其子命。鐵口曰：「此大富造也。行年三十，家資五百萬。我在貴邑推命多矣，無出其右者。」書單與之。匠大悅，歸使其妻以錦作囊，納單其中，懸於其子胸前，曰：「無忘發財之年。」且以誇示親友，益任其怠惰矣。

為其子完姻後，匠夫婦相繼亡。其子不能自立，所遺襪肆為其夥抵盜淨盡，漸至夫婦相攜行乞。惟日盼而立之年作富翁矣。至二十九歲，適遇大饑，人人不能自給，誰肯濟丐？其人餓病於枯廟中，將斃，忿謂其妻曰：「我不濟矣，我之不習一業以至此者，皆張鐵口誤我也。汝年少艾，不患無溫飽日。我死後，汝號於市，曰有能棺殮前夫者嫁之，諒必有人承值。殮時必以命單納棺中，我將控於冥司，為妄談命者戒。」遂歿。其妻如言改嫁而葬埋之。

其人之魂見閻羅王，訴其冤苦。王為追鐵口至，究之。鐵口曰：「小人推命從無謬誤，恐其八字不準，非小人之過矣。」王使判查降生簿，則其命運與單符合。王曰：「如此，其財何在？」判又查應富簿，曰：「某應以貿易起家，已於降生之年交招財、利市二神矣。」王釋鐵口，使鬼卒押其人問二神。曰：「有之，某應以二十歲外漸成家業。吾神在三百六十行買賣中查無其人，無從給付，恐其誤習文學，則非吾所能主。已於某年月日送文帝去矣。」

又押赴文昌宮。朱衣神曰：「有之。收財之日曾稟明帝君，請以數萬金，准作科甲，出宰一方，以餘財付之。乃歷科以來，魁星在南北大小文場中查無其人，恐誤習武，於某年月日送武帝去矣。」

又押赴關帝廟。周將軍曰：「有之。吾奉命巡武場，並無其人，恐誤其發財之日，送交轉輪王處矣。」

又押至第十殿。王命判檢簿。曰：「有之。因其人既不習文武，又不習商賈，無從給發，不得已飭交當方土地，埋藏其家，使掘地得之甚易。今猶未得，是土地之過也，請追問之。」

乃召土地。曰：「小神領有此銀，知其人已流落枯廟，即以其銀埋在廟階之下。無奈其人從不動土，且未曾掃地，欲雨給之，恐其不知暫避，誤傷性命。正無法可施，今既來此，原財奉繳，以脫小神之累也。」王曰：「嗟乎！天下竟有如此怠惰之人，神亦不能福之，使其為人也，實害之也。然某前世之福澤尚在，無已，判作富貴家貓，眠錦繡而食膏粱，毋庸自力，且所見之財，亦千百萬也。」故人而無能，不如為畜。

——清 吳熾昌《續客窗閒話・卷四・一技養生》

風從哪裡來

清朝時，有一名廣東商人，在一次出門做生意時乘船進入了南海。

海上多小島，船行駛到一個草木蔥郁的小島附近時慢了下來，商人抬頭望去，發現小島上的樹有點怪異——龐大的樹冠不是綠色的，而是紫黑色的。奇怪，什麼樹竟是紫黑色的？

等靠近小島，商人驚訝得瞪大了雙眼——原來那些竟然是桑樹，因為果實太過繁密，隔著一段距離看，樹冠上竟像縈繞了紫黑色的雲彩。連日行船，大家很難吃到新鮮的蔬果，因而在認出桑葚的一瞬間，商人不禁噙著唾沫，大叫道：「停船！把船停過去！」

等船靠了岸，商人跌跌撞撞地來到粗壯的桑樹下，踮起腳尖，仰著脖子，迫不及待地將一粒飽滿碩大的桑葚叼進了嘴裡。「好吃！太好吃啦！」這裡的桑葚竟然比陸地上的香甜許多倍，商人接二連三地將桑葚送入嘴裡，最後幾乎是一把把地往嘴裡塞。

吃飽後，商人沒有忘記同伴，他胡亂一擦被染黑的嘴角和下巴，摘了許多桑葚，用衣服兜好後，才往船的方向走。就在商人快要到達海岸時，一陣劈山裂海般的勁風颳過，船陡然被颳離岸邊，他也被風颳得睜不開眼，等勁風過境，船已經消失不見了。

商人淒厲地喊叫著同伴的名字，沿著海岸跑了很久，但觸目皆是洶湧的波濤，哪裡還有船的影子？往回看，則是陰森幽暗的山林。

「我完了。」商人沿著海岸，踉踉蹌蹌地走著，不停地念叨著。他失魂落魄地走到天黑，又擔心小島上會有毒蛇猛獸，心想：「與其葬身於猛獸的腹中，不如跳海了事。」但轉念又想：「反正我也活不成了，還有什麼可怕的？倒不如在島上走走看看，能尋條活路也不一定。」打定主意後，商人開始往小島深處走去。

此時，天已經徹底黑了，天幕中只有幾枚星子還閃爍著些許微光，商人借著這光，勉強還能看清腳下的路。

一開始，路上荒草叢生，荊棘遍地，他好幾次差點被絆倒，走了一里地後，道路才漸漸平坦起來。嗅著略帶腥味的海風，商人的步子闊了，心情也逐漸平復了，浸在濃如墨的夜色中又走了三、四里後，商人眼前忽然一亮。

「有亮光，島上竟然有人家！太好了！」商人大喜過望，朝著燈光跌跌撞撞地走去，不久，商人隱約聽到前面傳來嘰嘰喳喳的人聲。

繞過一株參天古木，商人看到暗淡的星光下佇立著一座茅草屋；不知道屋內燃的是什麼燈，草屋似乎比普通人家明亮許多。確實有人家，自己沒有出現幻覺。

商人顧不得整理衣冠，急切地上前拍門，屋內很快傳來輕盈的腳步聲，緊接著，大門被拉開，一個雞皮鶴髮的老人探身出來。

「客人從什麼地方來？」老人好奇地打量著商人，商人把自己流落小島的原委說了一遍，並請求借宿。老人站在門口，迎著晚風哈哈一笑：「這是夙緣啊。你知道嗎？這座小島名為『攬風島』，有仙緣的人才能來到這裡。現在住在島上的共有三個人，都是昔日乘船入海，偶然留在島上的，現在再加上你，就有四個了。」話音剛落，又有一位老人從屋內走出來。

這位老人仙風道骨，風度瀟灑，他對商人笑道：「你認識我嗎？我其實是你十九世堂祖。」說完，這位老人挽著愣住的商人進了房間，裡面正坐著第三位老人。他指著這第三位老人說：「這位是元邱公，比我早來七百年。」說罷，又指了指剛剛開門的第一位老人：「這位是最後來的，不過，他也已經有三百多歲了。」

商人有點摸不清頭腦，與老人們寒暄過後，下意識地打量起了房間。房間裡沒有任何器皿，也沒有床榻等家具，完全稱得上家徒四壁，唯一能看出有人住的痕跡是牆上懸著的一盞燈，但燈的燃料很怪，燃起的光亮得刺眼，似乎並不是尋常的油膏。

見他的目光停留在燈上，老人馬上為他介紹：「這是萬年脂。白天不發光，等天黑了就會自動燃燒起來。我們三人不吃不喝，也不睡覺，所以你看，我們的房間不需要任何外物。」

說到這裡，老人打量了商人一眼：「不過你剛到這裡來，還得適應一陣子。如果餓了，你可以摘山果充饑；如果渴了，西邊山澗中有泉水可以喝，那山泉味如醇酒，你可以盡情喝而不必擔心喝醉；如果睏了，就直接睡在地上吧。」

「小夥子，可別覺得我們招待不周，我告訴你，睡在地上可比睡在軟榻上舒服許多呢。」

「你這一睡，可能十幾天或幾個月後才會醒。等時間長了，就可以跟我們一樣不吃不喝不睡地活著了。」商人聽了這番話，被拋下的恐懼與對前途的迷茫頓時消散了，這時他才恍然大悟，自己因禍得福，遇到仙人了！

直到這時，他才流露出對這座小島的興趣，好奇地問道：「這裡為什麼叫攬風島呢？」老人回答道：「世間風起，必然從此處經過；在此處攬住風，頃刻間便可遨遊天地，登臨太虛之境。」

「不過，雖然走過了那麼多的地方，看遍了世間的萬水千山，我們還是覺得，跟這座島相比，別處的風景還是差遠了。」

「不過，攬風而遊時容易被塵世所擾，遊歷一次會讓自己的心幾天都不得安寧，所以我們現在也不怎麼出去玩了。」這一晚，商人安心睡下了。

第二天，三位老人帶商人登上了一座小山丘。商人登高望遠，看到無垠的海面碧波蕩漾，他展開雙臂，迎接著溫柔的海風，頓感神清氣爽。這時，海面上突然飛來許多旗幟，其中站著一個人，那人高冠廣袖，鬚髮如長戟般四散張開，身騎一隻青虎，凌空而過。

老人解釋道：「這就是風伯，也就是《山海經》裡說的『折丹』，他主管天下雄風。凡是呼嘯揚波、捲塵飛石、猛烈撞物的狂風，都是他引起的。」

那人過去，果然巨浪滔天而起，海水暴漲，被凌空分為兩排尖銳的水刃。奇怪的是，即使相隔咫尺的海水被吹得天翻地覆，那三位老人卻依然巋然不動，甚至連衣角都沒抖動一下。即便是商人自己，也不覺得剛剛的颶風有多猛烈。

等風伯騎著青虎經過，一陣輕柔的笙簧低奏之音緊隨其後，似乎被飄逸在空中的音符輕送，一位身騎白鳶、手執紈扇的少女婀娜而來。

少女身邊有護衛隨行，手持儀仗傘蓋，旌旗上的飄帶隨風飛舞。她逼近時，一股濃烈的香氣襲來，商人猛吸一口氣，他這一生還從沒聞過如此芬芳馥鬱的香氣，不等細嗅，商人已經昏倒在地。

昏睡了很久，商人才悠悠醒轉，老人笑著對他說：「封姨果真暴虐！」商人不明白這話是什麼意思。老人解釋道：「封姨婀娜多姿，主管天下雌風，她的名聲流傳在柳堤花徑、輕煙細雨間，她行風的特徵是習習飄飄，雖柔和但是無孔不入，對人的影響遠大於風伯。」

「剛剛那股襲人的香氣，乃是攝取的百花之精，如果是道力不堅的人，很容易被擊中。你剛剛昏倒很正常，不用怕。如果你想跟我們一樣，還得經受此香三、四千日，之後再過幾千日，你就可以攬住風肆意暢遊了。」於是，商人每天都在海上等候花香襲來。

時間久了，商人從一開始看到那位少女的影子就撲倒在地，練到了能支撐到看著少女翩然飛過。他漸漸地能抵擋住花香了，只是依然會心搖神眩，每每不能自持。又過了很長一段時間後，商人才勉強能定住心神；這時，他也漸漸地不需要吃東西和睡覺了。

一天，老人對商人說：「自你來到這座小島，你的家人都以為你已經死了，今天正在建道場為你超度。我帶你回家看看吧。不過切記一點，見到家人，不可發出任何聲音，否則會對你不利。」商人連忙點頭允諾，出來這麼久，他確實有些想家了。

不久，風來了，三個老人讓商人閉上雙眼，一起帶著他攬風而去。彷佛只過了一瞬，他們就到了目的地，在老人的提醒下，商人睜開眼睛，他驚喜地發現自己真的回了家。

家裡此時熱熱鬧鬧，眾人正在建壇設供。三個老人帶著商人坐在了供壇上，眾人忙忙碌碌地擺放器物，沒人能看到他們的身影。有幾位僧人繞著供壇鳴鐃振錫，另外幾位則跪在壇前，口中模模糊糊地誦著經文。

眼見家人為自己操辦葬禮，自己卻好端端的活著，商人竟忍不住偷偷地笑了，老人急忙捂住了他的嘴。過了一會兒，他的妻子和兒子披麻戴孝出來，看著供壇下哭天搶地的妻兒，商人也難受起來，不禁流下了眼淚。他一時忘記了老人的囑託，下了供壇，安撫妻兒：「別哭，別哭，我不是好好的嗎？」

妻兒一看商人出現，還以為大白天見了鬼，都尖叫著躲了起來。

商人反應過來，回頭再去找三個老人，已經看不到了。他憤恨地一跺腳，後悔不已，但事已至此，商人也就安下心來，把自己多天的經歷詳細地告訴了家人。

後來，商人再和妻兒們相處，他的飲食和睡眠習慣就和常人一樣了。

古人的想像力真是令人驚嘆，對於看不見、摸不著的風也分出了雌雄。狂暴的颶風是雄風，掌管它的是風伯；柔和的細風是雌風，掌管它的是封姨。

在那個沒有飛機的時代，能御風而行，大概是每一位嚮往自由的人最不受限的想像了。值得一提的是，故事中，狂暴的颶風沒有傷人分毫，害人昏睡過去的竟然是柔和的微風，這個設定乍一看似乎不可信，但仔細想想，確有其道理。畢竟陽謀好躲，陰謀詭計難防，本篇故事也隱喻了為人處世之道。

原文

有粵賈，浮船入南海，至一島，見桑葚纍纍，上岸摘啖之。味逾常甚，懷數枚欲遺同舟。俄而風作，舶已離岸去，頃刻不見。海波洶湧，山林杳冥。獨立四號，淒苦萬狀。宛轉至暮，慮逢豺虎蛇虺之族，欲赴海中死。轉念身無生理，復何所畏懼？不如且窮其境。

初行蓁莽梗路，趑邅欲踣。逾里許，漸覺平坦。復前三四里，見遠燈甚明，似有村落。竊喜身入人境，尋燈而往，乃聞人語聲，自茅屋中出也。

叩門呼之，一老人啟關問曰：「客何來？」賈具告以故，且求寓宿。老人曰：「夙緣也。此地名攬風島，唯有仙緣者能至，居此者三人，皆昔乘舟入海遺於岸上者也。今與子而四矣。」

言罷，復有老人自內出，道骨仙風，衣冠瀟灑。謂賈曰：「爾識我乎？吾，爾十九世從祖也。」挽以入室，指中坐一老人曰：「此為元邱公，先我來此七百年。」指啟關者曰：「此最後至，亦三百餘歲矣。」

視其室，無器皿，亦無床榻。壁間懸燈，非膏非火。老人曰：「此萬年脂也。晝則無光，夜則自燃。吾三人者，不飲不食，亦不夢寐。爾初至，或饑，則山果皆可食；或渴，則西澗有泉，味如醇酒，就而飲之，可已渴而不醉；或倦睏，則隨地可眠，安於衾枕。睡或十餘日，或數月而後覺，久之，俱不復須矣。」賈聞言甚樂，以為遇仙，頓忘世慮。

又問何名攬風島。老人曰：「風起必過此，從而攬之，頃刻可以遊六合、躡太虛。然足跡所遍，山水景物，視此島多不及焉，不幸為世塵聽攖，反數日不寧，是以常不願往也。」

次日，三老人引賈登小邱。遙望海波，忽見飛旆大纛，簇擁一人，危冠廣袖，鬚髮戟張，身騎青虎，凌空而過。老人曰：「是為風伯，即《山海經》所謂折丹者也，主天下雄風。凡鳴竅揚波，捲塵飛石，觸物暴猛，皆彼為之。」果見巨浪稽天，海水皆立，而老人衣袂不少動，即賈亦不覺其風之沖拂也。

已而宮簧低奏，一少女跨白鳶、曳紈扇，婀娜而來，從以曲蓋，護以長斿，有香氣襲人甚烈。賈不覺昏沉撲地，良久始蘇。老人笑曰：「封姨信虐也！」賈問何故，老人曰：「封姨年少夭斜，主天下雌風，多行柳堤花徑、淡煙細雨間，習習飄飄，柔而善入。其撓人甚於風伯。頃者襲人香氣，皆攝百花之精也。自非道力素定者，鮮不為所中。爾之撲焉，宜矣！須經受此香三四千日，則不復畏。又數千日，始可以攬之而遊。」

賈乃日於海上候其過，久之，漸不撲，然心搖神眩，每不自持。又久之，乃少定。亦漸不飲食，不夢寐矣。

一日，老人謂之曰：「自爾來此，爾家人以爾為死，今日建道場度魂，吾攜爾往觀之。但既至家，見家人，慎勿聲！否則不利。」賈應諾。頃之風至，三老人令賈閉目，共挾之行。

須臾，果至其家。方建壇設供，因共坐壇上。人皆莫之見，數僧鳴鐃振錫，拜伏壇前，口宣梵唄吒婆，不可辨。賈顧之竊笑，老人掩其口而止之。既而妻子縞素而出，搶地哀慟。賈不覺心動淚零，亟下壇撫之曰：「我固在此！」妻子驚走。回視三老人，已失所在。悔不可追，遂以故告其家。與妻子相處，飲食夢寐如常人。

——清 樂鈞《耳食錄・卷三・攬風島》

伍、神仙篇　神遊天地外

陸、幽冥篇

黃泉之下

在志怪典籍裡，鬼與神仙一樣，也是伴隨著人類文化出現的。我們談妖說怪時，不可避免地要談到鬼。

鬼沒有實體，是個令人捉摸不透的東西。它可以堂而皇之地出現在史書典籍中，也可以藏在無處不在卻又遍尋不著的竊竊私語裡。

古籍裡的鬼，大都寓意深遠，身上的擔子重、責任大；而現代書籍中的鬼，直白、簡單，主要目的就是嚇人。這裡，我們不以獵奇驚悚為噱頭，輕鬆大膽的看下去，鬼文化，也可以非常有趣。

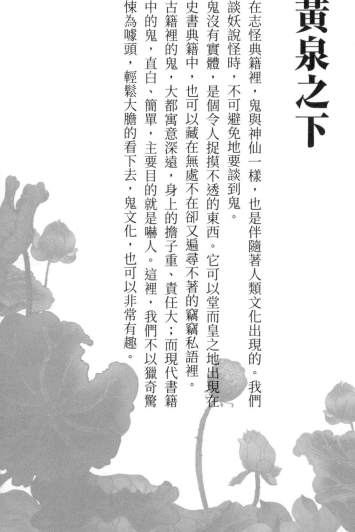

王六郎

清朝有個姓許的漁夫，住在淄川城北，以打魚為生。

這名漁夫有個習慣，每晚都會帶著酒來到河岸邊，一邊自斟自酌一邊打魚。每次喝酒前，他還會先斟一杯酒倒進河裡，以祭奠河中死去的水鬼，嘴裡同時禱告著：「長眠水國的水鬼啊，與我共飲一杯酒吧！」奇怪的是，其他人打魚始終沒什麼收穫，唯獨他次次收穫頗豐。

某個月華漫天的夜晚，漁夫照例灑完酒後，正在獨酌，遠方忽然走來一個少年。

少年在月下緩緩地走著，周身像是籠著一團水汽。來到漁夫身邊後，少年也不說話，只圍著他走來走去，似乎也想來一杯酒。漁夫了然，偷偷一笑，先開了口：「來，小兄弟，喝一杯。」漁夫將酒杯遞了過去，少年展顏一笑，接過了酒杯，兩人並排坐在岸邊對月共飲。

「月色真是美啊！」

「確實不錯。」

感慨完，不善言辭的兩人欣賞著水天一色的美景，沉默了下來。不過兩人並不覺得尷尬，因為相較於語言，酒才是二人溝通的橋梁。

互不知姓名的二人就這樣有默契地共飲了一整晚。酒喝盡時，夜也將盡。漁夫看著空空如也的魚簍，納悶道：「奇怪，今晚怎麼一條魚都沒打到？」見漁夫滿臉失落，少年把酒杯一放，自告奮勇道：「讓我去下游為先生趕魚。」說罷，少年飄然離去。

沒多久，全身水淋淋的少年開心地回來了：「快！下漁網，有一大群魚來了。」聽到水面上傳來幾聲潑剌脆響，漁夫來不及多想，將網撒了下去。收網時，他驚喜地發現，這次捕到的魚全都是一尺多長的大魚。

漁夫開心壞了，趕緊捉出幾條魚來送給少年。少年卻擺擺手，拒絕道：「每次我都來喝您的好酒，為您做這點小事不算什麼。這樣吧，如果您方便，又不嫌棄在下，以後我經常來找您喝酒如何？」

漁夫「咦」了一聲，道：「今晚我們第一次喝酒，怎麼說喝了很多次呢？你也太客氣了。我一個人打魚寂寞，你肯來陪我，我求之不得，只是我沒什麼能回報你啊，真是慚愧。」

少年笑著擺擺手，道：「不必放在心上。」

漁夫憨笑著撓撓頭，回道：「你看看我，竟然連您的姓名都不知道。」少年也像剛想起來似得拍拍腦袋，趕緊自我介紹：「在下姓王，沒有名字，以後你就叫我王六郎吧。」此時，一線天光已經灑在了波光粼粼的河面之上，少年抬頭望望天，轉過身去，匆匆告辭了。

當天，漁夫將這網大魚賣了個好價錢。

想到晚上王六郎要來，他又特別多打了不少好酒，等晚上漁夫來到岸邊時，少年早已靜靜地等著他了。

「喝！」

「喝！」

沒有多餘的話，兩人就著鋪滿水面的月光，在啾唧的蟲鳴聲中，沉默地喝著美酒。等喝足了酒，少年就起身去往下游，為漁夫趕魚。只要不是下雨天，幾乎每天晚上，兩人都是這樣度過的，就這樣過去了半年。

這天晚上，兩人正沉默如常地品著美酒，少年忽然開口，語氣悽楚悲涼地說：「結識先生這般風采俊秀的人物，乃是在下的幸事。不過，你我雖情同手足，現在卻也不得不分別了。」漁夫大驚失色，問他：

「賢弟這話從何說起？」

少年似乎有極想說的話，又礙於什麼說不出口。

迎著漁夫真誠的目光，少年躊躇再三，終於下定決心，道：「你我情誼深如面前的大河，我實在是不該隱瞞你。我就說了吧，希望兄長不要訝異，其實我不是人，而是一隻鬼。」這句話一出口，少年徹底放鬆了下來。

他望著遠方重重疊疊的群山繼續道：「在下生前最愛喝酒，有次喝醉了沿著河邊走，不幸失足掉進河裡。這已經是很多年前的事情了。第一晚我現身和您相見時，曾說過屢次喝您的美酒，在這之前，先生每次打的魚都比別人多很多，那就是在下對您每晚一杯美酒的報答。」

「明天我的罪業就要滿了，會有人前來代替我，我就要去投胎轉世了。今晚是我們相聚的最後一晚，所以不得不將實情說給兄長聽。」

漁夫在河岸的淒風中乍一得知少年的身分，頓覺周遭陰氣森森，但是兩人相處的時間久了，關係親密又有默契，聽著少年的講述，他漸漸地不再害怕，反而唏噓難過起來。

漁夫又斟了一杯酒給少年，酒遞過去的時候，他的鼻子已經酸了：「六郎，喝了這杯酒吧，不要難過了。你我不能再見，確實令人傷心，但六郎你能得到解脫，這是一件值得慶祝的大好事啊。不要悲傷，不吉利。」

兩人又哭又笑了一陣，各自端起酒杯，繼續開懷暢飲。好奇之下，漁夫問少年：「替代你的是什麼人呢？」王六郎回答道：「兄長要是想知道，可以在河邊等著。明日正午時分，會有一個女子來渡河，將要接替我的人就是她了。」此時，一陣陣雞鳴聲傳來，天要亮了，王六郎不得不走，兩人最終流著淚分別了。

第二天，漁夫耐心在河邊等待，想看看來的是什麼人，直到中午，果然有一個女人來了。女人抱著嬰兒走到河岸邊時，失足掉進了河裡。那小嬰兒在女人掉下去的一瞬，被她倉促地扔到了河岸上，嬰兒在岸上啼哭了很久，女人則在水裡浮浮沉沉。

漁夫看著不忍，但想到這是好友得到解脫的唯一辦法，思來想去，只得強忍住跳下去救人的衝動。沒多久，女人竟然掙扎著爬上岸了。她坐在原地驚魂未定地喘息了一會兒，就抱著啼哭的嬰兒徑直離去了。這……這和六郎說的話不符啊。

焦急地等到夜幕降臨，漁夫來到兩人慣常待的一棵柳樹下，沒多久，少年果然再次來了。見到焦急的漁夫，少年苦笑一聲道：「今日又和兄長相聚了，我們暫時不必說分別的話了。」

「這是怎麼回事？」

少年捏著酒杯，痴痴地望向掛在天際的一彎新月：「本來她已經來替代我了，但是看到岸上啼哭的嬰兒，心想為了我這一條命，要賠上這母子二人，實在於心不忍，所以才將她送上了岸。唉，這下我不知道要等到哪年哪月才能解脫了。」

說到這裡，少年忽然露出笑容，他望向漁夫道：「也許是我和兄長的緣分還沒盡。」漁夫聽了這番話，對王六郎越發敬重，他感慨道：「賢弟的仁人之心足以感天動地了。」從此，兩人繼續每晚飲酒打魚。

這事過後不久，王六郎再次前來告別漁夫，漁夫好奇道：「難道是又有替身了？」此時，王六郎春風滿面。他搖搖頭說：「果然被兄長說中了。之前在下的一點惻隱之心上達玉帝，現在我被任命為招遠縣鄔鎮的土地神，明天就要前去赴任，以後再也不用害人了！」

兩人握住手，又蹦又跳，都很開心。

等心情稍微平靜下來，少年邀請漁夫：「倘若兄長還念著我這位老友，可以去看我。放心吧，有我在，你不用擔心路途遙遠艱難。」漁夫祝賀他道：「賢弟是因為為人正直才做了神仙，真是令人欣慰，但是人神相隔，即使我不怕路途艱險，又該怎樣見到賢弟你呢？」

「兄長只管前往，不必擔憂。」說罷，王六郎又再三叮囑，才在雞鳴之前離去。

漁夫掛念著王六郎，回家之後就開始收拾行李，打算東下去探望他。妻子聽了事情的原委，笑道：「你這一去少說也要走幾百里地，何況尚且不知道有沒有鄔鎮這個地方。即使真有這個地方，恐怕那土做的神像也無法和你交談吧？」任憑妻子怎麼勸，執拗的漁夫就是不聽。他背好行囊出了門，一路邊走邊打聽，竟然真的來到了招遠縣。

到了招遠縣後，他向當地人一問，六郎沒騙他，果然有鄔鎮這個地方。到了鄔鎮，漁夫暫時住進了一家客棧中，他邊喝著茶，邊向店小二打聽土地廟在哪裡。

店主人聽到漁夫的問話，急忙出來招呼，他驚訝地問道：「先生是不是姓許？」漁夫點點頭，納悶地回道：「是的，你是怎麼知道的？」店主人沒回答他，而是繼續問：「先生可是從淄川來的？」漁夫再次點頭，更納悶地回道：「是啊，你到底是怎麼知道的？」店主人狂喜，依然沒有回答他，而是急忙出了門，只留下漁夫一個人不明所以地待在原處。

沒過多久，這巴掌大的小客棧就被圍得水洩不通。男人抱著小孩，大姑娘拉著小媳婦，老太太踮著小腳，一群群的人彷彿人牆，將漁夫團團圍起，光明正大地打量他。

漁夫更加吃驚了。

見漁夫驚訝，有好事的人上前解釋：「幾天前，我們整個鄔鎮的人同時做了一個夢。夢裡的神告訴我們，過不了幾天，他有一位姓許的朋友便會從淄川前來鄔鎮探望他，希望我們能夠資助一番。先生，我們已經等您很久了。」漁夫聽了解釋，更加詫異了。

在眾人的帶領下，漁夫來到土地廟禱祝：「自從和賢弟分別，我經常夢到我們在一起喝酒打魚，所以我才遠道而來，兌現你我的約定。」「又蒙你托夢告訴當地人招待我，慚愧啊，除了這杯中酒，我實在是沒別的東西報答你。如果賢弟你不嫌棄，我們就像從前在河邊那樣大醉一場吧。」禱祝完畢，漁夫將酒灑在地上，還燒了很多紙錢。

不久，祠堂內的神像座後忽地颳起了一陣風，這股莫名而來的風圍著漁夫旋轉片刻才漸漸散去。

當晚，漁夫便夢到了王六郎。

這一次不像是王六郎走後他夢到的二人對月飲酒的夢境，他們彷彿真真正正地見了面。王六郎此時衣冠楚楚，再也不是昔日那副水淋淋的狼狽樣子了。

見到漁夫後，少年爽朗一笑，道：「辛苦兄長遠道而來探望我，讓我又是開心又是難過。開心是因為能見到你，難過則是因為我現在有職務在身，不便與你會面。唉，近在咫尺，卻如隔山河，怎能教人不難過？」

兩人握著手流了一會兒眼淚，少年振作起來，告訴漁夫：「當地人會有微薄的禮物相贈，兄長你千萬不要推辭，就用這個聊表我的謝意吧。你在淄川天天打魚，日子也過得乏味，這次就當出來散散心，痛快玩幾天再走吧。等到了兄長走的日子，我會來送你的。」

知道自己的兄弟真的做了土地神，漁夫一直懸著的心終於放了下來。住了幾天後，漁夫打算回家去了。一方面是因為他不習慣天天被人伺候；再者，他的妻子還指望著他打魚賺錢養家呢。

聽說土地神的朋友要走，當地人都懇切地挽留他。

從早到晚，漁夫的門前都有絡繹不絕的人群懇請漁夫再住幾天。還有人推測漁夫是因為自己接待不周才要走，因而越發隆重地招待他，漁夫一再辭謝後，仍然決定離開。見漁夫去意已決，大家這才準備了許多禮物，爭相送給他，不到一天，漁夫的行囊就被大家的禮物給塞滿了。

漁夫走的那天，不論老人還是小孩，全都出來送他，他在眾人的簇擁下出了村後，忽然有一陣旋風平地而起，一直隨著他往前走了十幾里。漁夫知道，這是自己那不便現身的好友。

他對著風拜了兩拜，道：「六郎，回去吧。珍重！不要再送我了。你宅心仁厚，又有大愛，肯定能造福一方，這一點，不需要我這個老朋友再囑咐你了。」那旋風聽罷，最後依依不捨地環著漁夫的身子旋轉了幾圈，才決然離去。這時一直相送的村民也被眼前的場景所震撼，在漁夫的勸說下，他們最終也都嘆惜著轉身回去了。

漁夫回了家，靠著帶回來的禮物，家裡稍微寬裕了一點，大概是怕觸景生情，他也不再打魚了。後來，漁夫偶然遇到從招遠來的客人，便關切地上前詢問鄔鎮的土地神靈不靈，那人驚奇的回道：「你怎麼知道這事啊？那可是我們當地最靈驗、最愛民的土地神呢。」

水鬼的前途怎麼看都是一個死局，因為要想解脫，就不得不害人，奉命害人也改變不了害人的本質。只有等被害的人接替了自己的位置，才可以脫身去往冥界。

如果不害人呢？他將永生永世在這片水域中痛苦地徘徊。王六郎明明有了解脫的機會，卻因為不忍害一對母子而將機會白白放過。下一次的機會是什麼時候呢？可能是幾年後，也可能是幾十年後。在做出這個決定之前，王六郎並不知道自己會因此受到嘉獎，是心底的善良讓他做了這個決定。

明明是沉淪水域不得解脫的鬼，王六郎卻將高貴的人性展現得淋漓盡致。

在古人的故事裡，人和鬼又有什麼不同呢？

原文

許姓，家淄之北郭，業漁。每夜攜酒河上，飲且漁。飲則酹酒於地，祝云：「河中溺鬼得飲。」以為常。他人漁，迄無所獲，而許獨滿筐。

一夕，方獨酌，有少年來，徘徊其側。讓之飲，慨與同酌。既而終夜不獲一魚，意頗失。少年起曰：「請於下流為君驅之。」遂飄然去。少間復返曰：「魚大至矣。」果聞唼呷有聲。舉網而得數頭，皆盈尺。喜極，申謝。欲歸，贈以魚不受。曰：「屢叨佳醞，區區何足云報。如不棄，要當以為常耳。」許曰：「方共一夕，何言屢也？如肯永顧，誠所甚願，但愧無以為情。」詢其姓字。曰：「姓王，無字，相見可呼王六郎。」遂別。明日，許貨魚益利，沽酒。晚至河干，少年已先在，遂與歡飲。飲數杯，輒為許驅魚。

如是半載，忽告許曰：「拜識清揚，情逾骨肉，然相別有日矣。」語甚悽楚。驚問之，欲言而止者再，乃曰：「情好如吾兩人，言之或勿訝耶。今將別，無妨明告：我實鬼也。素嗜酒，沉醉溺死，數年於此矣。前君之獲魚獨勝於他人者，皆僕之暗驅，以報酬奠耳。明日業滿，當有代者，將往投生。相聚只今夕，故不能無感。」許初聞甚駭，然親狎既久，不復恐怖。因亦欷歔，酌而言曰：「六郎飲此，勿戚也。相見遽違，良足悲惻；然業滿劫脫，正宜相賀，悲乃不倫。」遂與暢飲。因問：「代者何人？」曰：「兄於河畔視之，亭午有女子渡河而溺者是也。」聽村雞既唱，灑涕而別。

明日敬伺河邊，以覘其異，果有婦人抱嬰兒來，及河而墮。兒拋岸上，揚手擲足而啼。婦沉浮者屢矣，忽淋淋攀岸以出，藉地少息，抱兒徑去。當婦溺時，意良不忍，思欲奔救；轉念是所以代六郎者，故止不救。及婦自出，疑其言不驗。抵暮，漁舊處，少年復至，曰：「今又聚首，且不言別矣。」問其故。曰：「女子已相代矣，僕憐其抱中兒，代弟一人，遂殘二命，故捨之。更代不知何期。或吾兩人之緣未盡耶。」許感嘆曰：「此仁人之心，可以通上帝矣。」由此相聚如初。

數日又來告別，許疑其復有代者。曰：「非也。前一念惻隱，果達帝天。今授為招遠縣鄔鎮土地，來日赴任。倘不忘故交，當一往探，勿憚修阻。」許賀曰：「君正直為神，甚慰人心。但人神路隔，即不憚修阻，將復如何？」少年曰：「但往勿慮。」再三叮嚀而去。

許歸，即欲治裝東下。妻笑曰：「此去數百里，即有其地，恐土偶不可以共語。」許不聽，竟抵招遠。問之居人，果有鄔鎮。尋至其處，息肩逆旅，問祠所在。主人驚曰：「得無客姓為許？」許曰：「然。何見知？」又曰：「得無客邑為淄？」曰：「然。何見知？」主人不答，遽出。俄而丈夫抱子，媳女窺門，雜遝而來，環如牆堵。許亦驚。眾乃告曰：「數夜前夢神言：淄川許友當即來，可助一資斧。祗候已久。」許亦異之。乃往祭於祠而祝曰：「別君後，寤寐不去心，遠踐曩約。又蒙夢示居人，感篆中懷。愧無腆物，僅有卮酒，如不棄，當如河上之飲。」祝畢，焚錢紙。俄見風起，塵後旋轉，移時始散。

至夜，夢少年來，衣冠楚楚，大異平時。謝曰：「遠勞顧問，喜淚交並。但任微職，不便會面。咫尺河山，甚愴於懷。居人薄有所贈，聊酬夙好。歸如有期，尚當走送。」

居數日，許欲歸，眾留殷勤，朝請暮邀，日更數主。許堅辭欲行。眾乃折柬抱襆，爭來致贐，不終朝，饋遺盈橐。蒼頭稚子畢集，祖送出村，欻有羊角風起，隨行十餘里，許再拜曰：「六郎珍重，勿勞遠涉。君心仁愛，自能造福一方，無庸故人囑也。」風盤旋久之乃去，村人亦嗟訝而返。

許歸，家稍裕，遂不復漁。後見招遠人問之，其靈應如響云。或言即章丘石坑莊，未知孰是。

——清 蒲松齡《聊齋志異・卷一・王六郎》

為生民立命

臨川的劉秋崖先生是一位曠達的讀書人，讀書很勤奮，即使是數九寒冬，也會廢寢忘食地徹夜誦讀典籍。

劉生每晚讀書時，總會一陣陣有節奏的哐哐聲伴隨著他，聲音是紡線的機器發出的，這是他隔壁的鄰居——一位少婦，夜晚紡線時的聲音。

兩個人一個讀書，一個紡線，彼此都能聽到對方發出的聲音。深夜、書生、少婦，志怪世界中香豔故事該有的要素都齊全了，但這並不是一個背德的愛情故事。

一晚，二更時分，劉秋崖讀書時，忽然聽到窗外傳來窸窸窣窣的聲音，像是有什麼東西在走動，好奇之下，他戳破窗戶紙往外看去。

當晚淡月微明，只見院外有個女人，她手裡拿著一個東西，正猶豫不決地四處觀望。那女人鬼鬼祟祟地把手中的東西藏起來後，滿臉緊張地東張西望，一副生怕被人看到的樣子。沒過一會兒，她又將剛剛藏好的東西挖了出來，換了個地方藏。一連換了很多個地方，最終選中了一堆乾枯的稻草，將東西放進去小心地藏好後，才一步三回頭地離去。

「大半夜的，怎麼會有女人在外面遊蕩？」劉秋崖心中有一些不太好的預感。他擔心出事，便拿著蠟燭來到稻草堆邊翻找，借著微弱的燭光，劉秋崖找到一根麻繩。那麻繩長約二尺，腥臭污穢。

他知道這一定是縊死鬼準備作祟的東西，於是小心地撿起繩子，回房關上門，把繩子壓在書下，靜靜地等待著。

不久，隔壁的紡織聲停了下來，緊接著傳來了女人的嘆氣聲。女人嘆氣許久之後，嗚嗚地哭了起來。劉秋崖很擔心她，但孤男寡女，又是深夜，他實在是不便登門；思來想去，乾脆把牆上的磚塊摳下來一塊，透過孔洞望去，他發現真的有鬼在作祟。

只見鄰家少婦面前跪著一個縊死鬼，那鬼此時正不住地叩著頭，哀求著、不斷慫恿著，要女人自己尋個解脫。最終女人被蠱惑了，她再三地環視四周後，解下腰帶，準備自縊。縊死鬼一看女人上鉤了，興奮得從地上一躍而起，歡呼雀躍地從窗戶處飛走了。而那鬼飛出後，鄰居的神態漸漸地由剛剛的愁苦決絕轉為躊躇猶豫。

劉秋崖知道，那鬼是飛出去找她的繩子了。他也知道，只要鬼沒有那根繩子，就一定作不成祟，要不了人命，所以他沒有著急喊人來救命，而是坐回原處，仍舊泰然自若地讀書。

不久，果然響起了敲門聲。

劉秋崖呵斥道：「妳是個婦道人家，我是個單身漢，這門豈能隨隨便便打開？要是有本事，就自己進來吧。」鬼說：「既然是處士您讓進的，那我就不客氣了。」話音剛落，鬼已經站在了劉秋崖的面前，「有話我就直說了。我剛剛丟了個東西，猜想應該是您藏起來了，希望您能還給我。」

劉秋崖倒是坦誠：「的確，妳的東西就在我的書底下，要是有本事，就自己過來拿吧。」鬼神色畏懼地望了桌上的聖賢書一眼，道：「不敢。」「那妳還不走？」

鬼開始求人：「求求您將繩子還給我吧。」見書生的目光移回到書上，一副根本不打算還東西的架勢，鬼忽然臉色一變，「不然，恐怕您今晚要受驚了。」劉秋崖哈哈一笑，一臉坦蕩：「妳試試看吧，看看我害不害怕。」

女鬼眨眼間滿臉血水，披頭散髮，還吐出了一尺多長的舌頭，淒淒慘慘地哭了起來，那哭聲瞬間令人如同置身於堆滿骷髏的地獄。不等人喘息，哭聲一轉，詭異的咯咯笑聲又在破舊的土房子裡響起。

劉秋崖不僅不害怕，反而還覺得有些無聊，道：「這本就是妳的真面目啊，有什麼可怕的？就這麼點本事嗎？」鬼不服氣，馬上收舌頭，盤好垂至腰間的長髮，幻化為一個我見猶憐的絕世美人。她嫋嫋婷婷地走到劉秋崖面前，打算獻媚。

面對絕世美人，劉秋崖也只是嘴角含笑地看著她，依然不為所動，鬼黔驢技窮，只好跪下來求他。

劉秋崖問：「妳要這繩子準備做什麼？」鬼老實回答：「我是想靠這個來尋找替身，只有這樣才能轉世投胎，如果沒有這東西，我將永遠困在冥界，遭受無窮無盡的折磨和痛苦，希望處士您可憐可憐我。」

劉秋崖沉思片刻，認真問道：「照妳所說，找替身這種事，替來替去，好像無休無止啊。我怎麼能為了讓死者有轉生的機會，就眼睜睜地看著一個活人去送死呢？」

「冥間創立這法規的是什麼人？執法的又是哪個鬼？竟專門讓活著的人有不測之災，讓鬼也受盡無窮的折磨，這到底是什麼律法？」

「我要寫狀紙告到冥司，與他們好好論一論其中的道理，最好是能廢了這鬼規矩，好讓妳能轉世投胎。」鬼聽他這麼說，欣喜地叩頭，道：「如果真是這樣，那就太好了，我再也不用辛辛苦苦地找替身了。」說到做到，劉秋崖馬上取來朱筆，洋洋灑灑地將訟詞寫好，遞給鬼。

鬼為難地說：「求您燒給我，我才能拿到。」劉秋崖照鬼所說焚燒了狀紙，狀紙馬上出現在了鬼的手中。

鬼又求繩子。這次，劉秋崖爽快地拿起書來，繩子也出現在了鬼的手中，鬼拿好繩子和狀紙，歡喜地拜謝過劉秋崖後離去。

等鬼走後，劉秋崖再看鄰居，那女人已經安然無恙地繼續紡布了。

橫死之人找替身這種故事，志怪筆記中比比皆是，至於源頭，卻難以尋到了。在《閱微草堂筆記》、《子不語》、《聊齋志異》等作品中，作者們都曾抨擊過這種惡劣的鬼俗。

這一篇故事中，劉秋崖不僅嚴厲地抨擊了鬼找替身這一陋習，還燒了狀紙幫鬼去冥司告狀。他寫的訴狀若是能發揮作用，不知道能拯救多少沉淪於冥界的鬼和無辜受害的人，這大概就是古人所講的「為生民立命」吧。

原文

臨川劉秋崖先生，曠達士也。冬夜讀書甚勤，常忘寢。鄰有少婦，亦夜紡不輟，聲相聞也。

一夕漏二下，聞窗外窸窣有聲響。於時淡月微明，破窗窺之，見一婦人徬徨四顧，手持一物，似欲藏置恐人竊見，屢置者屢易其處，卒置槁稻中而去。秋崖燭得之，乃一麻繩，長二尺許，腥穢觸鼻。意必縊鬼物也，入室閉戶，以繩壓書下，靜以待之。

已聞鄰婦輟紡而嘆，嘆不已，復泣。穴壁張其狀，則見縊鬼跽婦前，再拜祈求，百態慫慂。婦睨視數四，遂解腰帶欲自經。縊鬼喜極踴躍，急自牖飛出。婦則仍結其帶，有躊躇不行之狀。秋崖知鬼覓繩也，無繩必不能為厲，遂不呼救，而還坐讀書。

有頃，聞鬼款其門，秋崖叱曰：「爾婦人，我孤客，門豈可啟乎？爾能入則入。」鬼曰：「處士命我入，我入矣。」則已入。曰：「適亡一物，知處士藏之。幸以見還。」秋崖曰：「爾物在某書下，爾能取則取。」鬼曰：「不敢也。」曰：「然則去耳！」

鬼曰：「乞處士去其書，不然，恐處士且驚。」秋崖笑曰：「試為之，看吾驚否。」鬼乃噴血滿面，散髮至腰，舌長尺餘，或笑或哭。秋崖曰：「此爾本來面目耳，何足畏！技止此乎？」鬼又縮舌結髮，幻為好女，夭嫋而前，示以淫媚之態。秋崖略不動。

鬼乃跪拜而哀懇。秋崖問：「欲得繩何為？」曰：「藉此以求代，庶可轉生。無此則永沉泉壤。幸處士憐之。」秋崖曰：「若是，則相代無已時也。吾安肯為死者之生使生者死乎？冥間創法者何人？執法者何吏？乃使生者有不測之災，而鬼亦受無窮之虐也。庸可令乎！吾當作書告冥司，論其理，破其例，使生爾。」鬼曰：「如是則幸甚，不敢復求代矣！」

秋崖取朱筆作書訖，付之。鬼曰：「乞焚之，乃能持。」焚之而書在鬼手，復乞繩，因去其書，繩亦在鬼手，乃欣喜拜謝而去。還視鄰婦，亦無恙。

——清 樂鈞《耳食錄．卷一．劉秋崖》

一念之善

清朝時，有位叫張子虛的人，某日，他去西山深處上墳回來。

當時正是隆冬時節，天寒日短，張子虛還走在半路上，天色就陰沉了下來，他擔心路上會遇到猛獸，一路跌跌撞撞，盡力往回趕。

正摸黑走著，張子虛忽然被一塊凸起的石頭絆倒了，他熱汗淋淋地起身後，一抬頭，影影綽綽地發現前方不遠處立著一抹影子，看輪廓，分明是一座寺廟。

「有救了。」張子虛急忙衝了進去，在他踏入殘破廟門的剎那，天徹底黑了。剛剛著急趕路，張子虛出了一身汗，在路上不覺得冷，進了廟，被過堂風一吹，卻狠狠地打了個冷戰。

帶著滿背的濕冷，張子虛哆哆嗦嗦地尋到牆邊，正暗自慶幸今晚能有個棲身之所，牆角忽然傳來聲音：「這不是人該待的地方，施主你快點離開吧。」張子虛一聽這話，知道說話的是位僧人，就問他：「師父，您為什麼在暗處坐著？」那隱在暗處的人繼續道：「出家人不打誑語，我其實是個縊死鬼，是在此地等替身的。」

一聽這話，張子虛頓時汗毛倒豎，他想拔腿就跑，又想起這座山裡多虎狼的傳聞。短短一瞬，他的腦海中湧現了無數想法。反正橫豎都是死，張子虛似乎想開了一般，心靜了下來，他對那鬼說：「與其死在老虎口中，不如死在鬼手裡，今晚我就和師父同睡了。」

鬼聽了他的話，沉吟片刻，說道：「你不走也行，但人鬼殊途，你受不了我的陰氣侵體，我也受不了你的陽氣烤灼，大家都坐臥難安，不如你我各自佔據破廟的一角，這樣我們就都能安然度過今晚了。」於是張子虛依照鬼所說的話，坐在對面的角落裡。

見這位和尚成了鬼後說話還是很有人情味，也沒有要害自己的意思，睡不著的張子虛好奇起來，大著膽子問他：「你們鬼找替身是怎麼一回事呢？」

那鬼有問必答：「上天有好生之德，不希望人自戕性命。像忠臣盡節、烈女完貞這類情況，他們雖然屬於橫死，但是和壽終正寢沒有區別，這一類的人死後，可以直接進入冥界投胎轉世，並不需要找替身。」

「至於那些因情勢緊迫走到窮途末路的人，上天憐憫他們自盡是情非得已，也允許他們入輪回。之後再核計他們的生平，按照生時的善惡來確定報應，這種人也不需要找替身。」

「但倘若有一絲活下去的可能，卻因一些雞毛蒜皮的事忍不了，或者想借自己的死連累別人，最終一逞戾氣而輕率地自盡，這就大大地違背了天生萬物之心，所以上天一定要讓他們等替身，來表示懲罰之意。這類人死後，還要被幽禁在他死去的地方，沉淪滯留，動不動就達百年之久。」

張子虛又問：「不是也有鬼會引誘不相干的人來替代自己嗎？」

鬼嘆了口氣道：「它們我不管，反正我是不忍心的。」

「你知道嗎？通常上吊而死的人中，那些為了節義而死的，魂魄會從頭頂上升而去，死得很快。而那些因為不甘心或嫉妒而死的，魂魄是從心臟處往下降的，死得很慢。他們在還沒死透時，會感到全身經脈倒湧，全身肌膚寸寸欲裂。那種痛苦，好比被人用刀子細緻又緩慢地生割身上的肉，而胸膈腸胃中好似有烈火在燃燒，痛苦得不可忍受。就這樣被折磨一個多時辰後，身體與魂魄才會徹底分離開來。」

「想一想都知道這該有多痛苦，所以看見上吊的人，我們應該馬上阻止，怎麼能去引誘他呢？」

張子虛是第一次見到鬼，也是第一次聽到這樣的說法，他沉默片刻，真誠地稱讚道：「師父存有這樣的念頭，以後必定能升天。」

鬼哈哈一笑，爽朗地說道：「這個不敢奢望，我只是一心念佛，懺悔我的罪過罷了。」

不久，天要亮了，張子虛再問的時候，那鬼已經不答話了。他就著晨光打量破廟，也沒有找到那鬼的影子。

後來，張子虛每次來西山上墳，都會帶著供品和紙錢到廟裡祭奠那個鬼；而他每次祭奠時，都會有一股旋風環繞在他的腳邊，久久不去。

有一年，旋風忽然不見了，張子虛想，也許是因為那一念之善，那和尚已經從鬼道中解脫了吧。

僧人是因何放棄自己的生命的，我們不得而知；不過顯然這位成鬼後的僧人依然有著推己及人的慈悲，因為自己經歷過這些痛苦，所以寧願自己受苦，也不忍心別人再遭受同樣的苦難。

原文

勵庵先生又云：有友聶姓，往西山深處上墓返。天寒日短，翳然已暮，畏有虎患，竭蹶力行。望見破廟在山腹，急奔入。時已曛黑，聞牆隅人語曰：「此非人境，檀越可速去。」心知是僧，問：「師何在此暗坐？」曰：「佛家無誑語，身實縊鬼，在此待替。」聶毛骨悚慄。既而曰：「與死於虎，無寧死於鬼，吾與師共宿矣。」鬼曰：「不去亦可，但幽明異路，君不勝陰氣之侵，我不勝陽氣之爍，均刺促不安耳。各占一隅，毋相近，可也。」聶遙問待替之故。鬼曰：「上帝好生，不欲人自戕其命。如忠臣盡節，烈婦完貞，是雖橫夭，與正命無異，不必待替；其情迫勢窮，更無求生之路者，憫其事非得已，亦付轉輪，仍核計生平，依善惡受報，亦不必待替；倘有一線可生，或小忿不忍，或藉以累人，逞其戾氣，率爾投繯，則大拂天地生物之心，故必使待替以示罰。所以幽囚沉滯，動至百年也。」問：「不有誘人相替者乎？」鬼曰：「吾不忍也。凡人就縊，為節義死者，魂自頂上升，其死速；為忿嫉死者，魂自心下降，其死遲。未絕之頃，百脈倒湧，肌膚皆寸寸欲裂，痛如臠割，胸膈腸胃中如烈焰燔燒，不可忍受。如是十許刻，形神乃離。思是楚毒，見縊者，方阻之速返，肯相誘乎？」聶曰：「師存是念，自必生天。」鬼曰：「是不敢望，惟一意念佛，冀懺悔耳。」

俄天欲曙，問之不言，諦視亦無所見。後聶每上墓，必攜飲食紙錢祭之，輒有旋風繞左右。一歲，旋風不至，意其一念之善，已解脫鬼趣矣。

——清　紀昀《閱微草堂筆記．卷三》

千年知己情

清朝時，有位名叫章五的人，他是一名經常遊走在外、靠為人彈琴為生的琴師。

一次，章五在邯鄲過夜，正準備入睡時，門外忽然傳來敲門聲，章五開了門後，當場愣在原地。

當晚月色如薄紗，月下立著一位衣著華麗的美人。

深更半夜突然出現這樣一位罕見的美人，章五不由得懷疑她是一隻狐狸。

似乎察覺到了章五對自己的懷疑，美人解釋道：「妾身確實不是人，生前本是平原君的美人，只因曾嘲笑過一位跛子門客，就遭遇了慘禍。這事已經被讀書人記載下來了，事情的經過，您應該清楚。入了地府後，妾身將這事稟告閻王。閻王勃然大怒，收了那跛子的魂，重重地罰了他，還逮捕了平原君。」

「平原君到了地府還狡辯，說：『殺這女子的事確實不是出自我的本心，是那些門客逼我做的。我很擔心失去這些門客的忠心，只好殺了她。我的所作所為都是出於為趙國分憂，赤誠之心天地可鑑，還請閻王明察。』」

女子接著說：「閻王明察秋毫，根本不信平原君的狡辯之詞，他嗤笑一聲道：『如果照你說所，你真心愛天下士人，天下士人也出於真心前來依附你，那麼他們忠心與否，怎麼會取決於你殺不殺一個小小的侍妾？用殺侍妾的方式討好門客，由此可知，你是怎麼看待這些門客的；而因為你殺了一個侍妾，門客們就紛紛跑來依附你，由此也可知，這些門客都是些什麼人。』聽了閻王的話，平原君頓時啞口無言，只能磕頭請罪。」

「閻王因為平原君這輩子還算得上賢良，所以只給了他很輕的處罰；閻王又憐憫妾身無罪而死，便恢復了妾身本元，讓妾身重返人間。妾身被這淒慘的往事所傷，所以不願再轉世成人，一直以鬼的身分在人間遊蕩。」

章五聽到這裡，嘆惜不已。

導致女人身死的故事，他當然聽說過，指的是平原君殺妾事件。

平原君，本名趙勝，是戰國時期趙國的王公貴族，他好客喜士，門下養了幾千名門客，在這群門客中，有一名跛腳人，這件兩千多年前充滿了爭議的慘劇便因他而起。

那天，跛子一瘸一拐地外出打水，平原君的一個侍妾看到他的動作後，覺得好笑，一時沒忍住笑出了聲。跛子被人嘲笑，頓覺自尊心受辱，不依不饒，跑去找平原君告狀，直言要那名侍妾的腦袋。

平原君連連點頭：「沒問題，你的要求我一定滿足。」等跛子滿意地離去後，平原君卻嗤笑一聲，道：「這個傢伙竟然因為被嘲笑，就想要美人的命，他以為自己是誰？」

他當然不會殺自己的美人，起碼不會為了這麼一個莫名其妙的理由。然而事情過去一年後，平原君發現家裡的門客走了一大半，他不明白箇中原因，便去調查了一番，這才知道原來是跛子被嘲笑的事沒處理好，讓大家心裡有疙瘩了。

在平原君看來，這不過是樁不值一提的小事；但在這群門客看來，這可是一件反映平原君的為人的大事。一個好美色、輕士人的主人，不值得他們效忠。

弄清了原因，平原君回家後，馬上命人把那個一無所知的女人殺掉了，他還親自到跛子家登門道歉，奉上了跛子一直想要的東西。

殺人加上登門道歉，那些走掉的門客才回來，而今晚出現的女人就是那位被殺死的侍妾。

女人望向章五的眼中蓄滿了感激：「先生，您原來也是平原君的門客。妾身身死之時，您正是平原君家中的食客，在聽說了我的悲慘遭遇後，長嘆一聲，說：『平原君如此賢良，又有多如過江之鯽的門客，怎麼還會把一位美人的頭顱看得比一個跛子的跛腳輕？我聽說，如果蘭花和杜若被焚，那松竹也不會茂盛；孔雀被彈弓打中，那鴻鵠也會遠走高飛；聰慧的女人被殘害，那國士必定也會遠離。這種地方，我還待著做什麼呢？』在我死之後，門客們都被平原君禮賢下士的心打動，紛紛回來，只有您獨自離開了。」

「後來，秦軍圍困趙國邯鄲，齊國的魯仲連此時還沒趕來營救，而晉國也袖手旁觀，大家束手無策，正一籌莫展時，有人向您請教對策，您以身不在其中為由，最終什麼也沒說。」

「這事平原君從頭到尾都不知道，所以史書上沒有任何相關的記載，而先生您也因為幾次轉世，早已徹底忘記了這些事。」

那位美人說到這裡，又是哀傷又是欣喜地望了章五片刻，繼續說道：「雖然先生您忘記了，但妾身遊蕩世間千百年，沒有一刻忘記先生您的大義。」

「您不知道，您在輪回後，記憶被洗滌得乾乾淨淨，我這個對舊事念念不忘的故人卻苦苦找尋了您幾千年。今天終於有幸與先生您再次相逢了。」章五聽罷，心中一片茫然。

他無法辨別女人所說的話是真是假，但還是為女人的遭遇嘆息不已，章五別無所長，只能聊贈美人一曲琴音了，他取來古琴，輕撫琴弦，帶著古意的琴聲輕柔地流瀉而出。

美人聽著舒緩的琴音，釋然一笑，取來旁邊的瑟，與琴音相和。曲到深情處，美人輕啟朱唇，輕輕唱起了一首頗有古意的歌：

碧草油油兮，故國荒邱。
房陵遂遷兮，誰遺之謀？
賢士如雲兮，惟妾之仇。

臨樓一笑兮，身命休。
念公子兮，心慘憂！

寥寥一曲，道盡這個薄命女人生平之事，兩人相對唏噓，哭泣不止。哭了很久之後，美人擦了眼淚，繼續唱道：

寂寥兮山阿，灰飛兮綺羅。
今夕何夕兮，與子婆娑。
既見君子兮，我心則那。
露冷冷兮泣復歌，千秋一息兮哀情多！
明月墜西兮奈子何！

曲畢，群雞開始鳴叫，東方已經露出了一點魚肚白，美人在原地徘徊許久，才緩緩隱匿了身影。章五鬱鬱寡歡到天明後，哀嘆數聲，也收拾了行囊，繼續上路去了。

前世今生、美人、豪士、禮賢下士的世家貴族，心胸狹窄的士人……故事裡有家國大義，有卑鄙齷齪的小人，也有跨越了千年的知己情誼。

千百年來，有不少美人曾擔過禍國殃民的罪名，被獻祭一般戕害，比如妲己、楊貴妃，再如本文中這位連名字都沒有的美人；千年後的樂鈞想用手中的一支筆，借著鬼的自述為這可憐的女人平反。這是萬千孤冷的長夜中，正直的文人孤獨又執著的浪漫。

原文

琴師章五，宿邯鄲。漏初下，有美人來就之，章疑為狐。

美人曰：「妾平原君美人也。以笑躄者罹慘禍，訴於冥帝。帝怒，收躄者，置重典以償，並逮平原。平原自辨：『實諸客迫勝，勝恐失士心，為趙國憂，不得已出此。』帝謂：『平原果好士，士果歸平原，豈在乎殺妾？殺妾以媚士，所以待士者可知；殺妾而客來，客亦可知矣。』平原啞然，頓首請罪。帝以其素賢，僅從薄譴。湣妾無罪，復其元，使遊人間。妾傷往事，故不願復生人世。君亦平原君客也，當時處門下，聞而傷之，喟然嘆曰：『公子之賢，賓客之盛，何其重躄者之足而輕美人之頭也？吾聞蘭杜被焚，則松筠不茂；孔翠見彈，則鴻鵠高逝；哲女戕虐，則國士遠引，吾何為於斯？』故諸客皆還，君反獨去。及秦圍邯鄲，魯連未來，晉鄙不救，諸客束手，莫能展一籌。或請於君，君以身既不預，竟不為設策。平原不知也，故史冊亦闕書焉，君亦殆不復憶矣。妾感君義，求之數千載，今始相值耳。」

章茫然，嘆息不已。乃援琴作歌，美人取瑟以和之。歌曰：「碧草油油兮，故國荒邱。房陵遂遷兮，誰遺之謀？賢士如雲兮，惟妾之仇。臨樓一笑兮，身命休。念公子兮，心慘憂！」於是相對欷歔，涕泣不可止。

久之，美人乃拭淚，揚袖復歌，歌曰：「寂寥兮山阿，灰飛兮綺羅。今夕何夕兮，與子婆娑。既見君子兮，我心則那。露冷冷兮泣復歌，千秋一息兮哀情多！明月墜西兮奈子何！」

歌竟，群雞膠膠，東方欲白矣。美人逡巡別去；章悵悒至曙，亦登道。

——清 樂鈞《耳食錄‧卷五‧章五》

情可跨幽冥

清朝時，吉昌有位叫彭杞的流放犯。他的妻子和女兒都得了肺結核，在那個時代，得了這種病就等於得了絕症，只能等死。很快，妻子就病死了，他十七歲的女兒天天病懨懨地躺在床上，也快死了。

彭杞要耕種官田，他竟然覺得彷彿全天下的活都交給了他一般，自己沒時間照顧女兒，而且女孩終究會病死，死在家裡多晦氣啊，彭杞乾脆一不做二不休，把女兒往樹林裡一丟，讓她自生自滅。

「救命啊，誰來救救我？哪位好心人來救救我？」

女孩倚在一棵樹下，身上爬滿了蟲蟻，痛苦地呻吟著。當地居民路過樹林聽到瀕死的女孩發出痛苦呻吟，雖然於心不忍，但這麼沉重的一個累贅，大家都不願伸出援手。

一同被流放的犯人楊熺得知了這件事後，找到彭杞，怒道：「你這個為人父親的，實在是太殘忍了，世上怎麼會有這種事呢？」彭杞剛要開口，楊熺一揮手，阻止了他即將出口的污言穢語：「你聽好，我要把她抬回去治病。如果她死了，我來葬她；如果治好了，我便娶她做我的妻子，和你再沒有任何關係。」

彭杞聞言，喜出望外，他巴不得送掉這個累贅，馬上擺擺手道：「那敢情好，你快把她抬回去吧，放在還真丟人。」

由於兩人都擔心對方反悔，於是當場立下了字據。

病懨懨的女孩從此就歸了楊熺。

可惜的是，半年後女孩還是沒挺過去。

臨死時，女孩對楊熺說：「承蒙先生的深情厚誼，我十分感激。得到我父親的親口允諾後，你我結為伉儷。這半年來，你細心照顧我的飲食起居，甚至洗澡搔癢都毫不避諱。可惜妾身一直以來病重，身體憔悴不堪，至今都沒有與您行一次枕席之歡，真是愧疚啊。」

「如果人死後沒有靈魂，那我無話可說；但倘若妾身死後，魂魄有知，一定會前來報答您的。」此時，兩人早已在日復一日的相處中有了深厚的感情。兩人相擁著大哭一場後，女孩便嗚咽著死去了。

楊熺哭著將女孩安葬後，本以為這事到此結束了，沒想到怪事才剛剛開始。

從女孩入土的那一日開始，楊熺每晚都能夢到女孩，兩人在夢中親暱歡好，其真實程度，時常讓他分不清到底是夢境還是現實。

醒來後，楊熺每每悵然良久，因為身旁的床是冷的，枕頭是空的，他依然是孤零零的一個人。等到了晚上，楊熺呼喚女孩的名字，卻始終不見女孩出來，等楊熺疲累得閉上眼入睡，女孩卻又馬上出現在他的懷中。

這樣的事情發生的次數多了，楊熺在夢裡遇到女孩時，也知道自己是在做夢。他問女孩：「為什麼妳不肯現身一見呢？」女孩解釋道：「我從其他的鬼那裡聽說了，人屬陽，鬼屬陰，陰氣侵凌陽氣，必定會傷害到人。人只有在睡著之後，才會收斂陽氣，這時人和鬼相見，就是靈魂相遇，不會有直接的身體接觸，所以我只有在你的夢中出現，才不會傷害到你。」

這是丁亥年春天的事，到辛卯年春天，時間已經過去四年了。紀曉嵐回到京城之後，再也沒聽到關於這件事的消息。

盧充金碗[11]，在古代曾有傳聞；宋玉瑤姬[12]，也只是偶然一見；至於日日都在夢中相逢，這在文獻記載中是很罕見的。

11 盧充金碗：《搜神記》中一則鬼與人生出孩子的故事。
12 瑤姬：巫山神女。

這則故事雖然短小，卻很感人。

一人一鬼在那個苦寒的世道裡相互依偎，這，是獨屬於他們的浪漫。

原文

吉昌遣犯彭杞，一女年十七，與其妻皆病瘵。妻先歿，女亦垂盡。彭有官田耕作，不能顧女，乃棄置林內，聽其生死。呻吟悽楚，見者心惻。同遣者楊熺語彭曰：「君大殘忍，世寧有是事，我願舁歸療治。死則我葬，生則為我妻。」彭曰：「大善。」即書券付之。

越半載，竟不起。臨歿語楊曰：「蒙君高義，感沁心脾。緣伉儷之盟，老親慨諾。故飲食寢處，不畏嫌疑；抑搔撫摩，都無避忌。然病骸憔悴，迄未能一薦枕衾，實多愧負。若歿而無鬼，夫復何言；若魂魄有知，當必有以奉報。」嗚咽而終。楊涕泣葬之。

葬後，夜夜夢女來，狎暱歡好，一若生人。醒則無所睹，夜中呼之終不出，才一交睫，即弛服橫陳矣。往來既久，夢中亦知是夢，詰以不肯現形之由。曰：「吾聞諸鬼云，人陽而鬼陰，以陰侵陽，必為人害，惟睡則斂陽而入陰，可以與鬼相見。神雖遇而形不接，乃無害也。」

此丁亥春事，至辛卯春四年矣。余歸之後，不知其究竟如何。夫盧充金碗，於古嘗聞；宋玉瑤姬，偶然一見；至於日日相覿皆在夢中，則載籍之所希睹也。

——清 紀昀《閱微草堂筆記・卷八》

冷秋江

乾隆十年（1745），鎮江有個姓程的人，以販布為業。

一天晚上，小程從象山談生意回來，路過群山山腳，當晚皓月千里，目力可及之處被月光照得清晰可辨，放眼望去，只見周圍荒塚累累，遍地都是鼓鼓的墳墓。

他正小心地走著，草叢裡忽然鑽出一個小孩，小孩浮在纖纖細草上，飄飄蕩蕩地來到小程面前。面對神色驚駭的小程，小孩嘻嘻一笑，牽住了他的衣角。

小程知道這是鬼，他大聲呵斥道：「滾開！」但無論小程怎麼呵斥，那小孩都不肯放開他的衣角，還抬起頭，用黝黑無光的眸子盯著他細細地看。

沒多久，草上又飄來一個小孩，這個小孩也牽住了小程的手。先出現的小孩牽著小程的衣角往西邊走，西邊全是高高的城牆，小程不受控制地一步步走近後，嚇得幾乎昏厥過去。

只見城牆上密密麻麻浮著數不清的黑影，黑影們纏成一團，扭動著、喧鬧著，紛紛對著小程詭異地笑，還撿了泥巴往小程身上狠狠地砸，不一會兒，小程身上便沾滿了雨點似的泥巴。

這時，後出現的那個小孩又牽著他的手往東邊去了，東邊依然是一堵牆，牆上依然是密密麻麻擠成團的黑影，黑影們「啾啾」地叫著，這次砸到小程身上的是沙子。小程雖然意識清醒，卻沒有能力反抗，只能任憑小鬼牽來牽去，受盡屈辱。

東邊的鬼和西邊的鬼開始用孩童般的稚嫩聲音大聲嘲笑小程，緊接著又喧嘩吵鬧起來。

「看看、看看，還是我們東邊的鬼厲害，能用沙子害人。」

「不對、不對，還是我們西邊的鬼厲害，論起捉弄人，還是我們西邊的泥巴更勝一籌。」

它們顧不得欺辱小程，吵起架來。

小程支撐不住，倒在了泥地裡，他感覺身體在逐漸往下沉，口鼻間蓄滿了泥土，逐漸喘不過氣來了。他絕望地想：難道自己要死在這裡不成？正在小程絕望地閉上眼睛，任身體往泥地裡深陷時，周圍聒噪的小鬼忽然驚恐地大叫起來：「冷相公來了！他是個讀書人，平生最是迂腐，實在令人厭恨。大家快逃！」一聽這話，小程極力抬眼望去，只見清冷的月下昂然走來一位肩寬背厚的挺拔漢子。

漢子昂首闊步，拿著一柄扇子拍打著手心，唱道：

大江東去，浪淘盡，千古風流人物。故壘西邊，人道是，三國周郎赤壁。亂石崩雲，驚濤裂岸，捲起千堆雪。江山如畫，一時多少豪傑。

漢子用扇子打著節拍，嘴裡唱著曲子，徐徐踏月而來。在他走近的一瞬，城牆上密密麻麻的鬼盡數散去。漢子俯下身子，對已經看呆的小程微笑著道：「你被邪鬼捉弄了，我是專門來救你的，跟我走吧。」方才牽著小程的鬼已經跑得無影無蹤，聽了漢子的話，小程才發覺自己已經可以動彈了，他站起身，默默地跟在了漢子身後。

漢子踏月繼續高歌：

遙想公瑾當年，小喬初嫁了，雄姿英發。羽扇綸巾，談笑間，強虜灰飛煙滅。故國神遊，多情應笑我，早生華髮。人生如夢，一樽還酹江月。

兩人走了數里地，天漸漸地亮了，漢子也不再豪氣干雲地高歌，轉身對小程說：「快到你家了，我走了。」小程如夢初醒般抬頭四處一看，確實，離家已經不遠了。他鄭重地向漢子表達了感謝，而後詢問漢子的姓名。

那人哈哈一笑，回道：「我是冷秋江，就住在東門十字街。」

小程回了家，他的耳朵、嘴巴、鼻子裡全都塞滿了青泥。家人一看，嚇了一跳，立馬燒水為他熏香沐浴。等收拾爽利後，小程顧不得跟家人解釋，急匆匆地趕往東門拜謝恩人，但他打聽遍了，發現根本沒有這個人。

「不可能啊？我絕對沒有聽錯，恩人講的就是東門十字街。」他仔細詢問十字街的鄰居們：「那人姓冷，名字叫冷秋江。拜託諸位仔細想一想有沒有聽過這個名字。他是我的救命恩人，我一定要找到他，當面致謝。」

大家聚在一起，皺眉思索良久後，有位滿臉鬍鬚的老大爺遲疑道：「姓冷？我們這裡倒是有座冷家祠堂，裡面供奉著一尊牌位。牌位的主人名嵋，乃是順治初年的秀才，秋江是他的號。」小程這才知道，昨晚救自己命的那位恩人竟然也是鬼。

上文中有害人的惡鬼，如捉弄小程的小鬼；也有踏歌救人的好鬼，如冷秋江。對於古人來講，鬼是死去的人，人分善惡好壞，那麼鬼自然也有善惡之分了。

原文

乾隆十年，鎮江程姓者，抱布為業，夜從象山歸。過山腳，荒塚累累，有小兒從草中出，牽其衣。程知為鬼，呵之不去。未幾，又一小兒出，執其手。前小兒牽往西，西皆牆也，牆上簇簇然，黑影成群，以泥擲之；後小兒牽往東，東亦牆也，牆上啾啾然，鬼聲成群，以沙撒之。程無可奈何，聽其牽曳。東鬼西鬼始而嘲笑，繼而喧爭，程不勝其苦，仆於泥中，自分必死。

忽群鬼呼曰：「冷相公至矣！此人讀書迂腐可憎，須避之。」果見一丈夫，魁肩昂背，高步闊視，持大扇擊手，作拍板，口唱「大江東」，于于然來，群鬼盡散。其人俯視程，笑曰：「汝為邪鬼弄耶！吾救汝。汝可隨吾而行。」程起從之，其人高唱不絕。行數里，天漸明，謂程曰：「近汝家矣，吾去矣。」

程叩謝，問姓名。曰：「吾冷秋江也，住東門十字街。」

程還家，口鼻竅青泥俱滿。家人為薰沐畢，即往東門謝冷姓者，杳無其人。至十字街問左右鄰。曰：「冷姓有祠堂，其中供一木主，名嵋，乃順治初年秀才。秋江者其號也。」

——清 袁枚《子不語・卷六・冷秋江》

柒、動物篇

萬物有靈

動物不是無知的，
似乎也知道人類會一些它們不會的東西。
遇到困難時，它們會主動向人求助，
比如生病的狼、將被猛獸吃掉的象。
正因為有了它們，
我們在這個藍色星球上才不會那麼孤獨。

檐生

唐朝有個書生，某天正在山野之中趕路。

他經過一片竹林時，被忽然從翠竹中鑽出的一個小腦袋給嚇了一跳，書生定睛一看，原來那是一條翠綠的小蛇，小蛇不過拇指粗細，正昂著腦袋好奇地打量著他。

定下神來後，書生仔細觀察起小蛇，他看小蛇歪著腦袋、眼神懵懂的樣子非常可愛，一時之間起了憐愛之心，不自覺地伸出手去。

小蛇似是通人性，打量了一會兒書生的手後，便大膽地纏了上去。大概是書生的體溫讓它覺得很舒適，便愜意地閉上眼睛不動了，書生歡喜地摸了摸小蛇的腦袋，乾脆將它帶回了家。

從此之後，書生日日將小蛇帶在身邊，擔心嚇到別人，書生每次見人，都會先用衣服把小蛇遮起來。小蛇也通人性，它知道自己不受人歡迎，每次都會乖乖地躲著，不亂探頭，等到沒人了，才小心翼翼地探出腦袋找書生玩。

小蛇每次出現，頭頂都有一片被它頂得鼓鼓囊囊的布，於是書生便給它起了個名，叫「檐生」。

書生每天省吃儉用，買肉餵小蛇吃。小蛇不用自己捕食，也沒有天敵，還有書生愛它，所以活得無憂無慮。隨日子一天天過去，小蛇越長越大，沒多久，書生的衣服就藏不住它了。

而且隨著體形變大，蛇也吃得越來越多，書生實在沒有能力再養了，只得忍痛將之放生在範縣東方的大澤中。

四十多年過去了，那條蛇不但沒有死，還長成了一條巨蟒。

這巨蟒力大無窮，發起狠來，在大澤中興風作浪，能將載人的船隻傾覆，一口吞下落入大澤中的行人。

當地人深感恐懼，為求平安，大家紛紛稱它「神蟒」，書生這時已經老了。

這天，書生有急事要經過大澤，他在岸邊準備坐船時，住在附近的村民勸阻他：「老人家別去，大澤中有神蟒，會吃人。」當時正值寒冬臘月，萬物蟄伏，書生認為蛇也是需要冬眠的，這時候怎麼可能出來吃人？這簡直是無稽之談，於是執意前往。

船行進了二十多里後，書生突然感覺船身不穩，湍急的水流圍著小船急速旋轉著，河水宛如正在被一隻巨手攪動，層層疊疊的波浪下似乎藏著什麼龐然大物。

船上的人正驚恐萬分時，嘩啦一聲巨響，水中猛地躥出一條巨蟒，撐船的童子嚇得大聲尖叫起來，這條蟒蛇比船還要大上幾倍，書生仰起頭才能將它納入視野。

巨蟒鑽出水面，張開巨口，眼看就要將小船一口吞下，就在這急如星火的時刻，立在船頭的書生逐漸看清了蛇的模樣，他驚訝地說：「你不是我的檐生嗎？」

蛇聽了書生的話，腥膻巨口猛然一閉。因為慣性，它在半空中轉了個圈，重重地落回了水裡，蟒身激起的水花把書生一身的衣服都澆溼了。落入水中後，蛇緩緩地跟在船後游動著，還把腦袋俯下來，貼在船尾上，似乎是想讓書生再像從前那樣，摸摸它的腦袋。

一時之間，書生感慨不已。巨蛇跟在書生後面徘徊良久，才戀戀不捨地離去。辦完事，書生安然無恙地回到了範縣。

當初勸他不要去大澤的村民們看到他竟然活著回來了，都大吃一驚。他們議論紛紛——

「只見書生口念幾句咒語，那吃人的神蟒就閉上嘴，乖乖地落入了水裡。甚至，它還俯首貼耳，似乎被書生馴服了。」

「那個書生馴服了神蟒！」沒多久，這件事便傳到了縣令耳中。

「為什麼別人經過會被神蟒吃掉，書生卻有本事馴服它呢？他一定是個妖人。」縣令當即下令抓捕。衙役將書生拘到縣衙後，縣令先命左右拷打了書生一頓，可憐書生讀了一輩子聖賢書，一向老老實實，清清白白，他能供出什麼來呢？所以無論怎麼拷打也沒有結果。最後，縣令以書生遇蛇不死，一定是會巫術的妖邪之人為由，判了他死刑。

第二天就是自己的死期了，書生在獄中仰頭嘆息：「枉我一世清白，竟然因為自己親手養大的檐生而蒙受了冤屈，真是淒慘啊。」當夜，知道曾經的主人即將遇難，巨蛇在大澤中肆意翻騰，剎那間，大澤水被攪得傾瀉而下。

一夜過去，水漫範縣，平地變為了湖泊，只有書生所在的牢獄矗立在湖泊中央，倖免於難。書生也因此得以活命。

水退之後，又過了許多年，有個叫獨孤暹的人在三月三日這天和家人泛舟遊湖，這天本來天朗氣清，船卻忽然翻覆了，一家人差點被淹死，原來這獨孤暹的舅舅就是那名范縣的縣令。

世上的人大多怕蛇，但也有像書生這樣愛蛇的人。蛇雖然歸根結柢是個異類，但從故事看來，也並非冷血無情的。

原文

昔有書生，路逢小蛇，因而收養。數月漸大，書生每自檐之，號曰檐生。其後不可檐負，放之範縣東大澤中。四十餘年，其蛇如覆舟，號為神蟒，人往於澤中者，必被吞食。書生時以老邁，途經此澤畔，人謂曰：「中有大蛇食人，君宜無往。」時盛冬寒甚，書生謂冬月蛇藏，必無此理，遂過大澤。行二十里餘，忽有蛇逐，書生尚識其形色，遙謂之曰：「爾非我檐生乎？」蛇便低頭，良久方去。

回至范縣，縣令聞其見蛇不死，以為異，繫之獄中，斷刑當死。書生私忿曰：「檐生，養汝翻令我死，不亦劇乎！」其夜，蛇遂攻陷一城為湖，獨獄不陷，書生獲免。天寶末，獨孤暹者，其舅為范令，三月三日，與家人於湖中泛舟，無故覆沒，家人幾死者數四也。（出《廣異記》）

——宋 李昉《太平廣記．卷四百五十八．檐生》

象的報恩

清朝時，廣東有個獵人帶著弓箭進山打獵，因為在山裡轉得久了有點累，他便隨便找了處樹蔭休息。聽著流水叮咚、風兒低吟，疲累的獵人不知不覺間沉睡了過去。

迷迷糊糊間，獵人覺得有哪裡不對勁，自己怎麼好像懸空飄著？像是有個東西把自己拎起來了。他猛地睜開眼，發現自己面前是一團巨大的灰褐色的「牆壁」，對面那個彎彎的、在閃爍的東西是竟然是眼睛！

驚慌失措地掙扎了一陣，獵人才絕望地發現，自己是被大象用鼻子捲起來了。「難道自己要被吃掉了嗎？」獵人不由得絕望了。

走了許久，大象才小心翼翼地將獵人放在一棵巨樹下。

放好後，大象向獵人恭謹地點了點頭，緊接著對著天空長鳴一聲，只聽四周轟隆隆一陣響，不一會兒，獵人身邊就圍滿象群，似乎對他有所求。

之前把他捲來的大象趴在樹下，抬頭望望樹頂，再低頭看看獵人，好像是想讓獵人爬上樹去，獵人心思靈活，一下子就領會了大象的意思。

確定這群大象不會傷害自己後，他便踩著大象的背，三兩下爬到了巨樹的樹頂，但依然不知道大象到底想讓他做什麼。正疑惑著，不遠處突然傳來一聲嘶吼，獵人的臉色瞬間變了，只見密林中跳出一頭土黃色的猛獸——狻猊[13]。

大象們似乎怕極了，都趴在地上瑟瑟發抖，任憑狻猊檢閱。

那狻猊逡巡了一圈，從群象中挑了一頭最肥美的，它露出獠牙，似乎很滿意，看來，它今天的大餐就是這頭可憐的大象了。

被挑中的大象渾身戰慄著，其他的象也只是看著，沒有一頭敢逃跑，大象紛紛抬頭望著樹頂的獵人，似乎在祈求獵人拯救它們。獵人會意，抽出箭來，屏氣凝神，瞄準狻猊射出一箭。

好箭！

箭直直地從狻猊的眼睛射入，再從後腦勺迸出，狻猊當場倒地死亡，一看仇敵死了，群象抬頭仰望樹梢，四蹄亂動，似乎是在對著獵人進行朝拜和舞蹈。

知道自己幫了忙，獵人一個翻身，下了樹。

之前那隻將獵人捲來的大象再次趴在地上，用鼻子牽了牽獵人的衣服，似是想讓獵人登上它的背。

13 狻猊：傳說中的神獸，「龍生九子」中的第五子。

獵人跨上了象背，大象嘶鳴一聲，在群象的目送下，往密林深處去了。

大象馱著獵人來到一處地方後，停下了腳步，站定後，伸出蹄子開始刨土，只見大象刨過的褐色泥土中露出了一點瑩白。

獵人似乎明白了，心想：這……這難道是傳說中的象塚？據說象塚裡面埋著數以千計的象牙，這是一座寶藏啊！獵人激動得心都要跳出來了，只見大象埋頭苦幹著，直到刨出了很多象牙才停止動作。

「發財了，發財了！」

獵人欣喜若狂地從大象背上滑下來，隨手撿了根藤蔓將象牙捆綁好背在背上，大象又一路馱他出了山，將恩人放下後，象群才緩緩地走回了大山之中。

故事裡面的大象聰明且懂得向人求助，得到了獵人的幫助後，也知道在人們眼中，象牙乃是珍貴之物，故以此回報。

原文

粵中有獵獸者，挾矢如山。偶臥憩息，不覺沉睡，被象鼻攝而去。自分必遭殘害。未幾，釋置樹下，頓首一鳴，群象紛至，四面旋繞，若有所求。前象伏樹下，仰視樹而俯視人，似欲其登。獵者會意，即足踏象背，攀援而升。雖至樹巔，亦不知其意向所存。少時有狻猊來，眾象皆伏。狻猊擇一肥者，意將搏噬，象戰慄，無敢逃者，惟共仰樹上，似求憐拯。獵者會意，因望狻猊發一弩，狻猊立殪。諸象瞻空，意若拜舞。獵者乃下，象復伏，以鼻牽衣，似欲其乘，獵者隨跨身其上。象乃行至一處，以蹄穴地，得脫牙無算。獵人下，束治置象背。象乃負送出山，始返。

——清 蒲松齡《聊齋志異・卷八・象》

狼請醫

太行山有個叫毛大福的外科醫生，他最擅長治療瘡傷。一天傍晚，他行醫回來，拐過一株巨大的松樹後，忽然發現夕陽下蹲著一匹狼。

狼蹲在路邊，嘴裡還叼著一小包東西，看到毛大福後，狼把布包往地上一吐，便一動不動了。

毛大福扭頭想逃，但就在轉身的那一刻，他想：我肯定跑不過狼，姑且看看它要做什麼吧，於是毛大福停下了腳步，仔細觀察狼的一舉一動。狼一動不動，向地上的布包點了點下巴。

「給我的？」

毛大福緊緊盯著狼，打算一有不對就馬上逃跑，在狼平靜的目光中，他緩緩俯下身撿起布包，打開一看，裡面是幾件金銀首飾。

這是什麼情況？

毛大福還詫異著，狼忽然起身，在前面歡欣跳躍著引路，見毛大福還傻傻地站在原地不動，它急切地回頭，小心地叼著毛大福的衣角，請他跟自己走。

察覺到狼沒有惡意，毛大福跟了上去。

沒多久，狼帶著毛大福來到了一處洞穴裡，只見裡面臥著一匹頭上長瘡的狼，看樣子，它病得很嚴重，瘡口已經潰爛長蛆了。毛大福明白了狼的意思，他低頭對帶他來的那匹狼點點頭，道：「放心吧，我能治好它。」就著夕陽的餘暉，毛大福打開了自己的醫藥箱。

生病的狼也知道這人是在為自己治病，過程中十分溫馴，不咬人也不叫喚，任憑毛大福把它頭上的腐肉剔除，敷好藥。等治療結束，日頭都落山了。

帶毛大福來的狼耐心地等在旁邊，見毛大福開始收拾醫藥箱，它知道治療結束了，趕快湊上前跟病狼親暱了一會兒。

毛大福起身離開時，它安慰似的舔舔病狼，跟在了毛大福後面，一路護送。

一人一狼在月下平靜地走了三、四里路，荒寂的山路上忽然冒出來一大群狼，群狼看到毛大福，低聲咆哮著，看架勢，是打算吃掉他。

毛大福這下是真的嚇壞了。

那匹護送他的狼見情況不妙，急忙躥入狼群，叫了幾聲，似乎在解釋些什麼。群狼聽了，這才散了去。

毛大福順利回家之後，並沒有把這件事放在心上。

幾天後，毛大福拿著狼給的首飾去店裡賣，沒想到這一賣竟惹出禍事來了。

之前，毛大福所在的縣有個叫寧泰的銀商被強盜殺了，案子一直沒有任何線索，而毛大福出售的首飾剛好被寧家人看到了，寧家人一眼就認出了那是寧泰的東西。

毛大福有口難言，被抓進了官府。他將首飾的來歷稟報了官府，但這麼荒誕的事，誰會信呢？縣令對毛大福用了大刑，見他還是不招供，乾脆把他扔進了牢房，擇日處斬。

毛大福不甘心枉死，懇求縣令寬限他幾天時間，讓他去問問那匹狼，讓它還自己清白。

在縣令看來，人證物證都在，這事已經水落石出；但為了讓毛大福心服口服地伏法，他還是派了兩個衙役陪毛大福去找狼問個清楚。

兩個衙役沒想到自己竟會被安排做這麼荒唐的事。去找一匹狼問線索，虧這個毛大福想得出來，兩人一路上一直不屑地嘲笑毛大福。

聽著嘲諷，毛大福有口難言；但他別無選擇，這是洗清嫌疑的唯一辦法，只能硬著頭皮試一試。

毛大福帶著兩個衙役來到病狼所在的狼穴，但是不湊巧，兩匹狼都不在。雖然滿腹牢騷，但這兩個衙役還是一直陪他等到了傍晚，可是依然不見狼回來。

「也就我們心善的老爺才信你的鬼話。」兩個衙役不斷地催促毛大福快走。

這下，毛大福最後的希望也破滅了。在衙役的拉扯下，他絕望地一步三回頭，走到半路時，三人忽然被兩匹狼擋住了去路，其中一匹狼的腦袋上有一處明顯的疤痕。

毛大福認出了它們兩個，強忍住激動上前作揖，道：「之前承蒙狼兄的饋贈，現在我因為這些饋贈蒙受了冤屈，倘若狼兄不為在下昭雪，回去後必死無疑。」狼看到毛大福被兩個衙役綁著，頓時氣得齜牙咧嘴，直奔兩個衙役而去，衙役見狀，慌忙拔刀自衛。

這兩匹狼很聰明，見對方有武器護身，馬上停止進攻，把嘴拱在地上，大聲長嗥起來，誰知嗥叫了兩、三聲後，深山中接二連三傳來狼嗥，沒多久，三人面前就出現了上百匹狼，群狼將他們團團圍住。

兩個衙役這下徹底絕望了，難道今晚要命喪狼口嗎？

沒想到，群狼紛紛上前咬住綁著毛大福的繩子，拚命撕扯，看來它們的目的並非傷人。

衙役知道了狼的意思，上前幫毛大福解開了繩索，看到恩人獲得自由，群狼這才陸陸續續地散去。

三人安全地回了縣衙，兩個衙役把他們經歷的怪事說了一遍。縣令聽了，雖然也覺得怪異，但又覺得僅憑幾匹狼沒有吃人就釋放毛大福，未免太過兒戲。

幾天後，縣令出門辦事。走到半路，侍從忽然稟告：「大人，前方蹲著一匹狼！」

縣令掀開轎簾，狼見縣令發現了自己，於是鬆開嘴巴，只聽啪嗒一聲一隻破鞋子被放在了路邊。

縣令擺擺手，轎子繞過狼，繼續往前走。

狼見人不理它，匆匆叼起地上的鞋子，跑到轎子的前面，再次把破鞋子放在了路上。

這下，縣令察覺到了異常。聯想到口口聲聲說要狼給自己做證的毛大福，他立刻命人把鞋子撿了過來。見鞋子終於送到了縣令手裡，那匹執著的狼才放心離去。

帶著鞋子回去後，縣令暗地裡派人尋找鞋子的主人。有人說，這鞋子看起來像是某村一個叫叢薪的人的。前幾天，叢薪忽然被兩匹狼追趕，但狼追上他後並沒有吃他，而是叼著他的鞋子跑了。

縣令派人將叢薪抓來問，鞋子果然是他的，於是懷疑殺害銀商寧泰的兇手就是他，再一審問，叢薪堅持不住，全招了。原來，叢薪殺了寧泰後，搶了寧泰的銀子。因為太慌張，他沒來得及取走寧泰衣服底下藏著的首飾就逃了。沒想到，這首飾最後被狼銜去送給了毛大福。

以前聽說有個接生婆出門回來，在路上被一匹狼擋住了去路。狼沒吃人，而是用嘴扯住她的衣角，讓她跟著自己走，接生婆跟著狼到了地方才知道，是有匹母狼難產了，經過接生婆的幫助，母狼終於順利地生下了小狼。

第二天，狼把鹿肉叼到了接生婆家裡，以報答她的恩情。

可見，這種遇到困難懂得求人幫助，還會自帶酬金的獸類自古就有。

原文

太行毛大福，瘍醫也。一日行術歸，道遇一狼，吐裹物，蹲道左。毛拾視，則布裹金飾數事。方怪異間，狼前歡躍，略曳袍服即去。毛行又曳之。察其意不惡，因從之去。未幾至穴，見一狼病臥，視頂上有巨瘡，潰腐生蛆。毛悟其意，撥剔淨盡，敷藥如法，乃行。日既晚，狼遙送之。行三四里，又遇數狼，咆哮相侵，懼甚。前狼急入其群，若相告語，眾狼悉散去。毛乃歸。先是，邑有銀商寧泰，被盜殺於途，莫可追詰。

會毛貨金飾，為寧所認，執赴公庭。毛訴所從來，官不信，械之。毛寃極不能自伸，惟求寬釋，請問諸狼。官遣兩役押入山，直抵狼穴。值狼未歸，及暮不至，三人遂反。至半途，遇二狼，其一瘡痕猶在。毛識之，向揖而祝曰：「前蒙饋贈，今遂以此被屈。君不為我昭雪，回去搒掠死矣！」狼見毛被縶，怒奔隸。隸拔刀相向。狼以喙拄地大嗥，嗥兩三聲，山中百狼群集，圍旋隸。隸大窘。競前齧縶索。隸悟其意，解毛縛，狼乃俱去。歸述其狀，官異之，未遽釋毛。後數日，官出行。一狼銜敝履委道上。官過之，狼又銜履奔前置於道。官命收履，狼乃去。官歸，陰遣人訪履主。或傳某村有叢薪者，被二狼迫逐，銜其履而去。拘來認之，果其履也。遂疑殺寧者必薪，鞫之果然。蓋薪殺寧，取其巨金，衣底藏飾，未遑收括，被狼銜去也。

昔一穩婆出歸，遇一狼阻道，牽衣若欲召之。乃從去，見雌狼方娩不下。嫗為用力按捺，產下放歸。明日，狼銜鹿肉置其家以報之。可知此事從來多有。

——清 蒲松齡《聊齋志異．卷十二．毛大福》

有勇有謀俏八哥

王汾濱說，他的家鄉有個叫張子虛的人，這人養了一隻八哥。

八哥聰明伶俐，張子虛也調教得好，漸漸地，八哥竟然能流暢地和人對話了。

進進出出，張子虛的胳膊上總是站著這隻伶俐的小八哥。一人一鳥相依為命，就這麼過了很多年。

一天，張子虛因為有要事要去絳州，這地方離他家很遠，而張子虛家徒四壁，沒有盤纏，也沒什麼賺錢的途徑，他愁得天天唉聲嘆氣。

八哥見不得主人受罪。

一天，在張子虛再次愁眉苦臉地餵它吃飯時，八哥忽然開口道：「你為什麼不把我賣了呢？把我賣去王府，一定能得一個好價錢。到時候，你何愁沒盤纏上路？」

張子虛一聽這話，拂袖示意它不准再提：「我怎麼忍心這麼做？」

八哥語重心長地說：「無妨，主人得了錢以後抓緊時間走就是了。記得距離城西二十里處的那棵大樹嗎？你就在那裡等著我。」

張子虛躊躇不定，八哥不住地勸他：「眼下也只有這個辦法了。放心，我一定會逃出來和你會合的，你就聽我的吧。」左思右想，走投無路的張子虛只得同意。

張子虛把八哥帶去城裡，在市集最熱鬧的地方站定後，和八哥聊起天來。一人一鳥你問我答，沒多久，周圍就被圍得水洩不通。

這場景被王府一個出門採辦的太監看到了，太監看了一會兒，覺得有趣，便回去向王爺稟告了此事。

王爺一聽，也來了興趣：「這世上竟有和人對話如此流暢的鳥兒？我倒要見識見識。」

沒多久，張子虛就被召進了王府。

一人一鳥絲毫沒有流露出膽怯，他們應邀表演了一段令人捧腹大笑的相聲後，王爺果然動了買鳥的心思。只是聽到王爺的要求後，張子虛毫不猶豫地拒絕了。

他充滿愛意地望著胳膊上的八哥道：「小的和它相依為命多年，斷然不會賣它。」

王爺見他態度堅決，轉頭問鳥：「那你呢？你願意住下嗎？」

王爺都還沒命人拿肉條誘惑八哥，八哥便乾脆俐落地回答：「臣願意。」王爺斜睨張子虛一眼，得意揚揚地伸出胳膊。八哥連忙狗腿子似的飛了上去，道：「給他十兩銀子就行，王爺您可千萬別多給。」

一聽這話，王爺更高興了，馬上吩咐人取了十兩銀子過來。張子虛露出滿臉懊悔的表情，悻悻然接過，對著八哥「呸」了一聲，扭頭離去。

王爺馬上興高采烈地和八哥聊起天來。

這八哥不但對答如流，還很會奉承人，把王爺哄得那叫一個高興。王爺一高興，就想賞賜八哥，於是吩咐：「拿肉來。」左右當即切來細細的小肉條，八哥開開心心地吃了。吃飽喝足後，八哥啄啄王爺的手指，道：「臣想洗個澡。」

王爺扭頭命人用金盆盛好水端來，他打算親自為八哥洗澡。洗完澡，八哥撲楞了一下翅膀，飛到了屋檐上梳理羽毛。

八哥是個話癆，一張嘴片刻也不停，它邊抖著身子，邊喋喋不休地跟王爺說著話。

不久，八哥的羽毛乾了，算算時間也差不多了，它便翩然飛起，於半空中留下了一句帶著山西口音的「臣去也」，眨眼間便消失不見了。

王爺大驚失色，但舉目四望，八哥已經消失得無影無蹤了，王爺和身邊的僕從只能仰頭嘆息，突然他想起賣鳥給他的張子虛，於是立馬命人去找，自然是沒有下落了。

張子虛去哪裡了呢？

他出了王府大門後，就帶著銀子飛速趕去城西的大樹下等著了。

後來，有人去陝西辦事，偶然看到了張子虛，當時他正安然無恙地舉著八哥，在西安的市集上優哉游哉地逛街呢！

有趣啊，這小八哥竟然還有兩副面孔呢！

故事雖然短小，卻讓我們看到了八哥的四種本事：跨越種族障礙，學會人類的語言，這是第一種本事；大膽讓主人賣掉自己，當作路費，這是第二種本事；有了有權有勢的新主人，依然願意飛回舊主人身邊吃苦，這是第三種本事；不貪心，只要十兩銀子，剛好能湊夠路費，數額又不會大到令王爺興師動眾去抓騙子，這是第四種本事。

好一個有情有義、有膽有謀的小八哥！

原文

王汾濱言，其鄉有養八哥者，教以語言，甚狎習，出遊必與之俱，相將數年矣。一日，將過絳州，而資斧已罄，其人愁苦無策。鳥云：「何不售我？送我王邸，當得善價，不愁歸路無資也。」其人云：「我安忍？」鳥言：「不妨。主人得價疾行，待我城西二十里大樹下。」其人從之。

攜至城，相問答，觀者漸眾。有中貴見之，聞諸王。王召入，欲買之。其人曰：「小人相依為命，不願賣。」王問鳥：「汝願住否？」言：「願住。」王喜。鳥又言：「給價十金，勿多予。」王益喜，立畀十金。其人故作懊恨狀而去。王與鳥言，應對便捷。呼肉啖之。食已，鳥曰：「臣要浴。」王命金盆貯水，開籠令浴。浴已，飛檐間，梳翎抖羽，尚與王喋喋不休。頃之羽燥，翩躚而起，操晉聲曰：「臣去呀！」顧盼已失所在。王及內侍仰面諮嗟，急覓其人，則已渺矣。後有往秦中者，見其人攜鳥在西安市上。畢載積先生記。

——清 蒲松齡《聊齋志異．卷三．鴝鵒》

以德服妖

清朝時，紀曉嵐的祖父光祿公有座莊園，莊園外有處叫「人字汪」的地方。人字汪的曬場上有一垛堆積了多年的柴火。日久天長，妖怪看中這垛陳年老柴，住了進去。

據當地人說，這隻妖怪神通廣大，如果有人拿了它的柴，會馬上倒楣，不過這位愛柴如命的妖怪除了捉弄人，還懂得巫醫法術。村民病了，只要帶上香燭，前來誠心禱告一番，回去之後病立馬就能好。因為這個理由，當地人對它奉若神明，家裡再缺柴燒，也沒人敢拿這柴火垛上的一根草。

雍正乙巳年（1725），當地鬧了大饑荒，光祿公捐了六千石糧食，煮粥來賑災。

這天，給災民煮粥的柴火不夠用了。去地裡砍吧，但地裡連草根都被災民吃光了，光禿禿一片，哪裡有柴可砍？眼看著面前的災民嗷嗷待哺，束手無策的光祿公忽然想到了那垛柴火。

他急忙吩咐手下人快去那處柴垛取柴。但手下人聽了，你推推我，我推推你，都支支吾吾的，沒人敢去。大家都說，住在裡面的妖怪可厲害了，最討厭別人動它的柴。

光祿公聽得腦門青筋暴起。這都什麼時候了，還講這一套？再說了，裡面要是真住了妖怪，它怎麼這麼沒出息，把這堆爛柴當寶貝？

他決定親自去找它講講道理。

光祿公來到柴火垛前，禱祝道：「您既然有神通，那一定通情達理。現在正有數千人空著肚子等死，您難道沒有一點惻隱之心嗎？」

「我現在準備把您移到糧倉裡，以後，就拜託您幫忙守護糧倉了。好了，我現在就拿走這些柴火，用來救活那些饑民，您大概不會拒絕吧？」禱祝完畢，光祿公親自取了第一根柴。

他舉著柴，向眾人展示著他的安然無恙。眾人見光祿公沒事，在他的帶領下，你抱一堆我抱一堆，一座山似的柴火很快就被搬完了。

沒有人像從前一樣遭到報復，大家都鬆了口氣。

有人拿走最後一根麥稈時，忽然驚呼一聲：「蛇！」眾人聽到叫聲，都圍上來看熱鬧。果然，柴火垛最底下藏著一條巨大的禿尾巴蛇，蛇在眾目睽睽之下，怡然自得地盤在地上，沒有逃。見到妖怪本體，光祿公倒是沒有食言，他命僕人把蛇裝在畚箕裡，抬到糧倉去。那蛇也乖得很，趴在畚箕裡，一動不動；只是這蛇也不知道是吃什麼長大的，死沉，好幾個人輪換著，才成功把蛇抬到了糧倉中。

到了糧倉，才一放下，那蛇就消失不見了，之後就再也沒人見過它。

後來有人生了病，到糧倉禱祝，也不再靈驗了。

自這件事情發生已經過去六、七十年了，在這期間，這座糧倉從未發生過偷盜之事，這大概是那條禿尾巴蛇在守護糧倉的緣故吧。

最毒的東西，也不能不屈服於道理，邪不勝正，指的就是這種事情了。

極度不好惹的蛇乖乖地伏在地上任人捉，任誰讀到這裡，大概都會動容吧。

這條巨蛇是被光祿公的德行折服了，所以才甘願收起它的毒牙和神通，為災民讓路。

原文

人字汪場中有積柴（俗謂之垛），多年矣。土人謂中有靈怪，犯之多致災禍，有疾病，禱之亦或驗，莫敢擷一莖、拈一葉也。雍正乙巳，歲大饑，光祿公捐粟六千石，煮粥以賑。一日，柴不給，欲用此柴而莫敢舉手，乃自往祝曰：「汝既有神，必能達理。今數千人枵腹待斃，汝豈無惻隱心？我擬移汝守倉，而取此柴活饑者，諒汝不拒也。」祝訖，麾眾拽取，毫無變異。柴盡，得一禿尾巨蛇，蟠伏不動，以巨畚舁入倉中，斯須不見，從此亦遂無靈。然迄今六、七十年，無敢竊入盜粟者，以有守倉之約故也。物至毒而不能不為理所屈，妖不勝德，此之謂矣。

——清 紀昀《閱微草堂筆記．卷十一》

義猴傳

清朝時，江浙一帶，住了個鬍鬚捲曲的乞丐。

乞丐在南坡搭了個茅草棚住，他並非獨居，還養了一隻猴子，平時教猴子盤鈴傀儡等雜耍技巧，既能幫他賺錢，也是他的夥伴。猴子很聰明，乞丐教得也很有耐心，從不打罵它，就這樣，一人一猴靠著這點本事開始到集市上表演。

但在當時那個世道，老百姓大多過得清苦，乞丐靠賣藝也掙不到多少賞錢。

乞丐沒積蓄，一天不幹活就得餓肚子，他必須每天都到集市上表演，天氣惡劣的日子也不例外，日子過得很拮据。每次弄來點吃的，乞丐都會跟猴子分著吃，一人一猴相依為命，感情宛如父子。就這樣艱難地活了十幾年後，乞丐老得走不動了，不能再和猴子去集市上賣藝了。

猴子很懂事，它似乎知道主人年紀已經大了，無法再帶著它表演，於是開始自己出門，想辦法謀生。但是一隻猴子又能做什麼呢？它只能每天長跪在路邊乞討食物，如果要到一點吃的，猴子就飛奔著捧回家，餵給衰老病弱的主人吃。

猴子堅持了很久，老乞丐最終還是病死了。

猴子悲痛地圍著老乞丐的屍體捶胸頓足，哀哭嚎叫，就像人世間為人子女的失去了父母一般淒涼。等哀悼完了，猴子再次回到集市上長跪不起，低著頭，淒厲地叫著，學人那樣伸出手掌討錢。

關於乞丐和猴子的事情，老街坊們都知道，他們都被這隻猴子的忠誠感動了，紛紛解囊相助，沒幾天猴子就討到了幾貫錢。猴子很聰明，還懂得用線把錢串起來，然後拿著錢跑到市場中裡的棺材鋪，把錢托在手掌上就蹲在門口不走了。

棺材匠當然聽說過這隻義猴的故事，他收了錢，給了猴子一副棺材。但是猴子依然不肯走，它蹲在棺材鋪旁，一雙眼睛骨碌碌地轉著，看到路邊有挑擔子的人，它就上前牽住這人的衣服，用手指指棺材，再指指南方。

挑擔的人也知道這是一隻義猴，他沒有推辭，上前挑起棺材跟著猴子來到南坡那間破草屋裡，幫猴子將老乞丐入殮下葬了。

自從老乞丐病倒，猴子就不停地奔波操勞，直到看著自己的主人入土為安，它才暫時平靜下來。不過，猴子並沒有為得到自由而欣喜雀躍，而是依然跑到路邊去討食，等討到吃的，猴子竟然不吃，而是小心地捧著食物到主人的墳前祭祀。它撿了一堆枯柴堆在主人的墳墓旁邊，再拿來兩人表演時用的木偶，又不知道從哪家討來了火種，就這樣，一人一猴使用了大半輩子的家什被猴子點燃了。火堆劈里啪啦地燃燒著，映在猴子的雙瞳中，卻是兩簇比火還亮的光，它長啼數聲，縱身跳進烈焰中，就這麼慨然赴死了。

路過的人無不被它的忠義所驚嘆。後來，眾人湊錢，把猴子埋在了它的主人旁邊，並給這座墳墓起名為「義猴塚」。

我們很難想像，在這複雜的人世間，要把主人穩穩妥妥地安葬，這隻猴子得克服多大的困難，但最終它用自己的忠義贏得了人類的尊重與幫助。

原文

吳越間，有鬈鬍丐子，編茅為舍，居於南坡。嘗畜一猴，教以盤鈴傀儡，演於市以濟朝夕。每得食，與猴共，雖嚴寒暑雨，亦與猴俱。相依為命，若父子然。

如是者十餘年，丐子老且病，不能引猴入市。猴每日長跪道旁，乞食養之，久而不變。及丐子死，猴乃悲痛旋繞，如人子擗踴狀。哀畢，復長跪道旁，淒聲俯首，引掌乞錢。不終日，得錢數貫，悉以繩錢入市中，至棺肆不去。匠果與棺，仍不去，伺擔者輒牽其衣裾。擔者為舁棺至南坡，殮丐子埋之。猴復於道旁乞食以祭。祭畢，遍拾野之枯薪，廩於墓側，取向時傀儡，置其上焚之，乃長啼數聲，自赴烈焰中死。行道之人，莫不驚嘆而感其義，爰作義猴塚。

——清 張潮《虞初新志．卷一．義猴傳》

為主人操心的狗

晉太和年間，廣陵人楊生養了一條狗。

狗通人性，楊生尤其喜愛它，幾乎走到哪兒都帶著它。

有一年寒冬臘月，楊生喝醉了酒，回家的路上經過一片荒郊野地，昏沉沉之際趴倒在地上，就這樣臥在荒草叢中醉醺醺地睡著了。

當時正有人放火燒荒，狂風凜冽間，火勢迅速蔓延。狗焦灼地圍著主人吠叫，但是楊生已經昏睡過去了，無論它怎麼叫，他都沒醒。

狗無奈，只得仰起腦袋四處嗅，嗅到火舌之下隱隱有濕氣後，它飛跑幾步，發現不遠處正好有個水塘，於是不顧冰冷與危險，毅然跳進水中，將自己的身體浸濕後，跑到主人身邊，匍匐在地，將主人周圍的荒草打濕。

就這樣，狗跑了一趟又一趟，直到將楊生周圍的荒草全部浸濕，才吐著舌頭守護在主人身邊。火舌即將舔舐到楊生身邊時，被水氣阻擋，因此沒有漫燒過來，楊生沉沉地睡了一覺，醒來後，看到身邊的狗渾身濕淋淋的，正擔憂地望著自己；而除了自己身邊的濕草地，周圍其餘地方全都燒成了一片焦黑，他還有什麼不明白的？楊生不由得抱住狗哽咽落淚。

還有一次，楊生因為夜間趕路，不小心掉到了枯井裡，狗急得圍著井口嚎叫了一夜。

拂曉時分，有行人碰巧路過，這人聽到狗叫得撕心裂肺，覺得奇怪，於是上前查看，才發現掉到井裡的楊生。

楊生趕忙向這人求救，並承諾只要能救自己出來，一定重重地報答他。

這人聽了楊生的承諾，卻不為所動，只盯著旁邊焦急地打轉的狗看；等打量夠了，他才對井裡的楊生喊道：「我不要你的金銀珠寶，只想要你這條狗。」

楊生一聽，哀求道：「恩人，這狗對我有救命之恩，我實在是不能把它送給你。除了這狗，你要什麼，我都答應你。」聽了這話，這人猶疑了半晌，似乎想走。

狗很通人性，它走到井邊，對著井裡的楊生輕聲叫了幾聲，楊生與它心意相通，聽懂了它的意思，於是答應了這人的要求。

把楊生從井裡救出來後，這人就找了根繩子把狗牽走了，但五天後的一個深夜，狗成功「越獄」，回到了楊生的身邊。

《搜神記》與《搜神後記》中都有狗濕身運水救主人的故事，只不過兩隻狗的命運大不相同。《搜神記》中的那隻名為「黑龍」的狗為了救主人，在火災中丟了性命。相較而言，我還是更喜歡《搜神後記》中這隻狗的結局——聰明能幹的狗和它最愛的主人快樂地生活在了一起。

原文

晉太和中，廣陵人楊生養一狗，甚愛憐之，行止與俱。後生飲酒醉，行大澤草中，眠不能動。時方冬月燎原，風勢極盛。狗乃周章號喚，生醉不覺。前有一坑水，狗便走往水中，還以身灑生左右草上。如此數次，周旋跬步，草皆沾濕，火至免焚。生醒，方見之。

爾後，生因暗行，墮於枯井中，狗呻吟徹曉。有人經過，怪此狗向井號，往視，見生。生曰：「君可出我，當有厚報。」人曰：「以此狗見與，便當相出。」生曰：「此狗曾活我已死，不得相與，餘即無惜。」人曰：「若爾，便不相出。」狗因引頸視井。生知其意，乃語路人云：「以狗相與。」人即出之，繫之而去。卻後五日，狗夜走歸。

——晉 陶潛《搜神後記．卷九》

義犬四兒

乾隆年間，紀曉嵐的親家——盧見曾牽扯到官鹽虧空一案，紀曉嵐為之通風報信，等官府抄家時，值錢的家當都已移至別處，乾隆得知後龍顏大怒；鑑於對紀曉嵐的愛才之心，於乾隆三十三年（1768）「從輕」流放烏魯木齊，也因此《閱微草堂筆記》中記載了大量他在烏魯木齊的見聞。

當時紀曉嵐養了很多狗，其中有一隻叫「四兒」，對他格外眷戀。

在邊疆異地度過了三載，乾隆三十六年（1771），紀曉嵐終於等到皇帝「賜還」的聖旨，可以徐徐東歸了。但從烏魯木齊到京城何止千里？路途遙遠，紀曉嵐本不打算帶四兒走，沒想到四兒竟然一路相隨，怎麼攆都攆不走；它以保衛者的姿態護送車隊，就這麼靠著自己的四隻小爪子一路走到了京城。

四兒不僅眷戀主人，守護行李也盡職盡責，除了紀曉嵐，任何人都不能靠近半步，就連僮僕也不例外，一旦有人靠近四兒的警戒線，它便站起來，齜牙咧嘴地大吼。

某天，一行人浩浩蕩蕩連同數輛載著行李的馬車，來到了位於天山北麓、號稱「天險之路」的七達阪。這段路共有七重山嶺，曲折陡峻，危險異常。

隨行的馬車一共有四輛，過山嶺時，每個人都小心翼翼，一直走到天黑，車隊都沒完全走過去。當時，車隊有一半走到了嶺北，另一半還留在嶺南。七達阪的地勢陡峭，這樣的荒野經常有盜匪埋伏其中，他們得隨時提防，白天都危險重重，更別提晚上了，於是大家只好分成兩組，分別看守行李，勉強過夜。

那麼四兒又該怎麼看守行李呢？

因為車隊綿延甚長，跨越了嶺南、嶺北，無法兼顧，聰明如四兒，竟想到了一個好辦法。它爬到了峻嶺的高處，站在山頂上便能一覽無遺，嶺南嶺北的數輛馬車便全都在它的嚴密掌控之下了，只要有一點動靜，四兒就能飛馳到山嶺下面查探。

僅從這一件小事就能看出四兒的聰穎和忠誠，也多虧了四兒一路上的嚴防死守，抵達京城之後，紀曉嵐清點行李時竟發現一件物品也沒有丟失。

以現代人的眼光來看，旅途中沒有遺失貴重物品，可能不算什麼稀奇事，但古代行旅中盜賊遍布，一路上危險重重，何況從烏魯木齊到京城，可是整整走了一年，《閱微草堂筆記》中也有一篇特別提到，紀曉嵐的行李被家僕亂拿亂放，其中難說沒有順手牽羊者，他雖無奈，卻也毫無辦法。

在這樣的情況下，沒有遺失任何物品是幾乎是不可能的事，但四兒做到了。

紀曉嵐感於四兒的忠義，在被貶謫的日子裡更是讓他感觸良多，於是為四兒作了兩首詩：

歸路無煩汝寄書，風餐露宿且隨予。
夜深奴子酣眠後，爲守東行數輛車。

空山日日忍饑行，冰雪崎嶇百廿程。

我已無官何所戀，可憐汝亦太痴心。

就這樣，一路風餐露宿，紀曉嵐終於回到了闊別多年的京城。

怎料，他剛回到京城一年多，有天晚上，四兒竟忽然中毒死了，有人說：「這大概是你家的奴僕嫌四兒看守太嚴，什麼油水都撈不到，所以用計殺了它，卻推說是小偷幹的。」紀曉嵐了然於心，也知道這可能就是事情的真相。

紀曉嵐將四兒入殮後，為它立了一座墳，墳前的碑上刻著「義犬四兒之墓」，本來他還打算再刻四個奴才的雕像，讓他們跪在墓前，並在胸前掛上牌子，分別寫上「趙長明」、「於祿」、「劉成功」、「齊來旺」。紀曉嵐心知肚明是這四個人合夥謀害了四兒。

有人聽了紀曉嵐的想法後，勸他：「還是不要侮辱四兒了，他們不配跪在這裡，四兒也一定不屑與這幾個卑鄙小人待在一起。」紀曉嵐心想也對，方才作罷，只給家裡的奴婢們住的院子題了個匾額，名為「師犬堂」，以紀念四兒的忠義。

原文

余在烏魯木齊，畜數犬。辛卯，賜環東歸，一黑犬曰四兒，戀戀隨行，揮之不去，竟同至京師。途中守行篋甚嚴，非余至前，雖僮僕不能取一物。稍近，輒人立怒齧。一日，過辟展七達阪（達阪，譯言山嶺，凡七重，曲折陡峻，稱為天險），車四輛，半在嶺北，半在嶺南，日已曛黑，不能全度。犬乃獨臥嶺巔，左右望而護視之，見人影輒馳視。余為賦詩二首曰：「歸路無煩汝寄書，風餐露宿且隨予。夜深奴子酣眠後，為守東行數輛車。」「空山日日忍饑行，冰雪崎嶇百廿程。我已無官何所戀，可憐汝亦太痴心。」紀其實也。至京歲餘，一夕，中毒死。或曰：「奴輩病其司夜嚴，故以計殺之，而託詞於盜。」想當然矣。余收葬其骨，欲為起塚，題曰義犬四兒墓。而琢石像出塞四奴之形，跪其墓前，各鐫姓名於胸臆，曰趙長明，曰於祿，曰劉成功，曰齊來旺。或曰：「以此四奴置犬旁，恐犬不屑。」余乃止。僅題額諸奴所居室，曰師犬堂而已。

——清 紀昀《閱微草堂筆記．卷五》

伏波灘義犬

伏波灘是進入廣東的要地，之所以叫伏波灘，是因為此處有座漢朝的伏波將軍廟。

清朝時，有個叫張子虛的客商收債回來，所乘坐的船隻當晚就停泊在伏波灘，但他不知道自己上的是一條賊船，錢財不知何時露了白，他早就被人盯上了。

當晚，毫不知情的張子虛正在酣睡時，水波蕩漾，幾個漢子悄悄翻上了船，夜色中濃重的雲被狂風推開，現出一點輕紗般的月光。波光粼粼間，一道明晃晃的光一閃而過，這是比月還寒、還亮的刀。

張子虛驚醒時，他的脖子上就穩穩當當地架著這麼一把刀。

「你也看到了，我們都是強盜，你今天註定要死在這裡。」

「給你兩條路，要麼乖乖出來受死，要麼讓我們在這裡殺了你。」

「不過，我勸你還是趁早出來受死吧。要不然，血濺到我們的船上，我們還得清洗！」

強盜頭子說到這裡，其餘的強盜都附和著哈哈大笑起來。張子虛知道自己必死無疑，馬上跪地哀求：「各位好漢，我把所有的錢全給你們，不求你們饒我一命，只希望諸位好漢能給我留個全屍，如果你們能答應我，我另有四百兩銀子奉上。」

強盜們對視一眼，嘲笑道：「你死了，身上所有的銀子都是我們的，你從哪裡再弄來四百兩？」

張子虛拱拱手，從袖子裡拿出一張票據，道：「這裡面的錢被我存在某錢莊，你們只要拿著這張銀票去兌，一定能拿到錢。」強盜們大喜，馬上伸手去搶。

張子虛為難一笑，狀似無意地將手往回一縮：「還有一點我想求求諸位好漢。」

強盜們催促道：「快說、快說。」

「我一想到要清醒著被殺死，就難受得不行。不如這樣，你們讓我喝醉，然後用一張破席子裹住我的屍體，往水裡一丟就行。這樣你們省時省力，我也能留個全屍。好漢們覺得這個法子怎麼樣？」

強盜們聽張子虛說得真誠，竟然真的取來了酒。等張子虛喝得酩酊大醉了，就照他說的，用一張破席子將他胡亂裹了，拋到了河中央。

嘩啦一聲水響，破席剛入水，岸邊正睡著的一隻流浪狗耳朵忽地一動，迅速起身。它迎著風，鼻翼聳動幾下後，半分猶豫都沒有，跳入了水中，在一片黑暗中，游向了河中心。

找到人後，狗緊緊地銜著席子，原本想把席子拖上岸，但力氣有限，不得已，只好順著水流，跟著席子漂浮到了河岸邊。

精疲力竭的狗再次嘗試把席子往岸上拉，但是根本拉不動，它著急地在原地團團轉了幾下，忽然有了主意，一溜煙往河附近的一座廟裡跑去了。

此時，狂風已經停了下來，剛剛露出月亮再次被烏雲籠罩，月黑風高，廟門早已關閉，和尚也都入睡了。

狗對著緊閉的廟門又抓又撓，鼻子裡著急地哼唧著。

和尚聽到動靜，以為是有借宿的行人，於是披了衣服，出門問：「誰啊？」沒人回應，但撓門的聲音越來越大，和尚擔心有情況，急忙開了門。

一個水淋淋的怪東西，四腳著地從門外走進來，把和尚嚇了一跳，等聽到「汪汪」的叫聲，才知道是條狗。

狗銜住和尚的衣角使勁往外拉，和尚見它模樣著急，問道：「你這是要帶我去哪裡？」此時，寺裡的和尚都已經被吵醒了，大家看到狗著急的模樣，都覺得事有古怪，便跟著它來到了河邊。

看到河邊用破席捲著的人，和尚們紛紛搖頭：「阿彌陀佛，這事我們管不了，等天亮了，請官府派人來收屍吧。」說完，和尚們準備散去，狗明白這些人心裡想什麼，一個箭步衝到前面，攔住了他們。

「這是怎麼回事？難道人還活著？」

想到這裡，和尚們把破席子連著張子虛一路抬回了廟裡。待把席子解開，發現破席上有很明顯的齒痕，這才知道是狗一路把席子叼到了岸邊，再一摸張子虛的鼻息，酒氣蒸騰，人還喘著氣呢！和尚們急忙燒了水，給張子虛灌下了一碗熱茶湯，只見他喘息均勻像是沉沉睡去，應是沒什麼大礙了。

第二天一大早，酣睡了一整晚的張子虛終於醒了。他趕忙對和尚們解釋了事情的來龍去脈，說：「強盜們拿了我的銀票，肯定會去錢莊兌銀子。他們走的是水路，我們走陸路報官，一定能比他們早到。」

和尚們見義勇為，護送著張子虛飛速趕往錢莊，他們到的時候，強盜們果然還沒有來。

張子虛把事情的原委告訴錢莊的主人，並出了一個甕中捉鼈的主意。不久，強盜們如張子虛預料的那樣拿著銀票來取銀子了。錢莊的主人表面上虛與委蛇，暗中讓張子虛去報官，等強盜們反應過來時，他們已經被官兵團團包圍了。

後來，張子虛收養了這條救了自己一命的「恩犬」，並帶著狗回了老家，他守著狗過日子，再也沒有出過遠門，甚至還專門為自家狗寫了《義犬記》。

原文

伏波灘，入廣之要區，因其地有漢伏波將軍廟而名也。某年有客收債而返，泊其處，船戶數人夜操刀直入曰：「汝命當畢於斯，我輩盜也，可出受死，勿令血污船艙，又需滌洗！」客哀求曰：「財物悉送公等，肯俾我全屍而斃，不惟中心無憾，且當以四百金為酬。」盜笑曰：「子所有，盡歸吾囊橐，又何從另有四百金？」客曰：「君但知舟中物，豈識其餘？」乃出券示之，曰：「此項現存某行，執券往索可得。惟我清醒受死，殊難為情，請賜盡醉，裹敗席而終，可乎？」盜憐其誠，果與大醉，席捲而繩縛之，拋擲於河。

甫溺，有犬躍而從焉，俱順流傍岸。犬起抓擊廟門，僧問為誰，不應；及啟關，見犬走入，渾身淋漓，銜僧衣不放，若有所引。隨至河邊，見裹屍，俱欲散去，犬復作遮攔狀。僧喻其意，抬屍至廟。撫之，酒氣薰騰，猶有鼻息。解其縛，驗席上有齒痕，始知是犬齧斷，乃與茶湯而臥。

明晨，客醒曰：「盜走水路，我輩從陸告官，當先盜至。」蓋度其必執券而往某行也。僧諾與俱。盜果未至，因告行主人以故，戒勿泄。俄而盜果持券至，主人偽為趨奉，遣客鳴官，遂皆擒獲。客偕犬同歸，終老於家，不復再出，著《義犬記》。

——清 袁枚《續子不語．卷一．伏波灘義犬》

招財貓

杭州有戶姓金的人家，乃是當地的名門望族，這個家族幾乎每一代都會出幾個名人。

不過在這之前，金家只是普普通通的一戶富裕人家，還稱不上望族。當時的老金是個熱心腸的漢子，生平最愛救死扶傷，且為人坦蕩真誠，周圍的人都尊敬他。但是造化弄人，老金家道中落，四十好幾了，反而越發貧苦落魄，眼看這輩子也就這樣了。

一年夏天，老金正在院子裡納涼，忽聽得幾聲細微的喵嗚聲。他循著聲音，發現了一隻瘦骨嶙峋的貓。

見貓餓成了這個樣子，老金動了惻隱之心，他連忙起身找了點東西餵給貓吃，就這樣，貓活了下來。從此之後，這隻貓便定居在了老金家，再也不走街串巷了。它每天戀戀不捨地跟在老金後面，主人去哪兒，它就去哪兒，老金也很喜歡它。

每次吃飯，哪怕自己吃粗茶淡飯，他也一定要為貓準備點生肉餵飽它；每次外出前，老金都會不厭其煩地囑咐家人，一定要盡心地餵養貓。

慢慢地，瘦貓變成了大肥貓。

不過，這貓也不是混吃等死的吃貨，平日裡，它盡心盡力捕捉老鼠，自從它來到老金家，老金家的糧倉便再也沒有被老鼠光顧過。

當年秋天，杭州發生了澇災，老金家顆粒無收。

農民們都是靠天吃飯的，老天爺不賞飯，任誰也束手無策。餘糧早已吃完，老金想出門借米也沒處借，大家都沒糧食。能典當的也都典當完了，這場天災讓本就不富裕的金家變得一貧如洗。作為一家之主的老金急得直上火，但他又能有什麼辦法呢？一家人只能相顧流淚。

這個時候，連人都沒飯吃，更顧不上貓了。它餓得圍著老金嗷嗷叫，老金的女兒見了便責罵它：「人都沒有東西吃，你還想吃東西？主人窮成這樣，本就心煩意亂，你怎麼不念主人平日的養育之恩，想想怎麼回報主人，反而還在旁邊嗷嗷亂叫，惹人憎惡？」

貓聽罷，若有所悟。它「喵嗚」一聲，似乎在說「好」，而後一個飛躍，跳上屋頂，飛檐走壁而去。見到貓的表現，一家人都嘖嘖稱奇，老金也隨之破涕而笑。

沒多久，破舊的院牆上傳來細微的喀嚓聲。一家人抬頭一看，是貓回來了，它的嘴裡不知道叼了什麼東西，在陽光的照耀下金光閃閃。

貓一個飛躍落到老金的肩膀上，嘴一鬆，一個沉甸甸的東西落入老金懷中。

老金好奇地撿起來一看——是個女人的舊抹額。抹額雖然是舊的，但上面綴了二十餘枚東珠[14]，個個光明圓正，大如芡實，粗略算來，可值千金。

老金大驚失色，又是驚喜又是害怕：「雖然貓通靈，但這是偷來的東西，要是留下來，不但有損我的品行，而且恐怕丟失東西的人家會冤枉家裡的婢女和僕人。這是性命攸關的大事啊，該如何是好？」

看到老金的反應，他的妻女便說：「道理雖然沒錯，但井邊的李子難道沒有主人？廉潔之士尚且會摘來吃呢。這就是所謂的饑不擇食。何況這並不是你去偷的，而是自己來到我們家，一定是老天爺憐憫你，藉此物接濟你罷了，怎麼可能全是狸貓的功勞呢？何況現在家裡沒半點吃的，也沒別的辦法了。」

14 編按：產於東北松花江、黑龍江等地的野生珍珠，清朝的王公貴族將之鑲嵌在冠服飾物上，彰顯皇室尊榮。

「不如姑且先把這東西拿去當了，換點糧食，渡過這個難關，之後再暗中去尋訪失主。如果找到了，再如實告訴他其中的緣故，把當票還給他，這樣應該就沒什麼問題了。」

老金左右為難，考慮到一家人確實已經餓得不行了，沉默半晌，他最終選擇當掉抹額，於是一家人在災荒的年月活了下來。

第二年，老金開始遍地走訪，詢問有沒有丟失名貴抹額的人家，但是到處都找不到失主。

有人猜測：「東珠這麼貴重，一定是大戶人家的殉葬品。時間長了，墳墓崩塌，棺木破損，而這戶人家早已敗落，沒有餘錢修葺墳墓，所以才被貓叼了出來。」

也有人說：「這可能是哪個有心計的女人因為嫁了個浪蕩子，擔心家產被丈夫敗光，為了給子女留點財產，提前把東西藏在了夾牆裡或天花板上。只是可憐這女人來不及交代後事，就撒手西去了，所以這東西被貓輕而易舉地取了出來。老金啊，你就收著吧，這也沒什麼不對。」

這些人的說法，老金覺得都有道理，不然這麼名貴的東西，不等自己去問，早該有人找上門了。思來想去，老金最終把抹額贖回，賣了出去。就這樣，利用這第一桶金，年過半百、日子幾乎一眼就能看到頭的老金竟然發了家。

有了錢，他請來了先生教書，子孫們也爭氣，大都順利通過科舉，走上了仕途。

子孫後代們都聽從老金的話，愛貓養貓，每次餵貓，都一定要準備好鮮魚生肉。

金家後代愛貓到了什麼程度呢？

當時，金家有個官至憲司的後人，他在官署中養了幾十隻貓，每次進出都被貓眾星拱月般地追隨著。為了無微不致的照顧貓，他甚至請了專人來豢養它們。作者寫下這篇故事時，金家依然沒有衰敗。

這因貓而發家致富的金家位於杭州，也許是過程太過傳奇，在民間廣為流傳，版本雖然眾多，但情節大同小異。如此看來，貓會被稱為招財貓是有原因的啊！

原文

武林金氏，望族也，代有聞人。有某翁者，救死恤生，利人愛物，至誠惻怛，人皆仰之。然厄於命，年逾強仕，家中落。

夏日納涼院中，見饑貓傾側將斃，翁睹之慘然，自起飼之。從此貓不他往，日戀戀依翁側。翁每飯必食以腥，即外出，必囑家人盡心愛養。由是，貓漸肥健，能捕鼠而糧無耗失。

是年秋澇，粒米無收。翁家乏食，借貸無門，典質已盡，搔首踟躕，牛衣對泣而已。貓更無從得食，嗷嗷於側。小女子責之曰：「人尚無食，汝欲食耶？主人窮困至此，心煩意亂，汝不念平日養育恩勤，何以報德，而反嗷嗷取憎耶？」貓呦然似諾，一躍登屋去。人皆異之，翁亦破涕為笑。未幾，貓銜一物擲翁懷中。視之，婦女舊抹額也。上綴東珠廿餘，光明圓正，大如芡實，值千金。翁驚訝失色，一喜一懼，曰：「貓雖通靈，奈竊取之物，不但汙我品行，且恐失物之家冤及婢僕，性命攸關，奈何？」其妻女曰：「翁言雖是，但井上之李，豈無主者？廉士尚且取之，所謂饑不擇食也。況此物自至，必天神憐翁，假物以濟，豈盡狸奴力耶？無已，姑先質資度歲，暗訪物主，明告其故，而歸以質券，似亦無傷。」翁不得已，姑從之。

次年遍訪，無失物家。或曰：「此巨家殉葬物，年久家貧，墓崩棺壞，則貓取之矣。」或曰：「有心計婦嫁浮蕩子，藏此物於複壁承塵中，為子女謀。未及交代，猝病而亡。貓故取之無礙。」皆似也，要之以神天賞善之說為正。翁聞人所議近理，乃贖而貨之。緣此起家，子孫發科甲，世承祖訓，愛蓄貓，食必以腥。有仕至憲司者，署中貓且數十頭，出入隨從，專有飼貓之人，至今不衰。

——清 吳熾昌《續客窗閒話・卷七・義貓》

虎友

唐朝建中初年，青州北海縣的北面，有一座相傳為秦始皇所築的望海台。望海台的旁邊，有一個湖名別澅泊。湖邊搭了一個草棚，捕魚人張魚舟就住在這草棚裡。

一天晚上，一隻老虎走進了草屋裡。

當時，張魚舟正在睡覺，他睡得很沉，一直到天快亮時，聽到屋裡有動靜，以為是人。

一開始他不知道是老虎，聽到隱隱的呼吸聲，還以為是竊賊。他不在意地躺在床上一動不動，心想：自己家窮得只剩下草，有什麼可偷的呢？

拂曉時分，晨光透過茅草縫隙投射進屋內。

借著微弱的日光，張魚舟迷迷糊糊地睜開眼，赫然發現眼前坐著一隻巨大的斑爛猛虎，他身體僵硬地趴在床上，嚇得不敢動。老虎見他醒來，卻沒有做出要吃人的凶相，只是伸出前爪，動作緩慢而輕柔地碰了碰張魚舟露在外面的手。

見老虎沒有吃自己的意思，張魚舟逐漸冷靜下來，他坐起身，打算看看老虎想要幹什麼。見他不再害怕，老虎這才舉起左前爪給他看。

張魚舟雙手撐在床上，就著射進草屋的日光探頭一看，原來虎爪上扎了一根五、六寸長的木刺。他心中頓時明白，原來老虎是來找他幫忙的。

張魚舟握住老虎探出來的前爪，一下便把那根刺拔掉了。拔刺的過程中，老虎乖巧地蹲在床前，一動也不動，直到刺被拔掉，老虎才縮回寬厚的爪子，從張魚舟的草屋一躍而出。

它興奮地蹦跳了幾下，察覺自己安然無恙了，就面向房內微微屈膝俯身，一副恭敬感激的樣子。

感受到了老虎的心意，張魚舟的恐懼徹底消散了，他大膽地走出屋外，老虎圍著他轉了一圈，用虎尾親暱地掃著他的小腿，用腦袋輕柔地蹭著他的胸口，良久，才戀戀不捨地轉身離去。

當晚半夜時分，草屋前突然傳來咚的一聲巨響。張魚舟大驚之下，衣服也來不及穿，趕忙出去查看。只見草屋前的地上躺了一隻足有三百多斤的大野豬，不遠處的月光下，還蹲著一隻斑斕猛虎。

老虎一臉得意地坐在野豬後面，看到張魚舟出了門才起身，照例用腦袋蹭了一會兒他的身體，才緩緩轉身往山林走去。

從此之後，張魚舟實現了「吃肉自由」。

老虎幾乎每晚都送獵物前來，有時候是野豬，有時候是鹿，張魚舟一個人也吃不完，只好把其中一些拿到集市上換錢。沒想到張魚舟天天拿獵物去集市上賣，時間久了，村民們覺得這事過於詭異，紛紛議論：

「他只是個打魚的啊，何時學會打獵的功夫呢？」

「再說，也沒看過他出門打獵啊，獵物是從哪裡來的呢？」

「他一定是妖物！」

最終，惶惶不安的村民們得出了這樣的結論，就這樣，無辜的張魚舟被村民們扭送到了縣衙裡。

在大堂上，張魚舟把老虎報恩的來龍去脈說了一遍，圍觀群眾都不信他的話，紛紛起哄：「你在說什麼鬼話？」「糊弄三歲小孩吧？」

不過，縣令倒是開明，怕冤枉了好人，他派小吏晚上去張魚舟家門外守著，看看是不是真有老虎來送獵物。

當晚，小吏守在了張魚舟的家門外，二更時分，老虎果然如期而至，這次，老虎送來了一隻麞鹿。

聽了小吏的彙報，縣令當場赦免了張魚舟的罪過，放他回家了。

張魚舟覺得自己受了老虎這麼多恩惠，應當想辦法回報它。最近他用獵物換來了不少錢，於是他用這筆錢設了一百零一頓齋飯做功德，專門為老虎祈福，希望它下一世能夠脫離畜生道。

老虎似乎知道他在做什麼，當晚為他銜來了一匹絹布。

一天，老虎突然現身，坐在門外，輕輕叫喚了兩聲，等張魚舟出門看它時，老虎一躍而起，將那間草屋撲倒了。張魚舟安靜地等它拆完房子，摸摸它的腦袋，問它：「是不是這裡會發生不好的事情，所以你才不想讓我在這裡住了？」

老虎當然不會說話，但張魚舟從它那雙琥珀色的眼睛中看出了它的擔憂，於是，張魚舟從廢墟中收拾了一下自己的東西，搬家離去。

從此之後，老虎再也沒有回來過。

本來，這只是一個動物向人求救的普通故事，但老虎之後所做的回報，為故事添上了不凡的色彩，而人也盡自己的努力，希望老虎能有一個更好的來世。人與虎之間的淳樸善良共同造就了一個浪漫又感人的故事。

原文

唐建中初，青州北海縣北，有秦始皇望海台，台之側，有別滻泊，泊邊有取魚人張魚舟，結草庵，止其中。常有一虎，夜突入庵中，值魚舟方睡，至欲曉，魚舟乃覺有人。初不知是虎，至明方見之。魚舟驚懼，伏不敢動。虎徐以足捫魚舟，魚舟心疑有故，因起坐。虎舉前左足示魚舟，魚舟視之，見掌有刺，可長五六寸，乃為除之。虎躍然出庵，若拜伏之狀，因以身劘魚舟。良久，回顧而去。至夜半，忽聞庵前墜一大物。魚舟走出，見一野豕腯甚，幾三百斤。在庵前，見魚舟，復以身劘之，良久而去。自後每夜送物來，或豕或鹿。村人以為妖，送縣。魚舟陳始末，縣使吏隨而伺之。至二更，又送麋來，縣遂釋其罪。魚舟為虎設一百一齋功德。其夜，又銜絹一匹而來。一日，其庵忽被虎拆之，意者不欲魚舟居此。魚舟知意，遂別卜居焉。自後虎亦不復來。

（出《廣異記》）

——宋 李昉《太平廣記・卷四百二十九・張魚舟》

柒、動物篇　萬物有靈

捌、詭術篇

奇詭浪漫的術法

志怪世界裡，怪誕的術法也占有一席之地，
從老人的通天繩技、胡媚兒的瓶中戲，
到聶隱娘的傳奇故事，
到底只是掩人耳目的幻術、熟能生巧的技法，
還是本身就有不可描述的神異之處？
或者，只是古人的天馬行空的想像呢？
紀曉嵐在〈煙戲〉中的結論，也提供了一個線索。

集月光

桂林有個姓韓的人，這人生性豪爽，最愛飲酒，據說他還懂道術，只是日常舉止有點怪異，和常人不太一樣。

一天，韓生準備從桂林出發，一路遊山玩水去往明州，當時同行的除了服侍的僕人，共有兩人，趕路到天色晚了，幾人來到桂林郊外的僧寺借住。

當晚正是滿月之夜，皎潔的月光把簡陋的僧舍照得亮如白晝，連蠟燭都不用點。幾人胡亂收拾罷，正準備睡覺，韓生卻起身拎起角落裡的一個籃子，另一隻手拿起一柄葫蘆勺，不聲不響地出門去了。

剛躺好的兩人覺得很奇怪，一起披衣出門查看。

只見灼灼的月光下，韓生長身玉立地站在花草微動的院落中。此時，他拿著那柄葫蘆勺對著空中輕輕地舀了一下，然後小心翼翼地把剛剛舀的東西倒進了竹籃裡。

「你在幹什麼啊？」好奇的兩人圍住他，他們低頭看去，明晃晃的月光下，籃子裡、葫蘆勺中空無一物。

韓生一副理所當然的語氣：「今晚月色難得，所以我打算攢下一點月光，等颳風下雨時拿出來照明。」大家聽罷，沉默了一陣，終於忍不住哈哈大笑起來。

「月光還能舀嗎？」

「為什麼不能？趁月光好時，將其存起來。」

韓生不顧二人的嘲笑，氣定神閒地將月光一勺一勺地往籃子裡舀著，大家面面相覷，都覺得這韓生的腦子大概是壞掉了。

第二天，眾人起床後，又聊起昨晚韓生愚痴的舉動，有人為了逗弄韓生，故意把昨晚他舀月光用的竹籃和葫蘆勺拿過來，裡面自然是空無一物。這人將空蕩蕩的籃子一一提到眾人的眼前看，打趣道：「小韓，你舀的月光呢？」簡陋的房內瞬間爆發出陣陣歡笑聲。這下，大家總算找到理由把韓生大大嘲笑一番了。

被眾人揶揄，韓生也不生氣，而是憨憨地跟著大家一起笑。

當然，這不過是眾人前行路上的一個小插曲，笑完也就算了，吃罷飯，大家動身繼續遊山玩水。

船行到邵平時，遇到了大風，眾人不敢再往前行，於是停船靠岸休息。江邊正好有一座亭子，眾人決定就在此處歇腳過夜了。

收拾妥當，眾人各自命僕人快去準備酒菜。僕人腿腳麻利，有的燒火，有的做飯，還有的飛跑進附近的酒館裡打來美酒。沒多久，濃烈的酒肉香氣就飄蕩在江岸邊。

喝著美酒，吃著好菜，賞著美景，眾人很快就喝得酩酊大醉。

到了晚上，風颳得越發急了。僕人點了燈燭，燭火劇烈地跳動了幾下便噗的一聲被狂風吹滅了，真是掃興啊！酒才喝了一半呢，眼看漫漫長夜就要摸黑度過，大家都很沮喪。

在一片黑暗中，有人忽然戳了戳旁邊的韓生，語氣戲謔地問：「喂，你之前存的月光現在在哪兒呢？」

聽了這話，其他人正準備嘲笑韓生，沒想到韓生猛地一拍巴掌，道：「嘿！我差點忘了。」

說罷，韓生起身，頂著狂風，緩緩往船上走去。其他人完全摸不著頭腦，心想：這韓生不會來真的吧？

只見韓生走回亭子時，左手提籃子，右手握葫蘆勺，舀起籃子裡的什麼東西後，往外一揮，剎那間，昏暗的亭子亮堂了起來。光首先環繞在梁棟之上，似乎是剛剛那一勺揮得過於用力了。

緊接著，第二勺、第三勺，韓生一連揮動了幾十勺，整座亭子瞬間亮如秋日白晝。

韓生微微笑著，站在原地望著大家，此時，明亮安然的亭內與狂風大作的江邊彷彿是兩個世界，月色瀲灩，秋毫皆睹。

眾人驚呼數聲，這下算是真的服氣了。大家一直痛飲到四更時分，韓生這才再次將月光舀回籃子中。在最後一勺月光收回籃子時，夜瞬間黑透了。

趁月光好時，將其舀進籃子裡存起來，等到月黑風高時再拿出來用——大概也只有風雅的古人才能想出這樣浪漫的故事了。

原文

桂林有韓生，嗜酒，自云有道術。一日，欲自桂過明，同行者二人與俱，止桂林郊外僧寺。韓生夜不睡，自抱一籃，持匏杓，出就庭下。眾往視之，則見以杓酌取月光，作傾瀉狀。韓生曰：「今夕月色難得，我懼他夕風雨夜黑，留此待緩急爾。」眾笑焉。明日取視之，則空籃弊杓如故，眾益哂其妄。

及舟行至邵平，共坐至江亭上，各命僕辦治殽膳，多市酒，期醉。適會天大風，日暮風益急，燈燭不得張，眾大悶。一客忽念前夕事，戲嬲韓生曰：「子所貯月光，今安在？」韓生撫掌對曰：「我幾忘之。」即狼狽走舟中取籃杓一揮，則白光燎焉見於梁棟間。如是連數十揮，一坐遂盡如秋天晴夜，月色瀲灩，秋毫皆睹。眾乃大呼，痛飲達四鼓。韓生者又酌取而收之籃，夜乃黑如故。

——唐 皇甫枚《三水小牘》

通天繩技

《聊齋志異》中《偷桃》的故事，想必大家都不陌生。

故事講的是一對變戲法的父子，兒子在父親的命令下，借由一根細繩攀緣上天，要偷天宮裡的蟠桃。沒想到小孩被天宮的人發現，被鋸斷肢體後，從天上扔了下來。父親大哭，向圍觀的官員求錢葬子。在大家慷慨解囊後，父親才笑著拍拍箱子，完好無損的孩子從箱子中一躍而出，活蹦亂跳地出來跟大家道謝。

熟知這個故事的人很多，這裡就不再提了，但下面的故事早於《偷桃》一千多年，知道的人卻相對少了。

唐開元年間，皇帝多次下令讓各州縣舉行大型宴會。嘉興縣的縣令準備了雜耍，要和監司一較高下，而監司此時還什麼都沒準備。

接連三年輸給縣令，這讓監司很沒面子。今年，他發下「宏願」，一定要贏了縣令，爭一口氣，於是監司給手下們下了最後通牒，命他們在最後期限內務必找到一個雜耍高手，不然就讓他們好看。

眼看截止日期臨近，獄卒們還是沒找到適合人選，愁得天天唉聲嘆氣。

獄卒們說話也不避人。這天，他們當著囚犯們的面愁眉苦臉地聊了起來：「倘若咱們的雜耍比不過縣令的，我們的日子就難過了；但只要有一項比得過，我們就能得到賞錢。可惜我們啥都不會啊，這可怎麼辦？」

「對了，你們之中誰會雜耍？稍微懂一點也成。到時候幫我們去比，贏了有賞。」

獄卒像想起什麼似的，問了問眼前的囚犯們。

沒想到反應熱烈，囚犯紛紛舉著手大聲報名，獄卒問道：「你們都會些什麼？」

「我……我會上牆爬屋。」

「小的會爬樹哩！」

「讓我去，爬牆爬樹我都會！」聒噪的囚犯你一言我一語，議論聲此起彼落。

就在眾人鬧成一團時，一個囚犯忽然開口道：「各位老爺，在下想毛遂自薦。」這名囚犯自從被關進來後就一直安安分分，跟那些「惹事精」不同，所以獄卒們紛紛圍上來打量他。

是個蓬頭垢面的犯人，他的臉上正帶著懶洋洋的笑。獄卒有點捉摸不透，這人從頭到腳沒有半點特殊的地方，會不會是故意搗亂的？

犯人聳聳肩膀，說道：「我確實會一點獨特的雜耍，也想展示給你們看，可惜我現在被拘押著，沒法施展啊。」獄卒問他：「那你會什麼？」

亂蓬蓬的烏髮下，囚犯一雙眼睛忽然亮了起來，聲音也不再是懶洋洋的了：「繩技。」

看著這雙閃爍著自信光芒的眼睛，獄卒們不由得信了他：「如果你真的會繩技，那我們會替你通報的；但倘若你敢騙我們，小心你的腦袋。」

囚犯無賴似的笑著擺擺手，道：「快去、快去。我保證不會讓你們失望。」獄卒飛奔著前去稟告監司。

一聽說是囚犯想參賽，監司本想拒絕，但眼看比賽的日子就快到了，他到現在還沒找到一個可用之人，又有點猶豫。難道今年還要被縣令嘲笑不成？想到這裡，監司沉吟一會兒，問道：「這囚犯犯了什麼罪？」

獄卒連忙解釋：「倒是也沒犯什麼大事，只是受別人的牽連，拖欠了稅款。」監司一聽，於是召來犯人問道：「繩技不過是很普通的雜耍。你的繩技和別人的有什麼不同嗎？」

囚犯微微一笑，流露出自負的神色：「在下的繩技確實跟別人不同。」

「怎麼個不同法？」

「平常人的繩技都是繫住繩子的兩頭後，在繩子上跳躍表演；我只需要一根粗細如手指、長約五十尺的繩子就足夠了。繩子也不需要繫住，只需將它拋向天空，繩子便能直直立起，我就能在繩子上跳躍舞蹈了。」

監官一聽，大喜過望，立馬扭頭命手下給囚犯弄頓好吃的，決定明天派囚犯去比賽。

第二天，獄卒帶著囚犯來了。等其他表演都開始了，囚犯才被召到比賽現場。

囚犯依然是一副蓬頭垢面的邋遢樣，他的手裡捧著一團百餘尺長的繩子，這是監司為了確保必勝特意命手下為他準備的。

在眾人的屏氣凝神中，囚犯將繩子放在地上，拎起一頭，用力將繩子拋擲到了空中。

怪事發生了！

那繩子彷彿被空中的一股無形之力給拉住了，竟然豎在半空中，剛勁如筆。

圍觀的群眾發出了陣陣驚嘆。

囚犯站在原地，沒有理會眾人的反應，面上依舊帶著懶洋洋的笑。他手裡動作不停，繼續往上拋繩子。

一開始，他往上拋了二、三丈，緊接著是四、五丈。那繩子一直是筆直筆直的，宛如被空中的什麼東西給死死地牽住了。

此時，賽場上的其他比賽都中止了，大家都被囚犯這一手繩技給吸引了。在眾人的驚嘆聲中，囚犯再次用力一拋，繩子足足被拋高了二十多丈。

大家努力地仰著腦袋，卻無論如何也看不到繩子的那一頭。筆直的一根繩索，借由囚犯的一雙妙手，連接了天與地。

囚犯對著圍觀的眾人狡黠一笑，不慌不忙地握住繩子，雙腳已然離了地。離地很遠後，囚犯再次將手中的繩子往虛空中拋去。就這樣，囚犯如一隻飛鳥，騰空飛揚而去了。

在眾目睽睽之下，囚犯大搖大擺地越了獄。從此之後，再也沒有人見過他。

故事中的囚犯表演的是戲法、幻術，還是障眼法呢？不論如何，最後他僅憑一根繩子就重獲了自由。

原文

唐開元年中，數敕賜州縣大酺。嘉興縣以百戲與監司競勝精技，監官屬意尤切。所由直獄者語於獄中云：「倘若有諸戲劣於縣司，我輩必當厚責。然我等但能一事稍可觀者，即獲財利，嘆無能耳。」乃各相問，至於弄瓦緣木之技，皆推求招引。獄中有一囚笑謂所由曰：「某有拙技，限在拘繫，不得略呈其事。」吏驚曰：「汝何所能？」囚曰：「吾解繩技。」吏曰：「必然，吾當為爾言之。」乃具以囚所能白於監主。主召問罪輕重，吏云：「此囚人所累，逋緡未納，餘無別事。」官曰：「繩技人常也，又何足異乎？」囚曰：「某所為者，與人稍殊。」官又問曰：「如何？」囚曰：「眾人繩技，各繫兩頭，然後於其上行立周旋。某只須一條繩，粗細如指五十尺，不用繫著，拋向空中，騰躑翻覆，則無所不為。」官大驚悅，且令收錄。

明日，吏領至戲場。諸戲既作，次喚此人，令效繩技。遂捧一團繩，計百餘尺，置諸地，將一頭手擲於空中，勁如筆。初拋三二丈，次四五丈，仰直如人牽之，眾大驚異。後乃拋高二十餘丈，仰空不見端緒。此人隨繩手尋，身足離地，拋繩虛空，其勢如鳥，旁飛遠揚，望空而去。脫身行狴，在此日焉。（出《原化記》）

煙戲

乾隆戊寅年（1758）五月二十八日是吳林塘先生五十歲大壽的日子。當時，他正住在太平館中，紀曉嵐前往為他祝壽。

前來賀壽的人不少，其中有一位並不起眼的老爺子，年約六十，操著南方口音，談吐風雅，據說他懂煙戲。到底什麼是煙戲呢？不光紀曉嵐不知道，在座眾人也前所未聞，大家都等著看老爺子要表演什麼把戲。

不一會兒，有個僕人把一個大煙袋獻了上來，煙袋是特製的，煙鍋大得足足能裝四兩煙絲，只見老爺子取過煙袋，點著火後便吧嗒吧嗒地吸了起來。

在老爺子抽煙時，眾人能清晰地看到老爺子的喉結滑動，他是把吸進去的煙都嚥進肚子裡了，過了大約一頓飯的工夫，煙絲才被吸完。吸完了煙，老爺子向旁邊的僕人要了一大碗濃茶來喝，喝罷，老爺子這才對主人開口道：「給您添兩隻仙鶴祝壽怎麼樣？」

大家停了說笑，一齊看向老爺子。

只見老爺子微微張嘴，一縷淺淡的白煙飄過後，兩隻由煙霧化成的仙鶴從老人的嘴裡翩然飛出。仙鶴在半空中輕盈地舞動了幾下，便扭身飛向屋角去了。

此時，老爺子再次開口，緩緩地吐出了一個如盤子那麼大的煙圈，之前飛出的兩隻仙鶴回轉身子，在煙圈中穿梭往返，暢快飛舞。隨後，老爺子咳嗽一聲，一縷如絲的煙從他微張的嘴角緩緩飄出。這絲煙線嫋嫋直上，最終散為了一片氤氳的水波雲，雲中似乎有什麼東西在動。

仔細一看，那煙雲中竟然飛著無數個寸許長的小鶴。

小鶴們從浮動的煙雲中靈巧地飛出，圍著壽星蹁躚起舞，過了很久才緩緩散去。圍觀的眾人都被老爺子這一手絕活驚呆了，紛紛驚嘆道：

「這簡直是我平生從未見過的奇景！」

「這分明是仙術吧！」

眾人尚未從震驚中回過神來時，老爺子的弟子走上前，敬了壽星一杯酒，道：「我的本事比不上師父，就讓我為您表演一點小把戲吧。」說罷，徒弟深吸一口煙，等他緩緩吐出時，一片潔白的雲朵飄然出現在酒席前，雲朵慢慢凝結，最終聚成了一座小閣樓。雲氣幻化成的閣樓，雕花的欄杆和窗戶清晰可見，歷歷如畫。

徒弟微微一笑，道：「這幅畫名為海屋添籌[15]，祝您壽比南山。」

大家再次嘖嘖稱奇，紛紛搖頭感慨：「即使是神仙在指尖上的細小光芒中現出五色玲瓏塔，也不能與此情此景相提並論。」

紀曉嵐也感慨道：「我多年來閱遍的各類野史小說中，如擲杯放鶴、頃刻開花之類的把戲數不勝數，難道說這些戲法確有其事，只是後人少見多怪，才認為這些戲法都是編造的？看看這位老爺子和他的徒

15 海屋：寓言中用於堆存記錄滄桑變化籌碼的房間；籌：籌碼。舊時用於祝人長壽。出自蘇軾《東坡志林》。

弟表演的煙戲，要不是我親眼所見，我也不信。」

將無法掌控的煙霧化為繞指柔，隨著人的心意隨便變幻出亭臺樓閣，神乎其技到這般地步，若不是仙術，所需的技法又要何等高超才能辦到呢？

原文

戊寅五月二十八日，吳林塘年五旬時，居太平館中。余往為壽，座客有能為煙戲者，年約六十餘，口操南音，談吐風雅，不知其何以戲也。俄有僕攜巨煙筒來，中可受煙四兩，爇火吸之，且吸且嚥，食頃方盡，索巨碗瀹苦茗，飲訖，謂主人曰：「為君添鶴算可乎？」即張吻吐鶴二隻，飛向屋角，徐吐一圈，大如盤，雙鶴穿之而過，往來飛舞，如擲梭然。既而嘎喉有聲，吐煙如一線，亭亭直上，散作水波雲狀，諦視，皆寸許小鶴，鴶鵴左右，移時方滅。眾皆以為目所未睹也。俄其弟子繼至，奉一觴與主人曰：「吾技不如師，為君小作劇可乎？」呼吸間，有朵雲飄緲筵前，徐結成小樓閣，雕欄綺窗，歷歷如畫。曰：「此海屋添籌也。」諸客復大驚，以為指上毫光現玲瓏塔，亦無以喻是矣。以余所見諸說部，如擲杯化鶴，頃刻開花之類，不可殫述，毋亦實有其事？後之人少所見，多所怪乎？如此事非余目睹，亦終不信也。

——清 紀昀《閱微草堂筆記．卷二十四》

瓶裡乾坤

唐貞元年間，揚州坊市忽然來了一個表演戲法的女藝人，也不知道是從哪來的，女孩自稱姓胡，名媚兒。

胡媚兒人長得美，加上精湛的戲法，不過十天便吸引了一大批人前來觀看，她每天都能賺到成千上萬的賞錢。

一天早上，胡媚兒照常在熙來嚷往的市集上開始表演，在眾人殷切的目光中，胡媚兒從懷中取出一個流光溢彩的琉璃瓶子，瓶子精巧透明，有半升的容量，只見她把瓶子放在地上的席子上後，柔柔地嘆了口氣，道：「要是各位看官施捨的錢能裝滿這個瓶子，媚兒我就滿足了。」那瓶子的瓶口不過蘆葦管般細。

「這還不簡單嗎？」有人應了一句，接著便往瓶子裡投了一百錢，只聽叮噹數聲，一枚枚被投進去的錢在穿入瓶口的瞬間陡然變成了粟粒大小。

「哇！」圍觀群眾紛紛發出驚嘆。

一百個銅板竟然都裝不滿這個瓶子？觀眾中有土豪來了興致，將腰間纏著的一千錢一股腦地堆在瓶子旁。在眾人的見證下，那一千錢陸陸續續被投入瓶中，這麼大一堆錢進了瓶子，卻宛如進入了異度空間般，鋪在瓶底，只有淺淺的一層。

群眾的激情正在發酵，又有一人不服氣，命僕人取來一萬錢，結果自然也沒能裝滿瓶子。

情勢發展越發精彩了，一位看似富貴人家的好事者聽說後，大手一揮，命人拉來幾十萬錢，一捧捧地投進去，竟沒想到這小山般的銅板也全都變成了比螞蟻還小的袖珍錢。

怎麼會這樣？

到這個地步，已經不是投錢進去博美人一笑的事了，大家強烈的好奇心和勝負欲望被狠狠地挑起來了。有不服氣的群眾突發奇想，把自己的馬投了進去。本來他只是試著玩玩，沒想到蘆葦大的瓶孔竟很輕鬆地把馬兒吞了進去，他頓時嚇了一跳，趴在瓶外一看，馬雖進了瓶子，卻並沒死，只是縮小了許多倍，變得如同螞蟻那麼大，還昂首闊步地在錢堆上走來走去呢。

不久，有管稅的官員從楊子院駕著幾十車收來的稅經過此地，聽人群發出的一聲聲驚嘆，也被吸引過來，也不趕路了，乾脆駐足觀看。

見這個瓶子竟如此神奇，他們心動了，也難怪，這種事誰不好奇呢？又有誰不想試試這袖珍小瓶是不是真的永遠也填不滿呢？

「不知道這幾十車綾羅綢緞能不能放進去？」兩個稅官低聲討論著，對視一眼，都有點躍躍欲試。心想畢竟這些是官家的東西，大庭廣眾之下，諒這個小女子也不敢耍什麼花招，所以有恃無恐。

其中一個稅官玩笑般地問胡媚兒：「妳能讓這些車全進到瓶子裡去嗎？」胡媚兒哈哈一笑，道：「只要你們同意就可以。」稅官點點頭，道：「試試吧。」

胡媚兒得到准許後，將瓶口微斜，大喝一聲，那幾十輛馬車連同馬兒和貨物便滾滾向前，相繼進入了瓶中，眼見進到瓶中的馬兒都還活著，大小像螞蟻一般，在裡面不停地走呢。

「神奇啊！」眾人一片驚呼。

「令人驚嘆，了不起的法術！」

稅官帶頭鼓掌，圍觀群眾爆發出一陣陣叫好聲，胡媚兒謙虛地搖了搖頭。

可是眾人沒想到，沒過多久，那些車馬便如灰塵般逐漸消失在了瓶子裡，瓶子重新變得透明且空空如也。稅官們納悶，扭頭問胡媚兒：「車怎麼不見了？」

胡媚兒暢快一笑，在眾目睽睽之下，縱身跳入了瓶中。

稅官大驚失色，慌忙將瓶子拿過來用力一摜，破碎的琉璃片閃爍著刺眼的光芒，除此之外，地上什麼也沒有，而胡媚兒也消失得無影無蹤。

一個月後，有人在清河北看到胡媚兒駕著那些車馬一路往東平去，當時李師道正在東平的軍隊中任主將。

胡媚兒的目標顯然就是這批稅款，或許稅款在尚未被徵收之前，就已經被胡媚兒盯上了。膽大心細的女孩十分高明地提前在稅官們的必經之路上放好了誘餌，這誘餌是多麼有誘惑力啊，吸引了那麼多前赴後繼的小魚主動為大魚引路。也不怪他們會上當，畢竟誰能想到小小的一個瓶子，竟然能裝下乾坤。

原文

唐貞元中，揚州坊市間，忽有一妓術丐乞者，不知所從來。自稱姓胡，名媚兒，所為頗甚怪異。旬日之後，觀者稍稍雲集。其所丐求，日獲千萬。一旦，懷中出一琉璃瓶子，可受半升。表裡烘明，如不隔物。遂置於席上，初謂觀者曰：「有人施與滿此瓶子，則足矣。」瓶口剛如葦管大，有人與之百錢，投之，琤然有聲，則見瓶間大如粟粒，眾皆異之。復有人與之千錢，投之如前。又有與萬錢者，亦如之。俄有好事人，與之十萬二十萬，皆如之。或有以馬驢入之瓶中，見人馬皆如蠅大，動行如故。須臾，有度支兩稅綱，自揚子院部輕貨數十車至。駐觀之，以其一時入，或終不能至將他物往，且謂官物不足疑者。乃謂媚兒曰：「爾能令諸車皆入此中乎？」媚兒曰：「許之則可。」綱曰：「且試之。」媚兒乃微側瓶口，大喝，諸車輅輅相繼，悉入瓶，瓶中歷歷如行蟻然。有頃，漸不見。媚兒即跳身入瓶中，綱乃大驚，遽取撲破。求之一無所有，

從此失媚兒所在。後月餘日，有人於清河北逢媚兒，部領車乘，趨東平而去。是時李師道為東平帥也。（出《河東記》）

——宋 李昉《太平廣記．卷二百八十六．胡媚兒》

入畫

唐德宗貞元末年，開州有位叫冉從長的將軍。這位將軍性格豪爽，好交朋友，又肯仗義疏財，所以吸引了當地許多的文人奇士前來投奔他。

當時有位畫家叫寧采，他畫了一幅〈竹林會〉送給將軍。畫作異常地精巧雅致，被將軍小心翼翼地掛在了廳堂中。

將軍府裡還有兩位客居的秀才，分別叫郭萱和柳成，兩人時常互相貶損，誰也不服誰。一天，眾人坐在客廳，正一團和氣地閒聊著，柳成冷不防地對將軍說：

「將軍，這幅〈竹林會〉在技巧上是巧妙了些，但是匠氣太重，反而失了意趣。我現在想略施薄技，不施五色筆墨就讓這幅畫更加精妙絕倫，如何？」將軍一驚，心想：這平平無奇的小秀才，竟然敢說這樣的大話！

擔心柳成做不到會尷尬，他馬上打圓場說：「我竟然不知道柳秀才有如此才藝，但不用筆墨怎麼修改呢？柳秀才這是在說笑吧？」說完將軍哈哈一笑，招呼大家該吃吃、該喝喝，別把柳秀才剛才的話放在心上，但柳成似乎並不想順著臺階下來，仍執著於這個話題：「這簡單，我自己進到畫裡面去修改。」

郭萱拍掌大笑，道：「你騙三歲小孩呢？」眾人也跟著哄堂大笑。這些食客為了爭奪將軍的寵信，競爭很激烈，他們很樂於看其他食客吃癟。

被大家這樣嘲笑，柳成也不生氣，他只挑釁地看著郭萱道：「那你敢不敢跟我打賭？如果我能不施筆墨就改動這幅畫——」不等他說完，郭萱便嗤笑一聲：「那我甘願輸給你五千銅板。」

將軍見事態發展到這個地步，也不阻攔了，甚至索性當起了擔保人。有了將軍作保，柳成這才起身往畫作走去。

眾人這時都停止了哄笑和討論，屏氣凝神，看他到底要做什麼。

只見柳成很自然地走到畫作前，眾目睽睽之下，他的身體竟漸漸地騰空而起。大家驚呼一聲，難以置信地湊上前看，等眾人趕到畫前時，柳成的身子已經全部飄進畫中了。

眾人大駭，將這幅畫翻來覆去地查看，還有人在畫上摩挲，找了半天，沒一個人能找到柳成藏在哪裡。

見眾人逐漸安靜下來，柳成突然說道：「郭萱呢？」聲音好像就是從畫裡傳出來的。

眾人紛紛看向郭萱，只見他的面色忽青忽白，煞是精彩，眾人都掩唇偷笑。

過了約莫一頓飯的工夫，眾人才瞥見柳成從畫裡飄然而下。

大家圍上來嘖嘖稱奇，柳成卻一臉「這沒什麼大不了」的樣子。他指著〈竹林會〉中阮籍的畫像，謙虛地說：「我的水準只能到這裡，將軍勉強看一看吧。」

大家仔細看畫像，發覺這裡面的七個人，只有阮籍發生了變化。這阮籍之前還是一臉嚴肅呆板的模樣，現在卻是唇角含笑，姿態恬淡閒適。不過，要說到底哪裡改了，卻誰也看不出來，他們只能感覺到整幅畫的意境確實與之前大不相同。

郭萱還是有些不服氣，說道：「哪裡呀？這畫根本沒有任何改變。」將軍難以決斷，於是命童子速去把寧先生請來一觀。

寧采很快就到了，將軍請他看一看自己的畫作。

寧采摸著下巴看了良久，擺擺手，道：「這的確不是我畫的。」

將軍這才知道，原來這個柳成是位得道的高人，於是連忙帶著郭萱去找柳成道歉。

幾天後，柳成不辭而別，從此再也沒有人見過他。

寫下這篇故事的作者段成式說，這件事是他的朋友宋存壽在職為官時，親眼所見。

古人對於一幅畫的想像能天馬行空到什麼地步呢？

《太平廣記》記載了一個發生在趙顏身上的故事。他愛上了畫中的美人，因為渴慕美人，他求問畫工：「如何才能得到美人呢？」畫工教了他祭拜的法子。經過趙顏千百次不間斷的祭拜後，畫中的美人終於被打動，從畫中飄然而下，來到人間與他結婚生子。

類似的故事在志怪筆記中還有不少。

在古人的想像中，他們可以將畫中人拉入現實世界中與自己共同生活，也可以肉身入畫，去往畫中世界體驗一番。

在這樣如夢似幻的想像中，虛幻與現實，又何必分得那麼清楚呢？

原文

貞元末，開州軍將冉從長輕財好事，而州之儒生、道者多依之。有畫人寧采圖為〈竹林會〉，甚工。坐客郭萱、柳成二秀才，每以氣相軋。柳忽眄圖謂主人曰：「此畫巧於體勢，失於意趣。今欲為公設薄技，不施五色，令其精彩殊勝，如何？」冉驚曰：「素不知秀才藝如此！然不假五色，其理安在？」柳笑曰：「我當入彼畫中治之。」郭撫掌曰：「君欲給三尺童子乎？」柳因邀其賭，郭請以五千抵負，冉亦為保。柳乃騰身赴圖而滅，坐客大駭。圖表於壁，眾摸索不獲。久之，柳忽語曰：「郭子信來？」聲若出畫中也。食頃，瞥自圖上墜下，指阮籍像曰：「工夫只及此。」眾視之，覺阮籍圖像獨異，吻若方笑。寧采睹之，不復認。冉意其得道者，與郭俱謝之。數日，竟他去。宋存壽處士在釋時，目擊其事。

——唐 段成式《酉陽雜俎．續集卷一》

奇人葛玄

葛玄，字孝先，是三國時期丹陽句容人，出身於名門望族的他，本該同父輩和兄長一樣，順利邁入仕途，但他從小就篤信黃老之術，後來也終於得償所願，師從左慈，修習道術，學會了煉丹修仙的法術。

據《神仙傳》記載，他最擅長治病，尤其是那些稀奇古怪的病。只要他一出手，所有侵犯人的鬼魅妖怪都得現形，是驅逐還是直接誅殺，他會視這些鬼魅作祟的嚴重程度和認錯的態度來決定。

葛玄不僅僅會治怪病，凡是一個道士應該會的本事，他全都會。比如辟穀，葛玄可以經年累月地不吃不喝，卻依然精神抖擻地活著；比如水火不侵，他可以在熊熊烈火上端坐而衣冠無損；他在喝完一斛酒後，跑去幽深的山泉中躺倒酣睡，等解了酒從水中起身時，身上滴水不沾。

除此之外，還精通用符咒役使鬼神、呼風喚雨的法術。

葛玄通常是獨來獨往的，但其實他身邊隨侍著許多鬼神。遇到有書袋要拎、有行李要背時，外人看到的場景是——葛玄獨自在前面走著，那些行李飄在半空中，亦步亦趨地跟在他的身後；甚至連做飯、倒酒之類的事，也有鬼怪在符咒的驅使下為他做得妥妥當當。

葛玄就是這樣一個奇人。

一次，大概是算到他的好友即將有難，葛玄去這位朋友家做客。

這位好友生了病，正躺在床上呻吟。葛玄到來時，朋友的床旁有一名巫師正手持法器又舞又跳，這也奇怪，得了病，不去找葛玄幫忙，反而請別的巫師來祭祀。

見葛玄來訪，這位巫師面色倨傲，嘴上也出言不遜起來。

葛玄是隨性之人，但不代表沒有脾氣，他當場發飆：「好你個奸鬼，我不追究你的罪過，你還敢這樣跟我說話？」說完，他馬上敕令隨侍的左右——也就是隱身受他役使的鬼魅精靈——把巫師拉出去綁起來。

那剛剛還不可一世的巫師立時像被什麼人牽到了院子裡，又主動貼在了廊柱上，衣服也自動脫落下來。隨即，空中傳來啪啪的鞭打聲，巫師身上立刻鮮血淋漓。

巫師哀苦地叫著，故意用鬼語乞求饒命。

其實葛玄早就知道好友的病是這巫師在搗亂，這正是他匆匆趕來的原因。他喝止了鬼神的鞭打，緩緩走到巫師面前問：「如果我免了你的死罪，你能讓病人痊癒嗎？」

「能！能！」明明沒有繩索，巫師卻彷彿被死死地綁在了廊柱上，他大聲地哀求著：「求求你饒了我吧，我再也不敢這麼做了！放了我，我會治好病人的。」葛玄擺擺手，巫師馬上感覺綁住自己的無形繩索鬆動了。

「就給你三天時間，到時候他如果好不了，看我怎麼收拾你！」巫師這才重獲自由。

除了懲罰壞心眼的巫師，葛玄還曾替天行道，以區區凡人之力對抗過神。

某地有座廟，廟裡供奉著一個自大又好面子的神。不管是什麼身分、乘坐什麼交通工具的人經過，都必須下來，畢恭畢敬地步行經過廟門口。如果有人非得騎馬坐車經過廟前，那不出一百步，廟裡的神定會想方設法地把人給弄下來。

當地百姓沒法子，只得逆來順受，好在這件事對他們的生活沒有太大影響。

但葛玄自有一套合乎公理的處事標準。

某次經過這座寺廟時，葛玄沒有下車，而是放開轡繩，讓馬徑自往前走去，廟裡的神果然發怒了。車未行百步，平地忽地起了狂風。狂風裹挾著葛玄的馬車原地打轉，塵埃漫天飛舞，狠狠地拍打到隨從們的面門上，隨從們沒有葛玄的本事，不敢硬來，紛紛迴避。

葛玄大概也是十分護短的人，見隨從被欺，本來還閉目養神的他勃然大怒：「小小妖邪，怎敢如此放肆？！」說罷，他默誦著咒語隨手一指，暴虐的狂風陡然止息。在一片風平浪靜中，葛玄怒氣沖沖地走進寺廟，隨手拋出一張符咒，原本群鳥啁啾的廟裡頓時一片死寂。

幾天後，廟裡那棵參天古樹在本該枝葉繁盛的夏日忽然枯死了。不久，廟堂起了大火，連同裡面的神像燒了個一乾二淨。

從上文來看，葛玄可真是一個疾惡如仇的人。

但斬妖除魔這種事不會天天發生，除了與壞人和惡神鬥爭，日常生活中，葛玄又是怎樣一個人呢？

富貴的家境、天生的奇才加上良好的教育，本應造就出一個端莊優雅的翩翩貴公子，但葛玄生活在一個動盪不安的朝代。

魏晉風度在歷史上留下了濃墨重彩的一筆，在那個時代裡，有嵇康、阮籍，有許多縱情山林的名士，作為其中的佼佼者，葛玄身上自然也有屬於那個時代的印記。

很難說清楚他是受環境影響還是天生就嚮往神仙之說，與同時期許多尋仙訪道的名士一般，他也走上了一條與世俗背道而馳的路，他也很快就取得了常人一輩子都難以望其項背的成就。

隨著對世事的領悟加深，他逐漸由端莊恭謹的世家公子變成了一位率性豁達的山人。面對好奇的親朋好友時，葛玄表現得完全不像一位開山立派的祖師爺——他不故作高深，也不板起臉來說教，更不會蔑視普通人。

他喜歡的，是盡可能優雅又不失風趣地展示自己那些奇異的本領。

這天，一位好友經過葛玄家附近時，忽然想去拜訪一下葛玄。原因是快到吃飯時間了，他想去葛玄家蹭上一頓好吃的。自從之前在葛玄家吃過據說是妖鬼做出來的美味後，他便一直念念不忘。

拐個彎就是葛玄那棟簡樸的宅子了。

好友邊走邊嘀咕：「不知道葛玄在不在家？要是不在家，我該去哪裡吃飯呢？」正嘀咕著，迎面忽然走來一位男子，他身上鬆鬆垮垮地披著一襲破舊的袍子；那袍子雖鬆垮，男子卻有著一張端莊雅正的臉，定睛一看，來人不正是葛玄嗎？

「你這是要去哪裡？我正要找你。」

葛玄一板一眼地道：「來接你到我家吃飯啊。」

好友哈哈一笑，道：「早知道你有神算子的本領，我就不該瞎擔心。」

兩人一路走著，好友絮絮叨叨正說在興頭上，無意間低頭一看，當場嚇得哇哇大叫。原來不知道什麼時候，他已經離地三尺高了，此時正騰空行走著。

剛剛還一臉嚴肅的葛玄終於惡作劇得逞一般地大笑起來：「好玩嗎？」好友嚇得直點頭，等順利落回地面，好友才長舒一口氣。

儘管葛玄經常玩這種出人意料的小把戲，但好友還是每次都會被嚇到。

「別鬧了，我走了一路，嗓子都快冒煙了。」

「你渴了？」葛玄止住了腳步，扭頭問道。

好友點點頭，卻見葛玄忽然轉身走到路邊的一棵柳樹下，彎腰折了一根草，將草直直地刺向樹幹。緊接著，他隨手從懷裡掏出來一個杯子，聽著淅淅瀝瀝的水流聲，好友驚呆了，葛玄竟然從樹中引出了甘泉！等杯子裡的水滿了，那汁水就自動止住了。

「喝吧，你剛剛不是說口渴嗎？」葛玄將裝滿水的杯子遞了過去。

看著葛玄這一臉正經的樣子，好友擔心他又想捉弄自己，有些踟躕；但此時杯中傳來了陣陣酒香，好友忍不住接過杯子，把杯中的液體一飲而盡。

「啊！」好友發出了一聲暢快的讚嘆，他從沒喝過這麼香醇的美酒，好友正打算出口讚美兩句，卻見葛玄又開始俯身撿石頭和草木。

「你撿這些幹嘛？」

「回去做下酒菜。」

「我好不容易來你家做一回客，你就用這些東西招待我？」好友有些哭笑不得。葛玄嘴角一翹，忽然露出促狹的笑容說：「先嘗嘗吧。」

好友還沒反應過來，口中已經被葛玄塞進去了一片柳葉，他下意識地咀嚼了兩下，眼睛瞬間亮了。這分明是鮮嫩的鹿肉！

「什麼法術這麼厲害啊？」好友不信邪，將杯子重新湊到樹幹上，卻再也沒有香醇的美酒流出，又撿了一片葉子放進嘴裡咀嚼，卻只有苦澀的味道，好友「呸呸」兩聲，把葉子吐掉。

他徹底服氣了。

兩人進了葛玄的家門，正說個不停的好友一抬頭，發現主座上坐著一個男人，男人披著一襲鬆鬆垮垮的長袍，面容端莊雅正，那不正是葛玄嗎？

好友頓時傻眼了：主座上坐的是葛玄，那陪我走過來的是誰呢？

還沒回過神來，兩個葛玄忽然哈哈一笑，站在好友身邊的葛玄倏地消失不見了。

葛玄的能力到了這種可役使鬼神、隔空取物的地步，他對於物質的需求就降到了最低。數九寒冬，又有客人來葛玄家裡做客。

用「簡樸」二字來形容葛玄家，其實是一種委婉的說法，嚴格來說，葛玄家四處漏風，是個實實在在的破屋子，他有本領在身，能安坐在屋中，坦然自若地說笑；但客人是肉體凡胎，怎麼受得了呢？見客人凍得發抖，葛玄才意識到自己和普通人是不同的，他不好意思地道歉：「抱歉啊，我家裡太窮了，不能為各位準備火爐。這樣吧，讓我生點火為大家取暖。」

說罷，葛玄張開嘴，徐徐往外吐氣，火猛地從他嘴裡噴出，客人被這口吐火焰的法術嚇了一跳，緊接著，空中飄蕩起金絲線般的火光。

火光絲絲縷縷地灑在桌子上、杯碗中，甚至落在了客人的身上，眨眼間灑滿了整間屋子，奇怪的是，沒有東西被燒著，客人伸手過去，火光觸手便滅了。凍得發抖的客人這下周身都暖乎乎的，感覺自己彷彿正坐在暖陽底下，卻又不會太熱，葛玄為客人調的是剛剛好的溫度。

沒多久，美味的飯菜被看不見的手端上來了，酒壺飄在半空中，自動地為客人斟滿美酒。

「喝！」

「喝！」

兩人痛快地將杯中的酒喝下。當客人耍賴，不打算繼續喝時，那飄在空中的酒壺就會執著地停在客人面前，直到他將杯中酒一飲而盡。

葛玄吃飽飯，拿起了漱口水，正要將最後一口飯嚥下去時，忽然想起什麼，望著客人促狹一笑，含含糊糊地問道：「你不是一直想看我的法術嗎？今天為你表演一個。」客人放下碗筷，點點頭，認真地看向葛玄。

也沒有什麼煩瑣的儀式，葛玄只對著客人做了一個簡單的動作——張開嘴巴。

客人好奇地望過來，只見葛玄嘴裡的白米飯忽地變成了幾百隻大黃蜂。客人驚恐得從座位上跳了起來。

黃蜂從葛玄的嘴裡飛出，繞著房間嗡嗡地飛了很久，見黃蜂不蜇人，客人才又怕又喜地拍手稱讚。

「讓我再為你助個興。」

面對漫天飛舞的黃蜂，葛玄輕輕一擊掌，黃蜂忽然集體起舞，再一擊掌，它們馬上又變換了舞姿。客人這次算是大開眼界了。

見客人的好奇心總算得到了滿足，葛玄再次張開嘴巴，那群黃蜂又統統飛回了他的嘴裡。此時再看，葛玄嘴裡又是滿滿的白米飯了。

除了能將嘴裡的米飯變為黃蜂為客人助興，偶爾葛玄還會指揮昆蟲、鳥雀以及水中的魚鱉隨著音樂舞蹈跳躍。

每次聚餐，朋友們都能大開眼界。

吃完了飯，還有餐後水果。

客人還記得有一年盛夏來做客，曾在這裡吃到過冰塊。夏天能吃到涼絲絲的冰，冬天能吃到什麼呢？竟是新鮮爽口的甜瓜！這一次不僅酒足飯飽，還看到了好玩的戲法，客人再次滿意而歸。

葛玄也不是時時刻刻都會順著別人，不為名利所累的他偶爾也會耍些孩子脾氣。

一次，有人請葛玄去做客，但他並不想去。主人熱情似火，非要他去，葛玄拗不過對方，只得不情不願地跟著走。剛走出幾百步，葛玄忽然捂住肚子，蒼白的臉上沁出冷汗。

「葛仙人，您這是怎麼了？」主人嚇得慌忙去扶他。

「疼、疼、疼……」說完，葛玄就緩緩地倒在了地上。

倒地後，葛玄逐漸沒了聲音，主人驚慌失措地伸手去摸，發現人已經沒氣了。

「葛……葛仙人！」

主人想把葛玄的頭抬起來，但一抬葛玄的頭，頭便忽然斷了；再去抬葛玄的四肢，四肢竟也軟綿綿地失去了生機；再然後，他不敢抬了，因為葛玄的身體已經臭不可聞了。

「啊！」主人一路尖叫著跑去葛玄家報喪。

他推開門，卻見葛玄好端端地在屋裡坐著，正邊聽著無人自彈的古琴，邊悠閒地飲著茶，一派歲月靜好的模樣。

「有事嗎？」葛玄疑惑地詢問滿頭大汗的主人。

主人懷疑自己瘋掉了，但他不敢說，支支吾吾了一陣，便扭頭跑了。

不信邪的主人再次去剛剛葛玄「死去」的地方查看，卻見地上乾乾淨淨，半點死過人的痕跡沒有。

千辛萬苦學來的法術，如果不拿來玩，豈不是太浪費？這大概是葛玄的人生態度吧。

因為聲名遠揚，葛玄曾被吳王孫權請去，吳王想賜給他高官厚祿，讓他陪在自己身邊，幫國家預測吉凶禍福。

葛玄修習道法之前就對名利仕途不感興趣，何況現在已經學有所成，但孫權是君王，葛玄還是要給幾分薄面的。他不好用詐死的方法脫身，只得像模像樣地請辭，但每次請辭都被拒絕，葛玄無計可施，只得勉強留下。

某次，吳國大旱，吳王特意請葛玄出門遊玩，路上有人正抬著龍王泥塑四處遊走。這是一種祈雨的風俗，因為老百姓認為龍王管雨，風不調、雨不順，就是龍王失職。失職的龍王沒資格再坐在龍王廟中安享香火，大家會把它請出來曝晒一番，以此鞭策它努力振作，快點為大家降雨。

吳王故意在廟門之外歇息，他的意圖已經很明顯了。

「唉……我的子民真是可憐啊，這麼久不下雨，莊稼都旱死了，他們該怎麼活呢？」

聰明如葛玄自然懂得弦外之音。

「王上，不必擔憂。下雨而已，容易得很。」

說罷，他從袖子中抽出一張早已準備好的符咒，放到附近的龍王廟中。就在符咒放進去的剎那，濃黑的雲迅速聚集，只聽喀嚓一聲巨響，霹靂幾乎將天幕撕裂，大雨隨之傾盆而下。廟前中庭沒多久就積了一尺深的雨水。

百姓們雀躍狂歡，吳王也開心，誇讚道：「葛玄啊葛玄，你果真是能呼風喚雨的仙人啊！」

心情好了，吳王也有了開玩笑的心思，他指著積水，扭頭問正沉靜地立在他身側的葛玄：「這麼深的水裡能有魚嗎？」

「王上，你要知道，這世間之事沒有什麼是不可能的。魚自然也是可以有的。」葛玄再次將一張符咒扔進了水裡。符咒沒入水中的剎那，忽然有百餘條長一、兩尺的大魚爭相跳躍出來。

驚喜地看了一會兒，吳王再次發問：「這些魚很肥美啊，能吃嗎？——」

不等吳王說完，葛玄再次認真地說道：「沒有什麼是不可能的。」說罷，他扭頭命隨侍去捉魚，活蹦亂跳的魚被送去了廚房，做成了一桌全魚宴。直到魚吃進嘴裡，吳王才肯定地一點頭：「嗯，確實能吃。」

君臣二人之間與上文類似的趣事還有很多。

有次，熱情的吳王邀請葛玄外出遊玩，這次上了吳王的船隊；沒想到走到半路，一陣颶風忽然襲來，百官的船無論大小都翻了，就連葛玄的船也沒能倖免。

見到這場景，吳王傷心地感慨道：「就連得道的葛公也免不了沉船啊。」風浪過後，吳王的船終於驚險地靠了岸，他登上高山四處尋找葛玄的蹤跡，同時命下屬趕快打撈沉船。

一晚很快過去，天光微亮時，有人驚呼一聲，吳王望去，只見波光粼粼的水面上忽然浮出了一個人，那人身披霞光，踏水而來。

是葛玄！

等葛玄走近了，驚嘆不已的吳王從他身上嗅到了濃烈的酒味。

「不是沉船了嗎？你去哪裡喝的酒啊？」

葛玄向來端莊嚴肅的臉上微微泛著醉意：「抱歉，昨天我陪著您的時候，不巧被伍子胥看見了，他非要拉著我去喝酒。倉促間，我來不及掙脫，只得隨他去了，煩勞大王在水邊等候了一晚。」

吳王聽罷轉驚為喜，畢竟手下是道法如此高超的厲害人物，他自然也覺得驕傲。

因為吳王要求葛玄時刻隨侍在側，葛玄幾乎沒有自己的時間，對於修道之人來講，的確不是一件妙事。

這天，葛玄忽然對自己的大弟子說：「我被大王逼迫，不得不留在這裡，實在是沒時間做丹藥了。近期我該屍解了，日期就在八月十三日午時。」等到了日子，向來喜歡把衣袍穿得鬆鬆垮垮的葛玄規規矩矩地穿好道袍，戴好道冠，和衣躺在床上後便斷氣了。

弟子們聞訊趕來，發現師父面色紅潤，依然和生前一樣。

按照師父的吩咐，他們要燒香守護師父的身體三天三夜。

等到第三天半夜時分，狂風驟然來襲，掀開屋頂，摧折樹木，風聲如打雷般猛烈。一直被弟子們小心守護的火燭也隨之熄滅。

過了很久，大風才停下來，驚慌失措的弟子將蠟燭點好，扭頭一看，師父的身體竟然憑空消失不見了，床上只剩下如蟬蛻般的外衣，那外衣甚至連衣帶都沒有解開。

葛玄是屍解登仙去了。

等到早上，弟子們問鄰居：「昨晚的大風有沒有造成你們的損失？」鄰居們都很納悶：「哪裡有風？昨晚很平靜啊。」原來，昨晚的狂風全都發生在一個院子裡。整個院子，籬笆被颳落，樹木被颳折，鄰居們卻一無所傷。

再奇異浪漫的法術，也要靠人來施展，志怪筆記中怎麼少得了這些奇人異士呢？

本文姑且從中隨意抓取一個——葛玄，不看其在歷史長河中對後世教派的巨大影響，只透過這些有趣的小事瞭解其奇幻的一生。

從上面的故事中，我們能看出，葛玄幾乎稱得上是一個超人，但他在面對普通人時，卻從來沒有流露出輕蔑，反而十分願意混跡其中，甚至常用自己通天的本領耍些無傷大雅的小把戲，逗大家一樂，這或許也是修道之人的開闊胸襟吧！

原文

葛玄字孝先，從左元放受《九丹金液仙經》，未及合作，常服餌朮。尤長於治病，鬼魅皆見形，或遣或殺。能絕穀，連年不饑。能積薪烈火而坐其上，薪盡而衣冠不灼。飲酒一斛，便入深泉澗中臥，酒解乃出，身不濡濕。玄備覽五經，又好談論。好事少年數十人，從玄遊學。嘗船行，見器中藏書札符數十枚，因問：「此符之驗，能為何事？可見得否？」玄曰：「符亦何所為乎？」即取一符投江中，流而下。玄曰：「何如？」客曰：「吾投之亦能爾。」玄又取一符投江中，逆流而上。曰：「何如？」客曰：「異矣！」又取一符投江中，停立不動。須臾，下符上，上符下，三符合一處，玄乃取之。又江邊有一洗衣女，玄謂諸少年曰：「吾為卿等走此女，何如？」客曰：「善。」乃投一符於水中，女便驚走，數里許不止。玄曰：「可以使止矣。」復以一符投水中，女即止還。人問女：「何怖而走？」答曰：「吾自不知何故也。」

玄常過主人，主人病，祭祀道精。主人使玄飲酒，精人言語不遜。玄大怒曰：「奸鬼敢爾！」敕五伯曳精人，縛柱鞭脊。即見如有人牽精人出者，至庭抱柱，解衣投地，但聞鞭聲，血出流漓，精人故作鬼語乞命。玄曰：「赦汝死罪，汝能令主人病癒否？」精人曰：「能。」玄曰：「與汝三日期，病者不癒，當治汝。」精人乃見放。

玄嘗行過廟，此神常使往來之人，未至百步，乃下騎乘。中有大樹數十株，上有眾鳥，莫敢犯之。玄乘車過，不下，須臾有大風回逐玄車，塵埃漫天，從者皆辟易。玄乃大怒曰：「小邪敢爾！」即舉手止風，風便止。玄還，以符投廟中，樹上鳥皆墮地而死。後數日，廟樹盛夏皆枯，尋廟屋火起，焚燒悉盡。

玄見買魚者在水邊，玄謂魚主曰：「欲煩此魚至河伯處，可乎？」魚人曰：「魚已死矣，何能為？」玄曰：「無苦也。」乃以魚與玄。玄以丹書紙納魚腹，擲魚水中。俄頃，魚還躍上岸，吐墨書青色如大葉而飛去。

玄常有賓後來者，出迎之，坐上又有一玄，與客語，迎送亦然。時天寒，玄謂客曰：「貧居，不能人人得爐火，請作火，共使得暖。」玄因張口吐氣，赫然火出，須臾滿屋，客盡得如在日中，亦不甚熱。諸書生請玄作可以戲者。玄時患熱，方仰臥，使人以粉粉身，未及結衣。答曰：「熱甚，不能起作戲。」玄因徐徐以腹揩屋棟數十過，還復床上，及下，冉冉如雲氣。腹粉著屋棟，連日猶在。玄方與客對食，食畢漱口，口中飯盡成大蜂數百頭，飛行作聲。良久張口，群蜂還飛入口中，玄嚼之，故是飯也。玄手拍床，蝦蟆及諸蟲飛鳥燕雀魚鱉之屬，使之舞，皆應弦節如人。玄止之即止。玄冬中能為客設生瓜，夏致冰雪。又能取數十錢，使人散投井中，玄徐徐以器於上呼錢出，於是一一飛從井中出，悉入器中。玄為客致酒，無人傳杯，杯自至人前。或飲不盡，杯亦不去。畫流水，即為逆流十丈許。

於時有一道士，頗能治病，從中國來，欺人，言我數百歲。玄知其誑，後會眾坐。玄謂所親曰：「欲知此公年否？」所親曰：「善。」忽有人從天上下，舉座矚目。良久集地，著朱衣進賢冠，入至此道士前曰：「天帝詔問：『公之比年幾許，而欺誑百姓！』」道士大怖，下床長跪，答曰：「無狀，實年七十三。」玄因撫手大笑。忽然失朱衣所在，道士大慚，遂不知所之。

吳大帝請玄相見，欲加榮位，玄不聽，求去不得，以客待之。常共遊宴，坐上見道間人民請雨，帝曰：「百姓請雨，安可得乎？」玄曰：「易得耳。」即便書符著社中，一時之間，天地晦冥，大雨流注，中庭平地水尺餘。帝曰：「水寧可使有魚乎？」玄曰：「可。」復書符水中。須臾，有大魚百許頭，亦各長一二尺，走水中。帝曰：「可食乎？」玄曰：「可。」遂使取治之，乃真魚也。常從帝行舟，遇大風，百官船無大小多濡沒，玄船亦淪失所在。帝嘆曰：「葛公有道，亦不能免此乎！」乃登四望山，使人船鉤，船沒已經宿，忽見玄從水上來。既至，尚有酒色。謝帝曰：「昨因侍從，而伍子胥見強牽過，卒不得捨去。煩勞至尊，暴露水次。」

玄每行，卒逢所親，要於道間樹下，折草刺樹，以杯器盛之，汁流如泉，杯滿即止。飲之，皆如好酒。又取土石草木以下酒，入口皆是鹿脯。其所刺樹，以杯承之，杯至即汁出，杯滿即止。他人取之，終不為出也。

或有請玄，玄意不欲往，主人強之，不得已隨去。行數百步，玄腹痛，止而臥地，須臾死。舉頭頭斷，舉四肢四肢斷；更臭爛蟲生，不可復近。請之者遽走告玄家，更見玄故在堂上。此人亦不敢言之，走還向玄死處，已失玄屍所在。與人俱行，能令去地三四尺，仍並而步。

又玄遊會稽，有賈人從中國過神廟，廟神使主簿教語賈人曰：「欲附一封書與葛公，可為致之。」主簿因以函書擲賈人船頭，如釘著，不可取。及達會稽，即以報玄。玄自取之，即得。

語弟子張大言曰：「吾為天子所逼留，不遑作大藥，今當尸解，八月十三日，日中時當發。」至期，玄衣冠入室，臥而氣絕，其色不變。弟子燒香守之三日，夜半忽大風起，髮屋折木，聲如雷，炬滅。良久風止，忽失玄所在，但見委衣床上，帶無解者。旦問鄰家，鄰家人言了無大風，風止在一宅，籬落樹木皆敗折也。

（出《神仙傳》）

——宋 李昉《太平廣記．卷七十一．葛玄》

玖、精靈篇

古代「小精靈」目擊事件

自古以來，小人的記載數不勝數，如《山海經》：
「有小人，名曰僬僥之國」、
「周饒國在其東，其為人短小」、
「有小人，名曰菌人」。
自此之後，不管是紀實性的典籍，還是情節曲折的奇幻故事，
關於小人的各種記載都多了起來。
這些小人，有的是鬼狐花妖所化，
有的是螞蟻、潮蟲變成，有的至今仍是未知的生物。

長翅膀的小精靈

這個世界真的是你看到的那個樣子嗎？

洛陽龍門有一處地方，相傳是仙人廣成子的舊宅。

唐朝天寶年間，有一位法號為「雅」的北宗禪師在這裡建造了一座寺廟。寺廟依舊宅建起，院中原本就長了許多參天古桐，每到春夏時節，廟中枝葉拂地，幽雅寧靜，是個修行的好地方。

某年，滿院子的梧桐初展花苞時，正在樹下打坐的禪師忽然聽到樹上有異響，好像有人正小聲地在他的頭頂吟唱。禪師抬頭一看，原來是有蜜蜂正圍著花苞上下飛舞。但說是蜜蜂，它們又與普通蜜蜂長得不太像。

禪師覺得奇怪，站起身仔細望去。

這怪異的蜜蜂可不是人嗎？只是背上多長了一對翅膀而已啊。禪師大為詫異，見旁邊正好有竹網，他悄悄拿起來，輕輕一撲，便捉住了一個長翅膀的小人。

小人並沒有激烈地掙扎，只露出了難以置信的表情。

禪師把小人放進紗籠裡，掛在廊下，觀察了一會兒。雖然走南闖北這麼多年，又飽讀詩書，他卻始終看不出長翅膀的小人到底是什麼東西。

毫無頭緒的禪師打算把小人長期養著，也許以後會遇到知道小人來歷的高人呢？

既然打算養著小人，禪師開始擔心小人的飲食，心想：它們圍著梧桐花上下飛舞，會不會是以梧桐花蜜為食？於是他採來鮮嫩的花朵放在小人旁邊，但小人似乎並不領情。

失去了自由，長著翅膀的小人天天耷拉著翅膀，蹲在籠子一角，不吃不喝，憂傷極了。禪師在廊下打坐，萬籟俱寂之時，時常能聽到小人唉聲嘆氣。

這天，不知道從哪裡飛來了好幾個長翅膀的小人，它們振動著透明的翅膀，圍在籠子外面，嘰嘰喳喳，好像是在安慰被關在裡面的小人。

就這樣，過了一段時間後，一天，忽然又飛來數百隻小人，其中一個還乘坐著車輿，似乎是小人中的大王。它們都嗡嗡地聚集在籠子外面，似乎一點也不怕人，紛紛和籠子裡的小人聊天，聲音細小如蜜蜂展翅聲。禪師藏在廊柱後凝神偷聽。

其中一個小人說：「前些天，孔升翁為你占卜，說你會遇見不祥之事，還記得嗎？」

另一個小人大大咧咧地說：「別怕啦，你已經被除去了死籍，還害怕什麼呢？」

還有一個小人輕聲細語道：「別怕別怕。喏，我前幾天跟青銅君下棋，贏了他十幅琅玕紙，等你出來了，就讓你在上面寫禮星子詞，怎麼樣？」禪師偷聽了許久，發覺這些小人七嘴八舌，家長里短的，說的都不是這世間的事。直到暮色將近，圍在籠子外的小人才陸續離去。

為了滿足自己的好奇心而囚禁一個生命，這種事普通人尚且不忍做，何況自己是一個修行人。禪師感慨良久：原來佛陀所言的「一花一世界」是真實存在的。最終，他下定決心，把籠子打開了。

裡面的小人吃驚地望著他，禪師向它一笑，小人不再猶疑，振翅高飛。

得到自由後，小人沒有馬上飛走，它停在禪師眼前，拱手說了「謝謝」後，才飛身離去。

放走小人後的第三天，有位不足一米高的美人前來拜訪。

這位美人身著黃衣，樣貌姣好，氣質出塵，宛若天上的神女。她見到禪師後說道：「我是三清使者，奉上仙之命前來道謝。」

禪師剛要請人進門，轉身之間，使者便消失不見了，從此之後，禪師再也沒見過這種長翅膀的小人。

同伴被囚，小人們也不急著去救，只圍在外面不停地鼓勵它，應該是那位擅長數術的孔升翁又為它占卜，預測到它最終能化險為夷吧。

小人們安慰同伴絮絮叨叨，很有煙火氣，像是小朋友被大人關起來，不准出門玩，其他的小朋友就在門口鼓勵他：「沒關係，等你出來，我昨天剛剛從小胖那裡贏來的變形金剛先給你玩哦。」

也許真有這樣一個國度，裡面的人都小得宛如人的手指頭，它們長了翅膀，但有著跟人一模一樣的樣貌，會穿衣打扮，會人類的語言，擁有自己的交流方式，它們不老不死，是一群可愛的小精靈。

原文

東都龍門有一處，相傳廣成子所居也。天寶中，北宗雅禪師者，於此處建蘭若。庭中多古桐，枝幹拂地。一年中，桐始華，有異蜂，聲如人吟詠。禪師諦視之，具體人也，但有翅長寸餘。禪師異之，乃以卷竹幕巾網獲一焉，置於紗籠中。意嗜桐花，采華致其傍。經日集於一隅，微聆吁嗟聲。忽有數人翔集籠者，若相慰狀。又一日，其類數百，有乘車輿者，其大小相稱，積於籠外，語聲甚細，亦不懼人。禪師隱於柱聽之，有曰：「孔升翁為君筮不祥，君頗記無？」有曰：「君已除死籍，又何懼焉？」有曰：「叱叱，予與青桐君奕，勝獲琅玕紙十幅，君出可為禮星子詞，當為料理。」語皆非世人事，終日而去。禪師舉籠放之，因祝謝之。經次日，有人長三尺，黃羅衣，步虛止禪師屠蘇前，狀如天女：「我三清使者，上仙伯致意多謝。」指顧間失所在。自是遂絕。

——唐 段成式《酉陽雜俎．續集卷二》

小獵犬

山西省的衛中堂還是個秀才時，因為厭倦家裡事情多，曾到一座僧院裡借住。僧院雖然清靜，但由於位於山野之間，跳蚤蚊蟲格外多。每到晚上，這些傢伙便高興地邊「哼曲」邊咬人，搞得衛秀才整晚都睡不著覺。

一天吃完飯，衛秀才正躺在床上休息，耳邊忽然傳來窸窸窣窣的聲音，似乎有什麼東西進來了。「又是臭蟲？」他不耐煩地瞇眼看了一下，等看清來者時，瞬間瞪大了雙眼，眼前赫然站著一個兩寸長的小人。

小人頭插雉尾，一副武士打扮，胯下騎一匹螞蚱大的小馬，胳膊上套著青色的皮臂套。衛秀才正想細看，一聲幾不可聞的清脆鷹鳴聲吸引了他的注意——門外竟然飛進來一隻蒼蠅大小的獵鷹。這獵鷹看起來雖小，但獨屬於猛禽的氣質與一般獵鷹無異。

小人進屋後，時走時跑，非常活躍。嗒嗒嗒，門口再次傳來響聲，又有個同樣打扮的小人跑進門了，這個小人腰間還別著一把小小的弓箭，牽著一隻螞蟻大小的小獵犬。

兩個小人似乎是先鋒，沒多久，衛秀才面前一下子來了幾百個小人和幾百隻獵鷹。小人們的手臂上都套了臂套，那些獵鷹有的站在主人的胳膊上，有的盤旋在空中，地下則是幾百隻汪汪叫著的小獵犬。

看小人們這副打扮，他們似乎專為打獵而來，衛秀才一動不動，靜觀其變。

每當屋裡有蚊子和蒼蠅飛起來，小人們一抬胳膊，就有獵鷹騰空飛起，將它們撲殺。獵犬們也沒閒著，它們爬上床，開始順著床角牆邊捉蝨子和跳蚤。不管那些蟲子藏得有多隱蔽，獵犬們都能搜尋得到，並將其咬死。不過一小會兒，房內暗藏的蟲子就被格殺殆盡。

戰情激烈之際，獵鷹和獵犬也顧不得床上的人是否清醒，徑直在衛秀才身上跑來跑去。衛秀才不僅不害怕，反而覺得很好玩，他瞇著眼觀察，打算看看它們到底想幹什麼。

沒多久，有個像大王的小人出現了。他身穿黃衣，頭戴平天冠，在眾人的簇擁下登上了另外一張床。小人們還將他的小馬拴在了床席上。

等大王坐好，他的隨從們都下了馬，之前打獵的那些小人，有的獻上蚊子和蒼蠅，有的獻上跳蚤和臭蟲，大家歡呼雀躍，似乎在慶功。但衛秀才豎著耳朵聽了半天，也不知道他們在講什麼。

沒多久，那位大王登上了他的小車輦，隨從的衛士們匆忙上馬，一瞬間，萬馬奔騰。只見地上萬蹄攢動，馬蹄掀起陣陣塵土，房內煙霧繚繞，過了好久才徹底散盡。

「這就走了？難道你們都是來義務除蟲的？不要報酬嗎？」

衛秀才看著眼前這一切，有些不知所措。他胡亂蹬上鞋子，三兩步跑到門口去看，但那些小人已經杳無蹤影了。他茫然地在原地轉了幾圈，沒有發現任何狩獵過的痕跡，彷彿剛剛自己只是做了一場怪夢。

衛秀才不信邪，回到屋裡，再順著床邊的牆壁細細查看，他差點蹦起來！殘破牆壁的磚縫間正站著一隻有些驚慌的小獵犬。「哈！我就知道！」衛秀才急忙伸手捉住小獵犬，它很溫馴，沒有反抗。

衛秀才將小獵犬捧在手裡，環視一圈，發現桌子上那個裝硯臺的空匣子養它正合適，便喜孜孜地把小獵犬放了進去。

衛秀才覺也不睡了，趴在匣子前著迷地看個不停。

這小獵犬脾氣溫順，毛茸茸的，摸上去輕柔細滑。眼尖的衛秀才還發現這隻小獵犬的脖子上戴著一個小環。

「得給它找點東西吃。」衛秀才跑去廚房拿了米飯餵這位新朋友。但小獵犬只嗅了嗅，就扭頭不屑地走開了。它從匣子裡蹦出來，用力一跳，就跳到了衛秀才的床上。

小獵犬低著頭在衛秀才的衣縫裡聞來聞去，沒多久就從中找出來一隻大蝨子，吃了蝨子，它才跳下床，回到匣子裡臥好。

不放心地睡了一晚後，第二天，沒聽到任何動靜的衛秀才以為小獵犬逃走了，急忙跑到匣子前一看，小獵犬正乖乖地趴在裡面，小肚子一鼓一鼓的，正睡得香甜，他這才放下心來。

從此之後，每當衛秀才躺下時，這隻小獵犬就蹦上床，盡職盡責地到處逮跳蚤，一旦逮住跳蚤，馬上咬死，蚊蟲也不例外，這讓衛秀才睡上了安穩覺，所以特別珍愛這隻小獵犬。

一天，衛秀才正在睡午覺。翻身時，他忽然感覺不對勁，似乎有什麼東西被自己壓在腰下了。

「該不會是壓到它了吧！」

想到這個可能，他一瞬間慌了，急忙坐起身查看，只見他剛剛翻身時壓過的地方躺著那只溫順英武的小獵犬，此時，它扁得就像紙剪成的一般，已經被壓死了。

不過奇怪的是，此後雖然沒了小獵犬，但衛秀才的房內再也沒有出現過蚊蟲跳蚤。

看來不管是我們身邊正常大小的狗，還是故事中迷你版的狗，都永遠是人類的好朋友！

原文

山右衛中堂為諸生時，厭冗擾，徙齋僧院。苦室中蜰蟲蚊蚤甚多，竟夜不成寢。食後，偃息在床。忽一小武士，首插雉尾，身高兩寸許，騎馬大如蠟，臂上青鞲，有鷹如蠅，自外而入，盤旋室中，行且駛。公方凝注，忽又一人入，裝亦如前，腰束小弓矢，牽獵犬如巨蟻。又俄頃，步者騎者，紛紛來以數百輩，鷹亦數百臂，犬亦數百頭。有蚊蠅飛起，縱鷹騰擊，盡撲殺之。獵犬登床緣壁，搜噬虱蚤，凡罅隙之所伏藏，嗅之無不出者。頃刻之間，決殺殆盡。公偽睡睨之。鷹集犬竄於其身。既而一黃衣人，著平天冠，如王者，登別榻，系駟葦篾間。從騎皆下，獻飛獻走，紛集盈側，亦不知作何語。無何，王者登小輦，衛士倉皇，各命鞍馬，萬蹄攢奔，紛如撒菽，煙飛霧騰，斯須散盡。

公歷歷在目，駭詫不知所由。躡履外窺，渺無跡響。返身周視，都無所見，惟壁磚上遺一細犬。公急捉之，且馴。置硯匣中，反覆瞻玩。毛極細茸，項上有小環。飼以飯顆，一嗅輒棄去。躍登床榻，尋衣縫，齧殺蟣虱。旋復來伏臥。逾宿，公疑其已往，視之，則盤伏如故。公臥，則登床簀，遇蟲輒啖斃，蚊蠅無敢落者。公愛之，甚於拱璧。一日，晝臥，犬潛伏身畔。公醒轉側，壓於腰底。公覺有物，固疑是犬，急起視之，已匾而死，如紙剪成者然。然自是壁蟲無噍類矣。

——清　蒲松齡《聊齋志異．卷四．小獵犬》

小官人

清朝時，有位太史，某天正在睡午覺，迷迷糊糊間，他感覺地上好像有什麼東西在動，探頭望去，嚇了一跳，那竟然是一支長長的儀仗隊。

那儀仗隊從角落裡走出，沿著牆壁整齊地走著，其中馬兒大如青蛙，小人細小得宛如人的手指頭。儀仗隊由幾十人組成，共同簇擁著一個坐在肩輿上的小官人，那小官人被高高地抬著。因為太小了，太史看不清他的樣貌和表情，只能看出他頭戴烏紗帽，身穿繡花袍。在他身前身後，小人們威武雄壯地邁著步子，一隊人緩慢又莊重地出門而去了。

「什麼鬼東西？難道是我沒睡醒看花眼了？」太史暗自吃驚，可是不久後，一個小人去而復返，這讓太史確定自己剛剛沒看錯。那個小人背著一個大如拳頭的氈包，徑直走到了太史的床下。

小人也不害怕人，立定之後，開始朗聲陳述：「我家主人有點不成敬意的小禮物要獻給太史。」說罷，小人直挺挺地站在原地，沒有丁點要卸下禮物的意思，也不開口講自己到底帶了些什麼東西來。

兩人一陣大眼瞪小眼，小人忽然噗哧一笑，道：「這不過是微不足道的小東西，想來太史您這等尊貴的人得了也沒什麼用處，不如就賜給小人吧。」太史又驚又怕，腦海裡一片空白，只傻傻地點了點頭。見太史點頭，小人大喜過望，興高采烈地背著那包禮物沿著牆壁走遠了。

後來太史再也沒見過這些小東西，可惜他當時膽量不夠，沒有問清楚小人們的來歷。

原文

太史某公，忘其姓氏。晝臥齋中，忽有小鹵簿，出自堂陬。馬大如蛙，人細於指。小儀仗以數十隊；一官冠皂紗，著繡襆，乘肩輿，紛紛出門而去。公心異之，竊疑睡眠之訛。頓見一小人，返入舍，攜一氈包，大如拳，竟造床下。白言：「家主人有不腆之儀，敬獻太史。」言已，對立，即又不陳其物。少間，又自笑曰：「戔戔微物，想太史亦無所用，不如即賜小人。」太史頷之。欣然攜之而去。後不復見。惜太史中餒，不曾詰所自來。

——清 蒲松齡《聊齋志異・卷二・小官人》

紅柳娃

在烏魯木齊的深山中，牧馬人經常能見到一尺多高的小人，男女老幼都有。

小人們來無影去無蹤，最喜歡做的事就是唱歌跳舞。每當山上的紅柳開花時，小人們就興高采烈地將紅柳枝折下來，編成小圈，戴在頭上，然後手挽手列隊跳舞，邊跳邊唱歌。

歌詞沒人聽得懂，但是歌曲曲調優美，像是根據曲譜唱出來的。

除了唱歌跳舞，小人也偷東西。

牧民們逐水草而居，帳篷裡會存放鮮美可口的飯食。如果帳篷附近有小人活動，沒多久，它們就會嗅著味道跑來。

小人雖然愛偷東西，但手腳不怎麼麻利，經常被牧民捉個正著，但他們倒也懂得識時務者為俊傑的道理，被捉住後，會馬上跪地求饒，可憐巴巴地大哭。

牧民惱怒它們偷口糧，就用繩子捆住它們，打算給它們點教訓，小人失去了自由，往往會絕食而死。如果牧民可憐小人，解開繩子放它走，小人乍一得到自由，也並不會快速逃走，而是走幾步回頭看一眼，偷窺著牧民的一舉一動，以確定牧民會不會來捉它。

一直這樣走上三、四尺遠，小人依然會不停地回頭看。倘若這時候牧民追上去罵，小人就跪下來繼續哭。直到走到很遠很遠的地方，眼看牧民追不上來了，小人便會逃出生天般地長舒一口氣，翻山越水而去。

有人對小人們感到好奇，想看看它們究竟住在哪兒，就趁休息的時候跟著小人，漫山遍野地找它們的巢穴，但從沒人找到過。

這東西不是草木精靈，也不是山間野獸，大概跟傳說中的矮人國的僬僥是同類吧。當地人不知道它們到底叫什麼名字，因為它們喜歡戴紅柳圈，所以就稱它們為「紅柳娃」。

原文

烏魯木齊深山中，牧馬者恒見小人高尺許，男女老幼，一一皆備，遇紅柳吐花時，輒折柳盤為小圈著頂上。作隊躍舞，音呦呦如度曲。或至行帳竊食，為人所掩，則跪而泣。繫之，則不食而死。縱之，初不敢遽行，行數尺，輒回顧。或追叱之，仍跪泣。去人稍遠，度不能追，始驀澗越山去。然其巢穴棲止處，終不可得。此物非木魅，亦非山獸，蓋僬僥之屬。不知其名，以形似小兒，而喜戴紅柳，因呼曰紅柳娃。

——清 紀昀《閱微草堂筆記・卷三》

瓜田月下

魯迅小說《故鄉》中的閏土[16]，最經典的形象就是月下捕猹[17]，而他捕猹的地方就是一處瓜田。

古人種瓜，通常都會在晚上守著瓜田，一是防動物糟蹋，二是防人偷瓜。然而在夜晚的荒郊野嶺裡，難免會發生點不為人知的怪事。

清朝時，有個叫秦裕的奉天人。一年夏天，他正在瓜園裡看守西瓜，夏天入夜之後仍然十分炎熱，他吃了晚飯睡不著，就在瓜園裡納涼。

在秦裕吹著涼風就快要睡著時，向來安靜得只聞蟲鳴的瓜田裡忽然傳來一陣嘰嘰喳喳的怪聲，他抬頭望去，只見田壟上走著十幾個小人。

小人嘴裡發出「嘿喲嘿喲」的聲音，肩膀上挑著什麼東西，正忙得熱火朝天。經常守夜的老秦知道，他遇上妖精了。

老秦心裡有了底，趁它們走到面前時，他手疾眼快，捉了一個小人在手裡，被捉的小人哭著求老秦放了自己。

老秦得意揚揚地說：「你給我擔兩擔金銀珠寶過來，我就放了你。不然的話，嘿嘿，我就讓你知道什麼是白刀子進、紅刀子出。」小人哭著允諾：「只要你放了我，明天晚上，我一定幫你擔兩擔寶物過來。」

老秦眼珠子一轉，逼著小人發了誓，才放它離去。

---

16 編按：魯迅小說《故鄉》中的角色，後成為中國典型的農民形象。

17 編按：魯迅於《故鄉》中所創的字，即獾，又稱狗獾。

老秦忐忑地等到第二天晚上，正著急，田壟上再次傳來嘰嘰喳喳的動靜，月下忽然現出了四個玲瓏小人。它們兩兩一組，正抬著兩擔東西過來。

「嘿喲嘿喲！」四個小人嘴裡喊著口號，一副費力的樣子。

「好啊！我發財了！」

老秦看小人這副吃力的樣子，又看看月光下那兩擔金燦燦、圓滾滾的東西，他心想，風水輪流轉，自己以後再也不用守這勞什子瓜田了。

小人們喊著口號，氣喘吁吁地來到老秦面前，咕咚一聲，把手中的寶貝一放。昨晚被抓的那個小人仰頭說道：「這是報答您的兩擔金銀珠寶，請您笑納。」說罷，四個小人宛如蝴蝶般紛紛散去了。

老秦激動得手都抖了起來，他顫抖著手點了火來看，待看清楚地上的「金銀珠寶」後，氣得差點當場背過氣去。

您猜那是什麼？

那兩擔東西，竟然不過是兩根蘆葦管各自穿了一枚銅錢，敢情那四個小人「嘿喲」了半天，就抬了兩枚破銅板啊！老秦舉著火把氣勢洶洶地要找它們算帳，但此時小人們早已消失得無影無蹤了。

雖然故事中的老秦吃了癟，但是，在這些小人的眼中，這破銅板或許就是最珍貴的寶物了。

原文

秦裕，奉天人。夏夜看守瓜圃，見塍上有十餘童子，往來擔物，知為妖魅，乘間捉其一。童子哀泣求釋。秦云：「與我金錢二擔則釋汝，否則斃刃下矣。」童許以明晚將來，秦迫其矢誓而放之。

及晚，有童子四人送寶物二擔，口中唯唯作用力聲。黑暗視之，物圓如磨，金彩輝煌。知其為寶，不勝喜悅。童謂秦曰：「報君金寶二擔，請笑納之，我輩去矣。」言畢，擲於地，骨董有聲，紛然散去。秦喜極，取火灼視，乃葦管二枝，各貫銅錢一枚。大怒。再索童子，不可得矣。

——清 李慶辰《醉茶志怪・卷三・秦裕》

以露為食的小精靈

魏晉時，會稽郡有個叫盛逸的人。有次他早起出門，當時天光微亮，路上除了他沒有其他行人。盛逸出了門沒走幾步，餘光忽然瞥到翠綠的柳條上有個紅彤彤的東西。奇怪，柳樹結果子了？他定睛一看，那「果子」原來是個頭戴紅冠、身穿紅衣的小人。

小人高五、六十公分，正踩在枝幹上，聚精會神地低頭舔舐柳葉上的露水呢。

盛逸被嚇到了。他目瞪口呆地看了很久，那小人才察覺到不對勁，猛地抬頭，看到盛逸後，小人也被嚇了一跳，緊接著，它滿臉驚慌地緩緩隱匿進了清晨的陽光中。

毫無疑問，這是一次精靈目擊事件。

原文

會稽盛逸，常晨興，路未有行人，見門外柳樹上有一人，長二尺，衣朱衣朱冠，俯以舌舐樹葉上露。良久，忽見逸，神意驚遽，即隱不見。

——晉 陶潛《搜神後記》

魚骨化精靈

亳州有個叫劉暉的人，有次吃魚不小心被魚骨頭卡住了喉嚨，他臉紅脖子粗地咳了很久，最終咳出了一個怪東西。

那東西瑩白圓潤，長得有點像魚的眼睛，「奇怪，難道剛剛卡住我喉嚨的是這種東西？」劉暉好奇地把它放在桌子上，屏氣凝神地看，忽然，那圓珠子一分為二，眨眼間又分為了幾十塊，不等劉暉尖叫，那幾十塊東西竟然變成了幾十個小人。

小人不過一寸多高，除此之外，其他特徵幾乎跟人一模一樣，它們動作不一，有的坐著，有的躺著，還有的在桌子上好奇地走來走去。

劉暉反應過來後，急忙一巴掌扣過去，小人們身手矯捷，在劉暉的手扣過來的一瞬，紛紛四散逃跑了。他最終只逮住了一個沒來得及逃掉的小人。劉暉小心地捂著小人，思來想去，最終將它安置在了書桌上的硯池裡。從此之後，劉暉有了新的寵物——一個一寸多長的迷你人。

他對小人簡直愛不釋手：擔心小人挨餓，劉暉每天都會往硯池裡放一粒米，除此之外，他還特意找人做了綠紗小帳，將硯池團團圍起，保護小人。

劉暉正興致勃勃地為小人準備小床、小被褥、小鞋子、小衣服等物品時，不知是因為水土不服、思念親人，還是因為害怕，小人突然死了。

劉暉很傷心，他把一動不動的小人捧起來，放在了筆床[18]上，正對著小人的屍體發呆時，書桌上忽然響起了蚊蠅一般的吵嚷聲，劉暉下意識地看過去，發現是之前逃跑的那群小人。

小人們身穿白色的喪服，陸陸續續地走到屍體旁邊後，開始號啕大哭。

一旁的劉暉靜默不作聲，他打算看看小人們要做什麼。

不久，又出現了四個小人，它們抬著一具紅彤彤的小棺材，把死去的小人放在裡面後，闔起了棺材蓋，隨後簇擁著棺材，排成長隊，哭著離開了。等小人們從書桌上下來，劉暉再看時，它們已經消失不見了。

劉暉咳出的小圓球或許是飛碟？而那些小人也許是來地球探險的外星人吧！

18 編按：古代臥置毛筆的專用器具。

原文

亳州劉暉，食魚骨鯁於喉，咯出一物，狀如魚目，瑩潔而圓。拾置几上，倏然分為兩，又分為數十塊。宛轉俱化為人，長寸許，坐者、臥者、行者來往紛紛。劉急捕之，皆遁去，僅獲其一。置硯池中，日飯米一顆，愛如奇珍，作綠紗小帳以護之。欲為之置床榻、製衣履，而小人斃。劉甚怏怏，舉置筆床上。忽見前者數人，素衣而至，向屍飲泣，甚悲。劉無言，以覘其變。旋有四人舁一小棺，朱漆明淨，納小人於其中，合棺，眾人擁簇而去。至几下，遂失所在。

——清 李慶辰《醉茶志怪・卷二・劉暉》

花娘子

清朝時，徐州有個叫張子虛的人，有一陣子，他臥病在床。

一天，他正迷迷糊糊地躺著，耳邊忽然傳來細如蚊蚋的聲音，那聲音對著張子虛說：「花娘子遣奴家來請郎君過去，咱們快走吧。」

張子虛好奇地側頭一看，當即嚇得面無人色——他的枕邊竟然站了一個小美人，小美人身高僅三寸多，穿著一身光潔的彩衣，眉目如畫。

「呸！哪裡來的妖怪！」張子虛攢足了勁，狠狠地吐了小美人一口唾沫，小美人身姿矯捷地躲開了，生氣地說：「不聽奴家的話，我就讓小青來請你，由不得你不去！」

不等小美人說完，張子虛便急聲喚妻子來看，小美人被兩個「巨人」觀看也不害怕，從容地走進床後就消失不見了。

仔細一看，只見剛剛小美人走過的地方留下了一串宛如麥粒大小的腳印。沒多久，全家人都被兩人的驚呼聲吸引過來，大家圍在床邊觀察這些小腳印，非常惶恐，認為家裡出了妖魅是不祥之兆。因為擔心小人再來，於是讓人日夜守在張子虛的床邊。

不一會兒，圍在旁邊看熱鬧的廚娘忽然大吼一聲：「我就是青兒！花娘子請郎君過去沒有半分惡意，你們怎麼這麼抗拒？這是好事啊！」妻子一看，知道老太太被妖精上身了，馬上回道：「我們素來井水不犯河水，可謂『往日無冤，近日無仇』，你們何必苦苦糾纏？」

老太太繼續用脆生生的聲音回答：「是這樣的，花娘子養了些雪藕，想請郎君前去品嘗。」妻子再次說道：「藕是可以嘗嘗，但是我家郎君病了，他不願下床走動，請代我們敬謝娘子吧。」說完，那老太太才如大夢初醒般說道：「我是誰？我在哪兒？我剛剛說什麼啦？」

第二天早上醒來，張子虛發現枕頭旁多了一段細藕，那藕皎白如晶，一看就是好東西。

「這是哪裡來的藕？」夫妻倆問遍了家人，沒有人知道，妻子拿起藕準備隨手扔掉，但被手疾眼快的張子虛搶了過去。

「這難道就是花娘子養的雪藕？」他試探著把藕放在嘴裡一嚼。嗯，甘甜清脆，味道極好。

吃了藕，張子虛的病竟然好了大半。

知道花娘子沒有惡意後，張子虛開始盼著小美人再來，但從此之後，仙跡杳然，家裡也沒有再出現過異狀。

原文

徐州士人寢疾，忽聞聲細如蠅，呼曰：「花娘子遣奴來迎郎君，可速行也。」視之，枕畔立一小美人，身高三寸許，彩衣鮮潔，眉目姣然。驚以為妖，唾之。美人曰：「不聽奴言，當使青兒來，不容郎君不去也。」士呼其妻共視之，見美人反身去，從容入床後而沒。蓮鉤踐塵，跡如麥粒。舉家惶恐，倩人守之。忽執炊媼呼曰：「予青兒也。花娘子延郎殊無惡意，何拒之深？」其妻曰：「素無怨隙，何太相纏？」媼曰：「花娘子蓄有雪藕，邀郎共啖。」其妻云：「藕可將來，郎病，不願行也。請為敬謝娘子。」媼忽寤。

次晨，見枕畔置細藕一段，皎白如晶。怪而詢家人，俱不知何自來。妻欲棄之，士不可。啖之，味殊甘脆，疾大瘳。冀美人再來，而殊杳然，後亦無異。

——清 李慶辰《醉茶志怪・卷二・花娘子》

墳中怪

朱家墳地裡出了怪事。

每當夜深人靜時，就有高約三尺的小人身披鎧甲，從墳中狂奔而出，手中還牽著一匹如小狗般大小的白馬。

小人來到路旁，高喊一句「頂盔擐甲，將軍上馬」之後，翻身上馬，策馬揚鞭，飛馳而去。伴著窸窣的鎧甲碰撞聲和颼颼的風聲，一人一馬轉瞬不見，不久後又飛馳而回。

守墓人始終沒搞明白這到底是什麼妖怪。

但不管是什麼妖怪，他既然看到了就不能放任不管，萬一它日後成了氣候作祟害人就晚了，於是守墓人在小人經常出沒的路上暗暗布置好了拴繩的短箭，設下了陷阱。

一晚，機關終於被觸動，守墓人立刻趕到，人馬並獲。

舉著火把細看時，守墓人不由得搖頭失笑。

哪裡來的小人啊，這分明是隻肥嘟嘟的大黃鼠狼，此時被短箭射在地上，動彈不得，十分狼狽。自然也沒有什麼馬，這只是一隻雪白的大兔子。

它們旁邊躺著一個森森的白骷髏頭，這大概就是小人的頭盔；還有一串用麻繩綁起來的人的手指甲，這大概是小人的鎧甲。

守墓人把它們拿去給其他的人看，有善心人勸他：「不如放了它們吧。小東西成精也不容易，除了每天嚷著上馬殺敵，也沒做什麼壞事，殺了不吉利。」想想確實是這麼個道理，守墓人便將它們給放了。

不過從此之後，墓地裡安安靜靜的，再也沒有什麼怪事了。

原文

邑朱氏塋地，每夜靜，有小人高三尺許，身披鎧甲，自塚中出，牽白馬大如犬，至道邊呼曰：「頂盔擐甲，將軍上馬。」語畢，策馬加鞭，飛奔而去。甲聲淅淅，風聲颼颼，轉瞬不見，俄而復返。守墓者怪之，乃暗伏矰繳於林中。機發，人馬並獲。視之，一大黃鼠騎白兔，盔則髑髏，甲則以則麻索聯絡人指甲而已。或勸放之，然自此不出為怪矣。

——清 李慶辰《醉茶志怪・卷三・塋中怪》

白老

有位叫盧樞的侍御史，他的父親在做建州刺史時，曾遇到過一樁怪事。

在一個悶熱難耐的暑夜，老盧出了臥室，準備到院子裡納涼賞月。剛走出屋門，就聽到房子西邊的臺階下好像有人在說笑。

「難道是強盜？」想到這裡，老盧躡手躡腳地走過去偷看。

夏夜裡，月色溶溶，把不大的院子照得纖毫畢現，老盧發現，地上赫然坐了七、八個白衣小人。

小人身高不足一尺，男女都有，它們混雜著坐在一起，正在飲酒作樂。再看器皿，老盧發現，這都是些跟它們的身材相匹配的微型器具。乍一看到怪事，老盧沒有輕舉妄動，只躲在一旁偷看。

小人們大聲說笑著，相互敬酒，但熱鬧沒持續多久，席間有個人站起身，舉著酒杯，滿臉悲傷地說：

「今晚我們歡聚一堂，確實難得，但白老就要來了，怎麼辦啊？」

「是啊，白老來了，我們要大難臨頭了！」

「還有幾天好日子可過呢？」

眾人附和著，連連嘆息。不知是誰先開始哭的，這哭聲彷彿鉤子般，將滿座的人都引得嗚嗚大哭起來。等老盧探身再看時，那些小人紛紛跑入旁邊的陰溝中，忽然消失不見了。

這到底是些什麼怪東西呢？他始終想不明白。

後來，老盧辭了官，新來的刺史來上任。他家養了一隻大白貓，貓的名字就叫「白老」。

白老到來後，別的事沒幹，先跑到院子西邊的臺階處往地下挖洞，洞裡陸續跑出七、八隻大白鼠，轉瞬間，統統被白老咬死了。

原文

侍御史盧樞，言其親為建州刺史，暑夜獨出寢室，望月於庭。始出戶，聞堂西階下若有人語笑聲。躡足窺之，見七八白衣人，長不盈尺，男女雜坐飲酒。几席食器，皆具而微，獻酬久之。其席一人曰：「今夕甚樂，然白老將至，奈何？」因嘆吒。須臾，坐中皆哭，入陰溝中，遂不見。後罷郡，新政家有貓名白老。既至，白老穴堂西階地中，獲白鼠七八，皆殺之。（出《稽神錄》）

——宋 李昉《太平廣記．卷四百四十．盧樞》

鼠婦

豫章郡有一戶人家，這家的婢女在灶台邊忙碌時，忽然看到了怪東西，幾個數寸高的小人出現在灶邊的隔牆旁。婢女忽然看到怪事，受到驚嚇，不小心踩死了其中一個小人。

小人被踩死，它的同類很快就發現了它的屍體。霎時間，有幾百個小人穿著喪服，抬著小棺材來迎喪。仔細一看，小人們迎喪的禮儀用具都很完備。

把死掉的小人放進棺材裡後，眾小人吹吹打打，一路往東邊去了；出了東門，小人們消失在了花園裡一艘翻了的船底下。

婢女倒是膽子大，她一路跟過來，上前仔細一看——原來是一群鼠婦[19]！於是她燒了一鍋熱水，把這些鼠婦全燙死了，「小人」從此絕跡。

原文

豫章有一家，婢在灶下。忽有人長數寸，來灶間壁，婢誤以履踐之，殺一人。須臾，遂有數百人，著衰麻服，持棺迎喪，凶儀皆備，出東門，入園中覆船下。視之，皆是鼠婦。婢作湯灌殺，遂絕。

——晉 干寶《搜神記．卷十九》

19 鼠婦：又叫潮濕蟲、潮蟲。

蟻精

桓謙，字敬祖。晉孝武帝太元年間，他家裡忽然遭了怪。

青天白日的，不知道從哪裡來了一群一寸多高的小人，這些小人都身披鎧甲，手執長矛，騎著裝備精良的戰馬，從牆角的洞穴中昂然而出。

陽光灑在身披鎧甲的小人身上，燦爛奪目。這些金光閃閃的小人以數百個為一群，遊走在桓謙的住宅中。它們前進後退，佈陣指揮，交替衝殺，很有正規軍的氣勢。馬兒的腳步輕快，人也靈巧敏捷。

那麼，它們出現在桓謙家，是來做什麼的呢？小人很有章法地順著桌子登上灶台，找吃的。

如果遇到切好的肉，小人們就有組織地聚在肉邊，用長矛把那些搬得動的小肉塊串起來，扛著戰利品，騎在馬兒上，得勝而歸。

得了肉，小人們就靜悄悄地藏在洞穴裡不再出來，即使出來，也會很快回到洞中。

桓謙不知道這些是什麼怪東西，也不敢隨便招惹它們，乾脆請了個道士過來看。

他請的是蔣山道士朱應子。

朱應子來了之後，瞭解了情況，就命人燒了壺滾燙的開水，從洞穴的入口處澆下去，再命人將那洞穴挖開，結果挖出約有一斛那麼多的大螞蟻，都已經被燙死了。

據說人在將死之時氣運已衰，所以能看到這些怪異的東西，這事發生不久之後，桓謙果然被殺。

原文

桓謙，字敬祖。太原中，忽有人，皆長寸餘，悉被鎧持槊，乘具裝馬，從坎中出。精光耀日，遊走宅上，數百為群。部陣指麾，更相撞刺，馬既輕快，人亦便能。緣几登灶，尋飲食之所。或有切肉，輒來叢聚，力所能勝者，以槊刺取。逕入穴中，寂不復出，出還入穴。蔣山道士朱應子令作沸湯，澆所入處。因掘之，有斛許大蟻死在穴中。謙後誅滅。（出《異苑》）

——宋 李昉《太平廣記．卷四百七十三．桓謙》

黑松使者

唐玄宗的御案上有個墨塊名為「龍香劑」。

一天，唐玄宗正要寫字，一抬頭，忽然發現墨塊上站了一個小道士，小道士只有蒼蠅那麼大，正神氣地走來走去，一個人玩得開心極了。

皇帝大驚失色，呵斥道：「什麼東西？報上名來！」

小道士很機靈，一骨碌從墨塊上翻身起來，作揖高呼：「萬歲！」然後接著說：「萬歲爺，您不用怕，小臣名喚墨精，也有人叫我們『黑松使者』。凡是世上有文采的人，都會有十二個守墨之神守護的。」

唐玄宗大為驚異，將這塊墨賞給了手下的文官。

原文

唐元宗[20]御案墨曰「龍香劑」。一日，見墨上有小道士，如蠅而行。上叱之，即呼「萬歲」，曰：「臣乃墨精，黑松使者也。凡世人有文者，其墨上皆有龍賓十二。」上神之，乃以墨分賜掌文官。

——元 陸友《墨史》

海和尚

潘某是個老漁夫，因為補魚的技術精湛，所以家境頗為富裕。

一天，他和同伴在海邊撒網打魚，收網的時候，大家都感覺有點奇怪：「怎麼這次比往常的要重好幾倍？難道是大豐收？」

大傢伙興奮地拚命拉扯，漁網露出水面，裡面卻一條魚也沒有，只穩穩地盤腿坐著六、七個小人。小人們看到漁夫們，立馬合掌頂禮膜拜。

大家又驚又怕地盯著小人看，只見它們遍體生毛，宛如彌猴，只有頭頂光禿禿的，一根毛也沒有。

小人們嘰嘰喳喳地說著什麼，但沒人能聽懂它們的話。漁夫們面面相覷了一會兒，老潘就做主打開

20 即唐玄宗。

漁網，把小人放走了。小人們飛奔而去，走在海面上宛如人在平地上行走，就這樣走了幾十步後，才沒入湛藍的海水中。

當地人說，這種東西叫「海和尚」，抓來用鹽醃製了，吃一個，一年都不會餓。

原文

潘某，老於漁業，頗饒。一日，偕同輩撒網海濱。曳之，覺倍重於常，數人並力舁之出。網中並無魚，惟有六七小人趺坐，見人輒合掌頂禮作狀。遍身毛如獮猴，髡其頂而無發，語言不可曉。開網縱之，皆於海面行數十步而沒。土人云：「此號『海和尚』，得而臘之，可忍饑一年。」

——清 袁枚《子不語．卷十八．海和尚》

鼠怪

天津城內有戶姓章的人家，他家有三間閒置的空房子，常年關著門窗，大家都說裡面有妖怪出沒。當時有個武夫聽說了這件事，特別好奇，便借住在章家，想要一探究竟。

但他每次經過空房子，隔著窗戶往裡看時，裡面都是靜悄悄的，沒有任何異常的地方。

一晚，明月當空，武夫在月下散步時又經過這幾間空房子，他習慣性地隔著窗戶往裡看，這次終於看到了怪事。

只見廳堂裡正站著一群人，男女都有，都穿著錦衣華服，但每個人的身高都不過一尺多。他們嘰嘰喳喳的，也不知道在幹什麼。

廳堂的桌子上還站了兩個人，這兩人跟其他人一樣，也只有一尺多高，兩人戴著葦帽，身穿長袍馬褂，正相對作揖。

「這是什麼妖怪？」

武夫暗暗想著，悄悄摸出一枚鐵丸扔了過去，當即打中了其中一個小人。小人應聲倒地，其他的小人受了驚，眨眼間便消失不見了。武夫隨即推開門，進去查看，發現被自己打倒的小人其實是一隻大老鼠。

小人的葦帽原來是用雞蛋殼做的，長袍馬褂則是由青藍色的紙裁剪成的。

原文

邑章氏，家有空室三楹，多年扃閉，云其中多怪。有武夫寓其家，欲覘其異。每隔窗窺視，俱無所睹。一夕，月明鑑物，見堂中有男婦數人，皆衣錦繡，身高尺許。視案上立二人，高如前狀，葦帽袍褂，相對揖。武夫以鐵丸擊中其一，蹶然倒案上。餘俱不見。入室視之，乃一巨鼠。葦帽則雞子殼，袍褂則青藍紙耳。

——清 李慶辰《醉茶志怪．卷三．鼠怪》

耳中人

小人有時候不一定是鬼狐花妖所化，還可能是人體內的寄居者。

清朝時，有位叫譚晉玄的書生。他對導引之術深信不疑，每天都會精進修行，即使寒冬盛夏也從不間斷，就這麼苦修數月後，隱隱感到自己已略有小成。

有一天，他正跏趺而坐。萬籟俱寂時，耳朵裡忽然傳來很小的說話聲，那聲音嗡嗡地說道：「可以出來了。」譚晉玄被嚇了一跳。他下意識地睜開眼睛，那聲音卻又沒了。

難道是幻覺？

他再次閉上眼睛，調整呼吸入靜後，那嗡嗡的聲音再次出現了：「可以出來了。」

「難道是我的金丹即將煉成？」譚晉玄竊喜不已。

從此之後，他花更多時間精進練功，每次打坐都能聽到這個聲音。次數多了，譚晉玄心裡也犯了嘀咕：「不如我回應一下，看看它有什麼反應吧。」於是這天耳朵裡的聲音再次響起時，他小聲應和道：「可以出來了。」應和完，譚晉玄屏氣凝神感受著身體內的動靜。沒多久，他覺得耳朵裡窸窸窣窣，似乎有東西要從裡面鑽出來。

感覺那東西快探出頭時，譚晉玄微微睜開眼，用餘光望去，看清從自己的耳朵裡鑽出的怪物後，他嚇得差點叫出聲。

那是一個三寸來高的小人。

小人雖然個頭小，卻不是精緻可愛的模樣，而是一副青面獠牙，張牙舞爪，像個恐怖的夜叉。

從譚晉玄的耳朵裡出來後，小人開始在地上走來走去。譚晉玄覺得好奇，也不確定這到底是什麼鬼東西，就姑且坐定了，打算看看它想做什麼。

正當他屏氣凝神地看著，外面忽然傳來砰砰的敲門聲，是鄰居來借東西了。

小人被嚇了一跳，張惶失措地在房子裡團團亂轉，像一隻找不到洞穴的耗子。

譚晉玄頓感天旋地轉，好像丟了魂一般。等再看時，小人已經消失不見了。

從此之後，譚晉玄便瘋了，每天號叫不止，求醫問藥半年多，他才漸漸痊癒。

原文

譚晉玄，邑諸生也。篤信導引之術，寒暑不輟。行之數月，若有所得。一日，方趺坐，聞耳中小語如蠅，曰：「可以見矣。」開目即不復聞；合眸定息，又聞如故。謂是丹將成，竊喜。自是每坐輒聞。因俟其再言，當應以覘之。一日又言。乃微應曰：「可以見矣。」俄覺耳中習習然似有物出。微睨之，小人長三寸許，貌獰惡，如夜叉狀，旋轉地上。心竊異之，姑凝神以觀其變。忽有鄰人假物，扣門而呼。小人聞之，意張惶，繞屋而轉，如鼠失窟。譚覺神魂俱失，復不知小人何所之矣。遂得顛疾，號叫不休。醫藥半年，始漸癒。

——清 蒲松齡《聊齋志異．卷一．耳中人》

瞳中人

長安有位名方棟的書生，很有才學，但為人輕佻，不太守禮節，每次在郊外看到遊玩的女子，他都會輕薄地尾隨其後。

這年清明節的前一天，他去郊外踏青，迎面忽然駛來一輛小車，小車掛著火紅的車簾、繡工精妙的車帷，非常華美，一看就知道，車上坐的是富貴人家的女眷。

小車後面還跟著幾位穿著青衣的婢女，其中一名婢女駕著一匹小馬，容顏絕美；方棟習慣性地尾隨其後，欣賞著美人，漸漸地，他越靠越近。

待走到近前了，他看到車幔是拉開的，於是忍不住往裡一瞅，只見裡面坐著一位二八少女。女孩一身華服，姿容美豔，是方棟平生從未見過的絕色美人。剎那間，方棟目眩神搖，痴痴地跟著馬車，一會兒跑到前面，一會兒跟隨在後，一口氣跑了好幾里地。

忽然車裡傳來嬌呼聲：「幫我把簾子放下來。哪裡來的狂徒，總是偷窺！」婢女放下車簾後，憤怒地看著方棟道：「裡面坐著的是芙蓉城七郎的新娘子，可不是普通的鄉野村婦，哪能讓你這個秀才隨便偷窺？」說罷，婢女俯身從車轍裡抓了一把土，隨手揚在了方棟臉上。

泥土進了方棟的眼中，他頓時感覺眼睛睜不開了，胡亂擦了一下，抬頭再看，剛剛還在眼前的車隊竟然消失不見了。

方棟覺得事有古怪，不敢再待下去，心神不寧地回了家。

回家後，方棟始終感覺眼睛不舒服。他請人翻開他的眼皮，才知道原來左眼球上長了一層淡淡的白膜。過了一晚，那白膜變厚了，他難受得眼淚簌簌直落，又過了幾天，白膜越發厚了，變得厚如銅板；

而右邊的眼球上則起了螺旋狀的白膜。

方棟不知道看了多少醫生，吃了多少藥，敷了多少藥膏，眼睛卻始終不見好。他知道一切都是因自己行為不檢點而起，開始每日懺悔自己的過錯。

偶然聽人說起《光明經》能消災解厄，方棟便請人教自己誦讀。剛開始讀經的時候，他還很煩躁；時間長了，他也漸漸地心平氣和下來。早晚無事，方棟只一心打坐捻珠，誦讀《光明經》。就這樣，一心一意地誦讀了一年後，他萬緣俱淨。

這天，方棟正在專心打坐時，忽然聽到了細小的人聲：「黑漆漆的，悶死人了。」這聲音是從他的左眼中傳出的；右眼隨即傳出回話：「那我們一起出去玩一會兒吧，也能解解悶。」方棟以為是打坐出現了幻覺，但緊接著，他感覺自己的兩個鼻孔開始發癢、蠕蠕而動，有什麼東西爬出鼻孔離開了。

過了很久，有兩個小東西回來了，又從方棟的鼻孔爬回眼中，繼續聊天。

「很久沒去花園看看了，沒想到珍珠蘭都快枯死了。」

方棟素來喜歡蘭花，家裡的花園種了不少，平常都由他親自除草澆水，但自從失明後，方棟已經很久沒去花園了。

聽到小人的話後，方棟著急地問妻子：「妳為什麼不照顧花園裡的珍珠蘭？它們都快枯死了。」

妻子很納悶，問他：「你是怎麼知道的？」

於是方棟把有關小人的事說給了妻子聽，妻子半信半疑地去看，發現那些珍珠蘭真的都快枯死了。她大為詫異，決定躲在房裡看看是怎麼回事。

第二天，她果然看到玲瓏如豆的小人從丈夫的鼻孔裡爬了出來。小人原地盤旋了片刻，緩緩出門而去，妻子緊緊跟上，但沒多久就跟丟了。

過了沒一會兒，兩個小人就手牽手回來了，它們飛到方棟臉上，就像蜂蟻回巢般，消失在了方棟的鼻孔中。

聽了妻子的所見，方棟心下了然：原來自己之前聽到的都是真的。

就這樣過了兩、三天後，方棟忽然又聽到左眼中的小人說：「這隧道彎彎曲曲的，往來太麻煩了，不如我們自己鑽個門出來吧。」右眼中的小人回應道：「但是我這邊的牆壁太厚了，不太容易鑽。」左眼中的小人答道：「我試試。要是我鑽開了我這邊的牆壁，你就搬過來和我一起住。」

話音剛落，方棟便感覺自己的左眼中好像有什麼東西在抓撓撕扯。劇痛只持續了一會兒就停了，他試探著睜開眼睛，發現自己竟然復明了。方棟急匆匆地跑去把這個好消息告訴妻子，妻子捧著他的臉仔細觀察，發現左眼的白膜上破了個小洞，就像花椒成熟時炸開的皮，露出了裡面亮晶晶的黑色眼球。

才過了一晚，方棟左眼的白膜就完全消失了。

他對著鏡子細細審視，發現左眼中竟然有兩個瞳孔，但右眼還是有著厚厚的螺旋狀的白膜。方棟知道，這是兩個瞳人合住到一起去了。

方棟雖然瞎了一隻眼睛，卻比之前兩個眼睛都完好時看得更清楚了。自此，他更加注意約束自己的言行，日子久了，他的品德竟然贏得了當地人的盛讚。

原文

長安士方棟，頗有才名，而佻脫不持儀節。每陌上見遊女，輒輕薄尾綴之。

清明前一日，偶步郊郭。見一小車，朱茀繡幰，青衣數輩，款段以從。內一婢，乘小駟，容光絕美。稍稍近覘之，見車幔洞開，內坐二八女郎，紅妝豔麗，尤生平所未睹。目炫神奪，瞻戀弗，或先或後，從馳數里。忽聞女郎呼婢近車側，曰：「為我垂簾下。何處風狂兒郎，頻來窺瞻！」婢乃下簾，怒顧生曰：「此芙蓉城七郎子新婦歸寧，非同田舍娘子，放教秀才胡覷！」言已，掬轍土揚生。

生瞇目不可開。才一拭視，而車馬已渺。驚疑而返。覺目終不快，倩人啟瞼撥視，則睛上生小翳；經宿益劇，淚簌簌不得止；翳漸大，數日厚如錢；右睛起旋螺，百藥無效。懊悶欲絕，頗思自懺悔。聞《光明經》能解厄，持一卷，浼人教誦。初猶煩躁，久漸自安。旦晚無事，惟趺坐捻珠。持之一年，萬緣俱淨。

忽聞左目中小語如蠅，曰：「黑漆似，叵耐殺人！」右目中應云：「可同小遨遊，出此悶氣。」漸覺兩鼻中蠕蠕作癢，似有物出，離孔而去。久之乃返，復自鼻入眶中。又言曰：「許時不窺園亭，珍珠蘭遽枯瘠死！」生素喜香蘭，園中多種植，日常自灌溉；自失明，久置不問。忽聞此言，遽問妻：「蘭花何使憔悴死？」妻詰其所自知，因告之故。妻趨驗之，花果槁矣。大異之。靜匿房中以俟之，見有小人自生鼻內出，大不及豆，營營然竟出門去。漸遠，遂迷所在。俄，連臂歸，飛上面，如蜂蟻之投穴者。如此二三日。又聞左言曰：「隧道迂，還往甚非所便，不如自啟門。」右應云：「我壁子厚，大不易。」左曰：「我試闢，得與而俱。」遂覺左眶內隱似抓裂。有頃，開視，豁見几物。喜告妻。妻審之，則脂膜破小竅，黑睛熒熒，如劈椒。越一宿，幛盡消。細視，竟重瞳也。但右目旋螺如故，乃知兩瞳人合居一眶矣。

生雖一目眇，而較之雙目者，殊更了了。由是益自檢束，鄉中稱盛德焉。

——清 蒲松齡《聊齋志異・卷一・瞳人語》

拾、煢煢篇

◎煢煢：孤獨無依的樣子。

亙古的孤獨

孤獨，是人類永恆的話題。
現代人能藉著看電腦、看手機、
閱讀海量書籍等諸多方法來排遣孤獨。
在古代那些寂靜到死的黑夜，
那些不甘寂寞的古人，
甚至是那些孤獨的妖怪，
又該如何安放自己的靈魂呢？

沒有影子的人

清朝有個叫鄧乙的男人，已經三十歲了，還是獨身一人。

白天忙碌還好，每到晚上，他對著燈燭獨坐時，總是滿腹心事，鬱結難解。

寂寞啊，孤獨啊，但他能對何人訴說呢？

這天晚上，忙完一天的農活後，鄧乙沒有早早睡下，而是對著牆，不斷變換著手的姿勢。

在燈光的照射下，變幻萬端的影子把他逗笑了，笑了一會兒，又愁眉苦臉起來。鄧乙放下手，自言自語道：「影子啊影子，我和你形影不離這麼久，你能不能給我一點快樂呢？」

話音剛落，牆上的影子忽然翩然躍下。那團模糊的影子應道：「遵命。」鄧乙頓時愣在原地。

影子語氣中帶著笑意，道：「怎麼？剛剛可是你說讓我出來給你一點快樂的，現在我出來了，你這又是什麼表情？」見影子雖然怪異，但說話條理清晰，鄧乙漸漸地不怕了。他定了定神，問它：「那你有什麼方法讓我快樂呢？」

「聽你的。」

鄧乙想了想，說：「我孤苦伶仃，想找一個美少年與我在這漫漫長夜裡對坐聊天，可以嗎？」

影子語氣輕鬆地說：「這有何難？看我的！」鄧乙面前瞬間出現了一個少年。

房內昏黃的燭光下，少年眉目清秀，俊逸出塵，果然是個絕世美少年。

少年向鄧乙拱手後，一人一影聊起天來。

鄧乙沒想到這少年不僅人長得俊，談吐也不俗，句句都能說到自己的心坎裡，兩人非常談得來。鄧乙聊開心了，又攛掇著少年變個達官貴人出來看看。

影子脾氣好，馬上又變成了一個大官，只見它著官服、戴官帽，一副威嚴十足的模樣。

影子端坐在床上，繼續跟鄧乙聊天。這時候的影子和剛剛變化成的瀟灑雅致的美少年就完全不同了，其音容笑貌無一處不俱備大官風範，鄧乙玩笑般對著影子跪拜，它也坦然接受。

對著影子嘖嘖稱讚兩聲後，鄧乙眼珠一轉，終於說出了他內心深處真正的想望：「你能變成美人嗎？」

大官點點頭，緩緩下床。走動間，刻板的官袍變得飄逸輕盈，衣服裡高大挺拔的人也隨之幻化為一名纖瘦窈窕的妙齡少女。

鄧乙看呆了，因為用風華絕代來形容這名少女都不過分。

影子把每種人的姿態都模仿得與真人別無二致。那名少女著一身華美的舞衣，出現之後，就靜靜地垂著袖子，微笑著看鄧乙。鄧乙心癢難耐，馬上拉著美人共赴良宵。

從此，每到萬家燈火時，那影子就出來陪鄧乙玩樂，隨著鄧乙的心意變化自己的形貌。

鄧乙再也不會孤單，把內心的秘密抱得更緊了。

時間長了，影子竟然在白天也能出現了。

不過別人看不到它，只有鄧乙才能看到那影子怪。因此在外人眼裡，一會兒自言自語，一會兒哈哈大笑的鄧乙便顯有些瘋瘋癲癲的。

有人納悶地問：「鄧乙，你瘋了？」鄧乙便解釋道：「我沒瘋，我是在和自己的影子聊天呢。」

那人聽鄧乙說得認真，就盯住他的影子仔細觀察。果然有很多不對勁的地方：當鄧乙站著時，他的影子卻像是坐著的；當他坐著時，影子卻在他的旁邊扭來扭去；鄧乙是個大老爺們，他的影子卻婀娜多姿，分明是個女人的影子。

那人嚇得臉色大變，驚恐地問鄧乙：「你的影子怎麼是個女人模樣？」

鄧乙擺擺手道：「不對、不對，這分明是個幽默的說書先生。」外人看到的影子和鄧乙所形容的，形貌竟然大不相同，當地人都認為這是個妖怪。

雖然是妖，影子卻沒有害過鄧乙，它彷彿是專門為了排解他的孤獨而來。

鄧乙時常想，就這樣過一輩子，又有何不可呢？畢竟有光的地方就有影子的存在，無論他是貧是富，身邊是冷清還是熱鬧，影子總會陪在他的身邊。

但快活地陪了鄧乙幾年後，有一天，影子竟向鄧乙告別。

聽到這個消息，鄧乙一時間有些難以接受：「你要去哪裡啊？」影子說：「我要去離次之山，那裡距離此地數萬里。」他以為的永恆不變的光與影原來是有期限的，鄧乙千方百計挽留，但是影子去意已決。

「真的要走？」

「是的。」

與鄧乙的離情依依不同，影子的語氣中只有迎接新生的憧憬，鄧乙只得萬般不捨地哭著送別影子。一陣風吹過，淚眼朦朧中，鄧乙眼睜睜地看著自己的影子隨著風凌空而起，頃刻間消失不見。

從此之後，鄧乙就沒有影子了，當地人因此給他起了一個外號——「鄧無影」。

故事裡的鄧乙年過三十還是個單身漢，在普遍早婚的古代，他是那樣格格不入。他是不想成親嗎？從故事後文來看，顯然不是的，背後只有一個原因——窮。

本篇故事的浪漫之處，不是在寂寞的夜晚，影子能從牆上走下來，變幻形態，與人輕歌曼舞，而在於它揭示了：浪漫不專屬於才子佳人，浪漫也屬於窮苦人，屬於每一個人。

漫漫長夜，誰來陪伴？如果無人能與自己一起度過漫漫時光，那影子也是可以的，就如李白的詩：

「舉杯邀明月，對影成三人。」至少還有身邊的影子陪我們度過每一個孤獨的夜。

原文

鄧乙，年三十，獨處，每夜坐，一燈熒然，沉思鬱結。因顧影嘆息曰：「我與爾周旋日久，寧不能少怡我乎？」其影忽從壁上下，應曰：「唯命。」乙甚驚。而影且笑曰：「既欲爾怡，而反我畏，何也？」乙心定，乃問：「爾有何道而使我樂？」曰：「惟所欲。」乙曰：「吾以孤棲無偶，欲一少年良友，長夜晤對，可乎？」影應曰：「何難？」即已成一少年。鴻騫玉立，傾吐風流，真良友也。乙又令作貴人。俄頃，少年忽成官長，衣冠儼然，踞床中坐，乃至聲音笑貌，無不逼肖。乙戲拜之，拱受而已。乙又笑曰：「能為妙人乎？」官長點頭下床，轉眼間便作少女，容華絕代，長袖無言。乙即與同寢，無異妻妾。

由是日晏燈明，變幻百出，罔不如念。久之，日中亦漸離形而為怪矣。他人不見，唯乙見之，如醉如狂，無復常態。人頗怪之，因詰而知之。視其影，果不與形肖也。形立而影或坐，形男而影或女。以問乙，而乙言其所見，則又不同，一鄉之人，以為妖焉。

後數年，影忽辭去。問其所之，云在離次之山，去此數萬餘里。乙泣而送之門外，與之訣。影凌風而起，頃刻不見。乙自是無影，人呼為「鄧無影」云。徐懋庵言之。

——清 樂鈞《耳食錄・卷一・鄧無影》

何以解憂

唐朝時，并州有個叫姜修的人，他是一個酒商，同時也是一名專業的釀酒師和品酒師，對於酒的研究頗深。

姜修選擇以賣酒為業，並不全是為了賺錢，只是為了能更方便地品嘗到美酒和交到酒友。他愛酒愛到什麼程度呢？據說他整天處於醉醺醺的狀態中，少有清醒的時候。

姜修生性豪爽，最喜歡的就是和人喝酒，但姜修的海量驚人，一般人喝不過他，別人聽說他要找人喝酒時大都退避三舍，所以他沒有幾個能夠共飲的酒友。每次獨酌，他都很寂寞。

一年冬天，北風怒號，外面飛舞著鵝毛大雪，姜修坐在店內，一個客人也沒有，他給自己倒了杯酒。美酒入喉，姜修吐出的卻是一口鬱氣：「這天下竟沒有能與我共飲的人嗎？」

正在姜修感慨時，哐噹一聲，酒館大門猛地被人從外面推開了。姜修醉眼惺忪地望過去，只見一個漢子踏著大步，在寒風和碎雪的裹挾下進了門。

漢子著一身黑衣，頭戴黑帽，身高三尺，腰寬數圍，矮矮胖胖的，乍看之下，像是個圓滾滾的酒甕。

「天真夠冷的。」漢子拍打著身上的雪寒暄道，姜修手裡握著酒杯點點頭。

「我來求先生給點酒喝。」漢子爽朗地笑著，大大方方地伸出了手。

姜修正是百無聊賴，見有人肯和自己對飲，他高興地起身，殷勤地給客人斟了酒。

「彼此有緣，來喝一杯吧！」

「多謝先生招待，我就不客氣了」

沒有第二句話，兩人對碰一杯，漢子一口就將燒人的烈酒灌進了肚子裡。姜修喜歡漢子的豪爽，立刻將兩人的酒杯再次滿上了，只見對方面不改色，一飲而盡。

緊接著，是第三杯。

連喝了三大杯，漢子卻似乎才略微過了一點酒癮，抬頭說道：「我平生好酒，這輩子從沒喝醉過，甚至還常常為肚子裡的酒不夠滿感到惋惜。倘若我的肚子裡能裝滿酒，那我肯定安詳又快樂；要是不滿，就覺得整個人生都無聊透頂。先生能讓在下追隨您嗎？」

說到這裡，漢子露出了羞赧的笑，但神態依然大方有禮：「實不相瞞，我仰慕先生已經很久很久了，早已在心裡將先生當作知己，希望您能給我一個機會。」

姜修一直以來就愁沒有酒伴，好不容易碰到一個同道中人，他開心還來不及，怎會拒絕？又給漢子倒上一杯酒，哈哈一笑道：「只要你喜歡喝酒，我們就是朋友，千萬別見外。」

兩人第四杯酒下肚，都搖了搖頭，覺得用小酒杯喝酒不盡興。察覺到對方的心思，兩人不由得相視一笑。

「拿碗來！」兩人齊聲大喊。

意識到對方喊出了自己要說的話，兩人再次對視一眼，哈哈大笑起來。

拿來大碗後，兩人乾脆席地而坐，用大碗喝酒。喝到最後，兩人又嫌大碗不過癮，竟然直接搬起酒罈子往嘴裡灌。

大口大口的酒水順著姜修的下巴流淌到衣襟上，他正準備胡亂一擦，卻驚奇地發現——兩人灌了那麼多罈酒，這漢子的前襟竟然依然乾乾淨淨，沒有半點髒汙。

姜修知道自己遇到高人了，同道中的高人。他開心壞了，飲了三石酒後，漢子依舊清醒地跟姜修說笑。

真不是一般人啊。

姜修越喝越好奇，自己這輩子喝酒還從未逢過敵手，這位酒友橫空出世，彷彿專為自己而來。他乾脆起身對來人一拜，好奇地問：「你這種人才，我怎麼現在才發現呢？你是哪裡人？姓什麼，叫什麼？你怎麼能喝這麼多酒呢？」

漢子將酒罈隨地一放，視線投向門外靜靜飄落的雪花上：「我姓成，名德器。我的先人大都住在郊野之中。偶遇造化垂恩，我有了用武之地。我現在已經老了，又得了道，所以能喝。咱們喝的這點算什麼呢？如果想把我灌飽，得五石酒。灌飽了，我就舒坦了。」

姜修聽了他的話，來了勁：「那有什麼問題！」他命下人將酒窖裡的酒一罈罈搬了進來。

喝完五石酒時，那漢子果然醉了，他舉著酒罈，邊唱邊舞，曲調大氣，舞姿灑脫。

舞罷，他愜意地嘆了一口氣道：「快樂啊，真是快樂！」滿足地喟嘆罷，漢子撲通一聲撲倒在地。姜修在旁邊笑著打著拍子，見他倒地，以為他已經醉暈過去了，就讓僕人扶著他進房休息。

等到了客房，僕人正準備扶漢子到床上，怎料他忽然一躍而起，面帶驚慌地出了門，僕人立馬追了上去。此時已經是深夜時分，地上積了厚厚的雪，兩人咯吱咯吱地走在雪上。那漢子邊走嘴裡邊嘀嘀咕咕說著什麼，數次推開想要攙扶他的僕人，自己一個人踉踉蹌蹌往前走。

僕人只得吃力地跟在漢子後面。

這時，前方忽然出現了一抹巨大的黑影，是塊石頭。漢子再次推開僕人往前走去，只聽嘩啦一聲脆響，僕人眼睜睜地看著漢子撞在了前方的石頭上。

人呢？

在漢子碰觸到石頭的一瞬，原地已經沒了他的身影。

僕人又驚又怕地找了半天，但風寒雪冷，他一無所獲，只得驚恐地回家彙報。

等到天亮，姜修隨著僕人去昨晚那漢子消失的地方一看，只看到皚皚白雪上躺著一個經年的酒甕，已經被石頭磕破了。

原文

姜修者，并州酒家也。性不拘檢，嗜酒，少有醒時，常喜與人對飲。并州人皆懼其淫於酒，或揖命，多避之，故修罕有交友。

忽有一客，皂衣烏帽，身才三尺，腰闊數圍，造修求酒。修飲之甚喜，乃與促席酌。客笑而言曰：「我平生好酒，然每恨腹內，酒不常滿。若腹滿，則既安且樂；若其不滿，我則甚無謂矣。君能容我久托跡乎？我嘗慕君高義，幸吾人有以待之。」修曰：「子能與我同好，真吾徒也，當無間耳。」遂相與席地飲酒。客飲近三石，不醉。修甚訝之，又且意其異人，起拜之。以問其鄉閭姓氏焉，復問何道能多飲耶。客曰：「吾姓成，名德器。其先多止郊野，偶造化之垂恩，使我效用於時耳。我今既老，復自得道，能飲酒。若滿腹，可五石也。滿則稍安。」修聞此語，復命酒飲之。俄至五石，客方酣醉，狂歌狂舞。自嘆曰：「樂哉樂哉！」遂仆於地。修認極醉，令家僮扶於室內。至室，客忽躍起，驚走而出。家人遂因逐之，見客誤抵一石，剨然有聲，尋不見。至曉，睹之，乃一多年酒甕，已破矣。（出《瀟湘錄》）

——宋 李昉《太平廣記．卷三百七十．姜修》

狐友

除了酒罈子，能慰藉人類孤獨的，怎麼少得了妖界最紅的妖怪——狐妖呢？

清朝有個姓車的書生，生平最愛喝酒。

愛到什麼程度呢？家裡窮得叮噹響，也不耽誤他沉溺於美酒中，每晚睡前不喝個三大杯，車生肯定是睡不著覺的，所以他的床頭可以不擺書，但不能沒有酒。

「你年紀也不小了，也該娶妻生子了，怎麼連個正經的營生都沒有？」

「天天就知道喝酒，酒不要錢買嗎？你賺的那點錢夠花嗎？」

車生經常聽到這些調侃他的話，因為人窮，又有一個耗費金錢的嗜好，似乎隨便什麼人都可以對他指手畫腳了。

偶爾，車生也會悶聲悶氣地辯駁一下，但越是辯駁，大家越拿他當一個樂子，正是因為瞧不起他，意識到這一點後，車生便沉默了。

一晚，他再次醉酒後沉沉睡去。睡到半夜，渴醒的車生翻身時忽然感覺身旁似乎有東西。

「有人上了我的床嗎？唉，想太多了，大概是蓋的衣裳滑下來了吧。」車生順手摸過去，想把衣裳重新蓋好。不對，怎麼毛茸茸、熱乎乎的？竟是個活物！

黑暗中，車生順手摸了一圈，這東西像貓，但比貓要大上一圈。這自薦枕席的到底是啥東西？

車生起身點了蠟燭，借著燭光，發現身旁躺著的竟然是一隻金燦燦的狐狸！

狐狸攤開四肢，正在呼呼大睡，毛茸茸的肚皮一鼓一鼓的，它身上傳來一股濃烈的酒氣，車生再看床頭，原本裝滿酒的酒瓶已經空了。它竟是個偷酒賊。
不過，車生沒有喊打喊殺，反而欣然一笑：「這是我的酒友啊！」
窮困潦倒的車生因為好酒沒少遭人白眼，沒想到這隻毛茸茸的動物竟然和他有著相同的愛好。車生欣喜地想：管它是不是異類，只要是同好，我跟它便是一家人。
不忍心把狐狸驚醒，又擔心醉酒後的狐狸會著涼，車生躺回床上後，悄悄將衣服勻了一半蓋在狐狸身上，還將手臂一圈，把這一團毛球圈在了懷裡。
蠟燭亮堂堂地照著，車生的雙眼炯炯有神，他想看看這隻狐狸會不會變成人。
一直睡到半夜，狐狸才愜意地長嘆一口氣，甩甩腦袋，探起前爪，在車生懷裡舒暢地伸了個大懶腰。見它醒來，車生笑著問：「這一覺睡得可美？」得知自己暴露，狐狸忽地消失不見了。車生驚訝地掀開衣服看——床上竟躺著一個頭戴儒冠的俊美少年，是狐狸變成的。
美少年也不扭捏，起身下榻，拜謝車生的不殺之恩。
「請起！請起！」車生立即將狐狸扶起，感慨道：「我生平嗜酒如命，大家都看不起我。你之於我，就好比鮑叔牙之於管仲，知己啊！承蒙不棄，我們可以做一對酒友！」說罷，不等他回話，車生拽住狐狸的袖子把他往床上拉，打算與他抵足而眠，還說：「你可以常來飲酒，不要懷疑我交朋友的真心。」
狐狸當然知道車生是真心的，他答應了。
等車生心情舒暢地睡醒，狐狸已經悄然離去。
白天無事，車生為了迎接知己，特意備好了一瓶美酒等著狐狸上門。當天傍晚，狐狸果然再次來了。狐以人的形態與車生促膝飲酒，沒想到少年堪稱海量，一大瓶酒大半落入了少年肚裡，卻不見他有絲毫醉意。

除了酒量令車生傾倒，少年的言談也詼諧有趣，時不時把車生逗得哈哈大笑，車生向來孤寂，與狐狸一起喝酒的這晚是他這些年來最快樂的一晚。

喝罷酒，少年正色道：「每次來，你都用美酒款待我，我該怎麼報答你呢？」

車生不在意地一擺手：「鬥酒之歡，何足掛齒？」少年望了望車生簡陋的家，堅持道：「不行、不行，話雖如此，但先生是個貧寒的讀書人，得點錢很不容易。你等著，我想辦法給你謀點酒錢。」

第二天晚上，少年喜孜孜地來了：「成了！東南離這七里地的路邊，有人掉了銀子，你明天趕個大早去拿回來。」

等天亮，車生匆匆趕去少年說的地方，果然得了二兩銀子。銀子還沒焐熱乎，車生就用它買了一桌好吃的，準備晚上和狐狸大吃大喝一頓。

當晚，兩人酒酣耳熱之際，少年再次湊上前悄聲說道：「你家院子後面的窖裡藏著點東西，你挖挖看。」第二天，車生試著一挖，竟一下子挖出十萬多枚銅錢。車生因此一夜暴富。

晚上狐狸來後，車生喜孜孜地對狐狸說：「哥哥我現在有錢了，咱們再也不用擔心沒錢買酒喝了。」沒想到少年卻搖搖頭，道：「這錢雖然不少，可總有花完的一天，咱們還是得想個能長久掙錢的法子。」

過了一段時間，少年再次悄悄地對車生說：「現在集市上有便宜的蕎麥賣，你去買回來，越多越好。」車生對這位酒友是徹徹底底、毫無保留的信任，他當即用自己挖出來的那一大筆錢收了四十多石的蕎麥。

一看車生竟然搞起了商人的生意，做的還是虧本買賣，認識他的人都嘲笑他：「你真是喝酒喝傻了。你是個書生啊，再怎麼樣，心裡也該有點數。你能不能幹點正經事？」現在的車生有了狐狸，再也不像以往那樣，被嘲笑時會黯然神傷，他這次只是憨憨一笑，沒有解釋一個字。

很快，那些嘲笑車生的人便傻眼了。

沒多久，這個地方大旱，田裡的作物全都枯死了，只有蕎麥種下去能活，車生靠賣蕎麥獲利十倍。

從此之後，車生越發有錢，還聽從狐狸的建議，買了二百多畝肥沃的田地。每年要種什麼東西，車生都會先請教狐狸。如果狐狸讓他多種麥子，那這一年肯定是麥子的豐收年；如果狐狸讓他多種穀子，那當年種穀子一定能獲得大豐收。除此之外，莊稼在哪一天種下，也都由狐狸來決定。

這位狐狸酒友，不僅成了車生的知己，還幫他走上了發家致富的道路，車生徹徹底底地翻了身，也終於娶上了媳婦。一人一狐交往越來越密切，幾乎密不可分，狐狸見了車生的妻子，甚至會以嫂嫂相稱，對待車生的孩子也視如己出。

再後來，車生死去，狐狸從此便銷聲匿跡了。

好一個車生！他得多麼孤獨寂寞，才會將異類引為知己？

好一個狐狸！《詩經》有言：「投我以木瓜，報之以瓊琚。匪報也，永以為好也！」既然你視我為知己，那我就投桃報李，狐狸正是這麼做的。在那樣孤獨又黑暗的古代的夜晚，這一段跨越人妖界限的友誼怎能不令人感動？

原文

車生者，家不中資，而耽飲，夜非浮三白不能寢也，以故床頭樽常不空。一夜睡醒，轉側間，似有人共臥者，意是覆裳墮耳。摸之，則茸茸有物，似貓而巨；燭之，狐也，酣醉而犬臥。視其瓶，則空矣。因笑曰：「此我酒友也。」不忍驚，覆衣加臂，與之共寢。留燭以觀其變。半夜，狐欠伸。生笑曰：「美哉睡乎！」啟覆視之，儒冠之俊人也。起拜榻前，謝不殺之恩。生曰：「我癖於曲蘗，而人以為痴；卿，我鮑叔也。如不見疑，當為糟丘之良友。」

曳登榻，復寢。且言：「卿可常臨，無相猜。」狐諾之。生既醒，則狐已去。乃治旨酒一盛，專伺狐。

抵夕，果至，促膝歡飲。狐量豪，善諧，於是恨相得晚。狐曰：「屢叨良醖，何以報德？」生曰：「鬥酒之歡，何置齒頰！」狐曰：「雖然，君貧士，杖頭錢大不易。當為君少謀酒資。」明夕，來告曰：「去此東南七里，道側有遺金，可早取之。」詰旦而往，果得二金，乃市佳餚，以佐夜飲。狐又告曰：「院後有窖藏，宜發之。」如其言，果得錢百餘千。喜曰：「囊中已自有，莫漫愁沽矣。」狐曰：「不然。轍中水胡可以久掬？合更謀之。」異日，謂生曰：「市上蕎價廉，此奇貨可居。」從之，收蕎四十餘石。人咸非笑之。未幾，大旱，禾豆盡枯，惟蕎可種，售種，息十倍。由此益富，治沃田二百畝。但問狐，多種麥則麥收，多種黍則黍收，一切種植之早晚，皆取決於狐。日稔密，呼生妻以嫂，視子猶子焉。後生卒，狐遂不復來。

——清 蒲松齡《聊齋志異．卷二．酒友》

褦襶[21]

清朝時，有個叫張子虛的官員，他調任到瀋陽後，剛一到任，就有當地的下屬神神祕祕地前來稟告：「老爺，咱們衙門裡住了一隻妖怪，已經有好幾個人被嚇死了，男男女女都有，您可得小心點。」

手下說得邪乎，張子虛也上了心，他留意了幾天，一天晚上果然見到了一個怪東西。

當晚，月色皎潔，茶桌旁盛開了大片大片的草茉莉，張子虛坐在濃香中，啜著茶，靜靜地批閱著公文。

坐得久了，身上有些冷，張子虛正準備起身去房內拿件衣服，眼前忽然有什麼東西一閃而過。隨即，花叢對面出現了一個通體烏黑的怪東西。

那怪物沒有腦袋，沒有手，沒有腳，是一團比夜更濃黑的圓球。說是圓球，也不太對，這怪東西竟然有眼睛！怪物的兩隻眼睛在一團漆黑中閃爍著雪白的光，除此之外，它還有一張宛如鳥喙的尖嘴。光這兩點就能證明，這是一個詭異的妖怪。

張子虛被嚇了一跳，那怪物橫衝直撞地闖進來，見院子裡有人，似乎也被嚇了一跳。見張子虛不動，它遲疑地在原地蹲了片刻，確定此人不會傷害它後，才逃命般飛快地消失在了茫茫夜色中。

從此之後，那怪物彷彿點卯般，幾乎每晚都來報到。來了之後，也不吭聲，只瞪著一雙雪亮的眼睛，好奇地盯著張子虛看，次數多了，張子虛也就習慣了。

21 編按：褦襶（ㄋㄞˋ ㄉㄞˋ），意為不曉事理、不懂事的意思。

發現怪物不害人，他甚至起了逗弄它的心思。偶爾，張子虛會對它招招手，怪物就好奇地瞪著雪白的眼睛，張著尖嘴，小心翼翼地湊上來。

張子虛覺得好玩，便試著摸了摸它的腦袋——姑且稱之為腦袋吧，因為它本就是混沌一體的，沒想到被他觸碰到的地方瞬間消失了。

張子虛索性將手一直按下去，那怪物竟完全不見蹤影，張子虛被嚇得驚叫一聲，就在這時，圓滾滾的怪物又閃著雪白的眼睛出現了，猜測怪物只是害羞，張子虛放下心來。他回味著剛剛摸怪物的手感，有點像摸到軟綿綿的棉花；而湊近了看，怪物是一團如煙霧般的非實體的東西，由於每次怪物都不是真的消失，張子虛便摸它摸上了癮，一人一怪玩這個遊戲玩得不亦樂乎。

對這個小怪物，張子虛異常歡喜，甚至還為它取了一個名字，叫作「褦襶」。

小怪物似乎也知道自己有名字了，它很開心，出現的次數更多了。

每次張子虛輕輕喊一聲「褦襶」，褦襶就會馬上出現，一人一怪，儼然有了某種外人無法體會的默契。

轉眼到了冬天，瀋陽的冬天極冷。

在一個苦寒的夜晚，張子虛的酒癮忽然犯了，僕人們此時早都鑽進被窩睡得香甜，他不想麻煩大家為了他起床冒著嚴寒買酒，但他實在是想喝酒，想得心浮氣躁。

當時，褦襶正老老實實地蹲在旁邊，陪著他看公文。張子虛開玩笑般地問：「你能幫我打酒嗎？」

褦襶從一團混沌中發出了「呦呦」的聲音，似乎是答應了。

張子虛驚喜地問：「真的嗎？」

褦襶原地轉了一圈，將身子往下低伏著，似乎在表示：是真的，我願意為你打酒。

張子虛把酒瓶和幾十個銅板一起放在了褦襶腦袋上。確定東西都放好了，褦襶眨眨雪白的眼睛，跳動幾下，消失在了門外。不過撓個頭笑一笑的工夫，張子虛陡然發現，褦襶已經再次出現了。

不過，褦襶的頭頂上已經沒了銅板，只剩下那個酒瓶。

張子虛好奇地伸手把酒瓶取下來，酒瓶不是空的，裡面裝著滿滿的白酒。他把瓶口湊到鼻子前一聞，一陣濃香襲來，正是自己最愛的老張頭釀的酒。

張子虛驚喜極了，想要抱抱它，但在他觸碰到褦襶的剎那，褦襶又消失不見了。

等張子虛美滋滋地喝起酒時，害羞的褦襶才眨巴著眼睛再次出現在了他的面前。

從此之後，只要有跑腿買東西之類的小事，張子虛都會交給任勞任怨又效率奇高的褦襶來做。

張子虛是開心了，那些店家卻整天嚷嚷著：

「見鬼了。我的東西明明好好地放在這裡，怎麼不見了？咦？這錢是哪裡來的？」

失貨得錢的情況頻頻發生，一時之間，在商家中傳為怪談，但始終沒人知道這是怎麼一回事。

張子虛聽下屬聊起這些怪談後，抬起頭對著褦襶抿嘴一笑。這個秘密只有他們兩個知道。

幾年後，張子虛的工作有了調動，他即將調去的地方是千里之外的福建。磨磨蹭蹭地收拾好行李，張子虛望著面前一團黑漆漆的圓球。

明明它只是一團看不出表情的黑氣，但望著這雙雪白的眼睛時，張子虛就是知道，它捨不得自己離開。

但張子虛能怎麼辦呢？調令下來，他不走也得走，千里迢迢到了福建，一直過了很多天，張子虛都悶悶不樂。

他想念他的妖怪朋友了，想念黑漆漆的圓球上那雙雪亮雪亮、其中的倒影只有自己的眼睛了。

張子虛想它想得幾乎有些抑鬱了。

這天，張子虛正獨自站在院子裡思念䄏襶，眼前一花，他面前忽然出現了一團東西。這東西黑漆漆一團，沒有手，沒有腳，只有一雙雪亮的眼睛和如鳥喙般的尖嘴。

是䄏襶！是他的䄏襶來找他了！

身為堂堂一方父母官，張子虛卻一抛多年養成的官威，興沖沖地跑進門報喜：「快來看！快來看！它……它來找我了！」張子虛的眼淚都要流下來了：「千里迢迢，又是爬山又是涉水，你一個不容於世的小妖怪，是怎麼找到我這裡來的呢？」䄏襶只圍著張子虛呦呦地叫，也興奮得很。

張子虛交這個妖怪朋友時，家人都不知情，被張子虛大呼小叫地喊出門後，大家一看，都被面前這團黑球給嚇到了。

不過，在張子虛激動地、顛三倒四地把他們成為好友的經過講述出來後，家人紛紛表示了理解。從此之後，䄏襶徹底在張子虛家安了家。

䄏襶除了樣子長得怪，其他的都好，性情溫馴得令人心疼，一家人都喜歡它。據說，張子虛的親戚朋友也大都親眼見過䄏襶。

就這樣過了一年後，䄏襶忽然又消失不見了，這次，它是真的徹底消失了。

無論張家人如何呼喚、如何思念，宛如消融進黑夜的濃霧一般，䄏襶再也沒有出現過。

真是一個令人憐愛的小妖怪啊！

前文講的都是人類因為孤獨找到了妖怪知己，這一篇卻不同，講的是一個孤獨的妖怪找到了一位人類知己。

從全文看，䄏襶沒有同類，沒有除了張子虛以外的其他朋友，歷代典籍中也沒有關於類似妖怪的記載，由此可見，這妖怪是獨自存於天地之間的，孤獨啊，多麼孤獨。

「來個人理一理我吧，稍微理一理就可以了。」在寂寞的黑夜裡，褦襶也許這樣一次次地向上天祈求。

終於，張子虛來了，它寂寥的黑夜終於結束了，在沒有嘗到友誼的滋味之前，褦襶還能勉強渾渾噩噩地活著；一旦品嘗到友誼的滋味，再回歸孤獨，它便再也無法忍受。

如果沒有你，即使再活萬年又有什麼意思呢？

原文

有官瀋陽者，署中傳有鬼物，往日被驚悸而死者，男女接踵。官留心伺之，夜間果見一物，通體烏黑，無頭無面無手足，唯二目雪白，一嘴尖長如鳥喙，乍見亦甚可懼。後無夜不至，遂亦習之，漸至狎暱。物亦嫺熟，麾之不去，招之即來。間嘗戲以手捺其頂，隨手消滅；捺至地，滅亦盡，渾如煙霧，軟如綿絮；甫抬手，尋復充牣如故。甚異之。因其块然一物，名之曰褦襶，呼之輒前。

一夕，寒夜思酒，家人皆睡，無人行沽。褦襶適在側，戲之曰：「汝能為沽酒乎？」聲呦呦，似應諾然。官乃以青蚨數十並一瓶置其頂上。褦襶去，俄頃已在面前，頂上有瓶無錢矣。取之，白酒滿中，大喜。自是，零星細物，無不遣之。市物之家，但失物得錢，傳以為怪；唯官心明其故，特祕而不宣耳。閱數年，未嘗須臾離。會考滿，得閩中一郡。既束裝，褦襶依依，似不能捨，官亦悵悒。

抵閩逾歲，靡日不思。偶獨立，褦襶忽至，大驚喜，呼之入室，眷屬驚怔。官白其故，家人亦素聞其事，遂各相安。及見慣，無不憐其馴者。親友亦多見之。又歲餘，失褦襶所在，舉家懷思，後竟不復至。

——清 和邦額《夜譚隨錄．卷三．褦襶》

拾壹、不羈篇

敬自由

佛家講自在，道家講逍遙，儒家講從心所欲不逾矩。
歸根結柢，都是在說人的自由。
那麼，怎樣才算是真正的自由呢？
看看聶隱娘，
一個從身到心真正自由的人是如何定義自由的；
看看鹿少年，
如何在人類的世界中苦苦探索之後獲得回歸本源的自由。
謹以此篇敬祝大家，
能在這紛繁複雜的世間找到屬於自己的自由。

聶隱娘

安史之亂後，唐朝陷入藩鎮割據的局面，河朔三鎮便誕生於此時，而其中尤以魏博鎮最為強盛。貞元年間，在魏博鎮中，有位名叫聶鋒的大將，他有一個女兒，名為聶隱娘。

聶隱娘十歲這年，聶家門外忽然來了一位身穿百衲衣的尼姑，尼姑嘴角含笑，氣定神閒，是為化緣而來。聶家人心善，請尼姑在前廳等候，命僕人去廚房端齋飯。

等候時，尼姑看到了在一旁玩耍的聶隱娘，只打量了她一眼，便扭過頭去，用春風拂面般溫柔的語氣問聶鋒：「聶押衙你有福了。請問可以把你的女兒交給我，讓我教導她長大成人嗎？」

聶鋒聽到這話愣了一下，轉而勃然大怒，斥責道：「妳這討飯的尼姑，怎敢說這種僭越的大話？」

尼姑被斥，神情依舊波瀾不驚，她平和地看著發怒的聶鋒，淡淡一笑道：「別為註定要發生的事情而動怒，你的女兒我要定了！」說罷，尼姑低頭看著正好奇地打量她的聶隱娘，誇讚了一句：「真是個好苗子啊。」便從容離去了。

為防不測，當晚，聶家做好了萬全的準備。

女孩被藏進了鐵櫃中，鐵櫃被層層鐵鍊鎖住，周圍環繞著曾在戰場上殺敵無數的兵士。

除非那三名各自持有鑰匙的親信來開鎖，否則誰都不可能將女孩帶走。半夜時分，聶母突然感到一陣莫名的心慌，她慌忙喚醒丈夫去看鐵櫃。

兩人命僕人打開鎖鏈一看，鐵櫃中空空如也，女孩已經消失不見了，聶鋒又怕又怒，命人到處搜尋，但始終找不到人。

從此聶隱娘如同人間蒸發了一般，她的父母束手無策，在想起她時只能大哭一場。

五年時間，一晃而過。

這天，聶家大門再次被敲響。僕人帶著來人來到前廳，看到來人的一瞬間，聶鋒愣住了——此人正是當年的尼姑。

尼姑一身百衲衣，氣定神閒地站在客廳裡，依然是第一次出現在聶家時的樣子。

聶鋒毫不猶豫地抽出腰間的寶刀劈過去，尼姑輕鬆閃過，順勢將身後的妙齡少女往前一推，道：「喏，你家的女兒我已經教成了，你領回去吧。」

聶鋒一刀劈空，扭頭看到女兒後又驚又喜，扯著嗓子喊夫人來看，再回過頭去時，尼姑已經不見了蹤影，只剩下聶隱娘。

聶父聶母抱著失而復得的女兒又哭又笑。等親暱夠了，聶母才拉著已經長成大人的女兒問：「女兒，妳被擄走了這麼多年，都學了些什麼東西呢？」面對多年未見的家人，聶隱娘的表情始終淡然，她輕描淡寫地說道：「一開始就是誦經念咒，沒有別的。」

聶鋒並不相信：「不可能，只有這些怎麼可能學整整五年？那尼姑一定還教了妳別的本事。」

「孩兒確實有所隱瞞，但我要是說真話，恐怕您又不信。這讓我怎麼說才好呢？」

此時的聶隱娘不僅相貌與五年前不同，言談舉止也有很大的變化。

若說之前的她被嬌養在深閨內院，懵懂又惹人憐愛，那現在的她便是眉目銳利，堅毅冷靜，渾身散發著不容輕慢的光芒。

離家五年，聶隱娘脫離了家庭的掌控，完全獨立地長大成人了。

但此時的聶鋒還不曉得女兒的厲害，他再三強調：「我讓妳說妳就說，信不信在我。」

聶隱娘自己尋了個位置，喝了一口僕人剛剛端上來的茶，等她慢條斯理地把這五年的經歷講完，即使是征戰沙場多年的將軍也被震驚得說不出話來了。

當天晚上，被層層守護的聶隱娘被尼姑帶走。尼姑挾著女孩一路狂奔，女孩只覺耳邊狂風呼嘯，不知道走了多少里路，天亮時，兩人來到了一處石洞前。石洞周圍荒寂無人，只有猿猴在茂密的松蘿間攀緣跳躍。

突然被陌生人帶到荒郊野嶺，聶隱娘卻不哭不鬧，而是滿眼好奇地打量著周圍。跟著尼姑進入洞中後，她發現石洞寬闊，布置簡陋，除了一塊橫在洞壁上，像是床的巨大的青石板，幾乎沒有別的陳設。

另外，石洞裡已經有兩個女孩了。

將聶隱娘往兩個女孩面前一推，尼姑輕聲交代了幾句，便匆匆地出門忙自己的事情去了。和她們聊了幾句，聶隱娘發現，兩人和自己一般大，都是十歲，也都是聰明婉麗的女孩。

經過一夜的奔波，聶隱娘又渴又餓，於是向兩個女孩要東西吃。女孩們對視一眼，其中一人為難地說：「我們跟著師父學習法術，已經很久沒有吃過東西了，這裡也沒什麼東西可吃。」

見聶隱娘捂著肚子，眉頭微皺，另一人思索片刻道：「妳來，我們摘野果給妳吃。」

聶隱娘跟在兩個女孩身後出了石洞。

不過一小會兒，她的世界觀便被顛覆了——女孩們竟然在懸崖峭壁上宛如猿猴般自如地飛躍行走！她看得一時間忘記了饑餓，人竟然能不吃不喝地活著，還能飛天遁地，一個嶄新的世界向她打開了。

傍晚時分，尼姑披著月色行色匆匆地回來了。她把一堆泛著血腥氣的東西往懸崖下一丟，進了石洞，然後把睡著的聶隱娘喚醒，摸出一個藥丸，道：「吃下這個，妳就能和妳的師姐們一樣了。」

「可以不吃不喝地活著？」聰穎的聶隱娘馬上猜到了藥丸的作用，尼姑神色變得越發柔和：「對，吃下吧。」聶隱娘毫不猶豫地張開嘴，一仰脖，把藥丸吞進了肚子裡。

「這裡還有一柄寶劍，以後，它就是妳的了。」

聶隱娘好奇地接過劍，剛要上手觸碰，尼姑提醒道：「小心，這柄劍可不是凡品，吹毛可斷。」

這是一柄長約二尺的寶劍，被懵懂又漂亮的女孩握在手中，反射著冷冷的月光，別有一番驚心動魄的美。

自此之後，聶隱娘開始和兩個師姐一起學習功夫。

一開始學的是攀緣，一段時間後，漸漸地，她感到自己身輕如風；一年後，她的劍術也有小成，擊刺森林中捉著藤蔓盪來盪去的猿猴，百發百中。

在這之後，她開始練習擊刺虎豹。

看著比自己大許多倍的猛獸匍匐在地上任自己檢閱，聶隱娘心中有一種名為力量的東西破土而出。

三年後，聶隱娘會飛了。

十三歲的聶隱娘像隻鳥兒，輕快地飛翔在懸崖峭壁間，她從來沒有這般自在過，她甚至覺得自己彷佛生來就該如此。尼姑讓她刺天空中迅捷如風的鷹隼，她次次都能刺中。

隨著聶隱娘劍術的提升，那柄約兩尺長的寶劍逐漸磨減到只有五寸長。無論什麼飛禽走獸，聶隱娘都能輕輕鬆鬆地讓它們有來無回。

到了第四年，尼姑讓那兩個女孩留在石穴中，帶聶隱娘去了一個陌生的城市。

她指著路上經過的一個人，輕描淡寫地陳述完這人的生平和罪孽後，語氣陡然沉重起來：「如今，藩鎮割據，天下混亂，當天不作為時，我們來替它做。」說罷，她盯著聶隱娘的眼睛說道：「妳去替我取來他的首級吧。」

這句話，在這之前尼姑也經常對她說，但之前尼姑要她殺的對象通常是猛虎。尼姑會用輕柔的語氣對聶隱娘說：「這隻猛虎曾害了十幾人的性命，妳去替我取來它的首級吧。」

聶隱娘似乎是天生的刺客，每次的任務，她都辦得乾淨俐落地，從不拖泥帶水，這一次也不例外。

尼姑給了聶隱娘一柄三寸長的羊角匕首。

聶隱娘接過匕首，屏氣凝神，沒入了熙熙攘攘的人群中，靠近目標後，她悄無聲息地一刀抹去，彈指間，那人的首級便滾落進了一旁早已張開的布袋中，還未等人倒地，聶隱娘已經飛身跑到了幾里之外。她回到石洞後，把布袋交給了尼姑，尼姑口念慈悲，用藥把那個首級化成了一灘血水。

第五年時，尼姑告訴聶隱娘，某位大官罪孽深重，無緣無故害死了許多人，讓她晚上潛入對方房內，取其首級。當晚，聶隱娘帶上匕首，穿牆而過，伏在了那位大官臥房的房梁上，一直到天色黑透，她才完成任務，返回石洞。

走到洞口時，聶隱娘愣住了。她與師父相處的這五年時間裡，師父從來都是慈祥的，即使手上沾滿鮮血，也依舊是面目熙怡，言語柔順；但今晚，尼姑立在洞口，卻滿臉怒氣。

尼姑斥責道：「妳怎麼這麼晚才回來？」

聶隱娘垂首稟告：「我看他在逗弄一個小孩，那孩童可愛，我不忍心當著孩童的面下手。」

尼姑聽罷，簡直怒氣沖天：「以後再遇到這種情況，應該先斬殺他所愛的人，再殺他。妳想想，他在害人時，可曾想過那些被害的人也有稚子高堂？」聶隱娘有些吃驚地抬起頭：「可是稚子無辜。」

尼姑冷笑一聲：「稚子無辜？我問妳，他吃的什麼？穿的什麼？住的又是什麼？人人都知道『祖上積德，惠及子孫』，卻不知，還有句話是『祖上作惡，禍及子孫』。好處子孫全占了，等到要承擔父輩作惡的後果時，又嚷嚷著『禍不及子孫』，這樣天地間還有公平可言嗎？」

面對咄咄逼人的尼姑，聶隱娘到底還是太年幼，她張口結舌，半句反駁的話都說不出來，雖不贊同尼姑的話，她還是低聲的回答知道了。

尼姑長嘆一口氣，看了聶隱娘一會兒，忽然語氣平靜地開口道：「轉過身去。」聶隱娘轉過身後，尼姑繼續說道：「我幫妳把後腦勺打開，把匕首藏在裡面。放心吧，不會傷到妳的。以後妳需要用匕首時，隨手就可以拿到。」等藏好匕首後，尼姑感慨地說：「妳凡心未泯，需要入世修煉。」

「師父？」

相處五年，尼姑對聶隱娘而言早已是亦師亦母的長輩。這五年，她從尼姑這裡學到了飛天遁地的本領，每天都過得無比充實，突然得知要離開，聶隱娘有瞬間的恍惚，她倒沒有不捨，只是想到即將面對未知的生活有些不知所措。

尼姑卻不再多話，擺擺手，示意聶隱娘可以去休息了。

臨睡時，聶隱娘問尼姑：「我們什麼時候才能再見面呢？」

尼姑望向天際，一輪彎刀似的月當空而掛，她悠悠地說：「二十年後方可一見。」

之後，尼姑便將聶隱娘送回來了。

聽著女兒口中越來越離譜、越來越恐怖的經歷，聶鋒不由得瞠目結舌，他本想說些什麼，但話到嘴邊，最終還是嚥了回去，這樣的女兒令他害怕。

此後，聶隱娘便在家住了下來。

不過，現在的聶隱娘更像是把家當成暫時的居所，到了夜晚，她就不見人影；天亮時才風塵僕僕地回來；聶鋒也不敢追問，自己的女兒有取人首級的本領，她夜裡出門，不用問也知道是去做什麼了。

不加聞問不代表他支持女兒這樣做，漸漸地，聶鋒不再關愛女兒了，他們明明是一對父女，卻宛如生活在同一屋檐下的陌生人。

這天，聶家門外忽然傳來「磨鏡子嘞」的叫賣聲，小販聲音清脆，是個磨鏡的少年郎。

聶隱娘出門打量了少年半晌，忽然扭頭對父母說道：「這人不錯，就讓他來當我的丈夫吧。」貴為將軍之女的聶隱娘怎能嫁給這種窮賤的小販呢？聶鋒心裡自然是不同意的，但他不敢拒絕女兒的要求。沒多久，聶隱娘便順利地嫁給了這個平平無奇的小販。

是否成親，對於聶隱娘來說，似乎並沒有什麼不同；只是有了夫婿，能讓她多了一個方便在世間行走的身分，她依舊我行我素，做著自己想做的一切事情。

幾年後，聶鋒死了。

當時，魏博的節度使是田季安，聶隱娘那些神異的事蹟，他自然也聽說過。聶鋒這員猛將身亡後，他特意雇傭聶隱娘夫妻為左右吏，從此聶隱娘成了節度使的「私人保鏢」。

幾年後，到了元和年間，朝廷下定決心削平藩鎮勢力，各自為政的幾個藩鎮之間越發摩擦不斷。田季安向來和陳許節度使劉昌裔不和，得了聶隱娘這位奇人後，他便派聶隱娘去將劉昌裔的首級取來，打算趁機將陳州和許州吞併。

聶隱娘帶著相公，辭別田季安，一路去往了許州。

劉昌裔精於命理卜卦，在刺客到來之前，他已經知曉了對方的身分，於是招來衙將，吩咐道：「明天早上，你們去城北等一名男子和一名女子，他們兩人分別騎著一黑一白兩頭驢。」

「等兩人到達城門，附近的樹上會有喜鵲亂叫。這時，男人會拿出彈弓射鳥；他擊射失敗後，旁邊的女人會奪過彈弓，只一丸便將那聒噪的喜鵲擊落。如果遇到這樣的兩個人，你就上前作揖，請他們來見我。」

等到了城門，衙將遇到的情景果然都跟劉昌裔說的一模一樣。等那喜鵲落地，衙將上前作揖，把劉昌裔的話複述了一遍：「久聞聶隱娘的大名，我們節度使很想見您一面，所以才讓我大老遠地來迎接你們。」聽了衙將的話，騎在驢背上的女人大吃一驚，她就是前來刺殺劉昌裔的聶隱娘。

得知自己的一舉一動早已被敵人洞悉，聶隱娘也不驚訝，而是灑脫一笑，道：「劉僕射果然是神人啊！帶路吧，我願意見他。」

劉昌裔特意出門迎接。

聶隱娘一見劉昌裔，便開門見山地說：「我本要刺殺您，實罪該萬死。」

劉昌裔卻一擺手，道：「別這麼說，各為其主罷了，這是人之常情。我和田季安也沒什麼不同。希望兩位不要有所疑慮，以後就留在我這裡吧，在這兒想做什麼都行，不要有所拘束。」

聶隱娘是個率性而為的女子，父親和丈夫都約束不了她，如今僱主給了最大的自由，正切合她的心意，於是當即做了決定：「劉僕射真是神機妙算，小女子確實佩服，看僕射您左右無人，小女子願意追隨先生左右。」

劉昌裔安了心，大度地說他們想要多少報酬，都可以滿足，沒想到聶隱娘回道：「每天只要二百文錢就足夠了。」

「只要二百文？」劉昌裔以為自己聽錯了，當時的二百文錢甚至不夠一個人勉強溫飽。

「只要二百文。」

「好好好，那就二百文。」

安置好夫妻二人後，劉昌裔正準備讓人把他們的驢子拉下去，卻忽然不見驢子的蹤影，怎麼都找不著。後來他才知道這兩頭毛驢是法術所幻化，原形是一黑一白兩張剪紙。聶隱娘不用時，便會將它們收進包袱中。

就這樣，夫妻倆安穩地住了一個月後，聶隱娘對劉昌裔說：「田季安不知道我們在這裡留下了，他沒有我的回音，肯定以為刺殺的任務失敗了，還會再派人來殺你的。」劉昌裔自然也明白，他點了點頭。「請讓我剪一段頭髮，用紅綢子包住，送到田季安枕前，以表我不再回去的決心。」劉昌裔同意了。

一直沒睡的劉昌裔等到四更天，聶隱娘終於回來了。「我把信送過去了，田季安很生氣，後天半夜會派精精兒來殺我，還要取你的首級；不過你放心，我會保護你的。」劉昌裔面色如常地點點頭，他生性豁達，臉上毫無懼色。

當晚，明燭高燃，燈火通明，過了夜半，果然出現怪事了。有一紅一白兩面幡子彷彿被什麼人拿著一般，在劉昌裔的床四周飄蕩著相互擊打。

兩面幡子打了很久，最後，咚一聲，一個人從空中掉落。劉昌裔低頭看去，那人已經身首異處了。聶隱娘現出身形，對劉昌裔說：「精精兒已經被我擊殺。」說罷，她把人拖到臥室臺階下，從懷中掏出一包藥粉撒在屍體上，很快，地上只剩下一灘水。

等處理妥當，聶隱娘又說：「精精兒有去無回，後天半夜，田季安肯定會再派妙手空空兒來刺殺我們。空空兒的術法神鬼莫測，真正是來無影去無蹤，我比不上，這次得看僕射的福分了。」

劉昌裔點點頭，表示知道了。

聶隱娘見了他從容大氣的反應，不由得暗自讚嘆：這確實是一位豁達的高士。對於這樣的人物，她願意盡全力保他周全。她思索了片刻，說道：「僕射也不要太過擔心，我有一個九死一生的法子，我們可以試一試。」

「願聞其詳。」

「您用和闐玉擋在脖子上，蓋好被子。那天晚上，我會化為一隻小蟲子，藏在僕射的腸子裡等他。除此之外沒有別的地方可躲，這是唯一可能取勝的法子。」到了當天晚上，劉昌裔照聶隱娘所說的做了。

等到三更時分，將睡未睡之際，劉昌裔的脖頸上忽然傳來一聲尖銳刺耳的怪聲。

劉昌裔正不知該怎麼辦，聶隱娘忽然從他的嘴裡一躍而出。在空中，她的身體越變越大，等到她落地時，已經變為正常大小。

聶隱娘滿臉喜色，對坐起的劉昌裔道賀：「祝賀僕射，您可以高枕無憂了。那空空兒像是雄鷹一般，只一擊不中就翩然遠去，大概是他這一生從未失手過，這次失手讓他覺得很丟面子，隨即遠去。還不到一更，他已經飛出一千多里了。」

劉昌裔把蓋在脖子上的玉拿起來看，上面果然有匕首劃過的痕跡，劃痕深深沒入玉中，足有好幾分。

三次刺殺劉昌裔，田季安派的全都是頂級高手，但第一個殺手聶隱娘，被對方的人格魅力折服，第二個殺手精精兒因技不如人被斬殺，第三個殺手空空兒則因謀略不足和心高氣傲而失敗。屢次不中，田季安最終只能罷手。

這件事過後，劉昌裔執意送了聶隱娘夫妻一份厚禮。

元和八年（813），劉昌裔從許州調往京城。他邀請聶隱娘夫妻同去，聶隱娘不願意，辭別道：「當年師父因我凡心未泯，所以讓我下山，遍歷紅塵、磨練心性。如今的我，在這世間已無敵手。人間的事，我也都經歷過了，不過如此。從此之後，我要踏遍千山萬水，遍訪得道高人。」

「不過，我夫君是個普通人，他不方便跟我上路。他什麼也不會，希望劉僕射能賜給他一個虛職，讓他安度餘生。」劉昌裔如約照辦，之後漸漸沒了聶隱娘的消息。

後來，劉昌裔死時，聶隱娘千里迢迢騎著驢子趕去京城，為這位高士大哭一場後，再次飄然而去。

開成年間，劉昌裔的兒子劉縱任陵州刺史。車輦走到蜀地棧道時，忽然被一個騎著白驢的女子攔住了去路。劉縱下車一看，又驚又喜——攔路的人是聶隱娘。沒想到這麼多年過去了，聶隱娘的面貌還和當年離開時一樣。

在重逢的喜悅後，聶隱娘對劉縱說：「你要大難臨頭了，你實在不該來這裡的。」說罷，她從隨身攜帶的小葫蘆中倒出一粒藥丸，讓劉縱吃掉。

「這藥力只能保你一年平安，來年你一定要火速辭官，也許還能逃過這場災禍。切記、切記。」

聶隱娘臨走時，劉縱還要送她綢緞，聶隱娘搖頭一笑，擺擺手，深深地看了他一眼之後，便離去了。

劉縱雖然相信聶隱娘的話，但仍抱著僥倖心理，一年後沒有辭官，果然死在了陵州。

從此，這世上再也沒有人見過聶隱娘了。

快哉啊！

也只有大氣豪放的唐朝才能孕育出這樣一位奇女子了。

故事中，對聶隱娘影響最大的人物毫無疑問是尼姑，如果沒有這位自始至終都籠著一層神祕面紗的尼姑，聶隱娘的人生會是怎樣的呢？

聶隱娘身為大將軍之女，出身名門之後，但不管多麼顯赫的家世，當時的她最終必定如千千萬萬的女孩一般，聽父母之命、媒妁之言，找一個門當戶對的人家，結婚生子，一輩子困在一方小小的庭院裡。她能仗劍走天涯、行俠仗義嗎？不可能。

如果說父母給了聶隱娘血肉，那重塑她靈魂的就是尼姑，而在這之上的，是聶隱娘的自我覺醒。

為何這樣說呢？聶隱娘身為凡間小兒女的人生，在十歲時便嘎然而止，十歲之後長期住在山洞中，與野獸為伍。在塑造世界觀、人生觀、價值觀的關鍵年紀，她學習的對象只有尼姑，學習的內容卻浩瀚如宇宙。

五年時間，尼姑快刀斬亂麻，把聶隱娘為數不多的人生經驗全部推翻，還為她打開了一扇通往廣闊天地的大門。聶隱娘不負尼姑所望，在這片天地中縱情馳騁，但進入這扇門，必須付出代價。

尼姑想要培養的是斷情絕愛的殺人機器，聶隱娘雖然被這樣教導著、塑造著，但她始終保有自己的本心。所以在行刺酷吏時，面對可愛的稚子，她猶豫了。

那尼姑是何許人也？就這一點「猶豫」，讓尼姑看出女孩不是聽話的「乖乖女」，最終不是他人可控制的，所以尼姑放手了。

聶隱娘的傳奇，寫的是一名俠女如何一步步踏上自由之路，標誌著她逐步走向身心自由的有三個事件。

一是被尼姑擄走。她在習得一身本領後，以此為基礎，脫離了父權的掌控。

二是自己指定夫婿。這位柔弱的夫婿反而要依附她過活，這種顛倒的關係，使她脫離了夫權的掌控。

三是背主投敵。良禽擇木而棲，這說明她沒有囿於古代束縛人心的愚忠思想。

聶隱娘的自由需要天時地利人和，缺一不可。少了本領，那追求自由的靈魂被困在一方庭院，便是一齣悲劇；少了追求自由的意識，即使能翻江倒海，也依然是尼姑手中的殺人機器、爹娘的嬌嬌女、站在夫婿身後的賢內助。畢竟，身懷絕技能使她來去自如，而在斬斷親情、斬斷愛情、斬斷所謂的「忠」、「義」之情後，她才能徹底達到身與心的雙重自由。

遑論志怪故事中的傳奇女性，就是那些男性主角，他們的肉體來去自如，卻始終囿於「情」、「義」

兩字，生生地畫地為牢；而聶隱娘的自由，是一種不受制於任何人、獨行於天地間隨心所欲的自由。

原文

聶隱娘者，唐貞元中，魏博大將聶鋒之女也。年方十歲，有尼乞食於鋒舍，見隱娘悅之。云：「問押衙乞取此女教？」鋒大怒，叱尼。尼曰：「任押衙鐵櫃中盛，亦須偷去矣。」及夜，果失隱娘所向。鋒大驚駭，令人搜尋，曾無影響。父母每思之，相對涕泣而已。

後五年，尼送隱娘歸。告鋒曰：「教已成矣，子卻領取。」尼歘亦不見。一家悲喜。問其所學，曰：「初但讀經念咒，餘無他也。」鋒不信，懇詰。隱娘曰：「真說又恐不信，如何？」鋒曰：「但真說之。」隱娘曰：「初被尼挈，不知行幾里。及明，至大石穴之嵌空數十步，寂無居人。猿狖極多，松蘿益邃。已有二女，亦各十歲，皆聰明婉麗，不食。能於峭壁上飛走，若捷猱登木，無有蹶失。尼與我藥一粒，兼令長執寶劍一口，長二尺許，鋒利，吹毛令剸。逐二女攀緣，漸覺身輕如風。一年後，刺猿狖百無一失。後刺虎豹，皆決其首而歸。三年後，能飛，使刺鷹隼，無不中。劍之刃漸減五寸，飛禽遇之，不知其來也。至四年，留二女守穴，挈我於都市，不知何處也。指其人者，一一數其過，曰：『為我刺其首來，無使知覺。定其膽，若飛鳥之容易也。』受以羊角匕首，刀廣三寸。遂白日刺其人於都市，人莫能見。以首入囊，返主人舍，以藥化之為水。五年，又曰：『某大僚有罪，無故害人若干。夜可入其室，決其首來。』又攜匕首入室，度其門隙，無有障礙，伏之梁上。至瞑，持得其首而歸。尼大怒，曰：『何太晚如是！』某云：『見前人戲弄一兒可愛，未忍便下手。』尼叱曰：『已後遇此輩，先斷其所愛，然後決之。』某拜謝。尼曰：『吾為汝開腦後藏匕首，而無所傷。用即抽之。』曰：『汝術已成，可歸家。』遂送還。云後二十年，方可一見。』鋒聞語甚懼，後遇夜即失蹤，及明而返。鋒已不敢詰之，因茲亦不甚憐愛。

忽值磨鏡少年及門，女曰：「此人可與我為夫。」白父，父不敢不從，遂嫁之。其夫但能淬鏡，餘無他能。

父乃給衣食甚豐，外室而居。數年後，父卒。魏帥稍知其異，遂以金帛署為左右吏。如此又數年。至元和間，魏帥與陳許節度使劉昌裔不協，使隱娘賊其首。隱娘辭帥之許。劉能神算，已知其來。召衙將，令來日早至城北，候一丈夫一女子，各跨白黑衛。至門，遇有鵲前噪，丈夫以弓彈之，不中。妻奪夫彈，一丸而斃鵲者。揖之，云：「吾欲相見，故遠相祗迎也。」衙將受約束，遇之。」隱娘夫妻曰：「劉僕射果神人。不然者，何以洞吾也？願見劉公。」劉勞之。隱娘夫妻拜曰：「合負僕射萬死。」劉曰：「不然。各親其主，人之常事。魏今與許何異？願請留此，勿相疑也。」隱娘謝曰：「僕射左右無人，願捨彼而就此，服公神明也。」知魏帥之不及劉。劉問其所需，曰：「每日只要錢二百文足矣。」乃依所請。忽不見二衛所之，劉使人尋之，不知所向。後潛收布囊中，見二紙衛，一黑一白。

後月餘，白劉曰：「彼未知住，必使人繼至。今宵請剪髮，繫之以紅綃，送於魏帥枕前，以表不回。」劉聽之。到四更，卻返曰：「送其信了，後夜必使精精兒來殺某，及賊僕射之首。此時亦萬計殺之，乞不憂耳。」劉豁達大度，亦無畏色。是夜明燭，半宵之後，果有二幡子一紅一白，飄飄然如相擊於床四隅。良久，見一人自空而踣，身首異處。隱娘亦出，曰：「精精兒已斃。」拽出於堂之下，以藥化為水，毛髮不存矣。隱娘曰：「後夜當使妙手空空兒繼至。空空兒之神術，人莫能窺其用，鬼莫得躡其蹤。能從空虛之入，冥然無形而滅影。隱娘之藝，故不能造其境，此即系僕射之福耳。但以于闐玉周其頸，擁以衾，隱娘當化為蠛蠓，潛入僕射腸中聽伺，其餘無逃避處。」劉如言。至三更，瞑目未熟，果聞項上鏗然聲甚厲。隱娘自劉口中躍出，賀曰：「僕射無患矣。此人如俊鶻，一搏不中，即翩然遠逝，恥其不中，才未逾一更，已千里矣。」後視其玉，果有匕首劃處，痕逾數分。自此，劉轉厚禮之。

自元和八年，劉自許入覲，隱娘不願從焉。云：「自此尋山水，訪至人，但乞一廬給與其夫。」劉如約。後漸不知所之。及劉薨於統軍，隱娘亦鞭驢而一至京師柩前，慟哭而去。開成年，昌裔子縱除陵州刺史，至蜀棧道，遇隱娘，貌若當時，甚喜相見，依前跨白衛如故。語縱曰：「郎君大災，不合適此。」出藥一粒，令縱吞之。云：「來年火急拋官歸洛，方脫此禍。吾藥力只保一年患耳。」縱亦不甚信，遺其繒彩，隱娘亦無所受，但沉醉而去。後一年，縱不休官，果卒於陵州。自此，無復有人見隱娘矣。

——宋 李昉《太平廣記・卷一百九十四・聶隱娘》

鹿少年

唐朝時，嵩山有一位無名老僧，獨自在山中藤蔓間結草為庵。老僧坐於其中，苦志修行，日日誦經不止，他已經多年沒有下過山了。

這天，破敗的草庵前忽然來了一個小孩。小孩對著垂眸而坐的僧人叩頭，道：「求法師收我為徒！」僧人垂著蒼老的眼皮誦經不止，似乎沒有聽到，但小孩求道的心很堅決，他從早到晚，風雨不避，不斷懇求老僧。

一心一意誦持經文的僧人最終被小孩求道的心打動了，他垂眸問道：「這裡是深山老林，人跡罕至，你一個小孩怎麼會跑到這裡來呢？又是為了什麼要做我的弟子呢？」

見僧人終於回應自己，小孩起身，雙手合十，朗聲回答：「弟子本來住在山前，父母都已仙去，只剩我一個孤兒無依無靠。弟子思來想去，覺得我之所以今生遭遇這種痛苦，肯定是因為前生不修善果。所以發下宏願，願捨離塵俗，潛心修煉，一心修來世的福報，求法師渡我。」

老僧見他發心真誠，邏輯清晰，說起話來條理分明，於是問道：「你真的能做到嗎？僧人的寂寞可與世俗人大大不同啊。孩子，你的志願雖大，但能堅持大道、守住一心，絲毫不動搖嗎？」

小孩臉上露出堅毅的神色：「如果言與心違，皇天后土都不會容我，更別提法師您了。」

聽了小孩發下的誓言，僧人越看他越覺得歡喜，於是欣然為他落髮剃度，正式進入佛門。

小孩果然有慧根，自從成了佛門弟子，他每日早晚日課，精進勤勉學習，佛法造詣很快便超越了師父。師徒兩人經常坐而論道，一開始，老僧還能解答徒弟的疑惑；但漸漸地，他就被徒弟問得啞口無言了。

「徒兒啊，好好學習，未來你一定能有所成就。」老僧不但沒有因為被問倒而惱怒，反而很欣慰。

幾年後的一個深秋，森林中萬木凋落，涼風悲起，溪谷淒清，昔日的孩童已經長成了朝氣蓬勃的少年，此時，他的境界已經令老僧讚嘆拜服了。少年站在草庵前的荒野中，忽然感慨地四下環顧，朗聲吟道：

我本長生深山內，更何入他不二門。

爭如訪取舊時伴，休更朝夕勞神魂。

大意是：我生在深山，本就習得了長生之法，為什麼還要另求他門呢？罷罷罷！不如歸去，不如歸去，訪得我舊時的夥伴，不再日夜役使心神了。

隨即少年口中忽地發出一聲清越的長嘯，良久之後，一群鹿從深山中緩緩走來，少年歡欣雀躍地脫去僧衣，瞬間化身為一隻小鹿，邁著輕盈暢快的步伐，奔跑跳躍，隨著鹿群消失在深山之中。

原文

嵩山內有一老僧，結茅居薜蘿間，修持不出。忽見一小兒，獨參禮，懇求為弟子，僧但誦經不顧。其小兒自旦至暮不退。僧乃問之曰：「此深山內，人跡甚稀，小兒因何至？又因何求為弟子？」小兒曰：「本居山前，父母皆喪，幼失所依，必是前生不修善果所致。今是以發願，捨離塵俗，來求我師。實欲修來世福業也。」僧曰：「能如是耶？其奈僧家寂寞，不同於俗人。志願雖嘉，能從道心惟一乎？」小兒曰：「若心與言違，皇天后土，自不容耳，不惟我師不容也。」僧察其敏悟，知有善緣，遂與落髮。小兒為弟子後，精進勤劬，罕有倫等。或演法於僧，僧不能對；或問道於僧，僧不能折。老僧深重之，以為聖賢也。

後數年，時在素秋，萬木凋落，涼風悲起，溪谷淒清。忽慨然四望，朗吟曰：「我本長生深山內，更何入他不二門。爭如訪取舊時伴，休更朝夕勞神魂。」吟訖，復長嘯。良久，有一群鹿過，小兒躍然，脫僧衣，化一鹿，跳躍隨群而去。（出《瀟湘錄》）

——宋 李昉《太平廣記・卷四百四十三・嵩山老僧》

參考書目（部分）

【晉】干寶《搜神記》
【晉】陶潛《搜神後記》
【唐】段成式《酉陽雜俎》
【唐】牛僧孺《玄怪錄》
【唐】皇甫枚《三水小牘》
【宋】李昉《太平廣記》
【元】陸友《墨史》
【明】鄭仲夔《耳新》
【清】樂鈞《耳食錄》
【清】袁枚《子不語》、《續子不語》
【清】沈起鳳《諧鐸》
【清】紀昀《閱微草堂筆記》
【清】李慶辰《醉茶志怪》
【清】蒲松齡《聊齋志異》
【清】吳熾昌《續客窗閒話》
【清】張潮《虞初新志》
【清】和邦額《夜譚隨錄》

搜妖記

中國古代妖怪事件簿

白龍 [著]
開本：17×23cm
頁數：336頁
定價：450元

搜遍39部中國志怪經典　提煉64大主題、31則妖怪檔案
有如田野考察的群妖生態實錄　讓你信以為真的精怪現形記

有生命的動物，如何修煉成精？無生命的物體，為何也能成怪？
它們為何修煉、如何成形，又各有什麼不同的習性與脾氣？

從經典的狐妖、龍族、雷神、山魈，到稀有的可愛琴怪、花魄、毛筆精等，從《搜神記》、《玄怪錄》、《酉陽雜俎》、《耳食錄》、《子不語》到《閱微草堂筆記》等，帶你深入妖氣沖天卻人性滿滿、邪門外道卻可愛有趣的妖怪多重宇宙！

志怪筆記
中國古典奇幻故事精選

作　　者　白龍
封面插畫　Agathe Xu
封面設計　石頁一匕
內頁排版　高巧怡
行銷企劃　陳慧敏、蕭浩仰
行銷統籌　駱漢琦
業務發行　邱紹溢
營運顧問　郭其彬
責任編輯　李世翎
總 編 輯　李亞南
出　　版　漫遊者文化事業股份有限公司
地　　址　台北市松山區復興北路331號4樓
電　　話　(02) 2715-2022
傳　　真　(02) 2715-2021
服務信箱　serviceazothbooks.com
網路書店　www.azothbooks.com
臉　　書　www.facebook.com/azothbooks.read
營運統籌　大雁文化事業股份有限公司
地　　址　台北市松山區復興北路333號11樓之4
劃撥帳號　50022001
戶　　名　漫遊者文化事業股份有限公司
初版一刷　2023年1月
定　　價　台幣450元

ISBN　978-986-489-729-2

國家圖書館出版品預行編目 (CIP) 資料

志怪筆記：中國古典奇幻故事精選/白龍著. -- 初版. --
臺北市：漫遊者文化事業股份有限公司, 2023.01
344面；17×23公分
ISBN 978-986-489-729-2(平裝)
857.2　　111018603